当代中国最具实力中青年作家作品选

余一鸣中短篇小说选

种春风

余一鸣 著

中国言实出版社

图书在版编目（CIP）数据

种春风：余一鸣中短篇小说选 / 余一鸣著 . -- 北京：中国言实出版社，2016.10（2019.1重印）

ISBN 978-7-5171-2030-8

Ⅰ . ①种… Ⅱ . ①余… Ⅲ . ①中篇小说－小说集－中国－当代②短篇小说－小说集－中国－当代 Ⅳ . ① I247.7

中国版本图书馆 CIP 数据核字 (2016) 第 251202 号

出 版 人：王昕朋
责任编辑：胡　明
文字编辑：张凯琳
封面设计：水岸风创意文化

出版发行　中国言实出版社
地　址：北京市朝阳区北苑路 180 号加利大厦 5 号楼 105 室
邮　编：100101
编辑部：北京市海淀区北太平庄路甲 1 号
邮　编：100088
电　话：64924853（总编室）　64924716（发行部）
网　址：www.zgyscbs.cn
E-mail：zgyscbs@263.net
经　销　新华书店
印　刷　三河市华晨印务有限公司
版　次　2017 年 1 月第 1 版　2019 年 1 月第 2 次印刷
规　格　710 毫米 ×1000 毫米　1/16　16.25 印张
字　数　225 千字
定　价　42.00 元　ISBN　978-7-5171-2030-8

目录

种桃种李种春风

一

陈书记的花园说白了是个菜园，中间挖了个方塘，无荷，也无鱼，这酷热的天，绿水被晒成了白水，水塘的两边是一垄垄菜地，矮的是韭菜青菜，高的是黄瓜茄子，大太阳底下，那菜叶子你看上去蔫巴卷边了，只要水一浇，就鲜活得回了魂。陈书记一条腿不好，在家拄拐，出门坐轮椅，可在这菜地里，那条腿收放幅度上看上去夸张，却灵活自如，绝不会碰了花果或踩了菜叶，锄草施肥浇水样样他都能干。当初大凤来陈家做阿姨时，一看这菜园，就提出，我只做屋里的活儿，菜地的活儿我不干，那是男人干的活。大凤知道这话立不住脚跟，什么年头了，乡下的男人都进城打工了，别说菜地，大田里忙活的也都是女人。好在陈书记不计较，说，这点菜地，是我活动活动手脚的场子，用不着你。小陈书记扔过来一束打探的目光，大凤顺下眼，躲了。小陈书记是陈书记的女儿，在下面的镇里当书记。龙生龙，凤生凤，用老辈人的话说，柴桩上长柴火，刺桩上爆刺芽，花桩上茬茬抽出的是花枝。大凤弄不清陈书记原来是多大的书记，但小陈书记在她眼里已是呼风唤雨的神仙了。做木匠篾匠的手艺能传代，当书记比那些手艺强多了，更应该传宗接代。小陈书记是忙人，除了节假日一般不来陈书记这里，大凤不希望她来。小陈书记来这里不是做女儿，是来做书记的。她检查大凤的工作很细致，筷子上有没有油腻，阳台瓷砖上有没有灰尘，作风之严谨细致，一看就是经过多年培养的优秀干部。当然，小陈书记想检查的不止这些，老陈书记也是她的重点检查对象，她能从蛛丝马迹中看出她老爸的花花肠子，时刻委婉提醒老同志保持晚节。从名义上说，老陈书记是大凤的东家，其实小陈书记才是决定大凤去留的真东家。大凤心里明镜似的，父女俩讨论本县政治风云，都说过要跟对人，关键时刻不能站错队。大凤耳濡目染，受革命熏陶多次，当然不糊涂。你只要看见陈书记在小陈书记目光下心虚的眼神，大凤就明白，同是书记，在位与不在位，眼光的力量高下立分。大凤当然听小陈书记的，不被小恩小惠所动，革命意志不动摇。

今天是个重要日子，有重要人物莅临老陈书记的家。重要人物都忙，有重要事情要做，比如这位“重要人物”陆海波，周一到周五要在实验小学六年级一班上课，晚上要完成一大堆作业，星期六星期天要赶场子上各位名师的家教课。据说，小陈书记的座驾基本在镇政府看不到，有时人们会看见小陈书记骑电动车来上班，形象极其亲民。只有她的司机知道，他和车都没闲着，而且礼拜天也没闲着，有比书记更重要的人物需要服务。没办法，“重要人物”陆海波的爸爸在一家公司的驻外机构上班，顾不上儿子。“重要人物”的日程排得满满的，偶有空闲，爷爷奶奶和外公才有幸亲见。比较爷爷奶奶，外公这边的吸引力明显弱势。除了势单力薄，最让“重要人物”不待见的是外公的谆谆教导。在学校有老师啰唆，在家里有老妈唠叨，出门做回客还得听他老人家无休止地语重心长。老妈说，你外公做了一辈子领导，作报告作惯了，就像你们的老师，在课堂上讲话多了去，节假日在家舌头痒痒，只能做家教煞话痨的瘾。海波说，老师那舌头打个滚，就能吐出钞票，相当于印钞机，每次上课，哪次不掏你口袋里几张票票？外公，他也就赚个唾沫。这话幼稚，小陈书记不与孩子计较，历史的经验不能告诉他，等他成长为社会的重要人物他就明白了。重要人物的日程安排都由不得自己做主，海波也一样，外公这里他不想来也必须来。小陈书记来看老陈书记，比抄水表煤气表的人来得勤，每月至少来两趟。一回二回一个人来，老陈书记宽宏大量，打听一点“重要人物”信息，叹息几声。若是第三回在猫眼里还不见“重要人物”身影，老陈书记就不让大凤开门，宣布小陈书记是不受欢迎的人。谁才是受欢迎的人？小陈书记当然能揣摩出她老父亲的心思，背靠大树好乘凉，小陈书记如何不懂？下回来，必定是“重要人物”未见其人先闻其声，老陈书记家的接待规格立马上了档次，大凤忙得晕了头。这年头，做儿女的比当爸妈的尊贵，做外孙的比当外公的厉害。

大凤也盼望“重要人物”陆海波，盼望同是盼望，目的当然是不相同。

今天是中秋节，家教公司也放假，海波可以在外公家待半天，还有半天被安排在爷爷家。按照时下流行说法，海波应该被称为“官二代”或者“官三代”，事实上不是所有的官家子弟都飞扬跋扈，海波就是个乖孩子，不是一般的乖，用大凤在乡下的说法，三巴掌打不出一声哼，三脚踹不出一个屁来。大凤觉得，这怪不得孩子，孩子他妈当书记，书记在外能说会道，在家也刹不住车，把该孩子说的话抢说了。海波跟大凤近，因为在外公家的大人中只有她不是书记，也是说话没份只能听话的主儿。海波喜欢到菜园地里玩，城里孩子稀罕小虫小草，像鲁迅写的“三味书屋”园子里的孩子，大凤读中学时鲁迅的文章在课本里很多，就这篇有趣，大凤至今记得。海波只有到了菜园里才像个孩子，蹲在那里研究红的辣椒，秋天的红辣椒像一盏盏红灯笼挂着，招人疼。小陈书记就喊，海波，离远一点儿，要是弄到眼睛里可痛了。海波挪几步，会坐到一只癞南瓜上，小陈书记又喊，海波，那瓜上有毛毛虫，弄到皮肤上痒痒。蔫孩子有蔫孩子的办法，不理睬你，海波就当没听见。小陈书记急了，大凤，大凤，给我把海波拽回屋。大凤停下手里的活，看一眼小陈书记，不吭声。小陈书记明白了，大凤是不进菜园子的。倒是惊动了老陈书记，急急进去，肩膀一高一低地牵了海波的手出来。大凤知道，老爷子既怕孙子弄痛弄脏自己，也怕孙子像闯进去的小犊子把他的菜地拱乱，老爷子是个讲究的人，这菜地看上去青一簇，黄一簇，乱纷纷，在他眼里却是一本打开的账本，有条有理。就像他屋里的杂志报纸，摆放在什么地方都有章法，大凤打扫房间时不敢弄乱。

海波在外公家有一事求着大凤，这就是家庭作业。海波上小学六年级，也就是毕业班，谁都知道“毕业班”这三个字的含义，一个人能不能找到一个好饭碗，取决于他是不是考上了一所好大学，一个人能不能考进一所好大学，取决于他能不能上一所好中学，也就是说，小升初是人生征途中第一个关键台阶。这话谁说的？每个小学六年级的班主任都是这样教育学生家长的，小陈书记聆听过，大凤聆听过。教育学生从教育家长抓起，升学才能成为全民运动。大凤反思自己高考屡考屡败的惨痛历史，输在起跑线确实是根本问题，这道理大凤早悟透了，她一家三口才搬进这县城。大凤不能理解的是小陈书记，她急什么呢，太把自己不当回事了，简直把自己等同于普通群众。要着急也轮不上她着急，就算在同一条起跑线上，发令枪一响，别人是甩着两条腿跑，海波可以坐在他妈妈四个轱辘的小车上踩油门。但小陈书记显然不这样想，抓海波的作业比抓她镇上的招商引资还上心，这让大凤意识到，孩子的学习在谁家都是天下第一号大事，没有最好，只有更好，这句广告词用在谁家对孩子的要求上都合适。这样看来，自己的那招棋走对了。

在海波的眼中，大凤才是个有学问不叫唤的人。有的人会叫唤没本事，比如她妈妈，讲起革命经历当初还是师范专科毕业生，讲起现在的学历，是读什么在职博士。可是海波让她做奥数题目她没做对过一次。还有的人会叫唤也有本事，比如实验小学的老师，人家那是职业。可大凤阿姨是个保姆，不管是语文还是数学，海波的作业从来难不倒她，海波遇到难题就往外公这里打电话，不找外公，找大凤阿姨。陈书记拎着话筒，讪讪地说，大凤，看来我还得开一份家教的工资给你。说是这样说，大凤从没当真，大凤做题不是因为海波。大凤对海波说，可不能小看你妈，你妈的学问往高处做了，你想想，一个人站在喜马拉雅山山顶上，他怎么能看得清山脚下的几棵小树，你妈妈就是那样。海波当然不信，不吭声。不信的人不信的事不必放在嘴上，与大人一样叫唤才愚蠢。

海波说，阿姨，你完全可以开一个小升初辅导班，比在外公这里钱多了去。

老爷子说，好你个浑小子，有你这样吃里爬外的吗？阿姨走了，你外公怎么过活？

大凤说，海波，这题就这解法，我去厨房了。

阿姨别走，还有语文。海波不让她走，又从书包里掏出语文作业本。

大凤喜欢海波喊她“阿姨”，这孩子待他真诚，喊“阿姨”是把她当阿姨。老陈书记和小陈书记也喊她“阿姨”，那是时时提醒她，她是个保姆，是下人。大凤刚开始时还真不习惯，一个可以做自己父亲的人喊自己“阿姨”，怎么应得下呢？后来明白了，这称呼就是衣服后领上那个标签，就是前胸别的那个牌牌，不应还不行，别扭也得应。

大凤给海波讲了作业题上的那首唐诗，海波就自己做题了。陈书记和小陈书记都在厨房拣菜，大凤的耳朵跟着他俩。好容易等到扯上正题，也就听到两三句。老陈书记说，买就买吧，买了学区房，不就用不着求爷爷拜奶奶了吗？这房钱我掏一半。小陈书记说，知道的人说是你掏了钱，不知道的人就要跑纪委告我的状，帮我算收支账了。要不，还是你找那一初中的校长，你这把老面子他们总得买。老陈书记说，我看还是买房，我不去失那骨气。大凤进了厨房门，话题就断了。大凤知道他们说的什么，但做阿姨有阿姨的规矩。大凤说，不早了，我得赶紧洗菜了。

老爷子显然让小陈书记失望了，她不知道，比她更失望的是还有老爷子家的阿姨大凤。

大凤等到老爷子扒完碗中最后一口米饭，总是放下自己的碗，帮老爷子舀汤。大凤刚捉住汤勺柄，小陈书记说，我来。大凤愣了一下，拿汤勺的手就停了一停。小陈书记的手接过汤勺时，有那么一两秒的瞬间，俩人的两只手腕子和白瓷汤勺组成了熠熠生辉的画面。都是因为餐桌上的灯光，尽管这餐厅确实不敞亮，可是别说大白天，平时就是吃晚饭，老爷子也懒得开餐厅的吊灯，今天是“重要人物”来了，又是重要日子，这花枝般招展的灯才打开了。灯光下这两只手看上去差别明显，一只手明显刚用了护肤霜，白处白，润处润，手背上淡青色的筋络峰回路转，有隐有现。那屈蜷的手指，角是角，窝是窝，屈着也能让你想得出它伸展时的挺拔和玲珑。这当然是小陈书记的手，另一只手属于大凤，它迟疑，松松垮垮，手背也好手心也好都泛着黄色，像是故意做旧的画页上着的底色，仰面的指肚灯光下倒是发白，那是在水中浸泡后鼓胀的白，细看，指肚上有凹陷的水纹，像是妇人肚子上的妊娠纹。这是劳动者的手，保姆的手。耀眼的不是这两只手，是这两只手的手腕上都戴着同一款金光闪闪的手表，同一个品牌，大凤记得小帆说叫“僵尸点灯”，当然明白只是谐音。两只“僵尸点灯”金光流转，汤勺柄上那两道镶嵌的金线成了金光轮转的金轨。大凤慌忙缩了手，她腕上这块是假货，那阵子小帆倒腾假手表，真货据说要几十万，假货只要几十块，尽管刚才看上去还真分不出真假，但大凤一个保姆带这品牌的手表谁都不会当真。大凤的手背和手腕上还有一串伤疤，如果不是手表夺目的光辉，灯光下仔细看，那皮肤简直惨不忍睹。小陈书记不动声色地笑了一下，大凤还是看出了她隐藏的不屑。大凤心里说，这是我弟弟给的，也就是看个时间。等我儿子出息了，一定要让他给老娘买个真的，到这小陈书记面前显摆一个。

小陈书记母子俩吃过午饭就走了，大凤在厨房里抹碗。那个高高低低摇晃的影子停在她背后，有一只手拍在她的后脑勺上，然后顺着长发搁在她的后腰，也就停在腰际，不动了。大凤不愿意的时候，最多让那只手碰碰后脑勺就躲开了，老爷子就干咳几声，说，别太累了，转身退了，人知趣就好，大凤得替他将长辈的脸面留着。今天大凤让那只手掌趴了一会儿。大凤说，陈书记，你莫非真的连一初中的一个指标都要不来？那只手就挪开了，背后的声音说，凭什么一初中的校长要把指标给我？

你当过文教局的书记哩。

这个你也知道？有句话叫人走茶凉，说的就是我这样的老家伙。

大凤把水龙头放到最大量，水打在餐盘上珠光四溅，大凤不再理睬背后的那老头，埋头洗碗盘。大凤心里指望的那个水龙头被关闸了，她一瞬间心如死水。

二

大凤只在陈书记家吃一顿午饭。晚饭她回自己家做，得侍候上小学的儿子。她开了家门，儿子清华已在桌子上做作业。大凤塞了一个面包给清华，借着桌上的灯光拾掇晚饭菜。每天这顿晚饭进嘴，都得晚上七八点钟了。大凤择菜心不在焉，当初到陈书记家做保姆，是带了心眼去的，这老爷子是从文教局书记的位置上退下来的，县城几所中学的校长都做过他的部下，清华上一初中求他出面应该能解决。想不到她看错人了，这老爷子连自己的亲外孙都不肯去招呼，清华的事更指望不上他。一初中是县里最好的初中，义务教育阶段上面有政策，就近入学，这几年一初中的学区房房价涨疯了。有一个传说，一初中的一位学生家长为了孩子读一初中，提前一年买了房，房价三十万。三年初中读完，孩子升高中了，家长卖房，成交价是一百万。大凤打听过，这还真不是传说，现在一初中的学区房一平米上万，赶得上省城的房价了。小帆说，姐，你就别操那个闲心了，我姐夫留下的那点儿钱，也就够买个厕所。除了买学区房，还有两种途径进一初中，语数外竞赛中获市一等奖，这样的孩子在全县也屈指可数。另一种途径是关系户，关系可以是上下级关系、合作部门关系、亲戚关系、金钱关系、男女关系，等等，名额不多，所以不是一般的关系能拿到的。大凤笑自己简单，以为随手押一宝就能赌赢。想着想着不高兴弄菜了，掏出手机拨了小帆的电话。

徐经理，在哪里发财啊？请你吃饭。

哈，本经理刚吃完大餐，在回宿舍的路上。

那也得再吃上一回，这里有你的大客户。这样，也不跟你讲究了，限你半小时内带一只盐水鸭一盆韩国泡菜来这里报到，否则，一份大单就没了。

清华开心地说，妈，舅舅马上来咱家？

大凤说，你那心思放哪儿？做你的作业。清华语文考试错了不少题，被罚做一堆试卷。

大凤下楼买了几瓶啤酒回屋，小帆还没到，清华坐那里鬼头鬼脑地东张西望，大凤觉察哪儿不对，这孩子不安稳，顺清华的余光看去，明白了。这小子偷看电视了。大凤绕到电视机后，那镀镍天线杆上挂着两只易拉罐空筒，再摸一摸电视机机身，微微还有热度。大凤毕竟学过物理，这点小花样一看就懂了。平时这家里不看电视，电视机是房东留下的，大凤把有线电视那线掐了，连新闻联播都不看。一怕影响孩子的学习，二呢，那些国家大事离这个家庭太遥远，浪费精神。可这小子不能理解做妈的苦心，说，人家家里都用电脑了，你连个破电视机都不给看。大凤一巴掌下去那小子才哑了，真应了那句老话，娘争气，儿放屁。只要不是学习上的事，他什么歪门邪道都想得出来，还没学物理，就知道鼓捣无线电信号了。奥数老师多次告诉大凤，你儿子如果把这脑筋用在奥数题上就上了正道。

小帆进来解了清华的围，小帆说，清华，咱先吃饭，家事国事天下事吃饭是大事，死刑犯死前政府也得给填饱肚子。

大凤租的房子是六楼楼顶上的一间自建房，说白了是违建。据说在北京的高档小区楼顶上，有人曾建有别墅假山。那么在小县城，每幢平顶搂上雨后春笋般长出小房子就是不可避免的事。大凤租的这间屋子也就十几平方，除了一张娘俩睡的大床，能称为家具的就是清华做作业的那张方桌。屋内空间小，屋外乾坤大。大凤的煤气灶都放在屋外，靠墙搭了一窄条铁皮棚子，油烟进不了屋，除了冬天，娘俩的饭桌就摆在露天下，图个凉快，图个天高地阔，一览无余。这房的缺点是简陋，墙是塑料板，顶是塑料板，夏天能把你蒸熟，冬天能把你冻成冰棍，下雨天能把你的耳朵吵聋。屋顶除了几间违建，毕竟还有半个篮球场大的平顶，晒衣晒被褥不发愁。大凤喜欢这地儿，要命的是爬楼，算起来是爬七楼，这娘俩开头也累，爬习惯了就不当回事了，徐小帆来一回就要叫一回苦，说再不换地方租房子，打死他也不来走亲戚了。不光嘴上说，还真物色了几处，小县城城不像城，村不像村，逮着空地就盖个房子，出租还是拆迁都能得钞票。大凤不肯搬，说住平房草多虫多，心里不干爽。说怕虫多，小帆就罢了。他姐怕虫假，怕蛇是真。

秋风有些凉意，清华吃完饭，就被赶回屋子做作业了。姐弟俩坐在楼顶，继续喝。中秋刚过去，月色还明亮，用不着拉灯出来，何况楼下的街道上灯火通明，看一眼，就有了在繁华之上的虚幻。

小帆说，姐，只有这条道了？想好没有，不是小数目。

大凤说，没别的道，这也算是一条道。明天你带我先去见你们那老板。

小帆走的时候，清华已趴在桌上睡着了。小帆揉揉他的头发，醒了，劈手就夺舅舅手中的作业本。小帆闪过，看了一眼就笑了。

君子坦荡荡，小人写作业。
举头望明月，低头写作业。
商女不知亡国恨，一天到晚写作业。
洛阳亲友如相问，就说我在写作业。
垂死病中惊坐起，今天还没写作业。
人生自古谁无死，来生继续写作业。
众里寻他千百度，蓦然回首，那人正在写作业。

大凤说你笑什么，小帆说，没什么，清华的作业写得一点儿没错，外甥随舅，我骄傲。回头低声说，臭小子，你不但偷看电视，还偷偷上网吧。幸亏落在你亲舅手中。

第二天小帆在街口见到大凤时，大凤完全变了个人，新洗了头发，换了一套挺时尚的新装，关键是把摘了多少年的眼镜戴上了，当年那种黑框的眼镜现在卷土重来，变成年轻男女追求的新款，同样是那副眼镜，大凤看上去却洋气了。小帆说，姐，差一点儿没敢认出是我姐。大凤说，今天本来就不是来做你姐的，是来做你的客户。小帆说，怎么了？换了身行头，就连自己的亲弟弟都不认了？大凤正色说，我有我的道理，见了你们老板，我不是你姐，是村上的族亲，男人在省城里做生意，想在县城买房，娘俩搬城里来住。小帆说，行行行，弄得我真能沾你什么光似的，他嫂子，您放心。小帆知道大凤不是开玩笑，那副眼镜自从不再参加高考后她就不戴了，怕别人笑话她那段屡考屡败的历史，这回居然不顾不忌。她这是想演哪一出？

小帆所在的大有公司究竟做什么生意，小帆自己也说不准。小帆只晓得自己是做什么，小帆隶属于大有公司一分部，用小帆的话说，一分部就是倒腾，买进卖出。这话等于没说，谁做生意不是买进卖出？小帆向大凤解释，我们倒腾的是概念。比如说中秋节，我们卖月饼卖螃蟹，都是高档货，买的人不吃，吃的人不买。送的人不嫌贵，受的人还嫌烦。商机就在其中，月饼一张卡500元，螃蟹一张卡1000元，店面里的月饼放长了要霉，螃蟹养久了要死，成本太高。其实真没有多少人来提现货。有送卡的，就有上门送实物的，再说，领导夫人到店里来提着拎着，明眼人一眼就看出是受贿，这不是有意往领导脸上抹黑吗？这边的卡卖出去，一分部就有人在那边把卡收进来，卖卡的人有两种，胆气足的直接找小帆这种客户经理，谨慎的就在七大姑八大姨中找可靠的亲友中间转把手，月饼卡回收是300元，螃蟹卡回收是500元，嫌低？你本来就是白来的，没花自己一分钱，揣着红票子总比揣张纸片踏实。大凤说，扯了半天，你们倒腾的不就是卡吗？小帆说，卡不是卡，就是概念。大凤说，那其他分部呢。小帆说，公司不准互相打听业务。不过，我肯定，四分部是经营你要的那类生意，对亲姐我不打诳语。

大有四分部的办公室不在大楼上，在城南的旧巷子里。跟别的小城一样，城南都是平民聚居的地方，忽然有一天，传说要拆迁盖大楼了。人迁了，屋没拆，修旧如旧，变成了“明清一条街”，这条老街就如一条蜈蚣趴在城南，两边的巷子成了蜈蚣的百足。沿街的老房子摇身一变，成了店铺，四分部就厕身于这些店铺之中。与别的商家不同，四分部门口挂着红灯笼，却没有悬横匾，也没挂竖牌。早上九点钟左右，秋天的太阳懒洋洋的，斜着眼睛有一眼没一眼瞥一下这青砖黑瓦。倒是秋风勤快，追逐着墙根下青的树叶黄的树叶，在拐角处彼此纠结在一处，闹着动静。四分部的店堂在一处拐角后，背阳，店堂里空空如也，没有柜台，没有货架，连个招呼人的营业员都没人影。小帆说，就是这里。大凤跟着跨进门槛，立即有女声迎客了。徐经理好，这位姐好，有什么需要我帮助的吗？寻声看去，原来人藏在那落地的镂花木窗后面，她看得见人，人看不见她。

负责接待大凤的人是个四十多岁的干瘪男人，穿着中式对襟夏衣，脸色灰黄，两颗龅牙尤其灰黄，画龙点睛地突出了这张脸的主题。这样一个男人，与这屋高窗小、光少影多的旧房子很般配。小帆称呼这人为“黄经理”，黄经理看了一眼大凤，那眼光像是要看穿大凤的五脏六腑，大凤不看他，仰起头看那高高的雕花原木屋脊。小帆说，这是我，是我们村上的三嫂子。黄经理说，那好，你可以走了。小帆想说什么，大凤说，谢谢徐经理，改天我再登门致谢。黄经理笑了，黄经理一笑，那包着一点点牙齿的嘴皮就彻底撤退了，惨不忍睹的牙龈顿时一览无余。黄经理说，四分部也会感谢你。小帆只能转身走了。黄经理这间办公室不大，是深宅大院里众多蛰伏在寂寞中的房间之一。黄经理转身为客户泡茶，大凤看一眼茶叶盒，说，慢，我只喝红茶。大凤从包里拈出一小包包装精致的茶叶，冻顶乌龙。陈书记平时爱喝，大凤临时顺的。大凤说，黄经理，麻烦您先洗一遍茶叶。黄经理说，放心，我们老板也爱喝乌龙，泡茶总提醒先洗一遍。大凤就在沙发上坐下来，右腿一偏，骑到了左腿上。

大凤讲了要求，黄经理说，你找我们是找对了，这是我们经营的业务之一。我们有稳定的供货人，不过，做生意是有了下家再去找上家才没有风险，你先看一下价格，有意向就填一个登记表。需要签单时我们会通知您。

黄经理取了一张登记表，“货源”一栏黄经理填的是英文，junior middle school.one，大凤想不到这人还能写英文，还真不能小瞧这四分部。“商品价格”栏目黄经理填的是阿拉伯数字，100000，递给大凤，大凤数了数后面那一串圆圈，没错，跟传说中的一致。大凤填了姓名和手机号码，“介绍人”栏目空着。黄经理说，在这里填上小徐的姓名。大凤说，跟他不是很熟悉，我嫁过去就没在村里见过他，托村里人介绍，拐了几道弯才要到他手机号，他姓名怎么写？黄经理说，徐小帆，刚才他不肯走，就是怕我不登记他的姓名，按公司规定，生意成交他有奖励。大凤想了想，说，那还是写上。

黄经理送客时按了一下桌上的按钮，有穿着套装的女子立在门口，她引导着大凤往宅子深处走。大凤知道小帆肯定在前街等她，也不能说破，默默跟着那姑娘走。这是一大群旧房子连在一起，天井缀着天井，院子套着院子，大凤跟着穿堂入廊回环曲折像进了迷宫，奇怪的是，一路竟没遇见一个人。终于听到人声，这才发现绕到后街了。大凤怕小帆着急，赶紧用电话通知小帆，小帆说，我知道你在后街，只是不知道你从哪扇门出来。原来，四分部有许多后门，而且有众多通道，走哪条道出哪扇门都有讲究。有一个基本原则，绝不让甲客户遇见乙客户。小城就十几万人口，在场面上走的就那么一些熟面孔，在这里碰见了不方便。从生意经而言，上家与下家对上眼就没中间商什么事了，让双方见面是大忌。小帆说，现在强调私密，廉政风声一紧，洗浴中心和饭馆都重新装修，高档场所你不想见外人，在此就保证你如入无人之境。那些老板们的心眼真不怕多。大凤说，这年头，缺心眼赚不到大钱，也办不成大事。

小帆问了价格，还是觉得太贵。小帆说，这才是清华花钱的第一步，后面路还长，你把所有家底都砸在这，后面的路怎么走。大凤说，走一步看一步，车到山前必有路，先走走看。记住，反正这事我把你撇开了，你与这事没瓜葛，我有我的章程。

小帆“哼”了一声，姐，我们公司可有大背景，你想怎么着？

大凤撞了撞小帆的膀子，说，这么快屁股就挪到大有那边了？不就是这单生意你没捞着回扣吗？

三

三红比大凤小六七岁，女儿却跟清华读一个年级。算起来，三红初中没毕业就出来打工，不到二十岁就当上娘了。当年三红爹一心要儿子，到了第四胎才如了愿。三红自小在家就没被当回事，在外面遇到男人的甜言蜜语就晕了头，等男人突然没了，女儿真的有了，那迷糊才醒。她男人没了不是死了，死了倒也解恨，那家伙在老家有老婆儿女，跑路了。三红也没真当回事，骂过哭过也就过去了，她一人在县城拉扯着孩子日子还过得有滋有味。有一次开家长会，三红认出了大凤，风风火火冲到大凤身边，你是大凤姐不是？大凤点头，看她有几分面熟。三红说，我是，你是？三红说我是你隔壁村的，你不认得我，我认得你，你可是我们乡里的名人。这话说得让大凤没办法接话，简直是当面揭短。三红又说，大凤姐，你孩子怎么才上六年级？这不是穷追猛打，非要逼大凤发脾气吗？大凤说，你说晓得我有名气，不就是笑话我高考考了五年没考上，没考上，把结婚生孩子耽误了，才跟你搭上一班车。三红没听出大凤生气，说，那可好，咱俩小孩在一个班，我遇事有个人商量了。

看来三红这种人，属于你没办法跟她生气的那类人。大凤问她打什么工，三红说，陪读。“陪读”这词大凤知道，原来是指出国留学生的亲属去照顾生活，后来词义扩大了，在县城，许多乡下人家为了让孩子上名校，买房或租房，再留孩子的母亲或奶奶在这里烧烧洗洗，真说得上是专职陪读。陪读没人发工资，得有人养活，一般都靠孩子他爸在外面赚钱。大凤当时不知三红的底里，心里羡慕，难怪这女子没心没肺，有个男人疼着护着她。

自从清华到了六年级，老师与家长的联系越来越多，周测和月考是例考，联考会考模考接二连三，家长们自发建了网站，还有 QQ 群，据说熙熙攘攘，比集市上还热闹，不是对老师评头论足，就是对升学政策捕风捉影。大凤没有电脑，手机也是老掉牙的二手货，消息来源全靠三红。这次三红打电话让她过去，说是商量“团购课”的事。每天中午饭后，老陈书记有睡午觉的习惯，大凤这时间要么是在厨房，要么是上街转一圈。大凤趁这空去过几回三红家，去过几回大凤就不去了，不方便。三红听了说，大凤姐，你眼睁着就当是瞎了，耳听了就当是聋了，谁还敢把你怎么了？三红说话不靠谱，做事更不靠谱。可想到三红也是苦命，一切都是为了孩子，大凤也生不了她的气。

三红租的也是一间房，在一楼，不过中间做了隔断，后间是卧室，前间是兼客厅餐厅厨房等。三红和一个虎背熊腰的男人一人占了一面桌正喝酒，桌子上排着一溜空啤酒瓶。秋分都过去几天了，那男人还赤着膊，一点都不怕冷的样子。大凤要退，三红冲过来拖她坐下，说，姐，不是外人，咱边喝边聊。三红把进她屋子的男人都不当外人，大凤只能硬着头皮坐下。倒是那男的见大凤不自在，说，菜少了，我给去加两个。三红这房子是“城中村”的房，挤得比大田里的高粱秆还密，屋内一年四季都见不到阳光。墙上只抹了水泥，连涂料都省下了。地上铺了砖，是那种拆墙拆下的红砖，水泥砂浆没削干净，踩在脚下高低不平。靠墙砌了水池，下水管漏水，墙根那里长了一些绿色的青苔。煤气罐和灶具就贴水池摆着，那男人背对着她俩洗菜切菜。打着了火，三红说当心烫着，把他的上衣扔给他，他嘴上说没事，还是把衣服穿了。这男人四十出头了吧，大凤心里估计。看他这么胖的大块头，手上干的活却利索。一般的男人在厨房偶尔干个活，两只胳膊不管手里有物没物都悬着，像是展翅欲飞的大鸟。这人不是，两只胳膊上下左右都自如，他右手拿着锅铲，“当”的一声把水龙头打开，用完了，又“当”一声把水龙头关了，脚下纹丝不动，先后有条不紊。一会儿菜端上桌，大凤试探着问，大哥，看你身手，你莫非是位大厨师？男人惊讶，说你怎么知道？三红说，你看，你看，我姐厉害吧。你睡了我半年，一直藏头瞒尾，磨叽了多少回才告诉我你是谁，我姐一眼就把你脱光了。大凤说，你怎么又胡说？干净的话让你这张嘴说出来也没法进耳朵。

果然是厨师，大凤说，师傅在哪家饭店高就？

男人说，我姓罗，不在饭店，在一初中食堂掌勺。

大凤的眼睛像被火点着了，说，了不得，你在一初中？

三红看出了大凤的激动，说，姐，淡定。在一初中能怎么？他就一火头军。

大凤眼里的火苗熄灭了。厨师不是校长，手里也不会有升学指标。就是有，人家也会留给三红的女儿。大凤说，说正事，什么叫“团购课”。三红解释说，是群里一位家长发起，就是召集多位家长，集体购买老师上家教的课时。大凤明白了，就是把卖方市场变为买方市场了，以前的家教，主要是家教公司组织教师上课，公司在报纸上打广告，到学校门口发传单，鼓吹自己请来的教师名气多大水平多高。但是学生上完课往往有上当受骗之感。原因有两种，一种请来的确实是名师，但是收的学费公司拿大头，名师拿小头，这名师就不肯卖力，敷衍。第二种是请来的教师本身就不是名师，甚至连教师身份都没有，是在校或失业的大学生，是“注水教师”，不过报酬低，成本低，家教公司中占有一定比例。当然，有钱人不怕，他们为自己的孩子请家教选择“一对一”，你名教师不是牛吗？我买断你的课时，就辅导我孩子一个人。一节课多少钱你开价，一千不行两千，两千不行三千。有大款给孩子每门课都请家教，都是“一对一”，这种一掷千金的消费并没人说三道四，相反，能够得到孩子爷爷奶奶外公外婆的称赞，能够获得夫人难得的嘉奖，把钱花在孩子的教育上，总比花在饭店和夜店显得正能量。水涨船高，名师的家教费越提越高，这就苦了普通百姓的孩子，他们的家长请不起，用专业术语说，优质教育资源被富人垄断了。但是，群众的智慧无穷无尽，家长群里就有人提出了“团购课”的设想。“团购课”与网上“团购商品”概念不同，团购商品是要求商家减价，给大家批发价。“团购课”不要求减价，还主动适当加价，比“一对一”略高一点。这当然不是吸引名师的亮点，众人拾柴火焰高，烧钱怎么也烧不过有钱人，人家不拾柴改烧煤气天然气了。“团购课”对卖方有挑选，对买方也有要求。能加入“团购课”的同学必须在年级进入前30名才具有资格，这道自设的门槛有点高，却对名师有吸引力。名师关键是名气，他们带家教也挑拣学生，有的还组织一次入门考试，怕的是带的学生考不好砸自己的招牌。

荣幸的是，三红和大凤家的孩子都有这资格。大凤说，好事，该出的份子我肯定出，我参加你们这团购。三红说，不是所有的老师都配得上我们团购，数学这门课的老师大家精挑细选看中了一位，大家觉得你去谈最合适。大凤说，谁？谁能给我这么大面子？三红说，你们村上的梁亚民，是我们县唯一有小数奥赛教练证的老师。你别说不熟，都打听好了，是你在村上的邻居，你家清华转进这小学就是由他出面办成。

这情报不假，可是群里的家长只知其一不知其二。大凤说，我真没把握，让我想想怎么去跟他说。做家教这事也有规则，只可做不能说，上面明确规定教师不能从事有偿家教。世上好多事弄得诡异，有些事只能说不能做，有些事只能做不能说。非要去说明，谁去说怎么说还真有讲究。

罗大厨见两人有正事，正要借口开溜。大凤说，我这人福气好，出门遇贵人。正端着铁锅寻灶台，灶台就送到我面前了。罗大厨，您食堂那边要不要招临时工，洗菜洗碗，打饭卖菜，拜托您给我寻份工。三红说，哟，姐，人家是大厨，不是大灶。要真是座大灶，我还坐在灶台上，得先端了我这锅子。大凤说，你瞎掺和什么，姐是讨口饭吃，寻个饭碗。你不帮姐，倒要争风吃醋的泼。三红说，逗你玩呢，罗胖子你记下我姐的话没有？罗大厨连声说，记下记下了。走到门口又返回，在窗台边摸索了一番，冲她俩“嘿嘿”一笑才走。大凤看见那窗台的旧剪刀下压了几张红票子，心里明白，三红也不顾忌大凤，说，这死胖子，多一张都不给。我说女儿买学习机要 500 块，他就只留下 500 块，一分不多我娘俩喝西北风去？大凤说，你又不止这罗大厨一个，你给他们分时段，顺便也分分工，就什么都有人管了。

大凤说，但是，这事可千万不能让孩子知道。

三红说，你放心，这事都安排在白天，白天她上学。晚上她做作业，我陪着，任谁都不敢来敲门，我手机都关机。我想好了，撞见了就说是表叔。不说这事，该说的是你的事。怎么了，老家伙得不了手，赶你走？

大凤说，人家老干部思想觉悟高，作风正。是我不想在他那里做了。

三红说，老家伙对你有想法，才肯明着暗着给你加工资，你别揣着明白装糊涂。你在小区里打听打听，有几个做保姆的工资能比得上你？你如果肯再上点心思，不愁你的工资涨不快。我听说了，一初中食堂的临时工才一千五百块，只有你保姆工资的一半。

大凤心里说，就一半也值得去，那样，我就先进了一初中。嘴上说，我有我的难处，反正如果有机会去那食堂我是真心想去，三红，你就帮一把姐，在罗大厨那里多催问几次。

大凤从三红那里出来时，要变天了，风在窄巷子里横冲直撞，将纸片树叶卷远卷近。大凤想，刚才顺口那么一说，其实是胜过深思熟虑的，书上说，不入虎穴焉得虎子？用在这里不太适合，但是至少那样一来我与一初中近了，近了才有机会才有可能。如果说升学指标是池塘里的鱼，有权有势的人得到指标就如同钓鱼，一根线牵着鱼塘就行了。但是对于大凤这样没有鱼竿鱼线的人，自身跳进鱼塘试试勇气，总比在鱼塘边上叹气跺脚好。

大凤在风中抱了抱自己，像三红这样的陪读家长，据说在县城有不少操这营生。这三红，原来以为是有一个男人疼着护着她，其实是有好多男人。

四

怎么村里还没人来？梁老五看腕上的表，快八点了。今天是梁老五择的吉日，是花了钱在卦摊上求来的。时辰也选的是良辰，八点八分，这是老五自己选的，不都这样选吗，谁家办事选数字都选“八”，电视上也这样宣传。泥瓦匠和木匠已上了三楼，蹲在水泥板上抽烟，水泥板被夜天铺了一层霜，鞋底踏上去，盖了印似的。大梁昨天就上了三楼，一夜风霜，桐油味还没散尽，大梁粗如桶，霸气地横着，两端扎上了红绿大绸。整箱的鞭炮也搬上了楼。这层楼板上要红有红，要绿有绿，喜气立即有了。只等鞭炮炸响，泥瓦匠和木匠的大师傅就缓缓起梁。

梁老五家今天上梁。乡下说法，上梁时要十二生肖聚齐，主家才吉庆。按说这不是难事，老五排行老五，自家一大家子就凑齐了。可这日子不对，往前是秋忙，往后是春节，人都在。但平时，大部队都进城打工了，只剩老弱病残在村里。老五昨晚还特地在村里走了一圈，见老的发烟，见小的发糖，烟是二十元的金南京，糖是包着锡纸的巧克力，老五说，明天去的都有，都是这，还有新票子，五块的，十块的，崭刮刮，一甩能甩出响。都懂，谁家这事都不敢小气，上梁的大斧一响，就有烟糖和纸币飞下来，招惹众人疯抢，孩子叫，大人闹，图的是人气，旺喜。

那些人嘴上是答应了，真要一早起床，身子还是千斤重，挪不动。八点钟说起来在乡下不算早，捡粪的早把粪筐捡满了，下地的早脱了棉袄甩开了汗珠子，那是从前的乡下。现今，家家户户都只留几分口粮田，够吃就行了，即使老人和留守妇女莳弄这几分地，也用不着起早贪黑。大田没荒着，有的挖成塘，承包给养殖户，有的罩上塑料大棚，租给蔬菜种植户了。人人把账算得明白，钱虽不多，多少总比自己种粮赚。钱包没富，人先养成了富人的习惯，睡懒觉。老五长年在外做小工头，确实想不到这状况，皇历还是老的，村里人的起居习惯变了。太阳已露脸，楼下还见不着村人，老五急了，在楼板上招呼老婆儿子去巷子喊几声，发动发动群众。这大喜的事，得有人捧场。大儿子被他在工地上吆喝惯了，应声就进了巷子。小儿子在县城做小学教师，本来是被老五硬抓的差，咧着沾满牙膏沫的嘴不耐烦地说，知道了，别大声嚷嚷行不行？

这儿子读书迷了心窍，上梁事小，测民意事大，他不知道老爸梁老五是个有追求的人，梁老五的奋斗目标是竞选下一届村长。

其实有人今天起得比老五还早，隔壁的大凤，老五上楼梯的脚步声响起，大凤就打开自己家的院子门。大凤几乎是村里每天起得最早的人，她是送孩子去上小学，这女子有点儿怪，人家把孩子放村小，她把孩子弄去了镇小，离村子七八里，大冷的天她早晚接送，风风雨雨也不嫌累。就算是镇小的老师水平真高一茬，也犯不着大人小孩受那么多苦。老五没弄懂的还有一件事，这事存在心里许多年了。老五和家宝住隔壁，家宝是大凤的男人，大凤刚嫁过来时，就与别的小媳妇不同，闲时在院子里捧一本书，斯文，样子却不雅，把脸贴在书上像鸡啄米一样近，她不难受看她的人难受，去城里配副近视眼镜才几个钱？抠。但她夜里却不斯文，弄那事的时候一声追一声，声声摧魂，老五被那浪叫折腾得肝肠寸断，烈火焚身。女人长得好看，你眼一瞌上，忘了。女人生得狐媚，你念头闪一闪，也过去了。但女人半夜发出的那叫声长了钩带了爪，是男人你听见一回就扯不下了，扯不下，老五就生了心。村里巷子本来窄，老屋基上起的楼更是把巷子挤成了“一线天”，窄有窄的妙处，男人女人遇见了错身，如果男人中意女人，那手就不老实了。只是手贱，就摸一下屁股捏一把奶子，把握好分寸，皆大欢喜各走各的路了。女人不中意你，你点到即止，不弄痛人家最多挨一声骂，她也不真生气，下回见你就主动避了。女人有心，就会和你在巷子里接连撞见，冤家路窄，心急的干脆寻个僻静的墙角做在了一处。老五挑最窄的巷子撞见了大凤。老五出手快，大凤出手更快，老五手还没抽回，脸上已挨了耳光。老五不知道大凤念书时喜欢打乒乓球，打乒乓球讲究短平快，拉大弧看上去架势大，优美，但不实用。老师说，反抽时手不必高过鼻尖，速度就是力量，大凤记住了，没想到若干年后抽人也能用上。老五捂着脸，看着大凤的背影在拐角处消失，老子看得上你才摸你一把，还把自己当菩萨了？他把一口恶气咽进肚里。老五家在村里是大族，人多势众，但这事搁不上台面。老五忍了好多年，借这一回盖楼把这口气吐出来了。

老五起地基时贴着家宝的院墙，二楼开始阳台就欺了家宝家领空一米五。家宝没吭声，他女人没吭声，让老五得意的是村里能说得上话的没一个吭声。这说明什么，说明梁老五在村里是人物，没人肯得罪他，说明下一届竞选村长有戏，在乡下，拉选票有的是靠利诱，有的还得靠威势。

小帆一行人乘四辆出租车到达村口时，惹眼的红绿车身给乡野增添了几分喜气，也就是春节前那几天，这种出租车才会在村口的大道上出现，前嘴叫着响，后尾一路屁，那尾巴后面就是排气管喷的一股股气，像大牲口喘的热气，现在天冷，尘土都抱紧了路面。不像夏天，拖网一般拖起的灰尘遮天蔽日，车身都看不到囫囵个儿。车上下来的人肩上没有挎包，手上没有拖拉杆箱，老五看见一行人全是戴着制服帽，穿着藏青色过膝大衣，手都插在大衣口袋，进了朝他家来的巷子。老五在城里见过世面，不是来贺喜的亲戚，像是黑社会，港台片里打打杀杀的角色。老五在城里可没得罪谁，乡下人人生地不熟没那胆子，硬着头皮笑脸迎上去，递烟，叫茶，正要打听什么来路，家宝的女人说话了。家宝的女人站在院子里晒白菜，她站在凳子上，扶着白菜一颗颗依次倒骑在绳子上，她说，梁老板，这是我弟弟，专程来贺您家新屋落成，上梁大吉。老五看领头那小子脸面，与家宝女人确实有几分相像。老五说，客气了客气了。那小子说，不客气，耽误您片刻，借我姐那屋里说个话。老五随着他进了大凤家屋里，大凤在，家宝也在，茶在瓷杯里泡好了，盖子罩着，烟在桌面上搁着，中华牌，显然是想演一回“鸿门宴”。老五心里冷笑，好你个家宝，咬人的狗不叫。眼光扫过去，家宝怯怯地躲了，这软货也没这等胆子，想必是大凤这阴险女人使的这招。老五说，不就是我的阳台占了你家的净空，你们早点说一声，我砸了就是，也犯不着闹出这么大动静。大凤递上烟，又划着火，替他点上，“啪”地一口吹灭，说，那不成，要是把这弄好的阳台砸了，就等于在这村里把你梁老板的脸砸了，远亲不如近邻，我们做不出这种事。老五猛吸了一口烟，说，那就报个价，你们觉得我该赔多少我不说二话。大凤说，这个“赔”字传出去不好听，有失梁老板体面。老五将大半截烟往地上一扔，用鞋底碾成了粉末，说，这么说，家宝家的，你弄这么多人来就是要砸我的场子，在我上梁的吉日见血见肉了？大凤说，梁老板，你想岔道了，我说过，他们是来给您贺喜的，这十几个人中十二生肖一个不缺，专门为上梁请来的。我只是觉得，梁老板这新楼气派高档，却少了一点什么。老五不知道这女人葫芦里卖什么药，不说话只往下听。缺什么呢，缺一个花园。从前的大户人家，有前花园后花园。现在城里人买的别墅，跟我们农村里的小楼房也没什么大不同，只是多了个花园。你家这高楼大厦，如果配一个花园，是不是更风光洋气？老五明白了，这女人是想把房子卖给他，拆了做他家的花园。这想法当然不错，是这个事理，若是早先两家坐下协商，梁老五乐意。可是现在这阵势，十几个"黑社会"兵临城下，还能有什么好商量，签下的也只能是不平等条约，城下之盟。梁老五说，你讲的那些都是有条件讲究享受的人家，我粗人一个，在家务农，出门打工。老了有个墙根靠着晒太阳就行，用不着那花花草草的院子。大凤替他茶杯里续水，说，你不必把话说死，我知道，你就是怕我们讹你。你要是有心，我报个价你盘算一下，三万整，瓦房灶屋连同院子。老五心里一愣，这真是白菜价了。老五说，好端端的房子院子，都说故土难离，你们在别处找到金山银山了？大凤说，我们户口还在这村里，隔三岔五还要回来看老两口，人离了根没离。你要是觉得这价高了，你说话。老五沉吟了一会儿，说，价格是不高，嫌高就太不厚道，这么说，你两口子是铁了心要把这房子卖给我。

大凤掏出了两张打印纸，一个模样，是拟好的合同，还有一个印泥盒。大凤推到家宝面前，家宝签了两次字，又摁了两次手印。老五发现，做主的是大凤，做场面都是家宝，谈到现在，一张四方桌，老五、家宝和小帆各坐了一面，还空着一面，大凤偏偏不落座，只是立在老五和家宝之间侍候。这女人把女人做到了顶峰，有这样的女人，阿斗都能扶得起。老五取了笔，大凤说，梁老板不急，我还有一事相求，就是，我们卖房是去县城谋生计，别的事都有打算，有一事犯难。我儿子清华得跟我们转学到县城，想来想去，只有你和你家梁老师有能耐帮我们办成。老五用指头敲了几下桌面，说，话说到这份上，我都成全了你们。当年小儿子进第三小学当老师，老五是花了钱打点校长的，把走过的门路再走一遍不算难事，至于花费，就当做这房子开价高了三五千，有在其中了。

老五签了字，还好，离八点八分还有十几分钟。老五起身，小帆领着人也过去凑热闹，轰轰烈烈的爆竹响过后，木匠的大斧朝榫头敲一下，嘴里念一句，然后抛下各色糕点糖果，还有盒烟纸币。色彩缤纷，不少都落进了大凤这边的院子里。

家宝和大凤坐在桌前没去抢喜，听得两位木匠师傅一唱一和。

左边的唱：

手拿发锤四角方，鲁班许我上正梁；
金龙登位紫薇到，紫薇令我打发锤。
一打金鸡叫，二打龙头抬，
三打中状元，四打大发财，
五打五子登科，六打事事顺，
七打娶新娘，八打八仙到，
九打寿星笑，十打主家大富贵。

右边的和：

我拿团子白如玉，鲁班令我敬龙珠。
东南西北我不撒，先敬主家万年柱。
亲朋贵宾头张望，财源福气满家降。
团子落地滚元宝，四邻八舍都来抢。
小伙抢到配鸳鸯，姑娘抢到配情郎。
中年抢到富贵长，老人抢到寿无疆。
读书人抢到下笔如有神，高中状元郎。
种田人抢到一粒种下地，万担粮归仓。
十二生肖聚一堂，主家福禄万年长。
撒了团子撒喜糖，一本万利钱财旺。

泪水在大凤脸上滑落，家宝伸手去抹，大凤一把打开，说，咱也去抢份喜，他梁家喜庆，我们家也从此大吉。

小帆来告别的时候，大凤给他口袋塞了20张老人头。一人一百，余下的算租车和租衣服的钱。小帆说，你这钱可是砸锅卖铁的钱，我不能拿，还是让兄弟们卖我个面子算了。再说，那衣服也就我们公司的工作服，借来穿一回，顺便。大凤说，拿着，余下的请他们吃个饭。在外面混生活，为难别人不如为难自己，抠门就像自家养的一条狗，宁愿让它咬自己也不能让它咬亲友，要不，就没人肯上你家的门了。梁老五说话算话，真的办妥了清华转学的事。大凤心里悬着的一块石头落了地，看来，梁亚民这小伙子在三小很有人缘，这才进去教了几年书，就能办成这么大的事了。这事在大凤眼里是顶天的大事。只是大凤不知道，要说有面子是梁老五有面子，说到底是人民币的面子，与小梁老师无关。开学不久，大凤去三小找过一回小梁老师，清华插班后坐在教室后排，个子小，黑板只看得见上半边，可小学老师女的多，写字基本上只够得着下半边。大凤想请小梁老师跟班主任打个招呼，把清华移到前排去。

第三小学在县城八九所小学中属于上游，是一所新建小学，设在新区。大凤说是学生家长，门卫不让进。大凤说是找梁亚民老师，门卫让她填了单子，还指给她看梁老师办公室是西楼东三。大凤走进校园，学生们都在教室里上课。教学楼是新的，操场是新的，草坪是新的，她抬起头，秋天的天空也像是新的。阳光晒在她身上，她全身温暖，温暖得泪水要从眼眶里溢出来。儿子能在这样的环境里读书，她和家宝的所有付出都值得了，她的梦想就是让儿子能在这样美好的校园读书，不止是读一流小学，还要读一流的中学大学。大凤找到小梁老师的办公室，那是一个挤满了办公桌的大办公室，大凤敲了敲门，十几张脸从一堆堆作业本中仰起，几乎每张脸上都有眼镜片在闪烁着白光。大凤说找梁亚民老师，一位女教师指着一处空座位说，梁老师是校长的宝贝，专门负责搞竞赛，他不用坐班，一般都在宿舍里。梁亚民真的就在宿舍，他开了门，把着，警觉地说，你是谁。大凤嫁到家宝村里的时间不算短，只是梁亚民一直在外面读书，跟这位邻居见面不多。大凤自我介绍一番，小梁老师才放她进门。难怪他不让进门，这房间那脏乱确实见不得外人，大凤拣了一块空处站了，小梁老师就自顾坐到办公桌前，不说倒水，也不招呼她坐。大凤见过很多小学男教师，他们长期被女教师和小朋友包围，都很注意自己的形象。头发一丝不乱，衣着干净整齐，你细心一点儿，还会发现他们说话表情丰富，口型和动作都有几分夸张，那都是长期和小朋友互动的职业习惯。但这些在小梁老师身上都不存在，他脸上几乎没有表情，眼光似乎要越过大凤的头顶，直射到墙壁后的天空。天还不算凉，他在衬衣上已加了毛衣背心，领口和袖口扣得严实，只是沿口都已脏得发黑。大凤以前也见过这个小伙子，没发现他有什么特别之处。这就像一棵奇异的花草，长在田野上任何一个角落，都不会引起人注意。倘若它长在塑料大棚里，长在都是一样高矮一样绿油油的青菜垄上，它就怪异得醒目。也许，是她大凤看人的眼光刻板，不是这小学校园里每个男教师都应该一个模样。大凤说了自己的请求，并将准备的一篮水果放在桌上。小梁老师说，这点儿东西不够。大凤脸一下子红了，像是那句话打中了她的脸。小梁老师说，真的不够，换个座位至少得送班主任一条南京烟，黄南京，两百块一条。大凤听明白了，说这水果是给你梁老师的，帮我家这么大一个事，不成敬意。班主任那烟，我明天一准送来。大凤想不到小梁老师这么直接，转弯抹角都不带。小梁老师说，那你可以走了。小梁老师拉开门，像是送一个被谈话的学生，大凤窘迫地告辞。出门前她瞥了一眼小梁老师拉门的手，只一眼，就谅解了这位怪异的小学老师。

他的手腕处长着硬币大小的白斑，像是地图中海面上浮起的几处礁岛，那袖口的深处，说不定已连缀成陆地。

别人不懂，大凤懂。大凤在第三次高考受挫后，她爸还是坚持要送她去复习班。有一天早晨梳妆，她先是发现头皮掉了铜钱大的一块头发，接着发现手背上出现了星点的白斑，她吓坏了。头皮可以用长发遮住，手上的白斑太明显了，大凤以为是患了“白癜风”，她在绝望中用指甲剔，用铅笔刀刮，就是那些日子，村里有人在背后传说大凤大学没考上人却疯了。她爸发现了，领她去县医院看病，医生说，是压力大情绪紧张闹的，压力解除就会痊愈。这小梁老师肯定也是遇上了什么压力，大凤当时想，小伙子可能恋爱闹的。现在看，十有八九是因为小数奥赛，评价一所高中考得好不好，是看它每年考上北大清华的人数。评价一所小学办得好不好，不让考，那就看你的小数奥赛有几人能在市里获一等奖，也就说有几个毕业生能破格进入一初中。这事其实没有条文规定，但老百姓眼里那杆秤是这样衡量，上上下下的领导心里就是这么给学校和校长打分。最终这压力被校长无限放大，毫无疑问地落在竞赛老师头上。

小梁老师人虽有几分怪异，事情办得实实在在。小梁老师只记得数字，他本身是跟阿拉伯数字打交道的小奥数老师，数字化生存是他对这社会的觉悟。南京烟送去的第三天，清华就如愿坐到了前排。在大凤心中，梁家父子就是儿子的命中贵人。大凤有几分惦念小梁老师，不知他可好，他那腕上的白斑有没有褪去？大凤借家长群里家长的请托，有心再去三小看一回小梁老师。

小梁老师在小教室给学生上课，教室只有二三十套桌椅，桌子椅子少，听课的学生更少，只有八九个人。大凤从窗外看进去，每个孩子的脸上都驮着眼镜，葵花向阳地朝着讲台。说起来清华也在上奥数，但那只是数学老师在年级上大课，家长群里的人打听好了，只有能进小梁老师的奥数课堂才是代表学校的选手。大凤盼望有一天清华也能坐进这课堂，那么多座位空着也是空着。这些孩子都是尖子生，是校长眼里的金豆子，大凤不敢影响他们，在走廊上折回楼梯处，等他们下课。没等几分钟，小梁老师就走出来了。大凤说，梁老师，下课了？梁亚民说，没有，我怕你等不及，让学生先做习题。大凤没想到这小梁老师还挺顾她的情面，就说了家长群那帮家长团购课的请求，人头费每次一百，大凤特意强调。小梁老师说，我也有事请求你，不，是我爸有事要请求你。大凤想不出她能帮上梁老五什么事。小梁老师低声说，我不答应，他还打了我一耳光。梁亚民说着，下意识用右手捂住了脸，他的右手戴了棉线手套，手套本色是灰气的，粉笔粉快把它涂成白色。这年头小城的年轻人不时兴戴手套，况且是这种老土手套，他的左手并没有戴。小梁老师说，就是，就是我爸想请你在竞选村长时回去一趟，将你家的票都投给他，就是下个星期天。大凤心里明白，梁老五是让儿子替他拉票。为这，他还打了小梁老师一耳光，凭这条他就不配当村长。可是小梁老师是他儿子，不看僧面看佛面，说到底是为了自己儿子，选票的事与清华读一初中的大事比轻如鸿毛，或者说轻如选票本身那张小纸片。大凤说，你打电话告诉你爸，没问题，除了我家，隔壁村的三红家，全都投他的票。三红家虽在邻村，行政村划分却属于同一村。小梁老师说，那太谢谢你了，只是我这一张口，让你们庄严的一票不怎么庄严了。大凤说，我们是看梁老师的面子。梁亚民说，这样的话，我也答应你上课的事。为了感谢你，我不收你儿子的课时费。大凤缺钱，但大凤眼里有东西比钱更重要，大凤说，钱不要免，你受累多指导他，如果能把他带进竞赛队，我给你磕头都乐意。小梁老师将戴着手套的右手一挥，说，钱必须免，免了我就替我爸把欠情还了，竞赛的事我说不定，得看你儿子的天智。

大凤离开三小的时候心情不错，出校门就打电话给三红，梁亚民应下了。三红说，她一定动员父亲母亲姐姐姐夫投梁老五的票，否则，就别想做她女儿的上人。大凤犹豫了一下，没告诉她小梁老师免除清华上课费的事，怕三红说她存私心。大凤对自己说，三红比你宽裕，她家的表叔数不清，没有大事也登门。

大凤将手机放进口袋时，一眼看见了手背上的疤痕，尖利的剧痛从手臂上传送到全身，她不由佝偻了身子，用左手压住伤疤。除了医生，很少有人知道，怎样才能剜去一块完整皮肉，大凤当年尝试着做到了，切口整齐，不及筋骨，血肉下是薄薄的白膜，血涌来前就只是瘆人的寡白。多年后大凤第一次吃荔枝，剥开荔枝皮她就尖叫一声扔了。大凤的呻吟声引起了路人的注意，她松开左手，阳光下的疤痕十分明显，怎么还如此痛切？大凤甩甩手，努力将浮现的幻觉丢开。

五

大凤上农贸市场买菜主要是买荤菜，隔几天才去一回。她出了菜场，手机响了，看一眼号码不熟，十有八九是推销家教和教辅书的人，大凤掐了。那些人神了，你一接电话，他就说，喂，您是清华的家长吧，唠叨半天，最后才露出庐山真面目。学校怎么就把家长的号码透露给了这些生意人，好多家长都说是被老师卖出去的，大凤不信，就是真有这回事大凤也不计较，才多大事，你掐了不接就完了，犯不上把老师得罪下。手机又响了，还是那号码，大凤这回接了。一个男声说，您好，我是大有公司四分部黄经理。大凤抬起头看看天，太阳像只淌蛋黄的鸡蛋饼挂着，梧桐树的枝头光秃秃，连一片树叶都没了。时间过得真快，一眨眼冬天就到了。黄经理说，您要的货有眉目了，我想与您见个面，确定下来。大凤说，谢谢您，您方便的话我下午去您公司。黄经理说，不必等到下午，我就在悦来茶座二楼，你偏一下脑袋，我就在临街的窗口。大凤看过去，真是那个黄经理在朝她摇晃手机。

小城人没有上茶馆喝早茶的习惯，一楼的桌椅都整齐排列着，大凤径直上了楼梯，二楼上也就只有黄经理一个客人，桌上摆着一热水瓶，一壶一杯一烟缸，水杯里茶已不冒热气，烟缸里扔下了两三个烟蒂，这黄经理一早就坐这里，他想做什么，大凤觉得这人难捉摸。黄经理说，清华妈妈，是这样。大凤说，且慢，你叫我什么？黄经理说，清华妈妈，我还知道你是徐小帆的姐姐。大凤觉得这黄经理邪乎，简直比得上间谍特务。黄经理说，四分部业务的特殊性，决定了我们每笔生意都要细致深入，才能竭诚为客户服务。我们已经确认您是陈书记家的保姆，并在家政公司看过您的身份证复印件和登记材料。这与您在我们大有公司登记的表格稍有不同。我为了对上家负责，今天一早从陈书记家追踪到菜场，证实了这一点。大凤说，怎么了？我做保姆怎么了，保姆就不能和你做买卖？黄经理说，您别上火，先听我解释，四分部的业务第一条是保守客户秘密，认钱不认人。了解您的真实身份，没别的意思，只是想知道您对这笔生意的诚意。大凤听出了黄经理的意思，她打量了一下自己，上身穿着一件旧式的滑雪衫，胳膊上两只袖套出门没顾上摘，下身是家宝留下的厚绒运动裤，裤脚太长向上挽了几道，脚上是双老棉鞋。与那天戴着眼镜喝冻顶乌龙茶的女客户确实不像同一个人。这家伙狗眼看人低，看她这打扮，看她确实是个保姆，怀疑她是不是能掏得出买指标的钱。大凤窝了一肚子火。黄经理说，您误会我了，我相信您不是忽悠我们，全县六十万人口没有几个人敢拿本公司当儿戏，这一点我不说您也清楚，您弟弟徐小帆也是本公司资深客户经理，我不说他也会提醒您。我们做过调查，您有实力付出这笔钱。姓黄的喝了一口茶，说，您决定要做这笔生意，按规矩要先交一万元订金。

黄经理低头看着茶杯，大凤却觉得这家伙用刚才那番话把她的衣服一件一件剥下了，剥得她身上一丝不挂。她羞愤交加，说，黄经理放心，人穷志不穷，明天上午我过来交定金。

黄经理慢条斯理地说，清华妈妈，这定金交了就收不回了，您不妨再作商量。

大凤能和谁商量？这城市说大不大说小不小，没户口本儿你就是一外人。当年她为了拿到城市户口，高考成了她的攻城之战，连考五次，屡战屡败，成了同乡人的笑柄。现在她人是进城了，但是她认识这城市，这城市不认识她。小帆是她的亲弟弟，可小帆是个不靠谱青年，能和他商量出什么结果。小时候，村西的坟地里常有女人哭坟，不是四月清明也不是七月鬼节，哭的女人不是死鬼的寡母就是死鬼的寡妇，一半是哭一半是诉，大凤常常和小伙伴去看稀奇，哭到伤心处，那些女人就在坟地里打滚，头发上衣襟上沾满草叶和泥土，看的人累了散了，哭的人累了还守着坟头倒气哽咽。大凤那时候只觉得可怜，现在想起来倒让她羡慕。她们毕竟还有个地儿可以嚎哭，毕竟还有个地儿可以打滚，遇事了，伤心了，抬腿就到了村西。大凤在这县城，想打个滚都没地儿，想哭喊都不敢放声。晚饭后，大凤把家宝揣在怀里，一步一步走下楼梯，不由自主走到御园小区。

家宝曾经是这小区地下车库的看守，出门打工，村里的男人要么在工地，要么做保安，家宝偏偏选择了看车库。家宝喜欢小汽车，一个农民工喜欢小车，这说出去不着调，就像叫花子说喜欢上皇帝的金龙椅，喜欢也只能心里喜欢。家宝没有把这喜欢挂在嘴上，但他买了不少时尚的汽车杂志，这种杂志贵，买一本杂志要花掉家宝十天半月的烟钱。和老婆儿子走在街上，每过去一辆小车，他盯一眼车标就能报出车牌。大凤不讥笑他，人活着就得有个趣味，既然老天爷把男人命运里的钱财都掳走了，把男人头脑中的念想还给他留着，老天有怜，做女人的就不能斩尽杀绝，留着他的孩子气。当初家宝看上大凤，提亲的人就说过，家宝看上她的执着，有追求。看车库人空闲，工资低，家宝除了节省，还想办法搞创收。全家进城后，家宝和大凤有个约定，卖房的钱加上这些年的积攒，除了给清华上学花费，一分钱都不能动。清华平时学习的花费，当然不算在其中。比如买教辅，比如上家教，还有这样那样学校的费用，算起来真是一笔不小的开支，家宝总有办法把这些窟窿抹平。家宝的地下车库有二百多个车位，停满时那车辆看上去威武雄壮，像是一个个穿甲戴盔的斗士。空闲时车库就像一个大足球场，在白炽灯映照下仿佛来到电影场景。家宝说，这些小车进出看上去杂乱无章，其实各有规律。比如像日本系的本田丰田和美国系的别克雪佛兰等，车主一般早上七八点钟走，晚上六七点钟回，准时上下班。那些奥迪凌志和中低排量的奔驰宝马车主，大多是午饭前走，半夜回，这些人应酬多，生意人多。最牛的那些车辆是跑车型或者越野型奔驰宝马保时捷，车子很多是昼伏夜出，车位有时空十天半月，有时车子又十天半月不挪窝。御园小区是个高档小区，它就建在县城中心，闹中取静，左是商贸城，右是美食街。家宝感兴趣的是车，有人看中了商机，门卫的老张发现有机可乘，老张说，你那车位每天总有空着的，空着也是空着，不能资源浪费。我每天放几辆车进来停车，咱俩也能赚出份工资。这县城黄金地带寸土寸金，当初规划时没想到突然有一天满大街全是车，现在逛街的人停车就成了老大难。都说城里找厕所难，现在变成说停车难。家宝挡不住诱惑，谁不喜欢钱呢，何况清华上学缺大笔的钱。家宝摸索出了车位空位的时段，基本没出什么纰漏。偶尔时间上撞车，向业主赔个笑脸说是亲友暂停，也能蒙混过关。家宝另一个财源是洗车，当初洗第一辆车时还真没想到挣钱。车库新停了一辆卡宴，家宝在汽车杂志上见过它长的模样，现在真车就停在他眼前，他那份激动的心情就像是粉丝见到了崇拜的明星偶像。要知道，这县城有钱人不少，懂车的人不多，有钱人不是买奔驰就是买宝马，很多好车车标根本没人认识，品牌再怎么大牌在这里也显摆不了。卡宴的车身有些脏，家宝用塑料桶拎了水，不敢用毛巾，杂志上说过一般的毛巾不宜擦车，他把车库里捡到的专用毛巾洗净，细细致致将车身擦了一遍。他贴着车玻璃，贪婪地看着驾驶台，嘴里嘟囔着这款车的一连串数据，恋恋不舍。其实，他没有驾照，任何一款车他都不会开，但这不妨碍他对车的迷恋。第二天，车主见了一尘不染的新车，赏了他一包大中华烟。家宝舍不得抽，用它到小店换了一整条绿南京。自此家宝晚上有了活干，洗车。家宝洗车不嫌贫爱富，只要看见车身脏了，不管高档车低档车，他都把它洗干净，有人大方，第二天会递盒烟。有人小气，装着没看见，家宝也不计较，本来车主就没请你洗车。水用多了，物业有意见，家宝给主任塞了烟，干脆在值班室的水管上装上电表，营私不舞弊。家宝还买了软皮水管、洗车液、喷雾水枪等，把洗车活儿干到专业水平，有车主干脆把洗车活包给他，直接给钱了。你可别小瞧这活儿，清华要交费，钱凑不够，家宝把各种香烟分分类，拎到小店钱立马就有了。教师节春节人家送礼，大凤也不用犯难了，跟店主说些好话，将那些散烟换成整条烟，上教师家的门送礼就有十足的面子。

其实家宝和大凤也知道这是无证经营，传出去要罚款关停。好在家宝见人先赔笑，人缘不错，能干一天算一天。

传达室的老张还在，见了大凤点点头，放她进了小区。大凤沿着车库的方向走，这小区没什么变化，只是路面上的小车多了，排着队占掉了一半路面，估计是地下车库装不下了。大凤在花园的长凳上坐下来，对家宝说，到你的地盘来了。小区都是十一层的小高层，夜风寒，灯光暖，亮灯的窗户内，大多数人家都聚在客厅里看电视，偶尔，有热闹的嬉笑跑进大凤的耳朵。家宝说这里是他的地盘，大凤笑话他，就算是你的，也是地下，不是地盘，地盘属于那些住楼的业主，人家不是把小区叫做楼盘吗。在车库的进口处，有家宝的一间房，也就是五六个平方的值班室，车库就他一个人守着，值班室真成了他一个人的地盘。摆下一张床，这地盘就只够他一人转身。大凤来看他，他抱着大凤就要上床，说免得屁股撞屁股，不要流氓也是耍流氓。大凤在这车库有过快乐时光。夏天的夜晚，十点以后，大多小车已经归位，家宝开始劳作。天热，地下车库通风不畅，家宝喜欢赤膊，汗一出就惹来一群群蚊子，咬得他东蹦西跳。大凤来了就忍不住帮他一把。大凤用水笼头冲，家宝负责抹液和擦拭。家宝说，灌个顶。大凤手一偏，水柱就隔着车身直扑家宝，砸得家宝的排骨身子“啪啪”作响，家宝却像嬉水的孩子快乐地喊叫，来，再来。有一回活没干完，夜凉来了，家宝让大凤先歇，大凤不走，家宝拿起水龙头朝大凤身上射去，大凤一边跑，一边骂。家宝一边追，一边大笑。嬉闹声将偌大的车库填满了。车库值班室条件差，夏天洗澡本来就只能冲个凉，家宝等于是帮大凤冲凉。大凤跑累了，撑在一辆越野车的引擎盖上喘气，湿漉漉的头发披下来遮住了脸，肩胛和前胸高是高低是低，波澜起伏。家宝扔了水管，绕到了大凤后面，水浇透了大凤的连衣裙，大凤的身体原形毕露，那一个前撑的动作，把大凤后背的凹凸都夸张了。家宝在后面抱住了她，大凤说别闹，我。话没说完卡住了，一根硬硬的枪管顶住了她的后臀。事后，家宝说，汽车杂志上的洋人都喜欢这样。家宝平时话不多，用三红的说法属“闷骚”型。

卖房之前，大凤要照料清华，进城次数不多。卖房进城后，舍不得租房，一家三口在这值班室住过几个月。家宝单薄，摸上去是一把骨头，却贪那事。车库二十四小时敞开，哪怕三更四更，依然车进车出。值班室就紧贴进出口的斜坡，车子进出就像在头顶碾过，大凤睡不着，家宝说，累了人就能睡着。一翻身，就要让她受累。大凤忍不住嗓子，家宝说，放浪放浪，你别想那么多，放开才浪开了。大凤能忍就忍着，后来摸索到了别窍，车进车出时你尽管喊，喊破天也没人听见什么。有一回半夜，有几台车的防盗警报铃声大作，恨不得把人耳膜刺穿，家宝说，坏了，你刚才那叫声超分贝了，把警报器惹响了，大凤以为是真的，羞得往被窝里钻。家宝得意地大笑，她才晓得上了当。

大凤在寒风中想起那一幕幕泪水涟涟，她用手握着家宝，家宝在她手心暖烘烘的，他身子不会冷。

那天早晨大凤做了一个梦，梦见她坐在家宝开的车上，车明明停着，却突然向前蹿去，大凤喊“刹车”，家宝死死踩在刹车板上，车还是死命朝前开。大凤惊叫一声，醒了，吓出一身冷汗。那时他们已搬出值班室，在外面租下了房。主要是为清华着想，车库吵，影响儿子学习。车进车出危险，担心碰着撞着孩子。家宝说，你看你，好不容易做上富贵梦，咱开上私家车了，你还把自己吓个半死。大凤说，我也奇怪，只见你洗车，没见过你开车，在梦里你怎么就敢开呢。家宝搂过她后背，轻轻拍着说，要不怎么说是做梦。你这几天坐公交是不是产生过错觉，明明你坐的车没动，对面有车交错而过，你以为是自己的车开动了。老司机遇上都会慌神，下意识踩刹车。大凤想了想，是有过这样的事，高中物理上叫“相对运动”。家宝上班的时候又换上了旧皮鞋，那鞋旧得鞋底可以溜冰。进出车库的坡道上都是防滑齿，家宝说走进走出太耗鞋子，穿再好的新鞋子，那鞋底也受不了那防滑齿的啃咬，不如省下鞋钱给儿子上家教。大凤怀疑那鞋子是他在小区垃圾箱里捡的，家宝正色道，是一百一十号车位老李送的，意大利名牌。捡的和送的在家宝那里性质不同，大凤觉得那老李肯定是打算扔鞋时顺手送了家宝，省了去垃圾箱那几步路。说穿了心酸，大凤不说。可事情就出在那双鞋上，那天有个冒失鬼进车库，方向盘打过了，向贴墙走的家宝撞去。家宝慌忙躲闪，脚下一滑，防滑齿没咬住他那光板子鞋底，他倒在车轮下，前后轮从他身子上碾过去。大凤赶到医院，家宝还剩一口气，家宝说，对不起了，大凤，没想到这么快我就为咱家的伟大事业作最后贡献了。记住，钱最重要，能私了就私了。他挣扎着对物业主任说，我是因公殉职，你要帮我老婆儿子办抚恤金，否则，我死了都不放过你。物业主任吓得白了脸，说我一定按政策向上面申报。家宝的最后一句话是，怎么就死在一辆普桑下，死在奔驰宝马轮下我也甘心一点。大凤知道他不是说俏皮话，他是说如果肇事车主是有钱人，有可能赔偿款可以多一些。事实上赔偿金给了十五万，全给家宝父母拿走了，族里长辈出来说话，钱让老人保管安全，要不，儿媳妇改嫁钱就改姓了。物业公司也就付了殡葬费，家宝这样的农民工，别说投保，姓名都没上员工名册。火葬那天，工作人员喊亲属进去盛骨灰，大凤捧着骨灰盒进了工作间，工作人员左手拎着一个长柄铁簸箕，右手拎着一柄铸铁方锤，当着大凤的面，将铁簸箕里残剩的骨头锤碎，以便装进骨灰盒。大凤叫一声“慢”，揣了一块长条形的骨头在口袋，烫得手钻心痛也不敢放手，怕摔碎了它。她知道，家宝的骨灰盒她也留不住，公公婆婆会把他葬进祖坟。

那是家宝的下颌骨，家宝枕着大凤睡的时候喜欢让大凤摸着这里，有时候大凤的鼻息弄得他脖子窝痒痒的，他就不由自主地摆摆下巴。现在它就是家宝，大凤不敢把他放在家里，怕吓着儿子。据说死人不能见阳光，大凤把他藏在楼顶的阴凉处，用绸布和油纸裹着，只有遇事拿主意或者实在思念他时，才在夜晚把他捂在怀里，少了一个说话的人，没少那个听她说话的人。

大凤说，家宝，你说明天那一万块订金交不交呢？交，到时候你得帮我，托梦给你父母说那十万钱是为清华买指标的，是为了我俩商定的大计。我不怕大有四分部的人，光脚的不怕穿鞋的，大不了他们要了我的命，我早点来陪你。可清华咋办，我们的大计就成了泡影。

家宝不说话，不需要说话，大凤也知道他支持她去交。

大凤走出小区，大街上依然灯火璀璨，小城越来越向大城市靠拢，人们热衷于过夜生活，商家当然热烈响应。男男女女从大凤身边走过，霓虹灯恨不得将每个人都卷入梦幻的漩涡。热闹是他们的，灯红酒绿也是他们的，大凤捂紧家宝，疾步往回走。清华一人在家做作业，这个世界牵扯她每个神经的就是儿子，儿子考上大学是她和家宝商定的大计，儿子才是她的温暖。手机在口袋里响了，又是一个陌生号码，大凤和家宝在一起的时候不愿被人打扰，她掐了。手机却顽强地再一次响了，看样子不是广告电话，接了。对方说，我是老罗。大凤一时想不起来认识什么老罗，说你找谁呢。那人急了，我是一初中食堂的老罗。大凤说原来是罗大厨，心里笑话这胖子，你说是三红家遇见的那个老罗不就明白了，心虚。罗大厨说，你托我的事我帮你问了，食堂正招人，我们主任让你这几天就过来面试。大凤连声道谢，收了电话，大凤说，家宝，你说去还是不去。家宝从来不替大凤拿主意，现在也是。大凤只需要一个听她说话的人。去，当然去，不入虎穴，焉得虎子，这话听上去夸张了，至少，近水楼台挨月亮近一点，就是水中月亮也值得捞一把试试。大凤觉得腿上有了力气，天再冷你只要一直走下去，身体也能走热了。手机再度响了，还是老罗，老罗说你没病吧，这话太突兀，或者说这样说出来太亲热了，大凤想回一句你才有病，那又过于凶狠，把老罗得罪下了。大凤听他的下文，老罗说，是这样，我们食堂员工必须办一张卫生健康证明，得先去医院体检。你要是有病，我医院有熟人。大凤听明白了老罗是好意，说，本人没病。

大凤老觉得背后有双眼睛在跟着她，她猛回头，没有。走几步再回头，还是没有，大凤心里笑自己，你还真把自己当个人物了。大凤了解过，医学上这叫“强迫症”。我有没有病？大凤觉得真说不定。从高考复习到现在，不时有人背后说她有病。这回辞掉保姆去食堂打工，工资眼看着就少了一半，有人知道了没准又说她脑子有病。大凤说，家宝，只要你认定我没病，我就走自己的路，坚持到底。

老陈书记后来说过，如果大凤有病，病不在大凤。

六

有人说再怎样金碧辉煌的酒店，你也不能进它的后厨，见识过了，你对山珍海味立即没了胃口。这话说得没错，孔雀开屏够美丽了，从后面看，你第一眼看到的是屎眼。但是一初中的食堂真不是这么回事，罗大厨领着大凤进了厨房，大凤从更衣室出来就换了模样，白帽白衣，还有一枚胸牌，上面有姓名、工号、工种，罗大厨向人们一一介绍，徐师傅，新来的徐师傅。名正言顺，不像“阿姨”听起来那样说不清道不明。罗大厨领着她参观了粗加工间、荤菜加工间、蔬菜加工间、切配间，接着是面点间、蒸饭间、烹调间，最后是餐厅备餐间。大凤想不到食堂有这么多讲究，这后厨里自有一块天地。各人手上都干着自己的活，女师傅看一眼她，有的冲她一笑，有的眼一眨视而不见。男师傅就没有靠谱的人，有的眼睛盯着她上下看，那眼光把她当成了待加工的一道菜，有的不怀好意地凑到罗胖子跟前咬耳朵，看神态就知道说的不是正经话，罗胖子作势要扇那谁，脸上的笑意却明显受用。大凤在心里冷笑，脸上表情生动，夸张地对各处的陈设表达新奇。这里所有的工作间都有一个相似之处，白瓷砖贴的墙白地砖铺的地，锅勺灶盆是不锈钢制品，橱柜灶台是不锈钢制品，甚至连那一排连体的排油烟机和并列的冷柜，都闪着精钢本色的那种寒光。这得花多少钱才能置办下，大凤心里感叹，一初中就是一初中，连食堂都如此高端上档次。这样的地面，这样的台面，这样的墙面，留下一点脏乱的东西都醒目，不去弄干净你都不好意思。老罗说，前不久才整成的，乡下一所中学的学生集体中毒，没死人，校长也丢了乌纱帽。我们周老板这才重视后勤工作，对食堂投钱，一流的学校配一流的食堂，反正一初中不差钱。老罗说的周老板是一初中的周校长，大凤觉得老罗粗鲁，满大街的人都称老板，阿猫阿狗都称老总，一初中的校长全县只有一个，岂是那些人能比？大凤错怪了老罗，大凤后来偶尔看见周校长，老师们都当面喊他“周老板”，校长笑嘻嘻应着，春风拂面。大凤的岗位在蔬菜加工间，说白了就是拾掇蔬菜，开饭时，所有人都到窗口去卖饭卖菜。

从食堂大厅贴出的公示栏看，罗大厨还真是大厨，有三级厨师证，但从排列的方阵看，罗大厨这样的厨师有五个，比这五人厉害的叫总厨，他的照片独自挂在最上方。大凤打听过了，这食堂只有两个人是正式工，叫在编人员，一个是总厨，一个是会计，其他人都是临时工，罗大厨临时了快十年还临时着。这很重要，按惯例，在编人员子女可以无条件读一初中，罗大厨不在乎，他没有子女，连老婆也没有。但是，大凤眼里这才是根本区别，比多挣钱少挣钱重要。应该说这是份不错的临时工，一日三餐不要钱，并且可以放开肚皮吃，大凤明白了男女同事都腆着肚子的原因，不吃白不吃嘛。除了吃，还可以带，当然得象征性付一块钱，晚上的剩菜剩饭倒掉可惜，便宜处理给员工符合节约原则，类似于面包店下午五点后的打折。其实哪里是剩菜剩饭，饭菜刚出了锅，各人就拿出自带的饭盒，拣大荤往里面装，装满。这样一来，清华第二天的饭菜都有了，算起来，比在陈书记家还是吃亏，比原来的最坏打算要好。开饭的时候，大凤的窗口是卖菜，铃声一响，学生们就涌向食堂，一初中的学生都穿统一的校服，从服装上分不出家境好坏，据说讲究都在鞋子上，富家子弟一双球鞋就是几千。大凤看到男生就想起儿子，都是吃肉的年龄，她手一沉量就加了。老罗说，大凤，你看你窗口排队的全是男生，这些小公鸡都冲美女来的。大凤说，罗大厨，都是孩子，怎么会跟你一样满脑子坏水。老罗说，孩子？现在的孩子懂事早，你没听到吗？学校搞评教打分，每个年级均分最高的都是美女教师，把长得锉的女教师都气哭了。老罗有事没事都在大凤周围转悠，一个大厨应该沿着锅台转，谁都看出他的心思，大凤心里明白，她欠下老罗的人情了。大凤得给老罗一个说法，大凤买了两瓶酒拎到食堂，老罗下班后喜欢喝两杯，大凤趁他和几位大厨开喝时，把两瓶酒放到桌面上，说，我请客，一直想感谢罗大哥的关照，今天是个机会。第二天，老罗板着脸把酒钱硬塞给了大凤，说，那酒不喝，扫了你的面子。这酒钱不收，跌了我一个大男人的脸。大凤说，这是我的一点心意。老罗说，哪有你这样送礼的？分明是在大伙面前拿我开涮。有心送礼就送上门，莫非是怕我吃了你不成。

大凤真不敢，大凤不想随随便便把自己当份大礼送上老罗的门。

这饭厅当初设计也分了甲乙丙丁，一楼是学生食堂，二楼是教师食堂，三楼是小灶和包间，三楼专供八位校长书记用餐和待客用。一楼是挤得密密麻麻的条凳长桌，二楼则宽松地摆放了几十张圆桌，到了三楼都做了分隔，据说校长和书记俩人不待见，各有各的用餐包间。好在这俩人在学校用餐次数不多，前一个阶段查酒店吃喝之风，俩领导在食堂露面次数才多了，各进各的包间，都不怕冷清。大凤觉得这些人就是吃餐饭，也一定分出三六九等来，有几分可笑。这让她想起中秋节前店里卖的月饼，最便宜是散装货，胡乱堆着。中等价格是简装，用塑料袋或纸盒包装。高档的是礼盒，外包装用精美的木箱或者铁匣，里面是塑料隔断和丝绸铺垫，打开来，也就一个窝里趴着一只月饼，就像这豪装的包间只坐了一个校长。但大凤笑不起来，大凤有自己的心事，一初中的门她是进了，可是近水楼台是在楼上，她现在还在底层，她只有上楼，哪怕是先上了二楼，才能见到月亮。大凤不能在一楼耽误太多时光，光着急也没用。她在这楼上楼下举目无亲，要说依靠只能依靠罗胖子。

大凤打电话给三红，小梁老师打电话说，最近俩孩子挺争气，选拔进了竞赛小组。三红说，这梁老五家的老二倒也义气，咱给他爹投票没白投。大凤不能确定梁亚民是不是投桃报李，但那人看着也不像是脑子能转弯的人。大凤说，三红，人家都说孩子是自己的好，你怎么就不帮你姑娘说话？大凤细想，清华最近一段时间表现是进步了。按惯例，清华的语数英练习是错一罚三，考试则是错一罚十，错一是错一道题，罚是罚三套或十套试卷，反正书店里堆满了试卷，大凤每个学期都挑选一些买下，以备清华罚做，有空闲的话，她自己也主动陪清华做题目。清华最近练习和考试都是全优和满分，没受罚。看他用完的草稿纸，可以看出这小子在奥数上确实没少用功。儿子也许确实懂事了。言归正传，大凤说，那罗大厨最近是不是还常过来当表叔？三红说，我都几个月没见他人影了，怕是被狐狸精勾引走了。再说，现在你找他还用得着来我这里？你俩抬头不见低头见。又来了，大凤明白，三红这话里夹枪带棒是冲她大凤来的。大凤赶紧告饶，三红嘴硬心软，最后说，你真有什么事求老罗，我真帮不上了。我跟他，一个卖一个买，连露水夫妻都算不上。

大凤要听的就是三红嘴里吐出的这句话，如果现在三红对老罗抱有什么打算，大凤还真不好下手。

那天晚上是罗大厨值班，大凤下班后作了一番梳洗打扮，又回了食堂。大凤说把手机落在工作间了，老罗陪着她转了一圈没找着。大凤貌似找手机，眼角却观察着身后的老罗，老罗盯着她的后颈，气越喘越粗，酒气熏得大凤不敢回头。在劫难逃，何况是你主动送上门。老罗在背后双手一搂，把大凤的身子拔起，横着放到了工作台上。这桌面既冰冷又油腻，大凤象征性挣扎了两下，看状况，老罗已经顾不上更换场地。老罗山一般屹立在她正面，工作服、棉袄、羊毛衫像大鸟一样张翅从她眼前飞过，接下来，外裤羊毛裤短裤像潮水一样褪下，水落日出，露出气势磅礴的肚腩。再往下看，山高月小，那里并不与老罗的大身坯相称。大冷的天，老罗剥光了自己，又来解大凤后的衣服。大凤说，慢。大凤从口袋里掏出一只避孕套，老罗愣了一下，欢天喜地接下了。这女人分明是愿意配合这工作台上的工作，老罗乐得照单全收，按章行事。老罗完了事，大凤仰躺在工作台上，老罗捡起她的衣裳裹住她，又捡了自己的棉袄盖住她身子。大凤打开他的手，她的手冰凉，身下冰凉，脸上冰凉。大凤抬手擦了一下脸，脸颊上全是泪水。老罗摸不清这女人的心思，有了后怕，说，你别哭，你要我做什么我都答应你。大凤坐起来，越想哭得越伤心。他真要能做什么，她吊死在这棵树上倒也无忧。可悲的是这个男人要什么没什么，连做嫖客都在三红眼里排不上队，大凤却把自己作践成一盘小菜，乖乖地送到他嘴边。她徐大凤连婊子都不如。

大凤从学校回家的路上有些恍惚，走路一脚轻一脚重，但是总觉得后面有人跟着她，爱谁跟就谁跟，要钱没有，要命拿去。都已经这样了，谁还能把我怎么着。大凤懒得回头，儿子在家，不能让儿子等得太久。

大凤调到了二楼窗口给老师打菜。老罗说，三楼不设卖饭菜的窗口，服务员是几位漂亮小妹，没结婚的。调你到三楼，我实在搞不定这事。大凤知道他一个大厨顶多就这点能量，好歹二楼总比一楼机遇多些。可笑这老罗总还想着跟她再成好事，大凤哪里还肯与他纠缠，有多远躲多远。一个月后，老罗又回到了三红的床上，他跟三红这样说大凤，就她那样？简直僵成了木头人，我在五花肉上划个口子搂着也比搂着她像回事。

七

走进老陈书记的院子时，大凤觉得像是隔了多少年的感觉，其实才离开几个月。这院里的菜地明显萧条了，除了几垄霜打后的卷心菜还残留着绿意，那些给豇豆和丝瓜搭的竹竿架子戳在地里，夏天的盛装已褪下，枯藤黄叶和瘦竹在寒风中相依为命。除了季节更替的原因，那就是说明菜园的主人明显懈怠了。老陈书记坐在门前的藤椅上，天寒，椅子里衬垫了他的旧大衣，椅背上一只空袖管耷拉下来，使旧藤椅莫名增加了一种颓败的意图。阳光很好，椅子正放在小楼的L形内角，背风，他舒服地在阳光里睡着了，一缕精心培育的长发不守纪律地溜下了额头，搭在他的鼻梁上。大凤怕惊醒他，脚步放轻了，没想到水泥地上几只鸽子腾空而起，翅膀扑棱的声音让大凤一惊，也把老陈书记惊醒了。老陈书记有几分不好意思，慌忙将头发捋上脑后，站起身一抬脚，不小心将盛玉米的搪瓷碗碰翻了。老陈书记说，你来了。似乎大凤还是每天来这里做工，从没中断过。大凤说，你什么时候养上鸽子了，看这地上脏的。走近了看，地面上许多星星点点泛白的鸽粪。老陈书记恢复了精神，说，允许你放我的鸽子，就不允许我养鸽子？这话说得冲了，有怨，有愤，还有委屈和任性。老陈书记又补充了一句，这院子里总要有点活物的声音。

屋内那些熟悉的家具让大凤有了久违的亲切感，阳光侧照，家具上积攒的灰尘尤其惹眼，大凤捋起袖子要打扫，老陈书记说，别，今天你是我的客人，不是我请的阿姨。老陈书记把大凤请进了书房，大凤知道，这里是他会客的地方，而且是他的老同事老部下，可以纵论国事可以破口骂娘的朋友，他才请进书房来坐。大凤习惯性地去泡茶，书架右边是他喜欢的冻顶乌龙，待客用的碧镙春雨花茶之类在茶儿的下面。老陈书记说，坐吧，我早放上了，你那杯中冲上水就行。坐定，老陈书记说，大凤，我一直想知道，你为什么辞工去了一初中食堂。上次辞工的时候，他就责问她，声音愤怒得发颤。这让大凤怎么回答呢。老陈书记说，我打听了，工资只有我这里的一半。大凤叹息了一声，老陈书记惴惴地说，是怕我为难你？大凤知道他说的“为难”是指什么，大凤摇摇头。有一回是秋天，老爷子在书房剪报，每天读完报刊他必做的功课，剪刀不响那把老藤椅“吱喳”乱响，大凤倚门一看，老爷子在椅背上蹭痒痒，这让大凤想起乡下在树干上蹭痒的水牛，不禁掩嘴而笑。老爷子闻声回头说，快，大凤帮我。秋燥，年纪大的人背上就痒痒，大凤在乡下也帮老人挠过背。这里，那里，大凤的指甲长短适中，老陈书记像一头在泥坑中打过滚的猪，舒服得直“哼哼”。这里，这里，大凤找不着位置，老爷子的手从自己后腰上绕上来，抓住了她的手。哪里？上还是下？老爷子仿佛睡着了，握住大凤手的手掌，温度和力度却渐渐加大了。这真是一个高难度动作，他也不怕扯歪了老筋骨。大凤挣一下，那手掌捏得更紧，汗衫下两只手的斗争，让大凤联想到被窝里男人女人的纠缠。大凤生气了，手往上一提，老爷子胳膊够不上，手松了。从此他再不敢提让大凤挠背的事。第二回是在午休时候，老爷子机关干部出身，每日午休是惯例。他的卧室在楼上，午睡前都是大凤铺好被褥，老爷子躺进去，眼巴巴地看着大凤，像是小时候不肯睡的清华，要求妈妈再讲一个故事。大凤敌不住那眼神，慌忙撤退。有时候累了，大凤也趁他午睡时在沙发上小憩。那次是大凤半梦半醒之间，觉得有手在抚摸自己的脸，她知道是谁，她装作无意识地扭动了一下脑袋，那手一下子挪开了。人却没有走开，老男人特有的异味还挡着大凤的鼻息。迟疑片刻，那只手又握住了大凤的手，耐心地搓揉，像是孩子把玩一件玩具。大凤不想继续装下去，把手抽了出来，老爷子干咳了两下，说，你的手指甲要剪了。这回是老爷子落荒而走。自此，大凤也不小睡，没事做就一个人上街溜达溜达。大凤没把老爷子的骚扰当大事，做保姆的受到男主人欺负不稀奇。对面的住家保姆跟大凤年龄差不多，服侍一个瘫痪老大爷。她告诉大凤，那老家伙每天晚上都要咂摸一把她的奶头才肯入睡。大凤说这怎么可以，她说，这世道还有什么不可以，老话说，结婚之前女人的奶子是金奶子，结婚之后就是银奶子，生了孩子就成了狗奶子，都狗奶子了就当作被老狗舔一口罢了。相比之下，陈老书记毕竟受党的教育多年，那点骚扰连“性骚扰”都算不上。倘若当初他真是个老不正经，其实家政公司暗地里介绍那种陪睡保姆，工资高出几倍，他陈老书记又不是付不起。就算害怕小陈书记，他也可以放下身段，去三红那样的地儿做“表叔”，何苦把居家的日子弄得鸡犬不宁。怎么说呢，陈老书记一个多年当书记的人，掌控大局是特长，失方寸也只是偶尔，大凤守住自己就起不了风波。

大凤说，我有我的难处，还真不知道该从哪里说起。

大凤的爷爷徐秀才并不是真的考中过秀才，他生在民国，科举功名早就取缔。他读书也不多，只读了几年私塾，塾师倒是清末的秀才。在那个时代的农村，认得几个字，能拨拉算盘珠子，都统称为秀才。徐秀才家境富裕，新中国成立后成分被定为富农，开始一个时期影响不大，天塌下来有高个子顶着，村里有五、六户地主，每次批斗大会地主首当其冲，徐秀才偶尔出场陪斗。徐秀才在村里人缘不错，村人写家书写对联都用得着他，没人故意为难他。徐秀才冷眼看世道，把希望放在在县高中读书的儿子身上，想不到“文革”一到，高考制度取消，儿子只能回乡务农。世道沧桑，徐秀才只认一个道理，万般皆下品，唯有读书高。改革开放，村里人纷纷进城打工或做商贩，徐秀才拦住儿子，父子潜心种田，理由是钱赚了，如果影响孩子们读书，等于把孩子前程赔了，还是划不来。徐家的大门上贴的春联是，耕读传家躬行久，诗书继世雅韵长。这两排字或楷或隶或行书，内容从来不变，徐大凤最早认字就是从这春联开始。等到徐大凤读高中，徐小帆读初中，高考制度早已恢复，徐秀才憋足了劲，认定徐家振兴在此正道。可惜爷爷憋足了劲有力使不上，一遍遍的谆谆教导反使大凤压力倍增。徐大凤平时学习优秀，班级排名基本不落前五，可高考却名落孙山，成绩在班上排二十以外。老师说大凤心理素质弱，考场发挥差。老爷子安慰孙女，咱复习，继续考，苏老泉考进士连考二十年呢。第二年第三年高考，大凤的成绩离分数线不是差三分就是差五分，老爷子每年还是用苏老泉作榜样鼓励孙女。第三年考完大凤身心都垮了，头上斑秃，手上白斑，自残事件闹得沸沸扬扬，医生诊断是高考压力闹的，母亲说咱不考了，一个姑娘，你们徐家还指望她撑天立地？可母亲说了不算，爷爷不发话，爷爷在这个家一言九鼎。大凤恢复了一阵子，爷爷又哄她进了复习班的教室。大凤第五次高考，徐小帆高中毕业也作为应届生进考场了。徐秀才有所不知，苏老泉应试屡考不第，一直到两个儿子苏轼苏辙都金榜题名他还是不第。史传苏老泉连考十九年，至死未第。徐秀才树立的榜样暗示了大凤的命运，姐弟同考，小帆考上了，大凤第五度落榜。小帆考上也是时逢这一年高校扩招，大幅度降分，大幅度收费，小帆录取在一所大专，学费要十多万。爷爷继续用苏老泉安慰孙女和孙子，俩人复习再考。那些年农村中学考个三年五年的人不少，有考生连考八年终于考取。大凤可以考下去，问题是你想考，政府不让你考了，本省单独命题，省教育厅高考改革，下一年度将高考分两步走，高二小高考，高三大高考。复习生没有小高考成绩，等于是被拒之门外了。大凤终于得解放，让苏老泉的阴魂早日滚回他的墓穴吧。

徐秀才精神一下子崩溃，他在病床上拍着桌子大骂，我们农村人浇块水泥地，还担心挡了地下生灵万物的路，行个烧香祷告仪式。一省几十万复习生，高考是农村孩子的唯一出路，他说断就把路断了，老天有眼，他们迟早要遭报应。决策的官员远在省城，徐秀才的骂声他们当然听不到。

骂过之后，当务之急是凑钱给小帆交学费，十多万对种田的农户不是小数字，幸亏亲友帮助。徐秀才没熬过那个冬天，爷爷临终时拉着大凤的手说，一定要让你和小帆的孩子考大学，考清华北大。大凤应下了。几年后大凤生下的儿子，大名是清华。

陈老书记在大凤讲述时两次插话，评点一：你爷爷有自己的世界观，但他没有权利把它强加在你和弟弟头上。有句老话，你看见什么，什么就挡住了你的眼光，说的就是你爷爷。这番话很哲学，大凤觉得陈老书记确实高水平。评点二：扩招是借高等教育之名行圈钱之实，古今中外，任何伟大民族都把教育当做事业，而不是当生意来做，即使当下欧美诸国的教育产业化，只是针对留学生收费，对本国学生教育基本都是义务制。扩招收费，这些人竟想出如此昏招，相当于捶自己的卵蛋做下酒菜，这要绝后人的。这段话是他从桌上拿来剪报读的，老陈书记读一句，从老花镜上方看一眼大凤，表情沉重。最后一句是粗话，剪报上不会有。显然，激愤之下老陈书记也有失斯文了。

大凤说，为了清华能上三小，我们贱卖了乡下的房子。为了清华有机会上一初中，我才到您家做保姆，我来之前，早打听到您是在教育局书记任上退下的。得知您连亲外孙上一初中都不肯开口求人，我不得已而去一初中食堂打工，图的是能碰上个肯帮我的人。大凤说到后来带着哭音，老书记，我就是一个势利小人，您别和我一般计较。

这样呵，这样呵。老陈书记明白了，不知道该对大凤说什么好。半晌，说，在一初中找到肯帮你的人没有？大凤被问到辛酸处，忍不住放声大哭。老爷子将抽纸抽出几张，顿了顿，还是塞在了大凤手中。老爷子说，我告诉你，海波也不去一初中了，去美国读寄宿学校。正是这个原因，我现在研究的课题就是各国的教育问题。老爷子俨然把自己当做学者教授了，还“课题”，最多就是剪贴了几篇文章。大凤不知道，大学中学的课题很多就是剪刀加糨糊的成果。老爷子说，我每次接送海波上学下学，书包比人的个子都大，作业做到深更半夜，节假日东奔西走补课。我觉得孩子是太苦了，没敢投反对票。大凤心里想，清华可比海波还苦，别说接送，有时候一碗方便面就当了晚饭。大凤说，我们乡下人喜欢吃肥肉时，你们城里人吃瘦肉。我们喜欢吃瘦肉时，城里人又追着吃什么有机蔬菜了。这不，我们家清华做梦都想上一初中时，你们却把海波送到国外去上学。我们就是跑丢了鞋子也追不上你们的想法。老爷子说，高考不变，孩子身心受苦的处境就无法改变。从政治角度看，高考不会变，也不能变，只有高考制度下培养的接班人才能刻苦耐劳，循规蹈矩，保障社会稳定。大凤说，您讲的那些与我们百姓无关，我弟弟小帆您见过的，大学毕业了却找不到正经工作，欠下的学费至今没还清。都说这考大学是坑人。我不这样看，关键是看你考上的什么大学。一个碗儿洒一勺油也好，一口缸里洒一勺油也好，不看水多水少，那油没少，只看你能不能捞着油星子。好比这北大清华，扩招不扩招都不受影响，你考上了就不愁没工作。那北大卖猪肉的毕业生，不是本来也有个铁饭碗吗。老陈书记摇摇头，翻过一页剪报，兀自读了一段话，那段话老爷子在下面划了红线：蠢人不可能靠教育来拯救，他所需要的是救赎；我们的统治者希望从人们的愚蠢之中，而不是从人们认真而独立的思想判断之中，获得更多的利益。——迪特里希·朋霍费尔《狱中书简》。

大凤在陈家时就习惯了老爷子的做派，他只是需要一个听众而已。

太阳已在中天，阳光进不了房间，书房有了寒意。陈老书记说，我们上楼顶，你看看我养的那些鸽子。大凤随他上去，他在楼顶上盖了几间鸽笼，笼中笼外的鸽子“咕咕”叫闹，见了他不躲，反而全都围在他脚边跳跃，只差栖在他肩头了。大凤看四周，都是或旧或新的高楼，就是这长了翅膀的鸽子，也被这些楼挡了路，天高并不是任鸟飞。老爷子说，早就有养鸽子的念头，你来后知道你怕蛇，就掐灭了这个念头。你走了，我才捡起了这想法。大凤诧异，我可没说过这话。老爷子得意地说，这还用得着说，一个农家女子不肯进菜园，我就猜是惧怕什么，草虫？蛤蟆？蛇？最有可能是蛇。有一次海波带来一条塑料玩具蛇，他随手扔在沙发上，你什么都整理了，就是那沙发你不靠近，我就相信我猜中了。

老爷子还真是有心人，他看着大凤，意思是听大凤的解释。大凤绕不过那眼光，说，是这么回事，我爷爷走的那年，也就是我考第五次那年，年头上他找算命先生算了一卦，那算命先生说：我实话实说，你权且当我放屁。你家的家神已离家，恐怕今年长者不能寿，少者事不能顺。在我们湖畔那一带村庄，家神是指家蛇。湖边鼠多，家家都有蛇守着粮仓。算命先生那番话成了我爷爷的心病，每年都能在屋内或屋外找到蛇蜕，但那年我爷爷翻遍每个角落就是没找到。不幸的是，那一年确实被算命先生不幸言中，我从此对蛇敬而远之。老爷子说：奉蛇为家神，古来有之，不仅是守粮仓，还有别的说法。传说中人与蛇都曾有过只要蜕皮就能长寿的机会，人怕痛放弃了，蛇做到了，所以不断获得新生。蛇就成了长寿的象征。其二呢，蛇鳞是片片顺行叠压，不能逆反戗行，顺道而驰。民间又将蛇寓意为"顺"。老爷子好卖弄学问，说完回头看，大凤已下了楼，大凤实在不想继续这个话题。其实，真正惧怕的原因，大凤也只说了其一，没说其二。

这天是大凤的休息日，陈老书记说请她来有正事。陈老书记要留大凤吃午饭，说让饭店送外卖，大凤急着回家，说要准备清华的饭菜。孩子的事压倒一切，这道理老爷子也懂。陈老书记说，大凤，"表叔"的事你听说过吗？大凤吃了一惊，这是她和三红私下的玩笑话。大凤装傻，没听说过。就是，老爷子说，就是有个中年官僚，他惹怒了网友，网友一搜索，搜索到十几张此人的照片，每张照片上他戴的手表都不同，每块表都几万或者几十万。网友举报他贪腐，上级审查属实，逮捕法办。此人被网友戏称为"表叔"。大凤说，你说的是这个人呵，听人说过。老爷子想了想，说，大凤，你也不是外人。海波他妈妈经常在电视上露面，她腕上也常戴表，就是那块江诗丹顿，其实是海波他爸从国外捎回的，她就这一块值钱的表。我记得你也有块同样的表，说是仿货，我想请你帮着买一块。大凤说，莫非也有人举报小陈书记？老陈书记说，那倒没有。不过，政治斗争是如履薄冰，还是小心谨慎为妙。我还是替她留个后手好。大凤知道，老爷子讲的就是她腕上的"僵尸点灯"，便摘下来放到茶几上，说，这仿货怕寻不着地方买了，我这块您留着，本来就不值钱。老爷子说，那你上班没表不行，我送你一块。别，大凤说，我还有块电子表。老爷子保重，我回了。

老爷子追到院中说，大凤留步，我还有件事要说出来，你离开的这段日子，我也曾想过，把你和清华接到这院里来，就是不知道怎么开这个口。没等我提这事，女儿女婿说要送海波留学，学费昂贵，得把他俩名下的住房卖了凑钱，省得别人背后议论钱的来路。以后，她母子俩要搬进这院子来住了。

大凤加快脚步跑了，好在陈老书记腿瘸追不上，但愿他的话被寒风刮得干干净净吧。

八

吕一平是在微信上得知，寒假特级教师出国考察名单中还是没有他。这种出国考察，当然是旅游观光，听起来像是公费，其实不是，比公费团行动自由，行程豪华。限额之内，购物还有人帮你刷卡。那些特级中的特级，欧美早就逛过一遍，现在去的是非洲了。吕一平也是特级教师，却连一次机会都没捞着。怪谁呢？吕一平当然知道原因。掏钱的是省市的出版公司和教辅中心，他们捞足了，赚肥了，分一杯羹给合作者，顺便在寒暑假给合作者安排一些身心按摩，合作者就是那些特级教师。但是，套用一句广告语，不是所有的特级教师都享受这特级待遇。

吕一平是语文特级教师，特级教师在中小学，相当于院士在大学，是象牙塔的顶尖了。媒体报道，一个贪官想当院士，行贿几千万都没当成。物以稀为贵，院士肯定比特级教师少得多，那身价自是不好比。但是，没有身价或者价位太低也是对特级教师的不尊重，特级教师的评委不答应，参评的准特级教师不答应，广大中小学教师也不答应。本来被称为小知识分子就不服气，连特级教师都没有身价或者廉价，明摆着是小瞧我们小知识分子嘛。但一般参评教师心比天高，“币”比纸薄，有心拉升行情也没有实力。好在各级教育主管部门将重教落在实处，把一个地区一个学校的特级教师名额多少纳入考核，这样一来，除了挖空心思去“挖”外地的特级教师，攻关特级教师评选就成了学校乃至教育局的重要工程。你如果有心统计一下，特级教师中当校长的占大多数，次一点的也是主任，像吕一平这样头上没乌纱帽的属凤毛麟角。普通教师也没什么心理不平衡，天下是人家打下来的，钱是公家掏，冲锋陷阵毕竟是领导身先士卒。吕一平评特级时是在下面的镇中，本来也没抱指望，是去打酱油的心态。没想到居然天上掉馅饼，落到他头上了。事后才知道，这馅饼早就让人盯上了，两位高中语文教师争一个名额，背后是两地的教育局和两所名校，都牛气哄哄，都上面有人。两头牛角斗，斗红了眼把遮丑的红裤头都会挑翻，后果不堪。馅饼就轻易落到了吕一平头上。吕一平有吕一平的优势，偏远地区的乡村教师，而且是初中教师，据说大佬用文言文中的词汇解说他，卑鄙，地位低下且偏僻。他不认识评委，评委更不认识他，认识也没用，把他所在的学校卖了也值不了几个钱，大佬们看不上。让这人上，对那俩人都公平公正，两立的评委们都立场统一了。要顾大局，要讲政治，砍柴不成，你莫非敢把青山烧了？青山不老。

吕一平评上特级的第二年就调进了一初中，“卑鄙”两个字只剩下一个“卑”字，地位低下，其实并不真的低下，比一般教师牛多了，只是没弄成一官半职。圈内人都知道，特级教师也分成上中下三等。上等的特级教师控制一省的教材编选、中高考命题阅卷、特级教师评选等，仅主编教材每年的稿酬就百川归海，数目可观。比如语文，按多年来不成文的规则，课文作者拿不到一分钱，是都进了主编的口袋。这中等的特级教师，往往是一市或一县的教研室主任和中小学校长，他们编选和推销教辅、组织各级学科竞赛、出任高级或中级教师评委等，日子肥得流油。这下等的特级，是指吕一平这种，做一些参编教辅、教师培训讲座、学生竞赛评委等活儿，也能得一点儿碎银子聊作慰藉。据称这类特级教师自嘲，特级不带长，放屁都不响。是笑话也是实话，倘若你是校长，至少，你编的教辅可以自销本校学生。胆小一点，可以和别的校长交换发行。这样的特级教师自然最受出版商的追捧。现在，吕一平生气的是，组织出国的这家教辅公司，曾口头承诺这趟有他的。生气不如反思，看来，他一定要彻底去掉大佬说的“卑鄙”两字，上一个台阶。

由此可见，想在一初中食堂从二楼上升到三楼的人，其实不止大凤一个人，尽管性质不同，心情一样迫切。

据说女人生气就购物或饱餐，男人生气就借酒浇愁。“吕特”不是这种档次，心情不好，“吕特”选择运动。“吕特”年近半百，不适合和年轻人在球场上奔跑，“吕特”的运动项目是乒乓球。食堂的二楼在拐角处摆着两张乒乓桌，倘若有外地的教师来听课，这桌子就成了餐桌。平时空闲，乒乓桌就是乒乓桌，成了教师们饭前活动筋骨的好去处。这会儿是下午，教师食堂午餐后就冷清了，县城小，大多数老师晚餐都回家吃，晚上来食堂吃的就只有“吕特”和没成家的小青年，二楼下午就没什么人气。“吕特”来的不是时候，球桌空着。“吕特”失望地转身要走时，有人说，“吕特”，要不，我陪你打会儿。说话的人是窗口卖菜的服务员，“吕特”是有身份的人，抬头想回绝，看见玻璃门后面是一张羞怯的脸，美丽动人。一个中年男人，一个多月没见老婆，见了女人铁石心肠也会变软，那女子不知要鼓多大勇气才这样开口，就为了怜香惜玉“吕特”也应放下身份。女人脱了工作服，冬天劳作的女人就像夏天的茭白，剥掉外衣才另有风致。她穿了一件红毛衣，身段显山显水，“吕特”看球就难免分神，让本来郁闷的心情又添了急躁。女人球艺一般，也喜欢弧线长球来回，“吕特”自然比不上女人的耐心，性子陡起，扣杀连连失误，前半场失分就多。“吕特”觉得是没把握好扣杀的角度和分寸，不断摸索，再扣杀，果然，对方几个回合下来就招架不住了。“吕特”连胜两局，酣畅淋漓。到第三局时，女人用心了，女人发球，女人的左手大拇指和中指捏着球，若有所思，“吕特”紧紧盯住球，她左手的食指竖起，“吕特”握拍子的手就绷紧了，那根食指却顺着乒乓球的球缝缓缓抚弄了半圈，像是动物伸出的一截舌头。如此两番，“吕特”觉得发球快超时了，那球突然弹起，像上足了劲的弹簧直扑过来。这一局“吕特”的扣杀也几乎没有一次成功，第三局“吕特”惨败。“吕特”明白了，前两局女人是故意喂球，让他高兴。待他兴致高了，才和他较一回真。女人的球技真算不上高手，但高手的水平不是每打必赢，而是懂得该赢的时候赢，该输的时候输。

“吕特”记住了这个服务员的姓名，徐大凤。

徐大凤作为食堂员工，上班时间是不能打乒乓球的。“吕特”到食堂找大凤，是为了一件小事。本地人喜欢腌制一道菜，缸腌菜，取本地的马耳朵大青菜，晒够三十天太阳，压缸底腌制，春节过后取用，色黄味香，是本地人看家菜。“吕特”好这一口，菜晒的日头二十出头了，不巧，他要出去开一个星期的会议。这大青菜要日出晾出，日落入室，不沾霜露。倘若托付给那帮青年教师，不靠谱。“吕特”不放心，就想起了徐大凤。徐大凤满口应承，脸颊绯红，似乎不是请她帮忙，倒是给她颁发奖状。“吕特”要把宿舍钥匙留给她，她摆摆手，说，别，钥匙给谁等于把家交给谁了，我担不起这责任。那大青菜您放心，我在食堂找个地儿放着过夜。这是个谨慎的女人，知道什么东西能留，不该留的东西不留。“吕特”觉得这是个拎得清的女人。“吕特”准备腌菜的那天中午，他打完菜停了一下，说，徐师傅有空的话，我想请你帮我一起腌菜。“吕特”住的单身宿舍是公寓酒店的格局，房改过后单位不分住房，这宿舍是给新进的教师过渡用的，“吕特”的夫人在乡下医院做护士，想调进县城的医院还没有找到门路。“吕特”准备了一口大缸，放进沙发边上，看上去不伦不类，大凤进屋时，“吕特”正坐在沙发上洗脚。本地腌菜是有讲究的，将大青菜铺在缸底，铺一层撒一遍盐，盐是大粒子粗盐，然后男人赤脚进去踩菜。必须是男人，未必换了女人踩菜，那缸菜就不能吃，只不过这是祖宗传下的规矩罢了。家宝一走，大凤就不腌缸菜了。“吕特”踩菜，踩到菜汁淹了菜秆菜叶，大凤就撒盐和填菜。屋子里很安静，只有踩菜的声音一声接一声，这样的场景曾是冬季里农家温暖的一幕，让俩人都有些恍惚。菜快要填到缸沿时，“吕特”突然“哎呀”一声，矮下来扶住了大凤的肩膀。大凤扶他到沙发上，“吕特”的脚趾上已涌出一片血迹，“吕特”“咝咝”抽着凉气，说，怕是大盐粒把脚趾划破了，没多大伤口，只是盐水一浸痛得厉害。大凤说我看看，抱住“吕特”那只脚，是大脚趾趾肚破了，大凤一口把那大脚趾含住，吐了一口血水，再一口含住，舌头抵住了伤口。“吕特”的脚没了疼痛，僵了，一动不敢动。过了好一会儿，“吕特”想抽回那只脚，大凤松了口，却把他的另一只脚也搂住，拉开棉袄的拉链，一并揣在了她暖和柔软的胸口。

这就是温柔乡了。“吕特”荣誉是特级，身体却是普通血肉之身，抵挡不了温柔。

吕一平说，其实在打乒乓球你发球的一瞬间，我就爱上你了，你那个动作性感极了。大凤想不起是什么动作，但“性感”这个词让她受用。钻在一个男人的怀里，听一个男人絮絮的情话，大凤觉得是在做梦。这个时候的男人其实已筋疲力尽，吕一平很快就响起了鼾声。大凤穿衣起床，将两块石头压在腌菜上，石头立即被绿色的菜液淹没。这两块石头吕一平早已洗干净，压着是防止腌菜浮起。大凤给大缸盖上木板盖，将剩下的马耳朵青菜归堆一角，打扫干净，忍不住又凑到床头。吕一平醒了，他伸出热乎乎的胳膊，搂住大凤说，你真是个好女人，只是，我有老婆，不能给你名分。这是要给俩人的关系定性了，大凤说我不要那个。吕一平说，那我能给你什么？我现在什么都没，没房没车没钱。如果你是教师，我还能在发表论文、评职称上帮你，可你用不着。他这样一说，大凤脑子清楚了，这男人心里不踏实，要讨个定心丸。男人就是男人，永远不会被情事冲昏头脑。大凤不能打草惊蛇，不能提儿子进一初中的事。大凤说，我什么都不要，我一个寡妇，只图有个人知我的冷热。

大凤早已弄清楚，一初中的内招指标除了上面的领导，老板名额不限，书记每年两个，副校长每年一个。在食堂二楼上用餐的人中，能在老板那里要到指标的只有“吕特”。凭什么，凭“吕特”是引进人才，全校就他和周老板是特级教师，尊重学问尊重人才。

如果有细心人观察，“吕特”和大凤在学校突然疏远了。俩人碰面不打招呼，“吕特”也不来二楼打乒乓球了。那是这俩人心虚，他俩像游击队员随时把校内校外当作战场，他俩像地下武工队在夜色中穿行于大街小巷茶座客栈，见缝插针寻找战机。大凤想不到吕一平看上去一本正经，在床上却花样百出，弄得大凤心惊肉跳又欲罢不能。吕一平说，你就随了我吧。可怜我择业不慎，做了二十多年教师，整天用别人的脑子思想，用别人的腔调说话，我没废掉已是万幸。也就在这舞台上，我有机会推陈出新，展现想象力和创新能力。那一个脸老皮厚，让大凤想起乡下人的粗话，挑担挑不过剃头匠，夯床夯不过教书匠。当然，让大凤长见识的还有孩子教育的事，很多大凤弄不懂的事老吕洞若观火。比如说考学的事，老吕说，想考重点大学必须上重点中学，想考重点高中必须上重点初中，以此类推，因为重点学校集中了教育优质资源。所以一个孩子上小学和初中就很重要。大凤觉得老吕这番话说到了她心坎上，她差一点提了儿子的事。这话大凤在别处也听说过，但从“吕特”嘴里说出来就入耳，除了因为“吕特”是权威，另一个原因是此刻，她的心中只有这个男人。老吕说，为什么中小学总是考的比学的难呢？这是中国教育特色。比如中考和高考，考得难，初三和高三学生主要精力只能用于复习。学生复习，主管部门和专家就有理由编复习资料，一轮二轮三轮，就要组织模考，一模二模三模。基层教师也看懂了，平时考试也难，为了与中考高考衔接。课本内容课上讲，课外内容上家教。老吕说，所以千万不要担心取消中考高考，当官的不答应，专家不答应，普通教师也不答应。这让大凤更坚定了要让清华上一初中的决心，上小学初中是拼爹妈，不公平。中考高考总还是拼成绩，平民子弟还有希望。

清华语文考试的阅读题老是失分，这是大凤揪心的问题，当年大凤高考语文这也是重灾区，大凤现在做清华的语文试卷，阅读题也答不到得分点上，简直像是大凤遗传的弱项。这不是她一个人的悲伤，很多家长都已伤不起。这天，大凤在报上读到大作家王蒙的文章，他的文章被用作试卷阅读题命题，老先生做的答案基本拿不到分。老吕听了哈哈大笑，说，很正常，一百个作家一百个得不到分。作家再牛他们只能牛在文坛，在教育界他们没有话语权。不在于做对做错，而在于谁是制定规则的人。别说做题目，就是那些作家的作文，去中考高考评分也大多不及格，不说别的，这作文就分命题作文、材料作文、话题作文、新材料作文等，等大家玩腻了，那又再弄个新名词定个新概念唬人。与其迷信作家，不如迷信老吕。老吕现场做了手头教辅上的几道题，居然做对十之八九，不由得大凤不服，特级就是特级。老吕说，其实很简单，我这有套自编口诀，按图索骥，不想三想四就不会错。大凤对老吕不是敬佩，上升到敬仰了。临走，老吕真的起床找到他编的口诀给了她，老吕说，儿子读几年级了？大凤很少提儿子的话题，打马虎眼说，上小学呢。

快活的日子总是过得快，大年过去了，寒假过去了，新学期开始了，过日子如掀书页。按惯例，五月一日之前，内招指标都对号入座，大凤居然顾不上为这事着急。有时候，深夜躺在老吕身边，大凤也迷失了自己，仿佛自己当年考上了大学，应该是师范大学，与这个男人恋爱结婚生子，在同一所学校教书。那是大凤错过的版本。

眨眼就到了农历二月初二，俗话说，二月二，龙抬头。在本地，这天是上文庙敬香火的日子，家有考生，家长都早早作了祭香的准备。大凤自然不敢怠慢，上初中不用考试，但清华想上一初中还靠菩萨保佑。再者，这天也正好是小梁老师带清华去省里参加奥数竞赛，大凤更觉得有求于神明。大凤天没亮就赶到了文庙，根本没赶上早，庙门前已挤满了人，兜售香烛的小贩大呼小叫，晨雾和香烟混合在一起在空中弥漫。其实来早了也没用，头炷大香是由县高中敬，第二炷大香是一初中，前三炷香都轮不上个人，让学校包圆了。据说原来是校长带几个领导来祭拜，遮遮掩掩不让外人知道，再后来是校长带领导班子和毕业年级老师来，家长联名支持，估计将来连毕业班学生也要参加了。几所学校都争着烧头炷香，有一次县中的老板和一初中的周老板还翻了脸，都是出于公心，都是为了本校的升学率，最后由教育局领导出面排定了座次。大凤当前也不甘落后，浑身是劲地挤在香客们前面。大凤是头拨香客，上完香出得庙门，她腿上更有了劲儿。正往学校赶，一辆面包车停在边上，司机老赵按喇叭让她搭车。老赵熟，常来食堂套近乎，可校长周老板在车上，大凤犹豫。周老板心情好，打开车窗说，徐师傅快上，自己学校的车别客气。上了车，老赵说，徐师傅，孩子要中考了？大凤说，没呢，小学六年级，小升初。老赵说，小升初，给菩萨上香，还不如给老板上香。老赵这大嘴巴脱口而出，老板不恼，说，我也想多解决一些，可我手上的指标都拿光了。找我，我看还不如找"吕特"。吕一平就坐在老板后排，大凤分明看见他叉在过道上的腿抖了一下，收拢了。吕一平装作没听见。大凤说，我没打算麻烦领导。

"吕特"没听见大凤说什么，他紧张的是，周老板这个老狐狸，鼻子真那么长，嗅出了他和大凤那什么？

九

吕一平突然在大凤的生活中消失了，连着几天没来食堂露面，电话不接，短信不回，也不像是出去开会，就是开会，短信他会回。大凤牵挂他，又不方便打听，正焦虑，吕一平来电话了，让她下班后去城东开发区一家旅馆。不知什么时候，县城的旅馆突然多了起来。有的就是住宅改的，几个房间也敢称"宾馆"。小县城外地客并不多，小旅馆却生意兴隆，亮点是"钟点房"，有赌客开房，也有"吕特"和大凤这样的"野鸳鸯"开房，没有谁规定，旅馆是为外地客开的。吕一平和大凤一般不开房，天黑以后大凤潜入老吕房间。大凤不让老吕去自己的住处，怕清华撞见，怕家宝暗地里难过。最疯狂的那段时间他们也开钟点房，但不去开发区那么远。

因为开发区偏僻，小旅馆清静，看上去倒也干净。老吕也不解释这几天去哪里了，火急火燎，先把事做了，做得穷凶极恶，像是饿死鬼临上路了。事毕，冲过澡，总是要躺一会儿，老吕却没回到床上来，直接穿衣服。这不是以前的程序，大凤跟着洗了穿上衣服。老吕说，大凤，我们谈谈吧。这说话的口吻是"吕特"，不是刚才床上的老吕，大凤很惊奇，这男人穿了衣服和脱了衣服完全不是一个人，怎么说变脸就变了脸。“吕特”说，你是不是从开始就是为了儿子小升初才和我在一起？你为什么不早告诉我，偏偏老板在的时候才说？“吕特”情绪激昂，那副嘴脸让大凤伤心，大凤完全可以辩解，那天文庙遇上校车，她有能力设局吗？大凤不想说，没必要说，她就睁大眼睛看着他，女人的眼光能点燃一个男人，也能熄灭一个男人，“吕特”手扶着椅背，颓废地坐下来，“吕特”说，其实，就是把这个指标给你儿子，也是我应该做的。可是，大凤，你知道吗？这指标只是在我名下挂一下，很快就被领导拿走了。大凤忍不住说，周老板为什么要这样做呢？“吕特”说，不是周老板，是比他大的领导，县长局长开口我能不给？大凤说，他们可以跟周老板要。“吕特”苦笑着说，还能少了他们的指标，要我的指标，是因为找他们的人多。

大凤相信这不是谎话，否则，大有公司四分部的“货源”怎么能弄到。这个男人，他还想当校长，还要将老婆调进城，当然不敢得罪那些当官的人。

大凤说，本来，我是想找你帮这个忙，但后来我不想跟你开口了。我喜欢的男人只有你一个，我儿子上一初中的路不止一条路。我更在乎这份感情，我存了私心，怕提了儿子上学的事，你就嫌弃我了。这是真话，把真话说出来，大凤心里对丈夫和儿子都有了歉疚，泪水夺眶而出。“吕特”正色说，你真是，你真傻，这世界上还有什么比孩子上学的事更重要吗？尤其你，儿子才是你的全部。我不是不帮你，是没办法，时间紧，别因为我耽误大事。

出门时，“吕特”将一个信封塞给她，说，我们处在一起有些日子了，这是我挣的一笔稿费，办指标要花费不少，算是我的补贴。“吕特”下去退房时，大凤将信封里的钱点了一遍，一万叁仟伍佰，大凤算了一下，腌缸菜到当天正好是一百三十五天，“吕特”是算过账了，一天一百，按天计费，比三红的哪位“表叔”都慷慨。他说得很明白了，儿子才是你的全部，他就是把你当婊子了，给了钱就两讫了。大凤清醒了，将钱不客气地收了。一个女人对爱情的幻想从此灰飞烟灭。

大凤回到家，灯亮着，清华人不在。大凤正要下楼去找，他气喘吁吁地到了。大凤刚要责问，儿子说，妈，你今天跑得好远，我怎么找都找不着你的自行车。你找妈妈干什么？是不是你每天晚上都不做作业，跟踪妈妈？大凤想起某些夜晚，她总觉得被人跟踪。清华说，没有，我只在作业不多的晚上，妈妈迟迟不回，我才出去找你。这么说，儿子一定发现了她和吕一平的勾搭，大凤不知道该怎么发问。清华说，妈妈别生气，我已经是男子汉了，我就是怕你一个人在外面被欺负，暗中保护你。

大凤情不自禁地搂住了儿子，儿子挣开她，说，你为什么不问问我，我怎么今天敢告诉你实话了？妈，我奥数竞赛获奖了，市一等奖。

儿子从书包里拿出奖状，大凤一遍遍抚过那张纸，心中感叹：老天有眼，拿走你不该留下的东西，送回了你最想得到的东西。

儿子说，把爸爸带回家，给爸爸焚香，告诉爸爸，我能上一初中了。

什么都瞒不过儿子的眼睛。大凤依儿子做了，痛痛快快地哭了一场。儿子说，妈，你这次为什么哭得这么响亮，把楼下的邻居也惊动了。大凤说，以前妈妈哭的是悲伤，今天妈妈哭的是高兴。

获小数奥赛市一等奖的全县一共有六名，三小占了三名，大凤联系了另外两家家长，决定请梁亚民吃一顿饭。小梁老师做人的风格与众不同，大凤预先打了电话给他，问他有没有空。这次小梁老师很给面子，应下了，时间定在周末。星期五下午，她打电话提醒小梁老师别忘了，梁亚民说，把那酒席退了吧，那奖不认了。说完这两句话就挂了。大凤赶紧联系另两家家长，其中有一位在教育局上班，她证实了梁老师的话不是空穴来风，上面来了文件，禁止各校优先录取奥赛获奖者。

大凤忘了关电话，双腿乏力，也顾不上规定，屁股落在一堆白菜上。老天是存心作弄人。大凤在荤菜加工间转了几圈，师傅们刀起刀落，剔骨割肉，斩肉为丝，有条不紊。大凤觉得身体血脉贲张，皮肤下有许多小虫在啮咬。大凤渴望手中有一把刀。不行，这样不行。大凤走出食堂，有一排水龙头在露天下，她拧开一只，将头脸放到水龙头下，将两只手臂衣袖卷起，水冰凉，大凤清醒了。你已经没有权利只顾自己的感受，你有清华，有家宝眼巴巴看着你。

大凤没有把消息告诉儿子，儿子还小，独木桥上落水的滋味大凤尝够了，她实在不想让儿子这么小就尝到。她不哭了，寡妇的眼泪没有意义，想好下面的路怎么走才是当务之急。好在还有大有公司四分部那条路留着，一定要把那指标拿下。大凤这样算账，买下指标，那一万就是一万，不买，那一万就打了水漂。缺口就是六七万，第一条路就是回村求清华的爷爷奶奶，从母子俩的抚恤金里支付，这当然不容易，自从卖掉房子以后，老两口就视她为瘟神，要拿到钱，说不定得打一场官司。第二条路，就是先借一笔钱买下指标，哪怕是高利贷。大凤不怕欠债了，真走到那一步，就步三红的后尘，零售批发都是卖。

十

星期六一早，大凤骑着自行车下了乡，家宝家老屋门掩着，屋里没人。大凤卸了给老人买的烟酒点心，心里嘀咕，莫非俩老人知道她要来，躲着她？正要上隔壁打听，前面巷子响起了丧乐和哭声。村里不知是谁家老了人，老两口肯定是去那里听丧曲了。大凤循声走过去，走到了她卖给梁家的院子里，她家的房屋早夷为平地，成了梁家院子的一部分。现在，院子里赫然摆着一口棺材，被人群围着的殡仪乐队正在演奏，大凤低声向村里人打听，是梁家的谁？村人说，村长家的老二，做教师的那个儿子，村长两口子都痛得倒下了。

小梁老师那一个活生生的小伙子，说没就没了。梁亚民带队获奖后本来成了三小的功臣，学校打算重奖他，上面禁止优录奥赛获奖生的文件下来后，奖励没了，而且以后学校也不打算搞奥赛，小梁老师暂时只能待岗。梁亚民想不通，从宿舍楼楼顶上跳下，送到医院几个小时后就没了。村人说，三小的校长是村长的朋友，昨晚连夜赶来的，那校长说，他怎么也不可能让梁家老二待岗，是梁家老二想岔了。族里人本想去三小闹一闹，有明白人却说没用，学生死了闹了有补偿，那是因为影响学校考核，学校肯花钱摆平。教师自杀，学校不怕你闹事。

音乐声小了，一个女声哭丧的声音高起来：

……

八月初一去望郎，我为郎哥请针匠，

别人家针匠缝嫁衣，我为郎哥赶制寿衣裳。

九月初一去望郎，我为郎哥请木匠，
别人家木匠做嫁妆，我为郎哥做棺（材）忙。
十月初一去望郎，我为郎哥请漆匠，
别人家漆匠漆嫁妆，我为郎哥漆棺（材）忙。
冬月初一去望郎，我郎断气在床上，
我身穿麻衣来尽孝，日夜守护在灵堂。
腊月里来去满月，我扑在坟头哭断肠，
哭一声青天哭一声郎，你可知我日后多凄凉？

女人是殡仪乐队的专业哭手，词是哭夫的词，并不适合死者梁亚民，却还是听得大凤无比辛酸，满脸泪水。大凤悄悄从人群中退出，回到老屋，公公婆婆没有回来，大凤脑海里浮现出当年她遭遇的那恐怖一幕。那一年六月的某天下午，家宝在城里打工，清华在镇小没放学，大凤在大灶上烧一锅开水，水开了，大凤揭开锅盖，只听屋顶上“砰”的一声有东西砸在锅中，溅起的开水烫得大凤丢了锅盖，定睛看时，那开水锅里昂起一只斑斓的花蛇脑袋，一双眼睛无辜地看了大凤一眼，又在水汽中不见了。大凤尖叫着冲到堂屋，吓得魂飞魄散。定下神来，才想起打电话给家宝，大凤在堂屋颤抖了一个多钟头，家宝火速赶回家，将那一锅蛇尸处理了。受了惊吓，大凤在医院住了十几天，出院后从此不进那灶屋。家宝安慰她说，其实是巧了，你揭锅盖时，那蛇正在椽子上，水蒸气往上一冲，蛇就掉进了开水锅。大凤说，那不是蛇，是家神。家神没了，我们得搬家。现在想起那天的事，大凤还手脚冰凉。

大凤想起老陈书记的话，蛇象征长寿，蛇死了，两个年轻男人都没了。蛇主顺，蛇死了，她逃得那么远，儿子小升初的事就是不顺。论道理，大凤应该去梁家吊唁，可大凤却不敢去露面。她甚至不愿再等公公婆婆了，积蓄的斗志被梁亚民的死瓦解了。

她将老屋的门掩上，手机叫了，是老陈书记，老陈书记说，现在有空吗？上我家来一趟。大凤径自去了老爷子家，老爷子在书房，只一眼，老爷子就看出大凤脸色不对，大凤嗫嚅着，一五一十将来龙去脉说了。没办法，大凤再不倒出来，承受不住了。老陈书记说，要怪就怪那些从小在你们身上打下炮烙的制度，那些自杀的中小学生是病人，小梁老师是病人，你也是病人。埋下的病毒终将伴人一生，小梁老师逃过初一没逃过十五。无论如何，你不能归罪在自己身上。

老陈书记说，谁说清华小升初的事不顺？我去找了县长，解决了。老爷子从抽屉里取出一张纸条，也就是一张三指宽的指条。大凤说，就这张纸条？老爷子说，你放心，管用。有县长签字，县长是我以前的下属，头回觍着老脸求他办事，不能糊弄我。

大凤将纸条仔细折叠好放进口袋，走上去扑在老爷子怀里，老爷子伸出手轻轻在她背上扑了几下，松开她。大凤毫不犹豫地拉下棉袄拉链，抓住老爷子的手按在胸前。大凤在他耳边说，我没有别的什么可以报答。老爷子帮她拉上拉链，说，大凤，不是这样，我很多时候想拉着你的手，想抱一抱你，其实是想抓住点什么，抱住点什么。一个孤老头，女儿忙当官，孙子忙求学，没人能靠近我，空得慌。有些事不能想不能做，头顶三尺有神明。

春天的菜园已没有菜，野草疯长，有的已高过围墙。大凤看了，心生歉疚。大凤要是不走，或许老爷子不会让园子衰败。老爷看出她的不安，说，现在任它们嚣张，季节一过，我一把火烧了做肥料，不种菜，种桃种李，哪怕我看不到那些果子，海波清华他们总能看到，也就没有对不起这满院春风暖阳。

大凤骑回家的路上，不时用手去按一按放纸条的那只口袋，怕那纸条会变魔术一般飞走。大凤想起中学课文里的华老栓，做学生时常笑话他一个动作，“按一按口袋，硬硬的还在”，现在她就是那个华老栓，按一按，非常必要。大凤上了楼顶，小帆领着一个人站在她门前，大有公司四分部的黄经理。大凤没给小帆好脸色，怎么把什么人都随便往家里带。小帆说，姐，本来想电话里给你说，黄经理说重要的事要面谈，以示诚恳。大凤说，不必谈了，谈的那生意我不做了，那一万定金我也不要了。黄经理说，一初中的公示都贴在大门口，你儿子被优录，我当然知道那指标你不会要了。大凤怀疑听错了，小帆说，真的，我俩刚从一初中回来。不是说上面发文，那奥数奖没用了吗？大凤怕被忽悠。黄经理说，公示上说是从素质教育出发，根据综合素质条件优录的，其实谁都明白，换汤不换药，上面禁止优录奥赛获奖生，奥赛并没取消，排名出来如果本校无人上榜，校长不也脸上无光？

小帆一下子想到小梁老师，上面玩个文字游戏，小梁老师一条命没了。

黄经理抿了抿嘴皮，一开口，两只鲍牙还是脱颖而出。黄经理说，我还得到内部消息，昨天还有一个指标给了你，县长批的条子。我想看一下条子，县长签的名是两个字还是三个字。大风说，两个字如何？三个字又如何？黄经理说，有讲究，有名无姓，也就是只签了名字，校长必须给。姓名齐全，一般是碍于情面，可给可不给。大风听了，取出纸条一看落款，县长全名是黄春明，但纸条上只签了两个字，春明。

黄经理说，您开个价吧。

黄经理又说，那一万定金可以退给您，也可以由您买下，委托我卖出。行情正在大涨，您赚了大头，我赚抽头。

潮起潮落

一

两个女人坐在车上，杨美丽既不熄火，也不启动，她抬脚踩脚刹的力气也没了，汤总的老婆丰玉洁不催她，也不说话，车里只听见空调发出的“咝咝”声，像是车内卧着一条看不见的大蛇在吐信子。这是怎么了，谁都知道男人洗桑拿是怎么回事，这两个女人把自己的男人送进了桑拿会所，是她杨美丽亲手开的车。

饭局快结束时，两个男人已喝了一瓶半原浆古井贡，还剩半瓶，汤总还要喝，他老婆先抢了瓷瓶子，没拿稳，掉花岗岩地上碎了。

汤总说你是存心的，不用力那瓷瓶摔不碎。他一挥手说：

下一个节目，洗，洗桑拿。

那么多白酒下肚，汤总脸上不见一点颜色，只是说话多了一个停顿。祖栋梁看了一眼丰玉洁说，汤总，咱不是说打牌吗？汤总说，除了打牌你就不能来点别的？丰玉洁说，栋梁，你就听他的。转身说，美丽，咱走，别让男人说我们量小。杨美丽本来想说酒多了不宜洗澡，也只能改口，说，桑拿天合着洗桑拿，你们去就是。

问题是车难打，祖栋梁说，没事，美丽没喝酒，把我们送过去再送嫂子回家。杨美丽说，我只开过驾校的桑塔纳，你那车我手生。祖栋梁说，过门那会儿你对付我不也手生吗？多摸几回手就熟了。杨美丽不想听他胡扯下去，说，上车上车。

这家桑拿在郊区的山脚下，藏在树林中，汤总伸着手指头一会儿朝左，一会儿朝右，指挥着杨美丽把车开进来，七绕八绕，居然英明正确如导航仪。这店的门头不大，不像城里的店霓虹灯占了门脸，只挂着两盏纸灯笼，平房，趴着，像是头黑乎乎的怪兽。杨美丽说，这老板也真是，把店开到这种角落，真以为是酒香不怕巷子深？汤总老婆说，酒香？是肉臭！是鱼腥不怕馋猫鼻子短。

丰玉洁说，美丽，男人都是这么贱，别放心上，咱回头……

杨美丽心里说，我男人可不是这种贱，他贱是贱在赌上，只赌不嫖，这里可是你家男人硬要来的。说起来你丰玉洁还是个银行行长，连自己的男人都管不住。杨美丽心里生气，倒生了力气，松了脚刹，一掌击在方向盘脸上，尖利的喇叭声把自己吓了一跳。

丰玉洁说，别生气，生气伤身，美丽就不美丽了。跟姐走，咱们找地儿寻自己的乐子。

这一回是丰行长指路，也是一僻静角落，叫“狼窝”，是一有名的女子会所，杨美丽听说过。如今真正有钱的男人女人，都不去招眼的娱乐场所，他们讲究私密，讲究藏在暗处，黑暗才是他们心中的指路明灯。丰玉洁下了车，杨美丽说，大姐，我得回家，孩子一人在家呢。

其实是撒谎，儿子住校，马上就是期末考试，下午来过电话说周末留校复习了。

杨美丽家住的是别墅，不是买的，当然也没人肯送一幢给祖栋梁，是开发公司没钱付工程款抵债的，汤总说，拿着总比拿不着强。因此，这别墅从外面看有模有样，进了门简直是毛坯房。祖栋梁墙上刷了层涂料，地上铺了层塑料地板皮，电器都是原来的旧货，空调也是他拆楼时卸下的二手货，冬天不制热，夏天也只能吹吹风，祖栋梁说当它是电风扇吧。杨美丽开了门，嫌灯光热，没开灯，她借着窗外的微光在沙发上坐下，二货爬到了她腿上。二货是她养的猫，天太热，猫趴在腿上像捂着一个火炉，她丢了它，二货叫了一声，蹲在地上，黑暗中两只猫眼盯着她，像两盏幽幽的灯。杨美丽还是觉得热，反正没开灯，她扒了上衣，手沾到皮肤，像粘了膏药，这该死的黄梅天，她骂了一句，干脆解了胸罩。有微风，她感受到屋里有风了，一只虫子从她肩上在软软地往下爬，这屋里有各色各样的小虫子，都是墙外的花草招的，看来祖栋梁安装的纱窗也是次品，好在她不怕虫子，她在老家的旧屋里就习惯了它们。她不看它，不灭它，看你往哪里爬。它迟缓了一下，速度慢了，它在爬坡，直线登攀，天，它登上了峰顶。杨美丽感到那里一阵酥麻，她仰起脑袋，顾不上看它，它的那些细小的脚爪把那里的皮肤拧紧了，拧成了一颗小小的坚硬的钢铁螺帽，杨美丽呻吟了一声，下了手，她的大拇指和食指捏住的是一颗汗珠，当然还有那颗硬硬的螺帽。她叫了一声，头仰着，浑身上下没了力气。

不能这样躺下去，躺下去就是在冷库身体也不肯买账，她体内的热势不可挡。她坐直身子，猫也跟着站了起来，但它突然转身，盯住了地上一条布带子。这屋里是乱，祖栋梁不在乎乱，她就懒得整理，整理了给谁看？再说就这几样寒酸家具又能整理出什么模样？这样想着，她还是起身去捡那根布带，怕它留在地上绊腿，那布带子忽然昂起了半截，杨美丽的迷糊一下子醒了，是蛇，是一条活生生的蛇，杨美丽尖叫一声逃到门口，这一声叫才是真正的慌乱，连二货都听懂了主人的恐惧，它退了一步，还是坚持着与蛇对峙。杨美丽不能夺门而逃，她的上身没穿衣服，她在门侧顺手开了灯，顾不上了，她捂着胸脯，心在手掌里撞个不停。那是一条菜花蛇，灯光下也有些困惑。杨美丽本是乡下人，青蛙蛤蟆的都不怕，就是怕蛇，不是毒蛇也怕。不能出门，她迂回着跑向楼梯，心慌，脚步很重，那蛇大概心也慌了，扭着身子逃到了暗处。

杨美丽坐在楼梯上哭起来，二货懂事地趴到她身边。我哭给谁听呢？这别墅区很多是空关房，而且彼此之间隔得很远。在乡下不要等她哭出声，就刚才那一声尖叫就能引来四邻八舍。杨美丽不哭了，哭哑了也没用。杨美丽下了楼梯，蹑手蹑脚地靠近沙发，捡起衣服就逃回到楼梯上，直接上楼，把所有房间的灯都开了。

这罪都是祖栋梁让她遭的，她拿起电话，按了祖栋梁的手机，又挂了。她恨这个强迫娶了她的男人，他早出夜归把这家当是个旅馆，可她刚才见了这个土匪男人在汤总面前的哈巴狗样子，她又心软了，她心软才把那俩畜生送去了淫窝，这会儿，他正趴在婊子的肚子上享乐吧。杨美丽的眼泪又流下来了，原来，原来她心里的火气还是这事惹的。

她想找个人说说话，在这所城市，这个人只能是青梅姐。电话通了，那边传来麻将声，青梅姐说，闷了？过来打牌吧，不上桌也行，看着也不孤单。杨美丽说，不了，我没什么事。

二货乖巧地上了凉席，杨美丽抚摸了它一下，手上粘上一缕细毛，杨美丽说，你也热吧，我帮你。她从抽屉里找到剪刀，替二货剪毛。杨美丽的手艺不怎么样，二货身上像是被狗啃了一样，有一茬没一茬的，杨美丽觉得挺对不起它。杨美丽说，有了，楼上卫生间有祖栋梁的推剪。祖栋梁喜欢剃光头，常用推剪对着镜子推。杨美丽拿着推剪贴着二货的背脊推了一把，像是犁出了一道浪花。杨美丽说，你是猫，祖栋梁是狗东西，都是畜生，这推剪该在你身上使。

电话铃响了，是狗东西祖栋梁，他说，你还没睡？老婆，我没进包间，不，是进了包间又推托出来了，花这冤枉钱，我还不如上牌桌过手瘾呢。

杨美丽说你爱进不进，我懒得听。挂了电话，发现屋里凉快了，夜风起来了。看那二货，除了脑袋浑身光溜溜的，身子骨小了一大圈，杨美丽说，原来你生就的就是这身骨头。

二

范青梅的会所就叫青梅会所，这年头，会所都有些秘而不宣的内容，道不明，干脆就用阿拉伯数字起名，几号几号的，现在会所多了，在一个城市名号还会混了。范青梅说，我这里是干净去处，有吃喝拉撒，没黄没毒没赌，我干脆用我的清名担保，就叫青梅会所。这话其实也有水分，这里黄和毒没有，赌还是免不了的。一桌牌下来，输赢两三万也是常事，范青梅说，小赌怡情。这口气够大吧，但想想也有道理，对那些亿万富翁而言，两三万等于我等百姓的二三十元，事就这么个事儿。

青梅会所藏在城南的民房中间，是从前大户人家的院子，有假山有小桥流水，是苏州园林的风格，子孙们分家，又不忍心看着祖产四分五裂，想整个儿卖了，价位不是小数目，守着守着让范青梅遇上了。范青梅看中的是这院子闹中取静，不满意的是没地儿停车。不过后来想通了，停车是驾驶员的事，来这里坐的人不会连驾驶员都雇不起，再说，在这旧城区真要有地儿趴一溜好车，太招眼，没事也会惹出事情。范青梅买下了，就有了青梅会所。

范青梅是谁？范青梅是顺风投资公司董事长，在这省城，对缺钱的老板来说，范青梅是救苦救难的活菩萨。这话不夸张，别看这街面上银行的门面比皆是，可是你要真想贷出一笔钱，你不累死也得被扒掉一层皮，顺风公司呢，也就顺风扒掉你一笔钱。

这一天因为昨夜的牌局迟，范青梅没回家睡，就睡在会所，上了年纪，睡眠打了折扣，可美容顾问一再强调，保证睡眠时间比做什么美容都有效。范青梅醒了睡不着，闭上眼睛假眠，脑子里却翻江倒海，像是有一百只眼睛睁着。所谓投资公司，就是一只手点钞票进，一只手点钞票出，跟贩小鱼小虾一样的流程，不同的是范青梅进出的数字能把贩鱼虾的小贩吓死。银根缩紧，很多企业都缺氧，像是翻塘的鱼儿张着嘴，范青梅的款子像公主手里的绣球，打中谁的脑袋就拯救了谁，可范青梅也怕，怕的是款子弄不好就成了肉包子，肉包子打中的是狗，款子就有去无回。最要紧的是筹款，公司开着，门户不小，范青梅不能做公主，一生就抛那么一回绣球，那公司员工得饿死。男人是恨不得天天做新郎，范青梅是恨不得天天做新娘，最好一天抛它几十个绣球，一天做几十回新娘。可范青梅手中没那么多绣球，绣球是一针一线绣出来的，太慢。范青梅不绣绣球，先织网。用这织出的网把有钱人的钱都网住。你别听满大街的人都哭穷，躲在家里为钱投不出去发愁的人多了去。凭什么你能让人家把钱放进你的口袋？首先是利诱，你给他的利息比银行高几倍，其次是取信，集资的对象基本上是亲友团，电视上天天播夫妻翻脸父子翻脸兄弟姐妹翻脸，都是为钱，人才长出了蛇蝎之心。可是只要没被蛇咬过，大部分人别说怕井绳，有些人愣是敢把蛇当宠物养。人在这世上总得信个谁，当官的不能信，经商的不能信，剩下的只能是身边的亲朋好友。范青梅不止织了一张网，那些网格细密的只能网罗小鱼小虾，都在部门经理手中拿着，一旦撞到蛟龙大鳄，范青梅就亲自出马，撒开自己手中的大网。范青梅盘算着进出的一笔笔资金，在床上把当天要做的事梳理了一遍。

木楼的好处是人一旦下了床，一步就能踩出一个音符，当然，坏处也是想象得到，床上有点响动，听起来就如摇滚乐了。这种狂欢在青梅会所不会上演，青梅会所有一点让家属们放心，会所没养招男人的尤物，也谢绝带着二爷二奶的朋友造访，这一条规矩范青梅从不让步。范青梅被蛇咬过，还是潜伏在家里的美女蛇，蛇毒可以消退，痛却不能忘记。秘书小李听到楼板响动，上来报告，有客来了，在池塘边的亭子里等着。范青梅说谁，小李朝窗外努努嘴。范青梅顺着雕花木格窗看去，是范家惠。

她来做什么？不见。

我已经跟她说过，有什么事去办公室等范总，可她不听。

去办公室也不见。

看样子小李确实拦过，她连客厅的门都没让范家惠踏进。这已是上午十点钟光景，太阳的毒舌正嚣张，窗内有空调凉风习习，窗外正是火焰天。范家惠站在凉亭内，此时的凉亭不凉，太阳斜照，凉亭内没有一处能逃得出阳光的扫射，范家惠立在那里，范青梅看得见她清晰的背影。这个小婊子，出门也不忘卖骚，穿了一件裸肩装，活该让太阳烤了她。窗下的树叶被阳光舔得耷拉了裙边，一副垂死模样。范青梅想象那阳光正如烧红的烙铁扑在小骚货的白皮肤上，发出“滋滋”的欢叫。

范家惠可以不晒日光浴，青梅会所的三幢小楼都连接着走廊，如果她站在东边的走廊，完全可以躲开恶毒的太阳，范青梅还是能看见她。这就是这老院子设计的妙处，你看上去树遮墙挡，檐飞角斗，其实总有一室能将全院尽收眼底，一览无余，这就是范青梅所住的主卧。打个不恰当的比喻，收了这院子，就像是娶了一房貌不惊人的贤妻，日子过着过着，她让你不停地惊喜。范家惠不知道这一点，知道了她也不肯躲这阳光，她就是要站在范青梅的窗前，让范青梅一眼就看到她，我来了，不见不走。

范青梅刷了牙，洗了脸，慢条斯理开始化妆。小婊子，你有种就在阳光下等着吧！范青梅忘了，范家惠其实就是她老范家的种，也是倔脾气。五十出头的女人化妆是件复杂的事，但对范青梅这样抛头露面的女人，又是每天的必修课，何况今天窗外站着她的冤家对头，她不能让这小婊子占一丝上风。范青梅抹上洁面乳，一丝不苟揉了几遍，洗了，然后喷上柔肤水，轻轻拍打自己的脸颊，再抹上一遍滋润霜的时候，墙上的时针已走了半个钟头。范青梅在窗后瞥了一眼，那小婊子当然没走，不但没走，还走到她窗下的烈日下，仰头看着她的窗户。范春梅视若无睹，转身回到化妆间，她要做的功课还很多，皮肤还要上BB霜和粉底液，眼部还得画眉毛弄眼影描眼线，最后一道工序是抹口红。又是一个钟头过去了，范青梅对镜子里的那张脸基本满意，才正面走到窗前。四目相对，窗下那张脸已被汗水洇成了猴屁股，身上的衣服湿透了，贴紧了身子，这让范青梅不高兴，小婊子是在显摆她的身材，奶是奶，屁股是屁股，翘着撅着跟谁较劲？我范青梅也年轻过，也有过这让男人淌口水的身条，骚什么骚。她又忘了，范家惠与她都是老范家模子里拓出来的产品。但是，人总是斗不过年龄，范青梅的身材已经走了形，赘肉像是遭了撞的汽车安全气囊，全方位打开。范青梅泡了一壶铁观音，把茶喝淡了，悠悠走下楼梯，迎战不要脸的小婊子。

这一回她闯青梅会所，范青梅还真觉得意外。不想见她，但是又不能躲她。人家打上门来，躲她不就是怕她吗？范青梅不想躲了，有三四年没正面跟这小婊子交锋了，她今天会用什么招法？下跪？显然这小婊子不会服软，以前她在老家跪的是她爷爷和父母，不是她老公的前妻。范青梅出了楼，径自朝前走，把她当成了一棵树视而不见，不，把她当成一泡臭狗屎，离得越远越干净。范总，范家惠追上来。范青梅没有止步，喊的是范总，是公事公办的腔调，不像是来叫阵，那就有多远滚多远，我顺风公司不会和你有一分钱的瓜葛。但是这做婊子的还真是不要脸，她冲上来拦住了她。范总，你要救救张大东。张大东是你的老公，与我有什么关系？范青梅没有说出口，范青梅不再是那个洗衣做饭带孩子的家庭妇女，现在她懂得跟男人打交道，更懂得怎样和女人打交道，轻蔑，最大的轻蔑是不说话。范青梅看了她一眼，这张脸她太熟悉了，这张脸从小到大，范青梅亲过吻过。范家惠说，我来求你，是请顺风救救大东公司，房市不行，开发公司的资金断链子了。范青梅轻轻笑了一下，房市不行，我怎么能不知道，正因为房子卖不掉，股市下跌，投资公司的日子才好过，但是我救一百家开发公司，也不可能救张大东。范青梅绕过她，走自己的路。

范青梅，你记住，你要救的不是张大东，是张可力。

这话什么意思？范青梅停下了。

张大东只有一个儿子，开发公司将来是张可力的，你不救，后悔的是你！

范青梅转过身。范家惠说，你放心，我不可能为张大东生孩子。

范青梅下意识地看了一眼她的肚子，扁扁的，还是没有动静。如果说这几年范青梅最关心这小婊子的是什么事，就是她是不是生孩子了，不论男女，那孽种都和张可力一样有继承权，还好，至今平安无事。范青梅这回开口了。

你为什么不生？

这是我自己的事。

你是怕生下了，不知道他怎么喊我大哥大嫂，不知道他喊张可力叔叔还是哥哥吧。

范青梅说，这事轮不着你来找我，要来让张大东自己来。

三

范青梅是几年没见过范家惠了。

每年春节，范青梅都回老家固城，陪自己的父亲过年。母亲已走，父亲和大哥住。大哥大嫂已经不认范家惠这个女儿，活丑呵！侄女抢走了亲姑母的男人，这叫做父母的走路怎么能抬得起头？这年头乡下的风气已大变，男人钻完洗头房可以公然讨论婊子的奶子和屁股，女人傍上有钱男人可以招摇过市，可一个大姑娘家偷人也不能偷到姑父头上，偷也罢，还公然嫁给了姑父。被窝里的事再怎么样也是被窝里的事，你要是揭了被子，这就揭的是祖宗的脸了。这叫什么事，乱伦！范青梅的大哥在村里是有脸有面的人物，做过十几年的大队会计，妹夫发达了，到妹夫的开发公司做财务总管。范家惠的事一出，范总管就卷起铺盖回了老家，到家里做的第一件事，就是拆了范家惠的床当柴劈了，从此没有这个女儿。范青梅回到老家，住的就是当年范家惠的闺房。床是大哥重新添置的新床，可范青梅还总是能嗅出房间里那小狐狸精的骚味，无处可投，她实在忍受不了在城里过年的冷清，儿子张可力在美国读书，美国人不放寒假，她只能回到固城取暖。

范家惠也不能没有这个家。

范家惠嫁给张大东后的第一个春节只能在城里过，父母不认她，连张大东的父母也不认她，农村的老人并不都是死脑筋，一般情况下，如果张大东的父母没有孙子，可能会对儿子的胡闹放纵，甚至暗地里怂恿，相比较传宗接代，名声可以搁一边。可张大东的父母有孙子，而且张可力是个出类拔尖懂事乖巧的孙子，进城发了财的人不少见，出国留学的孩子现在不稀罕，可有几个有钱人家的孩子上了正路？有几个孩子像张可力一样是美国人掏奖学金请了去读书？还是有名的耶鲁。这样的孙子有一个就够了。孙子是范青梅一手调教出来的，范青梅对老张家有功。张大东和范家惠结婚很简单，简单到只是俩人在大酒店吃了一顿饭，开了个套房，大东公司名气不算小，怕的是小报记者炒作恶搞。俩人结婚后回来见父母，老太太接了范家惠买的玉镯，说，咱儿子挣的钱还真好，想买啥有啥。明明是范家惠买的，非说是她儿子的钱，这话还有另外的意思，你范家惠也就同这玉镯，是她张家的钱想买就能买到的。这话是骂人不吐骨头，是把范家惠不当人看。老太太接下去的第二句话是，她大侄女你可真客气，不年不节的还来看我，下回记得跟你姑一道来，我惦记她。范家惠的脸上红一回，白一回，张大东是当着她的面打电话的，告诉了老太太带新媳妇见公婆，电话中老太太没说道什么，可是当了面就发作了。范家惠能说什么，张大东是孝子，离了父母是龙，见了父母是虫。范家惠只能把老太太的话连鳞带刺咽下了。最气人的是饭后老太太对她说，我替你整理了房间，是可力她姑做姑娘时住的房，以后你要还来就住这房间了。范家惠拎起包就走，她在院子里发动汽车时，张大东追到门口，老太太把他拦住了，说，大东，看来你还得把这房子再装修一回，她大侄女嫌寒酸。范家惠一脚踩下去，车头撞上了院子的门柱子，她在老太太的尖叫声中倒车，刹车，然后一股劲冲出了院门。车子受伤了不吭声，范家惠的脸上滚下了泪珠儿。

范家惠可以不去惹公婆，可是她没办法绕得开父母。按乡下规矩，女儿女婿是年初二来女方父母家拜年。范家惠一人回家，张大东没那个胆子，张大东心虚，谁都能猜得出，这事肯定是张大东先动的歪心思，他仗着有钱，把老范家的脸面摁到了裤裆里，也把整个范家村的名声摁到了裤裆里。他要敢来，范家村的老老少少不打断他的腰，也要打断他的腿。有钱怎么了？现在老百姓恨的就是有钱人，欺男霸女，无恶不作，打就要打有钱人。范家惠不怕，范家惠是范家村长大的闺女，最多，一村人都朝她吐一口唾沫，唾沫在这年代淹不死人。

范家惠父亲起的楼是在老屋基地上，在巷子的深处。范家惠在巷口停了车，拎着大包小包进了巷子，快到中午了，昨夜看电视打牌的人都陆续起了床，老人和孩子们都在露台上晒太阳，农村的露台其实就是厨房顶，虽然还竖着烟囱，可那烟囱只是个摆设，都新世纪几年了，谁家烧的不是煤气？当下的农民都觉醒了，政府晓得地皮值钱，农民也跟着寸土必争，院墙与院墙挨身贴肉，至少看上去拉近了邻里关系。巷口露台上的人还是这巷口的观察哨，谁进了巷子，居高临下看得一清二楚，他喊一声就像放倒了第一棵消息树，接下来这消息就传向巷子深处。

这不是家惠吗？

哟，家惠回门了。

这家惠怎么就一个人？

范家惠埋头走路，脚下是硬邦邦的水泥路，她的高跟鞋踩在上面铮铮作响。脚步声所到之处，那些评头论足的议论就静了，仿佛她走在盛夏的树林，蝉声填耳，但脚步声响起便瞬间死寂。她知道，巷两边的人闭了嘴，并没闭眼，他们的眼光都盯在她身上，有的人趴在露台的扶栏上，有的人躲在窗子的后面。

这消息早就传到了范家惠的父母家，阳光很好，一家四人正在院子内打麻将，洗牌的四双手突然就停了，麻将牌狼藉在桌面上。范青梅离了桌，转身进了屋，脚步声不重，却步步敲打着剩下三个人的心口。范总管阴着脸，紧跨几步关了院门，上栓，又压上了顶门杠。院子门是大铁门，大哥的动作幅度很大，门发出的声音很响，范青梅知道，大哥是为了能让她听见。

范家惠在大铁门外面跪了下去，院子里三个人看不见，只听见她的哭喊。

爸，开门吧！

妈，开门吧！

爷爷，您最疼我，给我开门吧！

院子里很安静，甚至整个范家村都安静了，除了范家惠的叫声。只有西北风还在村庄的上空一阵紧一阵吹着，风中夹杂着硫黄味，那是爆炸了的鞭炮余下的味道，它们的尸体躺在地上，有的没能落地，开膛破肚地挂在树枝和院墙上，更多的晾在屋顶。范青梅看见父亲颤抖着离开桌子，回到屋里，父亲的耳朵有些聋了，看样子孙女的声音还是能听见。大嫂站起身，大哥只看了一眼，大嫂便矮了下去。

大嫂说，求我们都没用，你求求你姑，这门只有你姑能开。

范家惠停顿了一下，继续叫门，但就是没有叫一声姑姑。范青梅心里冷笑了一声，小婊子，算你聪明，你就是喊一千声一万声姑姑也没用，我不是你姑。

范家惠的声音喊哑了，她家的门也没有为她打开，她爬起来，揉了揉膝盖，回头走了。巷子的两边早已排着长长的队伍，像是村长组织的欢送队伍，只是手中没举小旗子。范青梅心里松开了一口气，这扇门要是对范家惠打开了，就是对她范青梅永远关上了。大嫂号啕大哭起来，大哥在她的哭声中松杠，拉栓，开门。门有些重，大哥的手有些软，拉了几次才拉开。见了围观的村人，大哥的胳膊腕子才硬了，范家惠带来的礼品摆在门槛上，大哥先是将两瓶酒砸了，又踹烂了那些香烟茶叶。那酒香在巷子里飘香，酒瓶子响声也脆，一定追上了范家惠。

四

祖栋梁到家是天亮以后，回到家开热水器，洗澡，洗脸，水声把杨美丽弄醒了。杨美丽觉得奇怪，他一夜不归是常事，回来都是说困死了，要押着，他才肯去洗澡。今天怎么变了？杨美丽隔夜的怨气还存在肚里，下了楼，他正往身上套衬衣，长袖，从来都是进了洗浴间招呼她拿衣服，他自己找不到自己的衣服，这是他自己找来的了，这么热的天，他胡乱扯了件长袖衬衣对付。杨美丽说，急着洗自己，怎么，跟小姐厮混了一夜，惹脏了？怕了？祖栋梁说，哪有的事，下半夜是陪汤总打牌。杨美丽说，撒谎，汤总刚才来电话找你。其实是诈他，祖栋梁信了，心虚了，低头想绕过她。杨美丽扯住他的腕子，他“哎哟”一声，仰起脸，脸上一侧明显青肿，杨美丽捋开他袖子，腕上一圈红印子，杨美丽说，咋回事，咋回事，又让公安铐了？这城里公安怎么还打人？汤总呢，不是有汤总在吗？祖栋梁说，别大惊小怪，遇着点小事。我在乡下挂个彩你从不惊慌，怎么进了城把我当泥菩萨了？杨美丽掀开他另一只袖子，也是一道红印。祖栋梁说，你看仔细，这是塑料绳勒的印子，带花纹，扯什么公安。

祖栋梁就在小区前面的林子里，让几个人绑了。祖栋梁不肯就范，脸上挨了一拳，被推上一辆面包车。开始以为是抢劫，祖栋梁身上没剩什么钱，让他们取身上的手机手表，人家不要。说守他守了大半夜，是讨债公司替人讨材料款。那个建材商他见过，细眼善眉，想不到背后有这样的手段。这是兔子被逼急了。那几个人逼他立字据，拖欠的材料款必须付高利贷利息。祖栋梁不答应，他是什么人？吃软可以，吃硬别做梦，何况这手段他熟，天一亮得放人，怕家属报警。

天亮了，真的放了他。

祖栋梁说，我没事，要是在固城，我今天就带人去废了他们。

杨美丽说，只怕还有第二回第三回，你以后小心。

祖栋梁说，看你，也不怕人笑话。你可是祖栋梁的老婆，还害怕这点勾当？

杨美丽决定向范青梅求救，张大东和范青梅分手后，祖栋梁和张大东见得多，见范青梅见得少了。倒是杨美丽常和范青梅走动得多，不光是因为老乡，还因为青梅姐是她们这帮女人的偶像。跟着男人从固城进城，有离婚的，有没离的，离了婚的都过得凄惶，离了婚能把事业做这么成功的只有青梅姐。祖栋梁进城迟，起手晚，杨美丽倒不担心这土匪发财后会甩了她，只担心这土匪能不能有发财的那一天。

杨美丽刚进城时是典型的乡下人，祖栋梁要求她修好三门功课，吃饭，打扮和打牌。吃饭还用得着学吗？杨美丽又不是个毛头娃娃。杨美丽知道祖栋梁说的是在饭局上说什么和做什么，在乡下杨美丽不仅是下厨的好手，还是待客的好手，把最好吃的菜往客人碗里挟，不让客人的酒杯有空着的时候，这些杨美丽都会。包工头请客的时候多，被请的时候少。杨美丽第一次以女主人的身份参加饭局时，热菜上来，她就给客人盛菜，公筷，用公筷，杨美丽的筷子悬着，菜汁稀稀拉拉往下滴，她没听懂祖栋梁说的什么，筷子还分公母？明白了才知道城里人讲究卫生。好在杨美丽脑子不笨，讪讪地解释说，我这筷子不还没用过吗？这一关是掩饰过去了，杨美丽心里有了怯意，不敢再冒失，看见一桌人都酒杯见底了，这回，该行动一下了，起身要去倒酒，祖栋梁用眼色把她压住了，他说，服务员，斟酒。祖栋梁后来说，倒酒的事是服务员干的事，你要弄清楚自己的身份，掏钱到饭店来干什么的？就是来买别人给你服务的。当然，有些时候你也可以倒酒，比如说，最要紧的那位主宾酒杯空了，你要去把他酒杯倒满，只能给他一个人倒，为什么？你是女主人，单独为他倒酒是表示突出他的重要性，他心里会享受这只给他一人的待遇。祖栋梁是个好学生，这几年在城里学到了一套套规矩。祖栋梁说，请客的学问大了去，就说点菜吧，对一般的客人，你给他上鱼翅鲍鱼，他觉得你重视他。对有权有势的客人，大菜第一次上足就够了，以后就只需上小菜，土菜，上他的家乡菜。请客的时候，要留心，重点客人的筷子喜欢往哪只盘子里伸，这盘子里的菜名你得记住，下回再点这个菜。点菜这样，点酒也这样，各人喜欢的酒不同，就像不同男人喜欢的女人不同，看上去漂亮的女人就像茅台五粮液，场面上都得上，但不等于客人骨子里喜欢。比如汤总，喝酒就只喝古井贡。这是品位，贵贱不是他们的标杆，类型符合才是硬道理，有自己的喜好并且有本事让别人围着这喜好转，才是本事。

祖栋梁说这话的时候是斜躺在被垛上，一双牛眼很沉静，像个爱思考的书生。

杨美丽的穿着打扮祖栋梁插不上嘴，杨美丽长得好，要不然祖栋梁当初怎么会软硬兼施赖上她。走进商场，服务员都说她是衣架子，服务员的嘴都抹了蜜，这话不能信，但她穿上新衣服，男人女人的眼睛都盯着她看，杨美丽不可能没有感觉。男人的自我感觉好是凭钱和权，女人的自我感觉好是靠男人眼睛的点击率，如果女人也盯着她看，那女人自信心就长了翅膀，飞起来了。祖栋梁舍得钱，一套接一套替她买，嘴上说得好听，我辛辛苦苦挣钱不就是为了老婆儿子过上好日子吗？杨美丽心里清楚，穿在她身上，面子是在他祖栋梁脸上，是在为他撑场面。

杨美丽是七十年代生的人，那时也三十出头了，生下儿子后，杨美丽脸上也有了斑痕，相比较穿着，这才是杨美丽的重点功课。南京城的美容店遍布大街小巷，大店富丽堂皇，像是皇帝的金銮殿，杨美丽不敢去，那肯定是烧钱的地方，小区的门口有家店，门面不大，看上去整洁，杨美丽在门口停下来，打量玻璃门上贴的价位。她还没弄清楚这套餐那套餐的优惠，两个穿粉红衣服的女孩子把她裹进了门。姐，你看你，哪里都美，就脸上这斑让你减分。这话有力量，击中软处。姐，你要是不放心，咱先做一个免费的，觉得好了，你再往下做。杨美丽不相信城里有这样的好事，这可是撒泡尿都要收钱的地方。杨美丽说，你实在一点告诉我，花多少钱能把这斑弄掉。三千，做十五次就有效果了。杨美丽掏钱付了。杨美丽在美容椅上躺下来，服务小姐的手柔软，话也柔软，却让杨美丽躺不住了，姐，我说的是有效果，真正要弄掉，我向你推荐更好的产品，那得再加五千。杨美丽说，先把这三千的做完再说，其实是连这三千的她也不想做了，但要回来是要费口舌了。十五次做完了，杨美丽看镜子里那斑痕，效果不明显，斑痕明显了。服务小姐说，谁让你小气，不肯再加五千呢？杨美丽想不到店大欺客，店小也欺客，一人敌不过七八张嘴，只能回家怄气。祖栋梁说，被宰了多少钱？老子明天工地上喊人砸了这黑店。杨美丽相信这土匪说得出，就做得到，那就不是白扔三千，只怕白扔三万也兜不住。杨美丽慌忙说，也就几百块钱，算了。土匪也有温柔，祖栋梁逗老婆开心，常用几种小伎俩。比如明明二十块钱一斤买的肉，他回家说十五买的，让杨美丽觉得捡了便宜，高兴老半天。比如说在脏衣服里口袋里塞个一百二百的纸币，按约定，这钱就归杨美丽了，杨美丽就高兴得像是孩子得了压岁钱。次数多了杨美丽也识破了，识破了也乐此不疲。杨美丽这回报虚账，明明亏了三千，只说亏了几百，不是为了让老公高兴，是为了让老公省心省事，他的烦心事已经够多了。

青梅姐听说了这件事，忍不住地笑，说，这满大街的店面哪有一家不宰人的？大店执大刀，小店掏小刀，宁愿被大刀斩了，死得明白，也不要挨小刀，伤小痛不小。青梅姐扔给她一张美容卡，说，先用我的，觉得好就去这家吧。杨美丽一看卡上的面值，整三万，太贵重了。青梅姐说，没那么多，大概剩一半了，听你姐的，女人花在脸上的钱不能省，省着省着会钱没了，脸没了，家也没了。你看你姐的下场就明白。这方面找青梅姐做老师应该没错，只是这学费高得像是儿子读贵族学校，脸比钱重要，杨美丽认了。

打牌祖栋梁是当然的老师。打牌这事本来在杨美丽家是个敏感词，在老家时，为赌博杨美丽去派出所领过祖栋梁三回，交一回罚款就是三千，对于那时杨美丽家的收入，这可不是小数字。祖栋梁出了派出所就嬉皮笑脸，说，老婆，总比嫖娼便宜，嫖娼得罚五千。这钱，下回我给你赢回来。嘴上这样说，实际上会老实几个月，怕杨美丽跟别家的女人学一哭二闹三上吊。这赌鬼进城后倒把赌瘾戒了，也打牌，打的是工作牌。祖栋梁说，进了城，要赌就赌人了，赌你能不能赢得当官的信任，人家肯不肯给你做工程。赌品即人品，人家不在乎桌上那点钱，在乎牌桌上的好心情。你得让人家赢得高兴，你得巧妙地输钱给人家。这可不是件容易的事，有的人不上牌桌比鬼都精明，要搞定谁心里一本账，上了牌桌见到钱就迷糊了，眼红心黑，本性暴露了。比如某某某，大钱都出手了，胜利在望了。酒后一桌牌，黄了。为什么？他在牌上要奸，让领导看穿了，领导觉得这人背后使手腕，没安全感。这话扯得远了，像老师在课堂上发挥过头了。祖老师给杨美丽布置的科目是主修麻将，辅修扑克。不知道怎么回事，现在当官的热爱扑克牌，不爱麻将牌了。官太太和阔太太们不玩新花样，还是喜欢打麻将，所以杨美丽的麻将课是主课。杨美丽对打牌有心理障碍，说，你去打不就行了，你何必让我只会洗衣做饭的女人去打那种牌。祖栋梁急了，你要想让当官的信你，最好是让官太太对你有好感，否则枕头风一吹，能给你全吹完了。要结交官太太，只能靠你，我老爷们不方便。这打的是亲情牌，打进敌人内部，深入敌后，不是小事，事关我们在这南京城里能不能发大财。

杨美丽学打麻将，首先是从认牌开始，相当于识字扫盲。好在这条饼花之类的符号通俗易懂，比小学生的识字课本编得好，规则也简单，俩成双仨成行，王牌能百搭。杨美丽先是到小区门口的棋牌室做观众。看得多了，手痒，忍不住在别人上厕所时上阵搓几把。渐渐地，遇上三缺一，她就坐上了牌桌。杨美丽虚心好学，进步显著，几天后就能独当一面，输少赢多。只是杨美丽打得小，牌友多是老头老太太，输赢也就是几十块钱。杨美丽把打麻将当学问，用心，打得谨慎，回家就喊累。祖栋梁笑话她，你以为我在外面打麻将容易？赢了累，输了更累，一颗心悬着，防桌子上的三位，防公安，还得盘算对付回家后你的胡搅蛮缠。杨美丽说，说你胖，你就喘了。我问你，打了半辈子麻将，你知道麻将为什么叫麻将？祖栋梁从没想过这个问题，但不肯认输，说，挺简单，在干净的板板上戳了些麻点，一张白脸变了麻子，就叫麻将了。杨美丽说，骗小孩去吧。告诉你，麻将本来叫“抹将”，抹的是水浒传的108个好汉。麻将以108张为基数，分别指的是108条好汉。比如牌中的九条喻为九条龙“史进”，二条喻为“双鞭”呼延灼。108条好汉是从四面八方汇聚梁山，所以加上东、西、南、北、中每个方位各添四张牌计20张。这些好汉有富贵有贫穷，所以再加上“发”、“白”，代表富和穷，加上八张牌，整副牌共计136张。后来又加上各种花牌，整副牌共计144张。看来杨美丽是真把麻将当学问研究了，讲出来一套一套的，就像现在学校里出来的学生，光会说空话，不能干实事。祖栋梁说，上了牌桌，你说的这些都没用，就是你能赢钱也没用。你要学的是输钱，输给你想让她高兴的那个人。

杨美丽一想，对，我要学的是输钱，方向错了。

祖栋梁说，你也别灰心，学会赢才能学会输，学会赢是第一步，没走冤枉路。这话说得有教学水平，鼓励为主，批评为次，像个优秀教育工作者了。祖栋梁循循善诱，说，赢家赢在哪里呢，赢在会做牌，吃进该吃的牌，吐出该吐的牌。你要想让目标赢，就要盯住她吐的牌，推算她等的牌。你打出她要的牌，她成了，她心情好了你就有好心情。但是，老这样做，另外两家心情就不好了，要怀疑你了，这不利于和谐稳定的大局。因此你也要做牌，你做的牌和她做的牌不能撞车，推倒在桌上要证明你确实不需要那张吐出的牌。另两家最多只能说你牌艺不精。

听起来容易，做起来难。要不，听课的学生个个考试都能考一百分了。勤学还得苦练，杨美丽开始在棋牌室练习输钱。杨美丽在牌桌上的对面是个退休老头，打扮不像老头，穿着新潮，白发每天一丝不乱，精致，牌打的也精致，还有学问，杨美丽关于麻将来缘的知识就是听他说的。两天下来，老头就发现杨美丽故意输钱给他了。散局，老头说，我赢了你的钱，请你喝咖啡。杨美丽不肯去喝咖啡，老头最多就赢了她五六十块钱，还不够两杯咖啡钱。老头说，那我请你吃夜宵，杨美丽更是不能去，这城里的夜宵可不是一碗馄饨几片锅巴，花样多了，俩人吃怕是一百块也兜不下来。杨美丽不喜欢沾人小便宜。杨美丽帮老头算账，老头心里却有自己的小算盘。老头说，那你为什么对我这么好呢？杨美丽这才明白了，老头误会了，老头人老心不老，肚里窝着花花肠子。杨美丽哭笑不得，说，大爷，是您牌运好。杨美丽慌忙走了，倒像是她真做了什么见不得人的事。隔天，杨美丽换了目标，盯一位大姐的牌，大姐赢得哈哈大笑，没发现杨美丽的猫腻。杨美丽自信心大涨，技艺也见长，牌渐渐做得不显山显水了。杨美丽越输脸色越明媚，对面的老头看不懂，但他懂了一句老话，赌场得意，情场失意，两者不可兼得。

杨美丽正式参加考试，是在丰玉洁家。汤总是国有开发公司的老总，丰姐那时还没当上行长，是部门经理。祖栋梁进城后第一个甲方就是汤总的开发公司，几年下来，汤总称赞他是个优质合作伙伴。祖栋梁有一个歪理，宁盖国有公司的厕所，不盖私营企业的大楼。祖栋梁说，国有公司是个院子里的大水缸，你舀一勺我舀一勺，那水面看不出深浅。私营企业钱再多，那也是人家眼面前的酒杯，洒一滴都盯得眼睛出血。想想也是，你多赚一个子儿，就是从人家口袋里多掏出一个子儿，不跟你急他不是傻？你要是跟私营老板的太太套近乎，那不但是白天点灯白费灯油，还是自讨没趣。为什么，太太们的警惕性都比老板高出一大截，活生生的案例告诉她们，人类只有两种，一种是狐狸精，打她们男人的主意。一种是江湖骗子，打她们家钱的主意。祖栋梁说，再有钱的私营老板太太，你都不必把她当回事，她们那臭脚不值得咱捧。杨美丽说，那青梅姐呢？祖栋梁说青梅姐是姐，是咱的恩人。杨美丽喜欢挑祖栋梁的刺，像聪明的学生喜欢在课堂上质疑老师。

杨美丽坐在丰玉洁的上家，这样她打出的牌丰玉洁就可以优先挑选。丰玉洁说老规矩，杨美丽不知道这老规矩的大小，一把牌推倒，一个子儿一张红票子，杨美丽摸牌的手就有点抖，这样一晚上打下来，输赢得上万。杨美丽出门前，祖栋梁在她包里塞了一沓红票子，银行的封纸都没拆。祖栋梁像老师送学生进高考考场一样，说别紧张，钱就是张纸。杨美丽哪里做得到不紧张，尽管这红票子长得跟冥钱一样，可冥钱是纸，红票子真不是纸。一紧张，牌就乱了。杨美丽大败而归，一输三，将一万块钱输得剩了几张。回到家，杨美丽掏出仅剩的几张红票子扔在茶几上，眼泪就淌下来了。祖栋梁说，好事，任务完成得不错。杨美丽说，好个屁，仨赢了我一人。祖栋梁说，还是好事，本来只想让一个人高兴，现在仨都高兴了。

这是使的障眼法，下回你输给一个人，那俩人就不生疑心了。杨美丽说，我难受，我可输了小一万块。祖栋梁说，你要心疼钱，就打我几拳，打过人后心里能好受些。杨美丽不打人，她拿起一只玻璃杯，“砰”一声砸到地上，一万块钱能听几千次这样的脆响了。她拿起一只水瓶，“轰”一声砸到地上，一万块钱能听几百次这样的雷响了。祖栋梁踮着脚在地上跳来跳去，躲地上四溅的碎片，说，我老婆终于舍得了，有舍才有得。

钢铁是怎样炼成的？杨美丽不知道。赌神是怎样练成的，杨美丽是亲身体验了，是一张张红票子有去无回换来的。杨美丽算不上赌神，赌神是赢钱，赢得越多越好。杨美丽是输钱，输得越少越好。丰玉洁说小赌怡情，不在乎大小。可丰姐家的牌局在杨美丽眼中已大得撑天了。杨美丽把 144 张牌记得滚瓜烂熟，每次牌局归来都反思总结。既然你不在乎赢多赢少，杨美丽就不必输太多给你丰姐了，只要我能保证让你每天都赢就行，就是“怡情”了。杨美丽点炮点得自然天成，丰玉洁和牌和得心领神会。到后来，杨美丽该输的钱都输了，但是，该赢的钱都能赢了，赢谁的？当然是目标之外的那两位。杨美丽回来后不摔家什了，摔的是赢来的红票子，摔在茶几上，那声音比摔玻璃杯和水瓶悦耳。

祖栋梁说，一张床上不睡两样子的人。

杨美丽说，就你那水平？呸！

学生超过老师了，青出于蓝胜于蓝了。可是，杨美丽学习成绩再优秀，也帮不上祖栋梁的大忙。天下是男人的天下，建筑市场是男人的战场。这一回，男人快要弹尽粮绝了，杨美丽不能在后方了。

杨美丽打电话给范青梅，说，青梅姐，有空吗？我请你做 SPA。

范青梅说，看来是最近手气不错，赢钱了？

这话说得，不赢钱就请不起似的，有钱人说话都呛人，不过，平时杨美丽确实舍不得做那种几千块一次的 SPA。杨美丽说，赢不着钱，就不能请范总？

范青梅在电话中笑了，说，我知道，姐这话把你得罪了。你是有事找我吧，咱姐妹俩免了客套，你来我办公室。

范青梅就是厉害，没见到人就把杨美丽的心思看穿了。

杨美丽急急赶到范青梅办公室，范青梅端上一杯茶，说，你看你，这么慌，刚才在走廊上又跑步了？

杨美丽不好意思地笑了，青梅姐说过，除了逃命，女人不能轻易跑，一跑就乱了阵脚，失了端庄。

杨美丽坐到沙发上，刚要说话，范青梅又说，你看你，说过你多少遍了，女人坐沙发不能仰靠，不能把沙发当成卧室的美人靠，你这一仰，胸脯就招惹男人的眼睛了。

杨美丽坐正，说，青梅姐，你这里不是没男人吗。

范青梅说，你姐老了，嘴巴啰唆了。不过，我也是一步步纠正过来的，在办公室，场面有场面的规矩。

言归正传，范青梅沉默了片刻，说，我可以帮栋梁，但现在还没到时候。顺风的利率高，土建的利润低，我们一般不投给施工队，说开了，借顺风的钱时间稍长，施工队的利润只够付顺风的利息，栋梁这一年就是白忙了。时间再长，他就把老本贴上了。公司有公司的章程，我也不能随意改。你们还是先盯住汤总，让开发公司想办法为上策。我这是为你们着想。

杨美丽下楼的时候，当然不跑步了，腿上乏力了。青梅姐话说得在理，只是，这青梅姐越来越像城里女人了，像城里的女强人。

五

天有不测风云，女强人也强不过命运。

范青梅这天又睡在青梅会所，心里有事，睡哪里都是睡不着。一大早她就起了，天蒙蒙亮，就在院子里踱步。黄梅天，地长霉，石长苔，范青梅心里长了毛。昨晚的牌局上，有人说，王矮子跑路了，范青梅在洗牌，没在意，说，谁跑路了？王矮子王剑明。范青梅手一抖，那一手齐整的牌就乱了。这一晚范青梅的心思就乱了，到散局一输到底。

昨晚散局太迟，今天起身太早，小周的手机都关着。回答总是关机，那女声范青梅一听就掐了，她还是百打不厌，手机在掌心里已发烫。部门经理小周是王剑明那个项目的负责人，王剑明从顺风公司账上划走了九千万。

说起来小周是范青梅赏识的下属。有一天，范青梅的办公室闯进了一个女人，五十多岁，看穿戴，是有钱有势的女人，至少嫁的男人有钱有势。顺风公司经常组织一些活动，插花比赛，美容美体服务，自驾游等等。说白了，是为了吸引富婆，寻找融资的机会。从请柬发出开始，公司的业务员就分工盯人，提供服务，笼络感情。这个群体不是官太太就是老板夫人，别小看这帮中老年妇女，官太太握有家庭的财权，老板夫人藏着私房。有种说法，国内没有通货膨胀，归功于贪官们把钱藏着掖着，你看电视看报纸，出事的贪官动不动就能搜出百万千万现金。贪官们其实也活得累，钱多也累赘。一是他们有钱不用花，吃用都有人送。二是他们有钱不敢存银行，银行都搞实名制。别人的钱都在钱生钱，利生利，他们家的钱只能躺在角落里睡大觉。钱睡得着，人睡不着。范青梅不认识这个女人，说明她算不了公司的大客户，但凡是与公司往来的人都认识范总。女人说，范总，我有笔钱没到期，家中急用，周经理说要您签字才能提前取。女人眼眶青黑，眼袋下垂，没睡好。范青梅看了单子，数字不大，本利120万，是新客户，心里明白了。钱醒了，出门伸胳膊伸腿了，人还是睡不着，怕它有去无回。范青梅签了字，说，行，你让小周带你去办。

范青梅对这女人的姓名有了印象，隔了一个月看送上来的报表，这女人本利没提走，反倒加码存了个整数，一千万。范青梅就打电话问小周，小周说，是客户自愿的，她信任范总，信任咱顺风公司。

那女人办好公司的手续，已是午餐时间，小周说，大姐，现在去银行，人家吃饭去了，不如我请大姐吃个饭，我们吃完再去，人家也上班了。小周开车带她在银行附近找了家餐馆，餐馆不大，但雅致，安静。范青梅有规定，凡请客户用餐不准马虎，这是对客户的尊重，也是维护公司形象，让客户有安全感。等着上菜，女人喝茶，小周从包里拿出一摞文件，读得认真，是公司的报表，公司的报表是商业秘密，怎么能随手带出？小周手里的是小周制造的报表，或者说，是小周未来的梦想报表，小周看正面，女人看反面。那反面印着的名字女人认识几个，有明星，有财阀，还有某市长的老婆，自然，那些姓名后面的数字也不小。小周发觉了，抱歉一笑，将报名表收了。女人不计较，她已经获得了安全感，安全感是那些名单给的，他们都肯投钱，数字比她多十倍百倍，她那点钱有什么不安全？饭吃完，女人说，周经理，银行咱不去了。小周说，不去也行，我车上有，别人上午投的，我正打算去银行存，你先从这取，留个字据给我冲账就行。车停在角落，小周看四周没人，打开后盖，后备箱是两只大号的塑料杂物箱，揭了箱盖，齐了箱沿是一捆捆的百元大钞。女人吃了一惊，慌忙替她盖上，好像害怕那箱子里爬出妖魔鬼怪，说，你这姑娘，胆也太大了。小周说，怕什么？咱南京治安好，坏人不敢动。女人说，你赶紧去银行存了吧，我回你们公司，钱我不取了，再凑个大数给你。

这是几年前的事，那时周克华劫案还没在南京上演。当然，周大盗到南京之前，顺风公司早鸟枪换炮，添置了运钞车。范青梅批评了小周的做法欠诚信，批评后把她从业务经理提拔为部门经理。轮岗时，又把小周从A部调到了B部，A部实际上是融资部，按规定投资公司无融资权，所以用字母代替。B部是投资部，顺序排后，但它负责投资项目审核，是公司的重中之重，公司的员工说B部得在前面加个“牛”字，牛B部。小周在B部这几年干得风生水起，怎么就在王矮子这翻了船？

王剑明这个投资项目是小周推荐的，范青梅也亲自去他厂里考察过。工厂设在开发区，十几万平方的现代化厂房，范青梅查了相关资料，王剑明是个归国海龟，工厂生产的光电产品是他自己带的团队研发，从小周的调研报告看，产品市场前景不错。王剑明个子小，一双眼睛很大，嘴也大，讲起话一套套的，不像科学家，像政府官员。范青梅居高临下观察，王剑明一开口说话，双脚就像安了弹簧，身子似乎会随时往高处发射，脖子上青筋勃如弯弓，黑皮额头油光发亮。这是个有血性的人，点把火整个人能烧着。范青梅心里犹豫，这样的人在国内不适合生长，此人长得像个煤球，煤球过火时轰轰烈烈，过后就剩一把煤渣了。要想企业长久生存，最好是块湿柴，扇几下火旺一会儿，再扇几下，火再旺一会儿。王剑明这种人也可以赚钱，烧一把火就撤，可看他厂区的投入，不像是捞一把就撤，是真想回报祖国人民。掉个面看，这种人不必担心是骗子。小周把当初王剑明厂区奠基的录像片找来，手拿扎着红绸铁锹的人有副市长，有开发区主任。这些人是酒家门前挂的幌子，每家都挂，要看得看屋里桌上摆的酒和菜。范青梅按了定格，从后排人群里仔细排查，发现了三位银行行长，其中就有丰玉洁。范青梅拨通丰玉洁的手机，问她家银行的贷额，数字不小。假如这三家银行都是这个数，那是个大数了，王剑明何必还要向范青梅开口呢？谁都知道，投资公司比银行的口味重多了。

王剑明的回答很坦荡，银行贷款有限额，且按批次放贷，跟不上投产工期。早投入，早收益，不开工每天也得白白地付银行利息，能开工，就不在乎投资公司这边利息高一点儿。

王剑明申请的是两个亿，范青梅批了一个亿，想了一想，又改成九千万。不是非要少给一千万，是喜欢那个“九”字的谐音，祝福王剑明的工厂日久天长。

小周的电话来了，她嗓子哑了，说她得到消息，在王剑明的办公楼下守了一天一夜，没见着人。打王剑明的手机，关机，她不停地打，关机也打，直到电池打光了。一大早，找王剑明的人越来越多，她先回了公司。

范青梅说，记住，你不能在王剑明那边再露面。

范青梅不能让客户知道公司在王剑明那里投资的事，尤其是数额。一旦客户知道，就会人心浮动，说不定纷纷闹到公司，那局面就无法收拾。相比较银行，私营投资公司是小娘养的，尤其范青梅账上的钱有不少来自民间融资，拿不到桌面上来。王剑明工厂开机典礼，王剑明亲自送来请柬，热诚邀请，范青梅就是不去。不是端架子拿大，而是有自己的特殊情况。现在看来，没去是对的。

九千万，对范青梅而言不是小数字。顺风公司账上来回的数字吓人，但那并不都是她范青梅的钱。范青梅和张大东离婚，从张大东那里拿到的也就五千万。

范青梅怎么会弄这个投资公司？说来话长。都说范青梅只管儿子，管不了张大东。这话说对了一半，她管不了张大东裤裆里的那货是真，但张大东公司的账本她时刻关心着。范青梅当初和所有老板娘一样，时刻担心男人被狐狸精算计，但你越是担心，担心的事发生的越多。问题是你恨狐狸精，男人人人都爱狐狸精，他们甘洒热血前赴后继舍身饲狐。累了，倦了，范青梅明白了一个道理，打不尽狐狸精决不下战场，勇气可嘉，做是做不到的。狐狸精们算计男人，算计的是男人的钱。管不住男人身上那截臭肉不重要，重要的是管住男人的账本。明白了，就懒得跟狐狸精斗智斗勇。范青梅也决定算计人了，算计自己的男人张大东，那么多的狐狸精算计你，我为什么不算计。范青梅的算计是什么？算计算计，能算账会做会计，范青梅报名学财会，算计先从计算开始。范青梅第一步是考会计证。可怜范青梅高中没毕业的一中年妇女，和一帮二十郎当岁的男孩女孩挤在教室里，老师讲一遍，同学们都懂了。范青梅同学举手，请求再讲一遍。第二遍讲完，范青梅同学还是摇头，老师没辙，说下课再给你补一遍吧。有的问题老师讲N遍，范同学就是弄不懂，只能回家刻苦钻研。先是学完了《财经法规与职业道德》，接着啃完了《会计实务》，最难对付的是《计算机办公自动化系统》，范同学做了三期留级生，把键盘摸得比麻将牌还熟，才摸到头绪。张大东觉得这女人出毛病了，要是把这精力放到琢磨麻将上，她都能成为赌神了。范青梅说，我为了谁？还不是为了陪你儿子读书吗？儿子读书，我要真在家摆一桌麻将，儿子能安心读书？做爹的已不像个爹，难道你还要我做娘的不像个娘？张大东哑了，其实老婆在家做学生，张大东心里乐开了花，在官场，谁要是惹事，头儿就会送该同志去学习一阵子。范同志主动要求学习，安心考证，这是解放了张大东。猎手不进林子了，狐狸精可以在山冈自由歌唱。受感动的是儿子，儿子顺利考上重点高中，对范青梅说，老妈，每当我学习想松懈时，看到你认真学习的背影，我就会惭愧，再次奋发。谢谢老妈为我树立了学习榜样。范青梅在心里说，你要感谢老妈的不只是这个，老妈呕心沥血，是为了能帮你看守属于你的财产。

会计证到手了，范青梅开始到财务部实习。老板娘虚心好学，公司的小会计乐为人师，范青梅进步很快。大哥就是财务总管，对妹妹的目的心知肚明。别人都说妹妹是任张总随意捏的软柿子，只有从小看她长大的哥哥不这样看。软有软实力，妹妹从小心里就藏着算盘。范青梅七岁那年，二姨家想孵鸡崽，可家中的母鸡忙着下蛋，不肯趴窝。妹妹受母亲之命，抱着自家趴窝的母鸡去了二姨家。妹妹和母鸡都受到了二姨的热情招待，母鸡享受了贵宾餐后觉得无以为报，将留存在腹中的最后一枚鸡蛋贡献在新窝。妹妹当仁不让地带回了这只鸡蛋。一个多月后，妹妹领命抱回有功之臣，二姨送客到门外，母鸡在青梅怀中“咕咕”叫着催促，妹妹不走，妹妹说，二姨，你还欠着我家36个鸡蛋。二姨摸不着头脑，妹妹说，母鸡在你家住了37天，第一天生的那只蛋我带走了，还剩36只在你家，不会错，我在家每天都算账。母鸡趴窝不生蛋，生蛋不趴窝，可这常识没法跟一个七岁的孩子说清楚，好在二姨家鸡蛋多，妹妹硬是拎走了二姨一竹篮鸡蛋。这精明劲打小就天生在她骨子里。大哥在公司这几年，妹夫的放荡他是看在眼里，急在心里，心疼妹妹，自然也配合妹妹。财务部的总报表呈张总的同时，邮件就进了范青梅的E-mail。只是老天作弄人，做哥哥的想不到算计来算计去，最后算计的是他自己的女儿。

范青梅跟张大东离婚是协议离婚。五千万的数目是范青梅反复思量才决定的，按公司的资产分割，范青梅可以将数字再翻一倍，但是真要抽出这么多，公司就难以生存了，毕竟这公司起家范青梅也付出过心血，范青梅不想看着公司垮掉，说白了，这公司儿子将来是有继承权的。张大东居然不答应，说账上没这么多钱，范青梅拿出一个报表合订本，张大东翻了第一页，就丧气了，这报表是真账，不是应付外面检查的假账，范青梅平时做的功课是做到家了。范青梅说，你要是赖账，我还有一个账本。还真拿出一个账本，账本上记下的是历年张大东行贿的名单和数额。张大东出了一身冷汗，猎人的猎枪不打狐狸精了，枪口掉过来时刻瞄准着他张大东的胸口，这猎枪装的不是一颗子弹，是霰弹，要打倒的不止一个，是一窝。张大东缴钱投降。

离婚后的范青梅生活没有什么变化，本来这个家就是娘俩守着，张大东难得露个面。范青梅把精力放在儿子身上。女人就是女人，钱再多也填不满心里的空洞洞，女人再强大，心里没个男人撑着还是一空壳。范青梅前半生的支柱是张大东，后半生的支柱就是儿子了。儿子学习很棒，这比银行里放着的五千万还让范青梅踏实。那几年留学风盛行，儿子有了出国留学的念头，星期天节假日都在培训学校学英语，但考下来不理想，雅思只有五分，SAT才一千多点分。范青梅一边安慰儿子，一边想帮儿子单独请教师，也就是“一对一”。男人说老婆是别人家的好，到了女人嘴里，这话变成了男人没一个好东西。但男人说儿子是自己的好，所有女人都视为颠扑不破的真理。像很多母亲一样，范青梅认为儿子没考好，主要是老师没教好。范青梅打算找最好的教师，只教儿子一个人。范青梅在儿子身上肯花钱，无奈那时候这类教师稀缺，范青梅摸不着门。就是这时候，丰玉洁来敲她的门了，丰玉洁不是一个人，还带来了一个小伙子，小伙子是大牌培训学校的金牌教师，送教上门来了。

范青梅认识丰玉洁很早，张大东刚进城时靠山是她老公汤总，那时候生意人的活动还在谱子上，打亲情牌，身边带的是老婆，后来才时兴带小三。有一回几家人到皖南一个古村落玩，天热，没有洗衣机，换下的衣服只能手洗，好在村头有口井。范青梅将一家三口的衣服放在脸盆里，打上井水，蹲在那里搓洗。范青梅在圩区长大，出门就有水，头一次用井水洗衣服。井水原来有井水的好，手伸进去，凉意就顺着胳膊往上爬。正洗着，张大东在背后说话，都洗了吧。他弯腰把一堆衣服放在井台的石板上，是另外几家人的脏衣服，牵牵扯扯的还有女人的小衣。范青梅没吭声，这几家的男人都是张大东巴结的人物，一路上五大三粗的张大东像条狗一样跟在他们后面，听他们使唤。男人直不起腰，女人也没了骨气，洗就洗呗，好在她做惯了家务，多洗几件衣服也不算什么事。村头是块空地，有山风，山民们在村头聚集乘凉，那几家人洗完澡也陆陆续续来村头。范青梅一个人蹲在井台上洗衣服，山民们免不了对这个外乡女人指指点点，有人说，你看，城里人出来玩还带着保姆。范青梅听了，就觉得后背上落满了村民的眼睛，像是爬满了苍蝇。范青梅手里的动作就慢了，眼里有了湿意。都是张大东这个马屁精，张大东把他自己当条狗，连累她变成了随行保姆，让她在这里丢人现眼。范青梅真想甩掉两手的肥皂沫，站起来走人。丰玉洁趿着拖鞋径直走过来，说，妹子，怎么是你在洗？我还以为张总拿走了衣服是雇老乡洗，这怎么行？怎么能让老板娘替我们洗衣服？丰玉洁抢过范青梅手中的衣服，一边搓洗，一边说，青梅，你直直腰，歇会儿。丰玉洁大呼小叫，另外两家的女人也冲了过来，各人洗各家的衣服。范青梅就是这一回对丰玉洁留下了好感。

城里的女人就是不一样，丰玉洁嫁了有权有势的老公，按说可以坐在家里享福了。可丰玉洁却做着银行的部门经理，每天忙得东奔西跑，这让乡下来的范青梅很是钦佩。丰玉洁除了关心范青梅的宝贝儿子，还隔三岔五地给范青梅送东西，有时是一箱水果，有时是一盒化妆品。范青梅想，丰姐肯定是听到她离婚的风声了，城里人文明，不打听张家长李家短，却变着法子安慰她。范青梅不知道怎样感谢丰姐，偶尔也买盒高档化妆品送她，丰姐说，只此一回，下不为例。跟你说实话，老汤在这位置上，家里吃的用的都有人送，吃不完也用不完。丰姐说的是实话，丰姐打开她的化妆桌抽屉，塞得满满的，大多标的是外文字母，进口货不便宜，那时候已是常识。范青梅不认识外文没什么，重要的是丰姐没把她当外人。

钱花到哪里就好到哪里，外国人的考试也认这个理。儿子的雅思和SAT都考出了高分，范青梅感激丰姐替儿子找到了好老师，在金陵饭店订了桌，宴请丰姐和老师。丰姐说，青梅，还没到庆功的时候，还得做材料，选学校申报学校等等，饭可以吃，谈事情家宴比较合适，我们尝尝你做的家乡菜。范青梅急了，说，丰姐，你别替我节省，我不缺钱。丰姐说，我可没说你缺钱，谁敢说你缺钱，那他真是有眼无珠。我是说上饭店显得生分，咱是姐妹，用不着那排场。再说，那小老师是国外回来的，给钱干活，干活给钱，你是老板，他是雇工。你给的工钱那么高，该是他感激你。范青梅只得依了她。范青梅专门租车回固城买了菜，鱼是刚出水的鲜鱼，菜是地里刚拔的新鲜菜，菜根上还带着泥巴，当然还少不了固城湖里的各色野味。范青梅在厨房烧菜，丰姐抢着帮她打下手。范青梅说，这怎么可以，你在家也不下厨房，有专门的阿姨，到我这里反倒做这粗话，可不行。丰姐说，你可别小看我，厨房的活不是粗活，是细活，我做的几道菜老汤说比金陵饭店还正宗哩。丰姐坐在小矮凳上拣菜，不经意地说，青梅，你那钱都存哪家银行？要不，存我这银行来，算是帮我完成指标。范青梅说，没问题，改天我转出来，转到你那里。范青梅想，钱存哪家银行都是存，反正利息也没什么高低。丰姐说，不急，等你到期了再转，要不，利息损失也是一大笔钱。范青梅听出来，丰姐不但晓得她离婚拿了钱，还知道这笔钱的数额。当初张大东一再叮嘱，这笔钱对外不能声张，一怕公司实力受到怀疑，二怕不利于娘俩的安全，让坏人盯上。看来是他自己嘴上没拴锁，跟汤总两口子说漏嘴了。

儿子顺利考上耶鲁大学，范青梅心是踏实了，一个人过的日子孤单了。丰姐带她去练瑜伽，范青梅去了一回就不去了，说人静心不静，安静处更想儿子。带她去美容养生，她说老都老了，弄得嫩了就是一老妖婆。丰姐说你这不是在骂我吗，范青梅笑了，说，你是你，我是我，我就盼着儿子给我生个孙子，等着做奶奶了。事实上这话说完没到两年，范青梅就把美容院当成家，直奔老妖婆形象去了。丰姐这时已做了银行行长，说，我也没有吸储任务了，你把这笔钱注册个公司吧，你忙起来就顾不上孤单了。

丰姐提议她弄个投资公司，说，为什么大学生研究生都挤破头往银行挤？银行收入高。这高收入哪里来？外人不知道。国内银行的存贷比是全世界最高，存款利率是3，贷款利率是6，就是说，全世界的银行中中国的银行效率最高，老百姓存款得益有限，银行得益多。你说这南京城的企业有几家不在银行贷款？说白了，就是所有的贷款企业其实都在为银行打工。可是，明知道忙活了半天是银行得益，但没有银行贷款自己也得不了益，所以企业家还是哭着喊着求银行贷款，投资公司就是插进去分一杯羹，抢一碗饭吃。现在政策允许，国家保护比银行高四倍的利息，正是抓住投资先机的好机遇。范青梅学过会计，丰姐这番话能听懂，可是光靠自己是办不成公司的，丰姐说，人不缺，只要开出薪酬高，就能挖到人。这几年商业银行兴起，国有银行有本事的人跳槽成风。范青梅说，就凭我这点钱，投完了公司不就歇业了？丰姐早有打算，说，这点钱当然不够，注册投资公司都不够，我来想办法。公司有了账号，丰姐真的划进来一笔大钱。就这样，范青梅的顺风公司开张了，并且一帆风顺。王矮子是开业至今遭遇的第一块暗礁。

小周赶到青梅会馆时，脸色蜡黄，长发纷乱，她见了范青梅第一句话就说，范总，我把顺风害惨了。范青梅说，别慌，先去我房间梳洗梳洗。范青梅转身又吩咐秘书小李，让厨房下碗面送来，看她这样子肯定没顾上吃早饭。小周吃面，范青梅说，就算王矮子跑路了，跑得了和尚跑不了庙，他留下的厂房和机械设备可以抵债。小周说，王矮子是赤手空拳回来的，就是把那些不动产拍卖，这么多的债主瓜分，到我们头上也没几个钱。而且，谁先打官司，谁就得先付钱审核他的资产，诉讼费和审核费就不是小数，几家银行肯定不愿出头，我们又不便出头。范青梅心里慌了，不是怕讨回的钱仨瓜俩枣，是怕时间拖长了人心浮动，夜长梦多。

范青梅向丰姐讨主意，丰姐说，我也正焦头烂额，只有以静制动。时间长了，工人闹起来，政府会过问，会组织资产清理小组。范青梅挂断电话，丰姐又打了进来，说，青梅，我刚才忘了跟你说，我那点钱，最近想提走，风声紧，上面要查建筑这条口子，老汤不放心。丰玉洁当初划进一笔大钱，注册后转走了大部分，留了小部分。说小也不小，现在连本带利也过亿了。范青梅想了想，说，行，我叫财务部给你算账。只是，股东利益这一块，暂时不好分割，得等等。这当口，也就是你丰姐，别的人中途想提走一分钱都别想。还请别传出去。

丰玉洁说，青梅，我可不是顺风的股东，咱姐妹间帮个忙，扯什么股东，我最多算是顺风的客户。

丰玉洁这是要撇清自己了，以前说她是股东，她不反对，只是叮嘱她文件上不挂名份。提钱的事丰玉洁当然不会传，这钱就是让小偷偷了她也不敢报警。老汤那边风声紧是假，顺风公司有风险是真。连丰姐都不信任顺风公司了，范青梅心里也没了底。但船在水上，有底没底，顺风逆风，都只能朝前走。

范青梅心里烦躁，走到园子里。树木葱茏，池塘里水平如镜，园子里还是一片安宁。秘书小李跟上来，欲言又止。范青梅说，你有事就说。小李说，范总，我有点积蓄都在公司里，没到期。现在房市跌了，想趁现在房价低把房买了，您能不能特批一下。范青梅说，不能，我不能在公司内部开这个口子，公司的员工都不相信公司，公司还怎么发展？你放心，就是那九千万都扔水里了，我范青梅还有亿万身价，顺风公司还是顺风公司。

小李难得看见范总发火，噤声退了。范青梅深深地叹了一口气，要说孤单，这才是她真正感到孤单的一回。

六

范家惠是天蝎座，天蝎座的女孩敢爱敢恨，纯情而固执，如果星相上说的没错，范家惠并不是一个水性杨花的女孩。范家惠原先在镇中读书，后来姑父把她转到了县中，范家惠也争气，考取了省城的财经大学。姑父张大东是固城县的传奇人物，连县长镇长也敬他三分，但再怎么牛，他也是范家的女婿。错就错在范家惠的爷爷和父母没有摆正自己的位置，张大东每次来范家，老丈人和大舅子都把他当张总敬着，好烟好酒备着待张总，为了张总来吃一顿饭，光准备他喜欢吃的菜就忙活几天。从小范家惠对张总意见就大，张总一来，大人们就围着他转，顾不上范家大小姐了。比如杀一只鸡，鸡肫本来铁定是她范家惠的，张总在座，那鸡肫就被母亲挟到了张总的碗里。范家惠读中学了，明白了张总为什么在范家是一尊大神，不光是父亲在他公司拿薪水，范家的亲朋好友几乎都在他公司打工。范家惠瞧不上爷爷和父母，首先瞧不上姑姑范青梅，那时候范青梅对张大东低眉顺眼，像丫环一样被张大东使来唤去，首先是她带坏了家风。范家惠心里说，连自己的男人都拿不住，嫁他做什么用！要是我范家惠，哼！范家惠转县中读书的事，张大东招呼好了，范青梅喜滋滋地来通知办转学手续，范家惠同学脖子一拧，不去。范青梅傻了，父母急了，这可是别人想都想不来的好事。范家惠说，你们征求过我的意见吗？张总征求过我的意见吗？范青梅说，你姑父跟那校长也不熟，腆了脸费了老大面子才弄到的名额。范家惠说，你告诉张总，他爱去自己去，我反正不去。范青梅灰头灰脸回了南京，张大东没生气，笑着说，这小祖宗还真有脾气，我去请。张大东亲自来了范家村，推开院子门，范家惠在石凳上捧着本书看，见了张大东，不喊姑父，也不招呼，像是见了仇人，一甩辫子进了屋。高一学生范家惠身子已经长成人了，身子骨不结实，可那辫子又粗又黑，结实，走动的时候一左一右跳动着晃人的眼，虽然穿着外套，可后背肩胛骨的下面的衣服还是绷出了几条折痕，不是衣服小了，而是姑娘大了。张大东不计较侄女的态度，张总说，首先，我向家惠同学道歉，去县中读书的人是你，不是我，也不是你爸爸妈妈，我应该先问你愿意不愿意。其次，我应该跟你沟通，我再忙也应该跟你打个电话，这县中虽好，也不是每个学生都能考上大学，得不掉队才行。要是咱家惠去了跟不上同学咋办？范家惠说，跟得上跟不上你说了不算，那是我的事。张总说，那你答应去了？范家惠抬起头，看了天花板一眼说，看在张总认错态度比较诚恳的分上，那我就去吧。

天下没有骄傲的男人，只有骄傲的女人。中学生范家惠觉得，张大东这样的男人，只要下手治理，与小男生没什么两样。

范家惠大学毕业，一直漂着。范家惠学的是经济管理，这专业听起来好听，可找工作不易，老板招聘你一个小姑娘去管理公司的经济，他自己做什么去？有一种可能，他招你去，你管理经济是假，他想管理你是真，管着管着歪心思就管不住了。范家惠上过两次班，薪水不错，可不到几个礼拜问题就来了，陪领导出差，陪客户吃喝卡拉，咸猪手防不胜防，陷阱躲不胜躲，范家惠是什么人？说翻脸就翻脸，一个耳光抽过去，走人。也有同学找到了好工作，在机关，在大公司做白领，那都是拼爹拼来的。范家惠拼爹拼不过人家，但可以拼姑父。只是范家惠偏偏不肯求人，姑姑姑父也不求，天蝎座的女孩子被称为“冷面女王”，冷面女王怎么能求人？除非别人求她。

这世上有些人是一辈子求人，还有一些人是一辈子被人求。只是真正做到后者不容易，被人求一次并不难，难的是一辈子被人求。范家惠立志不求人，是因为她还年轻，是因为现在为难时总有救她的人出现。，这一回求范家大小姐的人是姑姑，姑姑没有女儿，从小视她为己出。江湖上说，出来混总是要还的，若干年后范家惠在青梅会馆尝到了求人的滋味，这是后话。

范青梅说，家惠，你得帮姑姑一个忙，别在外面租房了，一个姑娘家跟别人合租，我和你爸妈都不放心。范家惠其时连下个月的房租都没着落，但嘴上硬着，我愿意。范青梅说，你听我说完，姑想让你搬到公司宿舍住，和王秘书住一套两居室。你没听人说过吗，男人没钱的时候，老婆兼秘书。男人有钱的时候，秘书兼老婆。你是去做姑的眼线，算是姑求你。姑姑活得确实窝囊，看在姑姑面子上她答应了。范家惠搬进来一个月，白天出去发简历，运气好的日子穿了正装去面试，可结果总是事与愿违，她看中的公司老板瞎了眼，她看不中的公司不屑去，倦了累了，后来干脆宅在床上玩电脑。王秘书白天上班，晚上大多有公司应酬，俩人见面的机会并不多，见面了也就寒暄几句，姑姑交代的任务也无法交差，好在姑姑没催问过。张总倒是有一天到宿舍来了，大白天，王秘书不在屋里，在公司上班。范家惠说，王秘书不在。张总说，我知道她不在，她要现在在宿舍，这个月的奖金就别想有了。张总打量了一眼客厅，说，艰苦了点，慢慢改善吧。张总喝了一口水，说，和人事部长去对面人才市场，想再找一个管理秘书，都没看上。范家惠不接话，看他怎么往下说。张总说，我路过这里的时候，突然想起来，家惠不是学经济管理的吗？自家人总比外人可靠，何必舍近求远？范家惠心里明镜似的，说，张总，谢谢，我不去。张总说，你给我一份简历总可以吧，我回去召集几位老总商议一下。如果公司决定招聘你，你就来公司上班。算是姑父求你帮个忙，要是不愿意久留就先帮我几个月再走。张总装模作样地拿走了她的简历。范家惠从窗口看见张总从楼梯口走出去，头顶秃了的圆心在阳光下很瞩目，他钻进车前匆匆抬头望了她窗口一眼。范家惠闪到窗后，突然觉得这个老男人活得挺累，演技不行还硬是把戏撑到了谢幕，范家惠都替他累得慌。范家惠掏出一枚硬币，对自己说，正就去，反就不去。硬币落下来，反。怎么是反呢？枉费了那老男人一片苦心。范家惠对自己说，那就抛三次为定，第二次还是反，但范家惠还是坚持抛了第三次，终于是正面了。

范家惠后来对张总说，我没想来，抛硬币决定的结果是你赢了。硬币确实抛了，结果并不重要，硬币再硬也敌不过人的心肠软了。

范家惠在公司从不喊张大东姑父，喊张总，从上中学起，她就没喊过张大东姑父。倒不是公司有规定，在公司里有许多固城人喊张大东叔叔舅舅之类，喊得亲热，其实多是八竿子够不着的亲戚，类似于小品里的毕福剑做了毕姥爷。富在深山有远亲，富在闹市亲戚就多得撞破头，张总来者不拒，答应得亲亲热热，老板也需要感情投资，双赢。范家惠在公司不管理经济，管理张总，具体说就是安排张总每天的日程，每天一早，将当天要参加的活动要见的人要办的事打印成表格交到张总手中。张总看到这张表，脸就变成苦瓜，说，家惠，你就不能删掉几项，心疼一下你姑父？家惠说，张总，安排是我的事，去不去是你决定。一副公事公办的嘴脸。张总说，张总张总的，我是你姑父，没别人的时候喊我姑父，多少年没听你喊过我姑父了。家惠说，张总，很抱歉，多少年没喊，所以喊不惯了。转身款款走了。

范家惠只安排张总的日程，不参加张总的活动。张总应酬一般是带小王秘书，小王秘书酒量大，肚量也大，能在男人的黄段子中脸不红心不慌，能将男人出手的干戈化为玉帛。范家惠偶尔参加，酒少话少，脸冷场子就冷了，倒要张总罩着她，抱拳说，我这侄女腼腆，各位多多照顾。范家惠看着一张张油光光的脸，胃口也没了，干脆就不再参加。

王秘书现在除了和范家惠同居一屋，还是同事。小王是名牌大学的中文系毕业生，学中文只有两条出路，一条路是做教师，到中小学去哄孩子，小王看不上。到大学去教书，入门门槛必须是博士，小王不想在书斋里耗费青春。那就只有另一条路，做秘书专业对口。如果是中文系女生想做秘书，那是天生我材。如果是中文系漂亮女生想做秘书，那就是我花开后百花杀，非她莫属。小王这三个条件都具备，更可贵的是在读中文系时没有沾染文艺腔，没有成为女文青。她目标明确，立场坚定，直奔物质女孩的人生道路。张总总结他的情史说，不同年代的情人关注的焦点不同。六十年代生的女人喜欢问，你真的爱我吗？七十年代生的女人喜欢说，爱情需要信物见证，你把这个买下送我吧。八十年代生的女人说，为我花多少钱就是对我有多少爱，真爱我就把车子房子给我买下。小王说，那九零后呢？张总说，还没培养成材，不过九零后也偶尔碰上，人家说，别显摆你那几个臭钱，姐有老爸老妈供着，缺人不缺钱，缺好身手不缺高富帅。说这话的时候，小王趴在张大东肚皮上，她伸出手指点着张大东肉厚的胸脯，说，你自己说的，可别忘了，我就是八零后。王秘书不相信九零后的小姑娘会倒行逆施，女人以物质为爱情做保障，是爱情文明的进步。王秘书心里冷笑，这老男人在做他的白日梦，你一个两腿拖着泥巴的暴发户除了有钱，还有什么能让别人惦记？真以为是好身手？也就能蒙住刚出道的小毛孩。话说回来，张大东表现尚可，要房就给了她房，开发公司老总不缺房，开盘时给她留了一套，她简装了一下，租出去了。要车也给了她车，不是新买的，指定了公司一辆车归她用。王秘书不跟他急，农民嘛，张大东大肚腩里的油水厚，心急吃不得热豆腐，心急也揩不了多少油。范家惠搬进她宿舍时，她吃了一惊，等弄清楚是范青梅的侄女时，她才松懈了。但松懈后还是有危机感，居安思危。都说铁打的营盘流水的兵，如今这世道是铁打的大款流水的女人，张大东总有厌倦她的一天。

范家惠不喜欢王秘书，王秘书喜欢嗲，还喜欢卖，发嗲得看对象，卖弄也得卖弄自己的东西，哪怕是卖肉。可王秘书在范家惠面前炫耀的都是男人送的东西，手表，新款手机，甚至是一条裙子。王秘书说，家惠，你看看，我穿了有没有效果？我说不要不要，那马屁鬼已经把卡刷了。范家惠眼睛在笔记本上，嘴上说好。王秘书在客厅里走来走去，把身子拧得像麻花，范家惠就逃到自己房间去了。同在一个屋檐下，范家惠不想得罪她，也不肯逢迎她，只是看不得这女人的贱。第二天，公司组织秋游，到固城湖的芦苇荡里看芦花和野鸭，坐的是小船，电影《小兵张嘎》里的那种，王秘书穿着新裙子，站在船头上卖骚，一会儿作飞翔状展臂，一会儿作模特状造型，范家惠是固城人，湖里的风景看厌了，王秘书的作相也不想看，她探手摸一下湖水，秋水够凉了。范家惠看准了船拐弯，站起身往另一侧迈了一步，那一步用了力，重心也都在那条腿上了，小船晃了一下，船头飞翔的野鸭胡乱挥了几下翅膀，就落水了。王秘书当然不是野鸭，野鸭不怕水凉，有鸭绒，王秘书只有裙子，七手八脚捞她上船，那裙子湿漉漉地裹在她屁股上，她冷得打颤，缩成一团，范家惠眼睛耳根都清静了。

范家惠也只是偶尔做点手脚，逮到机会治一治王秘书。这年头王秘书这样的女人哪里都有，不稀奇，家惠在心里就把她当个笑话看了。可笑话有时也让人笑不出来。那一天，范家惠下班，开门，钥匙还没从孔里拔出，王秘书探出一个脑袋，说，就你一人？范家惠说是，范家惠从没带人进宿舍的习惯。客厅里开着空调，热气从门缝里扑向门外。这季节不冷也不热，范家惠明白了，王秘书没穿衣服。自从影视剧里流行女人一丝不挂在房间里裸行的镜头，据说许多单身女人都纷纷仿效，带来的产业效益首先是民用电量激增，其次是高倍望远镜脱销。王秘书喜欢洗完澡后赤身曳行在屋内，像一尾游弋的金龙鱼。范家惠起初不习惯面对这样一条金龙鱼，这条鱼把空气当成了水，把她范家惠当成了空气，最多当成了一株水草。这是一株会思考的水草，范家惠自信有着不比王秘书差的身材，王秘书自称骨感，但范家惠看她那浑身上下也就是那种骷髅的骨感，胸小，屁股像是平板电脑，且页面灰白暗淡。范家惠也无数次打量过自己的身体，偷偷地，在浴室水汽的朦胧中。既然生来就是一株水草，就不能随便暴露在烈日之下。即使当年和初恋男友上床，范家惠也坚持进了被窝才撤去最后的遮蔽，完事后也坚持穿上内衣才去洗浴。人各有志，范家惠是范家惠，王秘书是王秘书。范家惠对裸身的王秘书已经见惯不怪了，她倒了一杯水，在沙发上坐下，准备打开电视。王秘书走过来挡在她面前，这是一个不美丽的视角，至少在范家惠看来是不美丽的视角，王秘书的私处正霸道地占据她的视线。她扭了一下脑袋，还好，王秘书侧身了，递过来一张报纸，说，你看，陈道明又演新戏了。陈道明是范家惠的偶像。范家惠读报，王秘书还是在她面前站着，幸亏有陈道明在。范家惠眼睛被挡着，耳朵没被挡着，她听见卫生间的门响了一下，一团白影子在眼角晃过，她抬头看，王秘书侧身挡住了，但王秘书不是优秀的篮球高手，范家惠的眼光晃过她的防守，她看到了一个裹着浴巾的男人背影。姑父，范家惠脱口而出。那男人愣了一下，逃进了王秘书的房间。

这是多少年来范家惠第一次喊张大东姑父，可惜张大东顾不上答应。

范家惠也慌忙逃进了自己的房间，好像一丝不挂的是她自己，好像带男人回屋的是她范家惠。那人是张大东吗？范家惠当初住进来是肩负使命的，姑姑是让她来做眼线的，可她把这日子过着过着就忘了姑姑的嘱托，松了弦，掉了线。范家惠希望她看到的背影不是张大东，她想打开门，证实是自己看错了，这个男人总要走出王秘书房间的。可范家惠做不到，做不出，这不是范家惠的风格。换句话说，即使房门上有个猫眼，范家惠这时也不会躲在猫眼后偷窥，不知道为什么，她又害怕证实自己看到的就是张大东。可怜的卧底范家惠，卧伏在卧室的床上，就像一只受惊又受伤的兔子藏在洞穴里，竖着耳朵听着那个男人的脚步走到门口，开门，走了。

范家惠不想从王秘书嘴里问出什么，范家惠要当面问张大东。第二天在张大东办公室，张总坐在张总的老板椅上，脸色依旧是张总的脸色，看不出波澜。范家惠说，昨天，是不是你？她以为张总会或者慌乱，或者装傻，至少是惊讶。预想都没有出现。张总的脸色是兴奋，他的双眼陡然亮了，像是遇到了一个感兴趣的话题，他盯着范家惠说，是我。你今天怎么关心姑父了？范家惠愣了一下，说，不是我关心，是我姑姑她关心这事。张总说，嗯，有人关心总比没人关心好，不管是你还是别人。

范家惠退出去的时候，张总说，家惠，考你一个问题，如果我现在要办一件事，必须送钱给某个领导，但是没有选好合适的时间和地点，送钱的时候，被另一个领导看见了，该怎么办？

范家惠说，先拿回来，下次再送就是。

张总说，幼稚。立即把钱送给撞进门的领导，就如同一个小偷，不，这比方不恰当，就如同一个从事秘密行动的人，安身立命的最佳办法就是把知情者发展成同谋，不惜代价。

范家惠在自己办公桌前想了好一会儿，才对张总的考题想明白几分。这么说，我就是那个撞进门的领导，他要把钱送给我，收买我？范家惠想到了王秘书显摆的那些奢侈礼品，或许还真的有送钱。范家惠不由撇了一下嘴角，可惜我范家惠不是那种女人，只是，那“同谋”指什么呢，把范家惠变成王秘书一样？范家惠的心口慌了，她脱口骂了声自己“贱”。

接下来几天范家惠的神情有些恍惚，在宿舍烧水忘了关煤气，出门忘了带钥匙，王秘书看在眼里，这冷面皇后是想男人了。王秘书还以为这范家惠真是不开窍的女人，两耳不闻窗外事，连窗内的事也不打听，张总走后王秘书一直等着她开口探问，她像没看到那一出。明明听她喊了张总一声，喊的什么没听清，范家惠用的是固城方言。她是看出眉目了，可她硬是忍住了没问，忍不住的倒是王秘书了。这小女生是典型的闷骚型，闷归闷，是骚最终闷不住。在客厅看电视时，王秘书逗她了。

那天你看到的就是张总。

噢。

我跟他好了快三年了。

是吗。

老男人有老男人的好，只有和他好上了你才知道。

傍大款本是件不光彩的事，可王秘书恨不得让全世界知道，至少得让公司的固城人知道。别以为亲不亲故乡人，跟老板牵上点亲戚了你就是个人物，愚昧，这年头，除了钱，男女之间要说亲只能是床枕之亲。范家惠说，你爱他吗？

这话把王秘书逗乐了。

爱，爱他肯为我花钱，爱他的床上功夫。王秘书笑得很古怪，说，有人说，爱就是今天跟他睡了，明天还想跟他睡，不爱就是今天跟他睡了，明天不想跟他睡。他可比那些小公鸡强多了。

可他不止你一个女人。

这年代，成功男人谁身边只有一个女人？

所以，你也拴不住他。

拴住他？为他生子，与他扯证？

王秘书眼泪也笑出来了，说，这其实也不是难事。

范家惠说，我要是爱一个人，才不管其他，只要我爱他就行。

这回是王秘书把范家惠当个笑话看了。可是有些笑话讲一遍可以，多了会过头。有天晚上范家惠坐在马桶上来情况了，自己买的用品用完了，情急之下只能拆了一包王秘书的。第二天她照那品牌买了一包归还，王秘书说，不要。范家惠以为牌子错了，女人各有各的讲究，一比对，没错。

王秘书在客厅里大声说，你留着用，姐在相当一个时期戒了。这也能戒？王秘书说，你不是说拴住爱的男人，得为他生子与他扯证吗？姐落实在行动上了。范家惠将信将疑，但事实摆在那里，这个月王秘书确实没来情况，一屋住的女人这日期趋同，范家惠记得俩人一贯是共患难的。范家惠留心了几天，真没有，弄不懂的是王秘书还是常醉醺醺晚归，范家惠说，你不是说你肚里有了吗？怎么还喝酒？王秘书说，傻，我就是要生个残疾儿，残疾儿才能加分，才能赢得了张总老婆，得了别的那些女人。心肠再硬的男人在残疾儿女面前都会软成糖稀。All's fair in love and war。

范家惠听懂了这句英文，恋爱和战争是不择手段的。范家惠真正乱了方寸，这女人歹毒，和那些将儿女弄残的恶丐一样歹毒。范家惠觉得自己这个眼线做得失职，对不起姑姑。她在卧室里拨通姑姑的电话，范青梅说，多大事，打这主意的女人多了去，你姑父能摆平。你该上班上班，该睡觉睡觉，别为姑担心，姑知道了。

姑姑的胸怀宽阔如大海。

范家惠想不到张大东主动找上门来，那天范家惠刚回家，门铃响了，是张总，范家惠说，王秘书还没回来。张总说，王秘书我派她出差了，今天我找范秘书。张总拎了大包小包塑料袋，装的是专门从老家带来的菜。张总说，我今天专门来做厨师，烧你喜欢吃的几个菜。清蒸小骨鸡，红烧小鳜鱼，蘑菇藕尖。我说的没错吧。范家惠讶然，这确实是她从小爱吃的几道菜。这做老总的心比她父母都细。张总真的一头钻进了厨房，范家惠坐在沙发上如坐针毡，油烟机轰隆隆让她头昏，他这是听到风声前来兴师问罪呢，还是，还是黄鼠狼给鸡拜年没安好心。张总速度快，厨艺看上去也不错，一会儿五六个菜就摆满了茶几。张总从包里拎出一瓶红酒，斟进茶杯，说，先吃菜，让酒醒醒。范家惠心里揣摩，这是在借鸡骂猫，说让酒醒醒，是想说让人醒醒。她嘴里就吃不出味。张总说，味道不正？范家惠说，正，菜烧多了。张总说，不多，吃不了我兜着走。范家惠举着筷子的手就停下了。

喝了几杯酒，张总说，你把我和王秘书的事都报告你姑了？

是。范家惠不撒谎。

你姑说什么了？

让我别管。

你管吗？

我姑不管，可我眼里看不下。王秘书她——

张总打断她的话，说，你管就好。这天底下谁敢管我这事？我既不是政府官员，又不是违法嫖娼，你姑可以管，可她宁愿撒手，现在有你管，我乐意。

张总说，可是你想过没有，什么样的人才有资格管？管男人这事的除了老婆就是情人。

范家惠明白了，他是没安好心。明白了范家惠反而轻松了，管，管到底，就是为了姑姑赌口气也认，她王秘书有什么牛的？

范家惠说，张总，网上说，情人之间谈到感情就伤钱。我问你，你和王秘书做第一回给了多少？

张总说，记不清，真记不清了。反正你是我的乖乖，我的亲人，你要多少我都愿意。

范家惠说，我要她的一百倍！

张总起床时有些慌张，衬衣的纽扣也扣错了，衣角一上一下，范家惠反而淡定，说，张总，把纽扣重扣一遍。张总讪讪地一笑，说，这纽扣从开始就扣错了，可总是要扣到最后一颗才发现错。

事实是扣到最后他也没发现错，发现扣错的是范家惠。

张总说，家惠，明天去我办公室取支票。

范家惠说，网上的话还有下句，亲人之间谈到钱就伤感情。那支票你留着吧。

张总走到门口，范家惠突然喊了一声，姑父。

张总回过头，范家惠倚在床头，泪水将拂在脸上的发丝粘住了。范家惠说，这是我这辈子最后一次喊你姑父了。

范家惠学管理出身，管得卓有成效，算得上是有政绩的领导。王秘书出差回来的傍晚，范家惠帮她开门，拎行李箱，挺殷勤。范家惠头发湿漉漉的，看样子刚洗完了澡，不敢享受裸身，穿着睡袍。王秘书听到洗浴间有男人的声音在接手机，说，家惠，进步神速呵，谁？洗浴间的门开了，走出的是她熟悉的人。她拎起行李箱，说，All's fair in love and war，不管那个男人听没听懂，转身走了。第二天，她在大东公司走人了。

七

从前的祖栋梁可不像现在这样窝囊。

当年，祖栋梁坐在高高的圩堤上，屁股下是一张像被狗啃了的破沙发，洞洞里裸露着旧海绵，阳光厉害，有人替他撑着伞，还有人替他端着茶杯。

固城湖在诗人范成大的诗里辽阔无边，到了祖栋梁生活的二十一世纪只剩个零头。原因是历朝历代的围湖造田，圩子像一个又一个环吞食着湖面。这些环不是奥运会的五环，也不是魔术师玩的钢丝环，环环不能相扣，彼此间留着一条界河，人口密集的地方才搭一座桥，桥上走人，桥下流水。河水是活水，河通着湖，湖通着江，夏季洪水暴涨，常有圩破人亡的悲剧。圩区的百姓农忙忙务农，农闲忙筑圩。人民公社期间，圩田公有，政府把劳力集中起来将临湖的大堤筑高筑宽，在通湖的河口筑起大坝，一荣俱荣，一损俱损。包产到户后，有人看中内圩的界河可以用来植荷养鱼，鱼苗放了，藕种埋了，做着收获的梦。但鱼大了，藕粗了，对岸的人下河了，哄抢一空。人家也有理，我在我的河这边捕鱼挖藕，犯了谁的王法？再说了，就是越界到了你河这边，你能说那鱼不是我这边游过去的，那藕不是我这边的水流过去滋养的？罢罢罢，只有让这一河的水面白白地空着。

祖拣梁看中了这条河，祖栋梁找到本村村长，说要承包这条河。祖栋梁难得进村长家的门，难得敬村长一根烟，一般是村长先掏烟。祖栋梁是谁，是三圩十八村的青年领袖，现在村里的年轻人大多进城打工了，留在村里的都是不肯去城里吃苦受累的主，这帮小年轻大多是独生子，是一家人的命根子，是哄着捧着长大的，他们聚在祖栋梁旗下，赌博斗殴，偷鸡摸狗，人见人躲。也有犯了事进去两年三载的，但出来了像是拿了奥运冠军回来的，眼界大了胆更大。村长说，你一年打算交多少承包费？祖拣梁说，一元。村长不吭声，祖栋梁启发说，别小看这一块钱，你想一想，你往街上要饭的盆里扔一元，要饭的都跪地了。一元钱得到的是尊严。我承包这界河，你赢的不是承包费，是我们整个村的尊严。村长说，行，问题是对岸的人答应你吗？祖栋梁说，那是我的事，只要你这边同意，别的事就不劳你费心了。

河对岸的村长也认识祖栋梁，好茶上了，好烟敬了，还要请上饭馆，给祖栋梁的面子等同于镇长来了。村长关心的也是承包费，祖栋梁说，考虑到我毕竟不是贵村的村民，我打算上交贵村的承包费是给本村的两倍。村长说，说个数字。祖栋梁说，两元。祖栋梁掏出盖有本村村委会大印的承包书，上面黑字白纸写的是人民币一元。村长说，这事，这事得村委会集体讨论，我做不了主。祖栋梁笑了，说，不急，我有耐心等。过了几天，村长没耐心了。祖栋梁走的第二天，村长家苗圃的树苗突然拔高了一截，个儿长了，叶儿蔫了。第三天，村长家猪圈里两头猪娃子突然口吐白沫不起了，村长两口子灌了一桶肥皂水也没能救回。第四天，在南京读大学的儿子打电话回来，说，老爸，有个我不认识的表哥找我宿舍来了，请我吃饭喝酒，还约好周末带我去黄山玩，待我可好哩，你怎么从来也没提起过？村长慌了，儿子不是猪娃子，猪娃子没了可以去市场上抱，儿子出不得半点差池。村长打电话邀祖栋梁上饭馆，说，村委会讨论过了，同意你承包。祖栋梁赴了饭局，说，村长就是有素质，谦虚，还讲民主。贵村干部看问题就是水平高，两块钱不多，但它是邻村承包费的两倍，就是说，你们的面子比别人大了两倍。不是讲钱多少，是讲脸面。村长说，村干部我可以招呼，老百姓要是捣乱我可管不了。祖栋梁说，多谢村长给我提醒，村长放心，承包书都签了，谁敢捣乱我收拾谁，就是这天下没有王法了，我有王法。临走时祖拣梁塞了一个信封给村长，钱数跟村长前两天损失的数额差不多，祖拣梁说，听说你这几天家里诸事不顺，老天无情，小弟我不能无义，算是我的一点礼数。

这界河是祖栋梁承包了，风放出去，两边村上的人都静悄悄，祖栋梁种藕放鱼苗，一路太平，夏季到，荷叶已覆盖了河面，十里荷花香了。祖栋梁居安思危，心神不定，怎么没有人来偷鱼呢，哪怕是摘莲蓬掏藕尖也行，只要有人跳进这荷塘就有戏。祖栋梁一定要在冬季到来前抓住一个典型，冬天到了，就得清河，挖藕捉鱼，红票子就大把来了。但这也是最让别人眼红的时候，一个人眼红可以上眼药，人人眼红祖栋梁手下的十几个喽啰就挡不住了。必须树典型，把第一个红眼的治住了，红眼病才不会流行。祖栋梁每天坐在破沙发上，盼望着发现第一个下河的人。界河被两边圩堤夹着，风撞了圩堤就掉头转向了，河面上的荷叶纹丝不乱，只有一处的荷叶动了，莲动不是下渔舟，是下偷儿了。祖栋梁兴奋，手下都摩拳擦掌。下了圩堤，在堤下悄悄包抄过去。堤脚下放着一堆衣服，看那衣服只是个毛孩子。毛孩子也得拿下，谁叫他奔着当典型来了。英雄是时势所造，典型也是时局需要。十二三岁的小子，胯下还没长毛，顶着一只木盆，上岸了。小子将木盆放到祖栋梁眼前，说，我摘的是茨实，不是你们种的，是野生的。祖栋梁说，这河我承包了，河里的一棵草一粒螺都是我的，带走。你们还讲不讲理？声音从圩堤高处传来，堤陡，说话间有一团粉色旋风般冲到了祖栋梁面前，也就只有圩区的人下埂能有这速度。来人是个女子，俊俏，脸红扑扑的比荷花艳，起伏的胸口比荷花苞蕾丰硕。祖栋梁看了她一眼心虚了，强人心虚不是理亏，是心里有鬼了。祖栋梁说，你是哪个村的，怎么没见过你。女子说，周村的。周村就是对岸。祖栋梁说，这是你兄弟？没事，让他摘吧，这河本来也有你们周村人一份。祖栋梁一挥手，带着一干人走了，让手下的几位摸不着头脑。

这女子就是杨美丽。

杨家在周村是小姓，小姓的意思是说周村人大部分人姓周，姓杨的只有几户。在乡下这是弱势群体。杨美丽她爸刚遭遇一场挑衅，隔壁周姓邻居厨房扩建，将杨家大门的出路霸占了，杨家人从此只能从后门进出。周家人多势众，杨家势单力薄，打是打不过周家的，杨美丽她爸只能告到村长那里，村长来了，批评了周家，责令立即拆除。周家不争辩，也不拆墙。杨爸再去找村长，村长说，裁定我裁定了，可我没权亲手拆他家的房。再说，拆房哪里是容易的事。你看报纸没？国家拆个老百姓的房都能闹出人命。杨爸明白了，村长也就是走个过场，他也没奈何，说到底，村长也姓周。

杨爸想不到村长隔几天主动上门了，上门不是为了拆墙，而是为了提亲。杨爸一听提亲的人是祖栋梁，怒火直冲脑门，这不是坑人吗？恨不得操起扁担将村长打将出去。杨爸压住火，说，这年代恋爱自由，年轻人的事我们就不要讨没趣了。村长叹口气，说，说实话，我也是被人所迫，受人所托，我话带到了，你这话我也替你带回，只是这小子不会轻易罢休。过了两天，杨美丽家的草垛就着了，过冬的柴草成了一堆灰烬。杨爸明白，这是祖栋梁干的，但是当爸的不能因为草垛毁了，就把女儿推进火堆，将女儿的一生也毁了。第二天一早，杨爸还没起身，院子里进了人，十几个人，手里拿着家什，像是街上执法的城管。杨爸豁出去了，说，光天化日之下，莫非你真的敢抢人？祖栋梁说，您误会了，我是来赔礼的。昨天我的人不懂规矩，烧了您的草垛，我罚他把家里的蜂窝煤都抬来了，没想到您大门的路阻了，我第一次上您这来，不能绕后门进，太没面子，就翻您邻家的屋过来了，人多，叨扰您了，那两筐煤还在外边，您看是从大门进来还是后门进来？杨爸说，你要有种，就将那两筐煤也从屋上翻进来。祖栋梁笑了，说，不翻屋，拆屋，堂堂正正抬进来。话音刚落，一帮人就上了周家的厨房屋顶，将砖瓦朝周家院子里一阵乱扔。周家人早就被吵醒了，几个小伙子想上前，都被家里人拦住了。这些人腰上都别看斧头角刀，不要命的主儿，惹不起。厨房只一会儿工夫就没了，祖栋梁站在杨家院子里能看得见周家人，祖栋梁对周家大人说，得罪了，我听说你们村长裁定了这屋应该拆，好多天没见动静，想是你们家忙，顾不上。我就带人过来帮忙拆了，也是替你们村长办事。按说这工钱该你家出，我记着，若是还要拆第二趟咱一并算账，若只此一回，也就算个人情免了。

两筐蜂窝煤从大门抬进了杨家堂屋，祖栋梁带人走了，两筐煤压在杨爸的胸口上，压得杨爸透不过气来。杨美丽见她爸愁眉苦脸，说，爸，别担心，大不了我嫁给他就是了。杨美丽一直在身后看着祖栋梁一举一动，这土匪长得并不凶神恶煞，讲话咬文嚼字，处事有理有据，最要紧的是让她杨家终于在周村挺直了腰杆，扬眉吐气了一回。

让祖栋梁想不到的是这次行动让他名气大涨，圩区一带的村民有了纠纷不找村长乡长，专找祖栋梁评事断理了，干部们最多断个是非，祖栋梁是铲了不平才走路。这是题外话，关键是这样一来，让祖栋梁在杨爸那里有分量了，一年后祖栋梁把杨美丽娶回了家。

嫁到祖家，杨美丽觉得，祖栋梁这土匪并不像传说的五毒俱全，不嫖，不抽，也不酗酒，毛病就是好赌。好赌的男人有一个好处，把钱看得轻。对杨美丽，钱由着她花，虽然一个农村妇女花不了多少钱，杨美丽其实也节俭，但她心里享受男人对她的好。对手下和村民，祖栋梁也不小气，冬天清河，祖栋梁把两村的各家各户招呼到大堤上，就像当年生产队分东西，每户一堆鱼一堆藕，这占去了他收获的三分之一。祖栋梁说，这就是我缴的承包费，缴到村上，说不定就进了村长的口袋。分给大伙儿，就直接进了大伙的肚子。这话村长们不爱听，但是祖栋梁说了，村长们也只能听了。

祖栋梁的日子过得其实挺滋润，杨美丽挺满足。这土匪赌博，平时输赢也就几十几百，大头交在杨美丽手上。但年底，在外做老板的回到固城，祖栋梁就想赌大局过瘾了。圩区知名的四位大款，是三位建筑商和一位建材商，传说每年腊月三十都赌一局，只赌一局，每人赌资一百万。乡派出所民警每年这一天都打听这场赌局，那赌资要是没收了，奖金就够派出所大半年的开销，终于跟踪盯梢盯上了，在固城湖的游船上。所长上了船，迎接他们的是乡长，乡长手里拎着茶壶，忙着给那四位冲水。乡长说，你身上带了多少钱，也敢来这里上桌？所长说，我不参赌，我来抓赌。乡长说，你以为他们是赌吗？他们是在捐资。这一局下来，赢的钱都归我，不，归乡财政。前年扩建敬老院，去年乡医院重建，钱都是从这桌上来的。今年修建文化站就指望这一桌呢。乡长还说，你要真抓走了，明年乡财政指望你派出所吗？人家把公司往别处一迁，咱乡的财税就趴地了。这是百姓间的传说，不知真假，但祖栋梁相信这事儿真的有。祖栋梁想去开开眼界，哪怕是站边上看着也心潮澎湃，这就像一个歌唱演员，哪怕是在春节晚会上伴唱一曲也不枉做一世歌手了。祖栋梁认识张大东，张大东是那四大款中一款，说起来张大东是感谢祖栋梁的。每年年底，祖栋梁的手下都要进城去拜望一下圩区出去的老板，带几条烟，劣质烟，带几盒茶叶，梗梗茶，说乡里乡亲的帮忙买下，烟三千一条，茶一千一盒。有怕惹事的老板就收了，不怕惹事的老板就叫人来轰走了。在城里做老板做大了，黑白都通，城里有城里的流氓，那是人家的地盘，奈何不得。但乡下流氓有乡下流氓的办法，春节前回老家祭祖，那些不讲乡情的老板发现，祖坟被挖开了，祖坟前的树被砍了。张大东也是得罪了人的，但他家祖坟没动地气，坟头树枝茂叶盛。倒不是因为张大东是同村人，是祖栋梁念恩，六七岁时祖栋梁在河里淹了一回，是张大东救了他的命。张大东忘了，但做大老板的是明白人，年后特意带烟酒登了祖栋梁的门，说是感谢老弟帮他把祖宗的门户看守了。

祖栋梁打听到张大东回乡了，就去敲张家的院门了。祖栋梁拎的是两条河鳝，每条都有锹柄粗。圩区鳝多，多是田鳝，或者是养殖鳝。河鳝少，这么粗的河鳝稀少。这么粗的黄鳝不叫黄鳝了，叫皇鳝。吃皇鳝，不放血，囫囵煮，吃了大补，最补男人精气。张大东在坊间闻名除了钱多，最令男人羡慕的是女人多，传说镇上的风骚女子，以与他睡过为入流，有女子专程赴南京开好房邀他。张大东接了，说好东西，心领神会。祖栋梁对送礼有研究，送派出所所长送烟酒可以，所长也是工薪阶层，送张大东这样的老板，再好的烟酒人家也不当回事。送礼得有特色。这样说来，祖栋梁进城后总能让领导满意，基本功在老家就练成了。

祖栋梁求一件事，带他见识那一场著名的赌局。

张大东说，栋梁，那只是传说，你也信别人的胡诌？

祖栋梁说，哥，你我心里明白，这年头电视里播的不真，老百姓嘴里传的不假。

张大东说，我答应你，那三位不答应，乡长不答应，立了规矩的。

张大东说，除非，你也带上一百万。

祖栋梁拿不出一百万，虽说他在地头上算个人物，可赌徒手里是存不住钱的。就是真有一百万，那也在杨美丽那里，打死她她也不会拿给他去赌，再说，这一场赌有输家却无赢家。

张大东说，栋梁啊，你也是个能成事的人，守在这圩子里可惜了。不如跟我进城，成大事，掏这百来万也就是碟小菜。

张大东说，趁年轻，进城拉起队伍，我撑着你。

榜样的力量是无穷的，不如说，远大目标的动力是无穷的。祖栋梁的远大目标，就定为有一天能跻身圩区那一场著名的赌局。张大东说得好，与其挖空心思去别人那里偷点要点，不如放开肚量让别人来求你敬你，肚量是什么？钱！有大钱才能有大量。

张大东没食言，他把汤总介绍给了祖栋梁，把从汤总手里接的工程转给了祖栋梁。张大东说，老弟，实话直说，一是我要转型了，我要搞开发，当了这么多年低三下四的乙方，大哥也想尝尝做甲方的味道。二呢，我在汤总这公司做的年头多了，年头多了很多事就说不清了，盯的眼睛也多了。走为上策，对我对汤总都安全。

祖栋梁赤手空拳进城，手下那帮人正经事儿都不能干，全靠张大东扶持。缺施工员，张大东派来了，缺搅拌机脚手钢管，张大东派车装来了。祖栋梁的队伍挂靠在张大东公司名下，第一笔工程款到账，祖栋梁就要把管理费缴了，张大东说，还真缴？行，一元。祖栋梁觉得张总拿他开涮，张总一定听说了他承包界河的事。张大东说，那干脆把设备的租金也缴了，管理费的两倍，两元。张大东说着，伸手从祖栋梁口袋里掏出三枚硬币，窝在手心里摇得叮咚响。张大东说，你才起步，用钱的地方多，我不缺钱，缺人，缺的是你这样知恩图报的人，你能记得六七岁时我在河里救你的事，说明你讲情义。搬板凳给别人坐，自己站不住了，就有人搬板凳接你的屁股。有一天我有难事了，你来帮大哥不迟。

祖栋梁这几年发展得不错，再干几年，祖栋梁离那场赌局的桌子就不远了。可是没想到，政府突然打压房价，紧缩银根了，房价掉了，楼市萧条了，买涨不买跌，房地产公司收不回钱款，银行又停止供血，连汤总这样的国营地产也上气不接下气了，开发商像是嘴里衔了一条小鱼的海鸟，面对张着嘴嗷嗷待哺的雏鸟，不知喂给谁好。祖栋梁当初心大，一下子接了五万平方，现在缺口就大，这形势张总日子也紧，顾不上他。祖栋梁只有死死抱住汤总这根救命稻草，抢下母海鸟嘴里那条小鱼再说。

还有一点指望，向丰玉洁求情，她一个银行行长，再紧口袋里也能摸出几把银子救急。

祖栋梁每天陪着汤总两口子喝酒打牌，脸上赔笑，心里急得如热锅上的蚂蚁。晚上回来，累得澡不洗，衣服也不脱，倒头就睡。杨美丽见他嘴角有白点点，以为是饭粒，伸手一摸，没想到是这土匪内火攻心，嘴上起泡了。杨美丽心疼了，乡下的土匪当不了城里的强盗，只能做灰孙子，他窝着一肚子委屈。

黄梅天，天不热人热，雨不急汗急。杨美丽拿定主意把那破空调换了，省下的空调钱还不够陪汤总两口子吃顿饭打局牌，何苦？大手大脚的土匪变成了算计过日子的小男人，杨美丽觉得悲哀，说钱多，她看不见一个钱，都填进了那楼房。说是做老板，他其实是做奴才，见了甲方先矮三分，见了材料商躲着走。真看不出这进城有什么好。杨美丽想念固城的日子，可一个乡下女人，嫁鸡随鸡，嫁狗随狗，只能绑在男人的车轱辘上。她杨美丽陪吃陪喝陪牌局，除了这些，她还能为这土匪分担些什么？

八

祖栋梁被讨钱的电话逼得快要疯了，祖栋梁总是说再等几天，再等几天就有钱了，材料商们等等还是这句话，再不相信他的鬼话。有人就直接闯到工地上对他围追阻截，有人扬言要再绑他，有人不打招呼，直接开来卡车，把送来的建材又装回去了。祖栋梁心里有愧，当初协议上签的付款日期早就过了，不能怨人家不给面子。一分钱也能难倒英雄汉，何况他欠下那么多钱。祖栋梁从来都是言而有信的人，赌场不欠钱，商场不欠债，建材分期付款是行规，他从来按期付清，决不拖泥带水。低头哈腰应付甲方，祖栋梁觉得这日子已过得够煎熬了，现在他又得捺下性子，在材料商面前做孙子，祖栋梁觉得简直不是人能过的日子。材料商逼他，他只能逼汤总。汤总最多拨几钱碎银子，杯水车薪。汤总说，大形势如此，银行对开发公司停贷，我有什么办法？如果这公司是我汤某的，我也许会像私营开发公司老板去想法子集资，哪怕冒险进监牢也值得。可为了政府的公司，我犯得着去做政府不允许的违法乱纪之事？祖栋梁明白了，宁盖国有公司的厕所，不盖私营企业的大楼，这死理认错了。国有公司的大楼倒了塌了与老总无关，私营公司茅坑里的石头再臭再硬老板也得认账。明白也迟了。从来就没有救世主，办法只能自己想。祖栋梁回了固城老家。

祖栋梁回到圩区，就像猴王孙悟空回了花果山。当年没跟他进城的喽啰，还有进城后又跑回来的喽啰，排着队请他喝酒。祖栋梁惭愧啊，当年叱咤风云德艺双馨的老大，现在向小兄弟们开口借钱。小兄弟们不含糊，有多出多，有少出少，但就圩区这点场子，他们能挣几个钱？祖栋梁的包里总共筹了十几万钱，临走的前一天，他又把钱统统还给了他们。这点儿钱到工地上抵不了什么用，却是他们好不容易攒下的，有的指望它盖房，有的指望它娶老婆，要难就难我祖栋梁一个人吧。

祖栋梁开车回到南京已是傍晚，南京城正是堵车高峰。打杨美丽手机，没人接。他就直奔汤总家，汤总不是说冒险可以弄到钱吗？汤总怕冒险，祖栋梁不怕，只要能迈过这个坎，再大的风险他也敢冒。只求汤总给他指条路。汤总这边实在没戏，那再开口向丰行长求救。

杨美丽的手机开着，没接，她在汤总家。

杨美丽在家也不能安心。祖栋梁用热脸贴汤总的冷屁股，汤总拉出的还是空屁。汤总像支瘪牙膏，先还是能挤出点沫子，后来就只剩牙膏皮了。杨美丽问祖栋梁，这姓汤的到底是想不想帮你？他要是见死不救，明天咱就把他告了，这几年他收我们的钱，可不是小数。祖栋梁说，放屁，姓汤的对我们不薄，他现在也不是存心为难我，比起其他渴得地上冒烟的工程队，我这地儿还多洒了几个雨点。再说，我要真告了他，江湖上我怎么混得下去，就是回固城我也没脸见朋友。土匪有土匪的道义，杨美丽不敢再提。杨美丽想来想去，只有再去找青梅姐。青梅姐的钱利息高，被扒去一层皮，总比眼看着男人被逼掉性命强。杨美丽到了顺风公司，公司大厅乱纷纷，一堆人骂着娘在吵闹。杨美丽打青梅姐手机，关机。再去青梅会馆，会馆铁将军把门。看来青梅姐也遇到了麻烦事，她想了想，给她发了条短信。她回到家，青梅姐的电话来了。青梅姐说，你也看见了，我现在帮不了栋梁。你让栋梁盯着汤总两口子不放。杨美丽说，只怕盯了也没用，开发公司账上没钱，怎么盯也冒不出钱来。青梅姐说，汤总公司账上没钱，不等于汤总家里没钱。丰玉洁刚从我这里划走一个多亿，害得我这里钱跟不上，鸡飞狗跳。

看来青梅姐也帮不了祖栋梁，杨美丽在家里心灰意懒。二货不懂事，见她回来了就叫个不停，她一脚踢开，又心疼了。这些日子，人都没心思吃喝，猫也有一顿没一顿。她给二货弄了点猫食。电话响了，是汤总。汤总说，栋梁回来了没，没回，那你就来我家吃饭吧，一个人省得做饭。在汤总家蹭饭，祖栋梁两口子常有，他家有阿姨，方便，阿姨厨艺也不错。杨美丽敲了门，开门的不是阿姨，也不是丰行长，是汤总。汤总见杨美丽犹豫，说，实话告诉你，家里就我一人，阿姨下班了，丰玉洁有个会，一会儿才能回，今晚吃饭就只有我和你。杨美丽说，我还有点儿事，就不在这吃了。汤总顺手关了门，说，来了就别走，吃个饭，还怕我吃了你？

汤总这样说，杨美丽就没有退路了。汤总是个色鬼，杨美丽不能不防。汤总几次私下里调戏她，她都装糊涂。有一回走廊上人少，汤总说，美丽，你可是我最喜欢的类型。杨美丽说，你就别拿我一个乡下妇女开心了，取笑我可不厚道。谁不知道你汤总身边美女如云，年轻漂亮的任你挑拣。汤总脸皮厚，说，你没说错，都说我好色，我的女人是多，多了才晓得什么是好女人。我看女人，还真与别人不同，讲究个类型。像你，在床上不会喊不会叫，把力气都憋回身体里，用身体说话，把心思都放在迎合上，我没说错吧。这话说得杨美丽心慌，杨美丽还真是这样，可这话从汤总嘴里说出来太流氓，杨美丽羞得只有往人多处钻。

酒菜都摆在桌子上，汤总说，尝一尝这酒，我就喜欢这原浆古井贡。

这酒杨美丽当然认识，就因为汤总喜欢，讲究个类型，祖栋梁每年都开车去安徽这家酒厂，把后备箱和后排座位都塞得满满的回南京。杨美丽意志坚定，说，您喝酒，我等丰姐回来一起吃饭。

要是你丰姐不回来呢？她是大忙人，回不回可说不定。汤总说，要不你喝茶，一边吃，一边等。

汤总抿一口酒，看一眼杨美丽，菜也顾不上挟，好像她杨美丽就是道下酒菜。他以为他那眼光是猫的眼光，他以为她杨美丽是只可怜的老鼠。老家有这种说法，老鼠被猫的眼光罩住，就像被定身法定了身，乖乖就擒。杨美丽不能做老鼠。她大口喝水，大口嚼菜，故意使碗筷发出碰磕的响动。有时候的静，比闹还让人心慌。那只猫邪恶地笑了，他笑什么呢？她想起他曾经说过的那些流氓话，耳根好像第一次听见时发烫了。猫绕过来，一只爪子搭住了她的肩膀，另一只爪子解她的纽扣。杨美丽本能地挡住了，说，慢，咱们谈谈条件。谈条件？猫有些意外，爪子不动了。

年轻时，土匪喝了酒，或者骚劲儿来了，也会像豹子一样袭击她。杨美丽抓住时机，跟他谈条件，那时她的条件是，一个星期或者一个月不上赌场。

杨美丽说，你必须明天就付给祖栋梁一千万。

汤总说，我公司账上连硬币算上也只能凑上一半。

杨美丽说，那你明天先付上500万。

猫此时四爪搔心，火烧火燎，说，行行行，我答应你就是。

杨美丽说，不行，你得先留下字据。

汤总说，还真麻烦，我给你写下。这年头，也就你信这个，红头文件都没人信了。

事儿弄完，杨美丽就匆忙穿上衣服，一边穿一边说，你别忘了你答应的数字，500万。汤总躺在床头，意犹未尽，说，你怎么就惦记着钱，能不能现在不提钱？

杨美丽说，提钱怎么了？你别想翻脸不认账，我有你写的字条。

杨总点了一支烟，慢悠悠吸了一口，说，谈价钱老是让我感觉是在找小姐，你可是良家妇女，不能降了身份。

杨美丽想不到老流氓这样说她，这等于说她是个婊子，杨美丽羞愤交加，说，我要的钱是你欠的钱，我要不是为了讨回钱，我能让你这脏货上我的身子？

门铃响了，丰姐回来了，杨美丽慌了，汤总不急不忙地下了床，说，你不必躲，我和你丰姐是互不干涉，她的那些事儿你知道我也知道。杨美丽说，不行，不能开门。汤总说，我不开门，她有钥匙开门。你丰姐也是想得开的人，一边说，一边赤裸着肉身子拧开了门锁。

祖栋梁先是一愣，说，汤总，我来得不是时候。看到惊慌的杨美丽，明白了，来得正是时候。祖栋梁多少日子没打过架了，张大东告诫他，进了城咱要做文明人，城里不靠拳头说话，靠合同书说话，靠白纸黑字说话。祖栋梁听进去了，一次又一次忍下了，连杨美丽都说他从土匪变成了太监。可是，张大东骗了他，白纸黑字骗了他，他把姓汤的当个神，姓汤的把他当条狗，竟然，竟然敢动我祖栋梁的女人。祖栋梁把积压在心中多年的愤怒都放到了拳头上，一拳追一拳，打到最后，汤总像条刮了毛的死猪，躺在地上哼也不哼一声了。

杨美丽说，你，你打死人了！

祖栋梁这才歇了手，说，走。祖栋梁把车停在一家酒楼前，说，我饿了，我晚饭还没吃。

进了包间，祖栋梁点了一桌子菜，要了一瓶白酒，菜上了，服务生走了，杨美丽说，我，栋梁，我。祖栋梁说，什么也别说，陪我喝酒。在固城老家，打了一场恶仗，或者从拘留所出来，祖栋梁都要回家喝一顿酒，还让杨美丽陪着喝几杯。祖栋梁这一顿痛打，活血松筋，让他又找回了在固城做老大的感觉。杨美丽听话地喝了两杯酒，眼泪掉进了酒杯，说，栋梁，我，你听我说。祖栋梁说，你什么也别说，你听我说。祖栋梁说，老婆啊，不管姓汤的死没死，我都得跑路了，也许再不能陪你和儿子过日子了。我不是你想的那么好，我做过对不起你的事。第一回是陪姓汤的进桑那，一帮人都要了小姐，我也要了。我不要他们说我不够哥们，说我不把他们当朋友。要了之后我后悔，后来再没做过那肮脏事。这是第一回。第二回是推销混凝土的小李，她酒量比我大，我酒喝完了醒来，发现自己躺在宾馆的床上，她说我把她睡了，我看看自己的玩意儿，确实是把她睡了。我娶你的时候说过，我说不定会杀人，会放火，但肯定不沾别的女人。现在看来我说到没有做到，我对不起你，老婆。

杨美丽眼泪止不住地往下掉，说，栋梁，别说，你别说了，只怪我是个二货，没脑子。

祖栋梁说，我知道你要说什么，我没怪你，只怪我一个天不怕地不怕的男人，在这城里连自己的女人也保护不了，我没做好你的男人。

杨美丽的手在口袋底使劲揉，把那张纸条揉成了一个小球，揉成了一粒干硬的老鼠屎。祖栋梁没让她有机会拿出来，拿出来，就脏了祖栋梁的眼睛，就等于将她受的耻辱重晒一遍。

俩人抱头大哭，服务生推门进来，看了一眼悄悄带上门走了。

祖栋梁冷静下来，打电话给张大东，只有张大哥能担当，跑路之前，把妻儿托付给他。张大东说，你啊，你啊，本来这算多大事，你匪性难改，把事弄大了。你先别急着跑路，我马上去汤家看形势，只要汤总没死，事情还有救。

九

范青梅手机关机，每天打开几分钟，看看短信和未接来电。显然，风声已漏了出去，有五六个大户都变着花样找理由，要移民，要购房，目的都是想提前提款，范青梅有的回电话打个招呼，说在美国探亲，有的干脆不回。这帮官太太范青梅不怕，钱的来路不干净，数额那么大，不敢拿到太阳下说话。范青梅顾虑的是那些普通市民，辛苦一辈子的积蓄，惹急了什么事做敢做。头两天，十万二十万的户头，想提前取的范青梅也签字，看着他们可怜，也是为了安定人心，表明顺风公司有实力。小周说，范总，可不能开这个头，没到期的一律不能提。就是满满一桶水，也不能捅一个漏洞，漏洞只会越捅越大，到时候只怕一滴水也留不下。范青梅想想有理，就让秘书小李在大厅贴出告示，提款日期按协议上的日期为准。

告示贴出去，有的客户不一定买账。范青梅让老黑带几个保安到门口维持秩序，碰到个别胆小怕事的也能唬住。老黑是范青梅二姨的儿子，先是在祖栋梁手下做喽啰，后来到张大东手下管材料，惹是生非，张大东把他开了。老黑不怪自己浑蛋，怪范青梅。还不是因为我是你的表弟，不是张总的表弟，怪范青梅这个后台不硬。老黑不老，是范青梅看着长大的，筹建投资公司时，看在二姨的面子上，范青梅收留了表弟。投资公司免不了遇到赖账的，大额的上法庭，小额的比如想多少赖掉点利息的，就是保安组出面解决了。没办法，投资公司的保安组在黑道上就是讨债公司，有人只服软，有人只服硬，老黑在这岗位上比较适合。老黑从小就只服表姐，莽撞但是忠义，范青梅有把握拿得住他。范青梅叮嘱，客户是我们的上帝，多赔笑脸，好言相劝，打死也不准动手。实在难缠的，让他改天去法院打官司。

范青梅当然不在美国，范青梅就住在顺风公司对面的商务快捷酒店里，她房间的窗户正对着顺风公司的营业大厅。关键时刻，丰玉洁做了缩头乌龟，下山摘了桃子就不顾顺风的死活，丰玉洁心寒，她预感到某种危险。顺风公司落下的把柄是融资，按照营业范围，投资公司可以国际融资，顺风做的是民间融资。国家法律保护不高于银行利息的民间借贷，按说顺风的民间融资属于法律允许范围。范青梅把几本法规书翻了几遍，脑子还是一笔糊涂账。她咨询公司的法律顾问，律师说，目前中国关于民间借贷的法律条文还不完备，难怪你弄不清，我也没弄清，法律专家也弄不清。浙江吴英案你知道吗，抓捕时以非法吸收公众存款罪，判决时以集资诈骗罪，先判死罪，后判无期，争议很大，据说国家正在重新制订相关法规。范青梅的脸黑了，吴英案她怎么不知道，一个俊俏的年轻女子，要在牢里关一辈子。律师说，范总，您也别紧张，顺风公司有集资，但跟诈骗扯不上，只要不把事弄大，不出乱子，民不举，官不究。律师走了，范青梅一夜没睡。

但乱子还是出了，早上顺风公司的大门还没打开，街面上就聚集了三三两两的人群，越聚越多，等到开门时，人群潮流般地涌了进去。范青梅赶紧打电话进去，让工作人员保护好账本协议书等资料。只几分钟，人潮又涌了出来，那些人在追打穿着制服的几个保安，范青梅眼睁睁看着老黑倒在街边的梧桐树下，人群围上去拳打脚踢，老黑死死抱着脑袋。接着是几声爆响，有人用石块把门厅的大玻璃窗砸了，幸亏是防爆玻璃，只是落了一地，看上去没伤着人。时间不长，警车到了。范青梅在窗后冷眼看着这一切，该来的都来了。明天这城市的小报肯定不会放过这条新闻。这样一来，所有的客户都要着慌，顺风公司账上怎么可能有那么多的钱兑付？钱大都投在企业里，不到合同上的日期根本收不回，但是这些客户现在不会听你解释。小周打电话进来，带着哭音向她汇报，范青梅说，不用说了，我都看见了。小周说，领头的人还说明天要到市政府集体上访。范青梅的心里彻底黑成了夜，一旦上访，坝就溃了，当官的要维稳，说不定马上就把顺风公司的账户冻结。

手机定时的铃声响了，上午十一点，是每天她和儿子可力约定网聊的时间。范青梅用冷水擦了把脸，又简单补了妆，打开电脑。儿子刚从图书馆回到家，像大多数中国留学生一样，儿子的家就是几个人合租一幢别墅，一人一间房。范青梅直接点了“视频会话”。这是儿子在赴美前教会她的，可以面对面说话，范青梅一般是和儿子网聊，想儿子时才点这个“视频会话”。现在范青梅特别想见儿子。一会儿，儿子的面孔出现了，儿子浓眉凸鼻，高大英俊，长得像张大东，但人品没遗传。儿子单纯善良，一脸阳光。康乃狄格州的夏天一定很凉快，儿子穿着长袖 T 恤。老妈说，宝贝，今晚吃了什么？儿子说，又喊我宝贝，我都说了一百遍了，我是大小伙子了。我今天去了中餐馆，点了一份红烧仔鸡，剩了一半打包了，明天吃。儿子从来节俭，从不把自己当富二代看。老妈说，老妈今天想看看你的房间。儿子说好，人闪了。范青梅知道儿子肯定慌忙整理去了。儿子回来，转动摄像头，说，老妈，您看，这是我的床，被子可不是刚才叠的，起床就叠了。这是我的衣柜和书架，是我在宜家买回自己组装的……儿子回到视频，说，妈，你怎么哭了？我过得挺好的。老妈说，我没有，儿子，你不是说你是大小伙子了吗，妈同意你找女朋友了，有了女朋友，可以互相照顾。最后，老妈说，我最近要出差一阵子，你多和你爸联系，以前妈反对你打电话给他，现在妈想通了，你多跟他打电话。儿子答应了。

下午三点，范青梅出现在张大东办公室。秘书说，张总一天都没露面。范青梅说，他又去鬼混了，不管他在哪个婊子的被窝里，你都告诉他，马上来见我。

张大东的公司还在老城南的一幢旧楼里，比他实力小的开发公司都纷纷迁到河西新城办公了。张大东也在河西买了一层楼，装修完了，却又转手租给了别人。范青梅几年没进这办公室，摆设还是老样子，办公桌和实木沙发有些地方都磨出了本色，没换新的。记得当初在木器店挑选时，他就说实木好，经久耐用，看来还真是耐用。除了好色，张大东还在坊间被认为是个吝啬鬼。有人说，张大东和朋友一起吃饭，到买单时他总是起身去上厕所了。还有人说，张大东身上的名牌服装都是假名牌，全是地摊货。范青梅听了都只是笑笑，这都是早几年的事，那些假名牌是范青梅亲手买的，每次他出门前范青梅都熨烫一遍，穿在张大东身上不说根本看不出真假。但是别人不知道，张大东对自己小气，对家人小气，对那些当官的从来不小气，头几年做工程，为了立稳脚跟，他把绝大部分的利润都塞进了当官的口袋。这个男人出手狠，出手就能把别人打倒，他才能站得稳站得久。当然，他对那些婊子，肯定也不会小气，否则也不会惹来那么多狐狸精。

张大东是个什么东西，范青梅当初不是不知道。范青梅和张大东进县城拍结婚照，张大东见了街上的漂亮女人就走神，范青梅当场就与他吵过一架。头几年弄工地，就不断有他的风言风语传到她耳根，她进城后那些传闻一一被证实。范青梅跟他吵，跟他闹，他倒反而振振有词，进城做老板的谁身边没有情人？拿张三举例，拿李四举例。你也说过，你们村上的支书有一堆女人。张大东说，男人没有一个好东西，是好东西就不是男人。范青梅回了娘家，跟父母说坚决离婚。母亲说，他说的是实话，男人没有一个好东西。尝了甜的想尝咸的，吃了酸的想吃辣的，女人只有等，等他把所有味道都尝遍了，他就收心了。等，说得容易，做到何其难。张大东在家饭来张口，衣来伸手，范青梅吃苦受累都愿意。别的男人打一夜牌回家都挨骂，张大东打完牌回家，范青梅起床烧点心，放热水，还帮他按肩捶背。张大东依然我行我素，根本不为所动。有一回，就在这办公室抽屉里，范青梅发现了针剂和药品盒，张大东如实交代，他染上梅毒了，正在治疗。张大东说，我都是为你好，所以一直没沾你。范青梅记起来，这畜生是几个月没沾她了。张大东没事人一样转身走了，范青梅在这办公室欲哭无累。家丑不能外扬，儿子还小，范青梅只能打断牙齿往肚里咽，可这算什么日子？实在让人绝望。范青梅在洗衣间找来一个脸盆，从衣架上取下张大东的衣服，打着了打火机。范青梅一边烧衣服，一边心里诅咒，老天有眼，让他中了杨梅大疮，让他的鼻子烂掉吧，让他那截臭肉烂掉吧。在固城老家，只有死者的衣服才能焚烧。张大东，已经在范青梅心中死了。烟雾从窗外和门缝中飘出，秘书以为着火了，不停敲门，范青梅浇灭了火，笑着说，没事，天冷我烤个火。医学发达，张大东的梅毒很快就医好了，范青梅再也不让他碰自己的身体。范青梅对这个男人灯灭心死。只是为了儿子，她必须将这名存实亡的婚姻维持着。

如果不是张大东和范家惠搞到了一起，如果不是张大东将范家的颜面毁灭丧尽，范青梅打算就那样打发自己一生了。

张大东进了门，说，青梅，呵，范总，你怎么来了？

范青梅说，怎么？你能指派小妖精骂我的山门，我就不能闯闯你魔头的螺丝洞？

张大东说，你是说家惠？不会吧，一个礼拜前我们刚扯了离婚证。

张大东急急翻抽屉，张大东穿着白衬衫，脖子上肉厚，低下头，领子撑到了下巴上。张大东每天看新闻联播，中央领导穿什么，他第二天穿什么。有一阶段领袖们穿 T 恤，张大东就买了一批 T 恤换着穿。不用说，这几天电视上的领袖们肯定穿的是白衬衫。张大东终于找到了一本小本子，绿封皮，打开一看，说，是我俩的。接着再找，又找到一本，红封皮。说，你看你看，我和她的离婚证，现在开放了，离婚也发红本本，说获得自由也是喜事。

范青梅说，那就祝你喜事连连，你要专门备个抽屉放红本本了。

范青梅说，我没时间管你乱七八糟的事，我问你，你银行的还贷解决了吗？

张大东苦下脸来，正发愁呢，打算用河西的办公楼和这边的办公楼抵押，申请商业贷款，也只能解决还贷的零头。

范青梅说，你到期的贷额是多少？

张大东说，一个半亿。

范青梅说，你不用抵押了，我借你这个数。不过，我有个条件。

张大东说，我懂，利率高多少?

范青梅说，利率我不会见风涨，该多少是多少。你必须答应我，把河西办公楼过户到儿子头上，张可力已满十八岁。

张大东有些意外，范青梅说，你不愿意是吧，我也不为难你，看来你是在外面生了一堆野儿子，你分不均。我这就走。

张大东说，慢，你这条件我答应。

范青梅拿出文件袋，说，我这边的文件都齐了，你签字就行。房子过户的事你赶快办，越快越好，我的时间不多了。

范青梅发觉自己说漏了嘴，她来时本不想在这个男人面前示弱，走这一步，她是为了儿子，她不想让这个男人当面可怜她。但张大东是多么精明的家伙，他说，青梅，你遇到事了。你不告诉我，这字我不签。

张大东分析了事态，说，事情未必像你想的那么糟，那些官太太的钱在你这里，她们不想这事闹大，你联系她们，说不定能改变局面。

范青梅凄然一笑，说，能找的都找了，官场上的事她们能搞定，但这是老百姓的集体事件，就都躲开了。只怕，到时候她们反而会往死里整我，不让我开口。张大东，我把最后这笔钱投给你，是指望你能渡过难关，潮落总有潮起时，等我的事查清楚，相信你已经有能力返给顺风，顺风没了，法院会判给客户。我已经对不起儿子，我把留给儿子的钱弄没了。我救你，是不想你把该给儿子的钱也弄没了。

提到儿子，范青梅忍不住失声痛哭，她终究只是个女人。范青梅说，你别管我，管儿子是最要紧的，你向我保证，不论怎样，你都不让我儿子吃亏。

张大东递上一张抽纸，说，我的儿子我当然管，现在我要先管你这事。

张大东说，我刚从医院来，栋梁出事了，他把汤总打成了重伤，还昏迷着，医生说可能要成植物人。丰玉洁现在不敢报案，只说车祸，怕抓了栋梁，把老汤的经济账带出来，她要等几天看老汤的情况再说。栋梁在南京是不能待下去了，我已经派人接管他的工地。有了你这笔钱，我可以顺便帮他把工程队先撑下去。

范青梅没想到栋梁这么快也撞上了南墙。都说天塌下来有高个子顶着，可上面的调控政策打压的不是巨人，不是国营私营大鳄，拳头都落在没人撑腰的中小私企身上，报纸电视上时常有爬塔吊讨钱的工头，祖栋梁被逼上绝路不奇怪。范青梅心里愧疚，该出手帮他时没出手。

张大东说，祖栋梁是个讲义气的人，他反正要跑路，一桶粪是背，两桶粪是挑，不如现在把顺风转让给他，我今晚跟他去谈，他要同意，明天上午你们就把手续办了。

范青梅摇头。张大东这个人，遇到危难总是找替身，玩金蝉脱壳计，他有过两例经济案，出来顶罪的都是他下面的部门经理，他安然无事。尽管他是在为范青梅着想，范青梅还是看不起他。再说，法院办案的人也不是傻瓜，怎么会轻易放过她？

这一晚范青梅早早睡了，已经几夜没睡好，现在她觉得能办的事都办了，该盘算的都盘算了，心里踏实，落枕就睡着了。宾馆的座机响个不停，她只能起身接了，是张大东，张大东说，祖栋梁一口答应。范青梅说，我不答应。

该来的都会来，是祸躲不过。

范青梅又补了一句，祖栋梁是个男人。

这张大东还真有本事，居然能找到她宾馆房间的电话。还有，那小婊子真的和张大东离婚了？离婚了还要为张大东来她这里找骂，为什么？范青梅又没了睡意。

十

范家惠觉得自己像一本书被张大东打开了，以前的男朋友只是抚摸了一下封面，一目十行。张大东是一个钻进书本就不想自拔的人，几乎每个夜晚都过来“夜读”。在最初的几天疯狂过后，范家惠产生了幻觉，有一天张大东如饥似渴，正汲取知识的营养时，范家惠一把推开了他，说，门外有双眼睛。张大东一心只读圣贤书，说，谁？范家惠说，王秘书的眼睛。范家惠还没来得及换大门门锁，王秘书是有钥匙的。张大东很不情愿地放下书本，在每间房搜了一遍，哪里都没人，范家惠说，反正我觉得她在这屋里。

有意思的是范家惠觉得那双眼睛是王秘书的，按理说她要担心也应该担心范青梅。

张大东不想范家惠的情绪影响他“读书”，孟母三迁，张大东N迁。一会儿在这家宾馆开房，一会儿在那家宾馆开房。范家惠不愿与张大东在宾馆同时进出，一个老男人一个小姑娘，明眼人一看就看出猫腻。进去是张大东先开好房，然后短信通知房间号码。出来时是范家惠先走，规定张大东半小时后才准退房。就这样，范家惠还常常临阵脱逃，说前台服务员看着她笑，笑得她心虚。张大东说，笑话，人家服务员不朝顾客笑，难道朝顾客哭？

范家惠不想与张大东继续下去，赶走了王秘书她已达到目的，想不到的是她身不由己，脑子里下决心撤，可身子贪恋，屁股决定脑袋了。新鲜劲过去，范家惠的脑子还是清醒了，一旦真要被人发现，这可不是开玩笑的事。范家惠决定疏远张大东，几次下来，张大东也有察觉。好在张大东选修的科目多，有读不完的书等着他攻读。

范家惠发现了张大东和王秘书的关系后，也曾当面向姑姑报告，劝姑姑出手。那天晚上聚餐，是姑姑请范家的人聚会，这种聚会每月一次，相当于例会。几乎所有进城打天下的建筑队开发商，最初都是父子兵夫妻店。有点发展了，夫妻双方的亲朋好友自然加入进来。规模大了，亲友都进入管理层，所谓任人唯亲。亲友当然不会一团和气，有的是老板这边的，有的是老板娘那边的，时间长了，明显形成两个方阵。两边争斗，常常引发老板和老板娘的矛盾，相比较而言，老板娘的方阵往往是弱势，因此更为团结。范青梅退居二线，范青梅可以自己受委屈，但是不能让范家的亲友受委屈，更何况，正是通过亲友聚会，范青梅才能时刻掌握公司的动向。范家惠去得早，包厢里就姑姑和老黑叔在。家惠说了在宿舍的遭遇，姑姑只说了声是吗，没有下文。倒是老黑叔火了，猛地站起，说，姐，他姓张的太欺负人了，钱烧得他不认得自己是谁了，明摆着这是欺负你娘家没人，你发句话，我明天就带人砍了他，撕了那姓王的骚货。姑姑说，放屁！你去砍他？你先把自己砍了。你姐夫他惹花拈草，至少他守着公司，守着我和可力。你呢，你才赚几个钱，离婚都离了三回了，要是换上你坐这公司，怕是离了十回八回不止。一番话说得老黑叔气也没屁也没了，蔫了。

范青梅反倒护着张大东护着那女人，可是，她发现了张大东和家惠的丑事，完全换了个人。

范家惠在公司，张大东总是有机会，有一次竟然关上办公室门，在办公桌上把她办了。范家惠决计离开公司。她跟老爸要了十万，加上自己积余的工资，在光明街开了家鞋店，鞋是厂家先供货后付款，钱主要用在装潢和租金上。鞋店生意不错，范家惠觉得养活自己绰绰有余。张大东想不明白范家惠是怎么了，打听到她店址，给她钱，她不要。时常来店里转悠一下，范家惠不招呼他，也不赶他走。

范家惠要过自己的日子了。可是有一天她进货回来，下了出租车，愣住了。几个大汉抡着大锤冲进了她的店，砸烂了玻璃柜和那些样品鞋，响声过后，她雇的营业员尖叫着跑出来，街上的行人渐渐围过来，没人敢阻拦，她站在那里，好像也是一位看客。几个大汉走出来，为首的是老黑，她愤怒了，一把抓住老黑的衣服，说，为什么，为什么砸我的店？老黑正要使蛮，见是家惠，说，是你的店？砸错了，砸错了，姐，怎么会是家惠的店？范家惠循声看去，范青梅走了过来，没开口，将一沓照片砸到她身上，迎面给了她一个耳光，说，没错，砸的就是这小婊子的店，这店没有一样东西是干净的，砸光了干净。

老黑不知道怎么办，这俩女人，一个是姐，一个是侄女。

范家惠恶狠狠地说，范青梅，你会后悔的！

范青梅当然不后悔，她回去就坚决提出了离婚。一千个女人勾引自己的男人她都可以视而不见，世道就是这个世道。但是自己的亲侄女勾引自己的男人，这是灭天理，不是她一个人的耻辱，是家族的耻辱。范青梅怎么知道的？传说有两个版本。一种说法是范青梅接到一个陌生号码的电话，是个女人，说，看你可怜，免费提供一个信息，狐狸精出没，但这回狐狸精姓范，不是外人，是你精心家养的小狐狸精。如果这事属实，范家惠第一个怀疑是王秘书干的。第二个版本是范青梅正在逛街购物，两个营业员聊天，一个说，二奶街上新开了一家鞋店，正招营业员哩，门前贴的广告上开出的工资不低，听说是大东公司老板包养的女人。一个说，这女的好运气，傍上张大东，就不必担心没好日子过了。范青梅听了，说我正要买鞋，麻烦你告诉我这鞋店在哪里。光明街原来叫二奶街，范家惠后来才知道，这条街上开店的老板大多是被包养的女人，光明街号称光明，却不正大。范家惠认为第一个版本可靠，因为范青梅那些照片拍的镜头都是她和张大东在宾馆的照片，范青梅是早就雇了私家侦探了。

张大东觉得这事对不起家惠，这鞋店还真没用张大东一分钱。张大东说，这都是我害你的，损失我赔。范家惠说，赔，你当然得赔，现在不是赔不赔的问题，我要嫁给你。张大东张大了嘴巴，说不出话，张大东那几天焦头烂额，范青梅铁了心要跟他离婚，请了多少人出面做工作，范青梅都只说一个字，离。公公婆婆进城苦苦求她，她也不改口。范家惠说，她不是说我出了先人的丑吗，我就把这丑出到底。她把我弄得癞头臭遍三条巷，我何必还盖个帽子遮着捂着，我就顶着满头脓疮，恶心她。

两个都是不撞南墙不回头的女人，张大东没办法挡得住。话说回来，旧墙倒了有新墙，房不会坍。

范家惠婚后不肯回公司，她还是把鞋店继续开了下去。范家惠心里赌着一口气，范青梅，你有本事再来砸我的店，你砸一回，敢砸第二回吗？我范家惠还真不是你嘴里的狐狸精，我自己养活自己。

但是赌气可以赌一天两天，赌一年两年人还是撑不住，轮胎再好那胎里的气也有泄的时候。范家惠和张大东毕竟是两股道上跑的马车，时间一长，就走得越远。有一回外出度假，俩人去了海南。应该说，张大东待范家惠不错，老夫少妻，张大东在夜晚抚摸着家惠年轻的身子，常常以为怀里是当年的范青梅，心里也会羞愧。范家惠不要他一分钱，范青梅跟她过日子也从不多花一分钱，想想自己阅人无数，也只有范家这俩女人这般硬气。张大东不想亏待这孩子，吃住都挑贵的，住店住在五星酒店。问题就出在这里，早晨吃自助餐，范家惠三口两口就饱了，张大东胃口也不大，起身陪她撤，隔壁一位客人拦住他，指指他面前的盘子，盘子里还装着满满尖尖的菜肴。张大东说，我吃饱了，不要了。客人看了他一眼，伸出中指朝他摇晃。出了餐厅，他问家惠，那小子朝我晃手指做什么？家惠说，鄙视你，浪费可耻。这其实怪不得张大东，从小在老家筑圩，生产队一桶饭一桶菜，每个人都抢着把饭菜堆到撞鼻尖，只是个下意识。范家惠大步朝前走，张大东撵都撵不上，好像他张大东刚才是做小偷被抓住了，丢人了。下午雨天，本打算去海边游泳，只能改在宾馆游泳池划拉了。宾馆泳池的水看上去比海水还绿，清澈，因为雨天，很多人也来了这里。俩人都在水边长大，连游几个来回，别人都羡慕地看他俩。正歇口气，忽然，张大东面前涌上了一股血红的水柱，家惠问，这怎么回事，张大东脸色变了，低声说，不好，我尿血了。泳池的管理员马上发现了，指着张大东说，你，上来，罚款一千元。到了管理员办公室，管理员说，朋友，你刚才在池子里撒尿了。张大东说，罚款我交，我尿血了，先帮我找医生。管理员说，用不着找医生，我们游泳池的水中放了东西，遇到了尿水，水就呈红色，专门为了对付你这种不自觉的人。张大东放心了。

张大东这样的人，习惯了把工作做在桌子下面，总以为偷偷摸摸的事没人知道，想不到在这里露馅了。

张大东回到房间，范家惠人和旅行箱都不见了，她一个人奔机场回南京了。

范家惠对这个男人绝望了，这个男人从小在她眼里是一尊雕像，伟岸，要仰脸看他，即使有一些鸟粪，有一些污点，她也能原谅。现在在她眼里，一天天风化剥落，几乎要成为地上的一堆泥巴了。张家惠搬到店里住了，除了打点店面，她的时间又回到网上游荡。范家惠不是范青梅，听说范青梅办公司了，办得红红火火，赚大钱了。范家惠这种女人，钱是需要的，但是钱又是次要的。范家惠找到张大东，提出分手。张大东说，你这孩子，你以为结婚离婚是游戏吗？张大东不肯离，也不骚扰她，这事拖着拖着拖下来了。

网络上的世界是丰富的世界，跟许多寂寞的女人一样，范家惠也有了一位知己男网友，联系一年多了，范家惠决定进一步发展下去。男网友是个律师，业余写诗，打动范家惠的就是他写的一首诗，如下：

巨大的浪费

那些为了一时欢快
而建立的感情
像为死亡而建的巨大陵墓。

人们以后发掘盗采那些
零散而碎裂成残片的陪葬品
它们闪着狡黠的光辉。

在每一次和西下的夕阳
谈过之后
我都注意到它的脸色在渐渐改变
先是变红，变淡
又逐渐变浓
最终结成硬壳色。

当你满身疲倦
披着满身目光的擦痕走回
我依然觉得你是一个制作中的谜
是我在寻找添加谜面
我却不知道谜底。

我们总是生活在
无休止的思索中
像在有明亮灯光的房间里
擦拭墨镜片
擦啊，擦啊，这真是
巨大的浪费。

这首诗让范家惠决定嫁给他。她不想再浪费自己。诗歌这玩意儿在我们这时代没有灭绝，大概是因为女人还需要它，范家惠这样的女人还需要它。但范家惠认定自己不是一个乱来的女人，她必须先离婚。成事要天时地利人和，结婚如此，离婚也如此。张大东以前不肯离，说不定是怕她也分一次他的财产。现在公司举债，他大可放心，总不至于分给她一笔债务。她又一次去找张大东谈离婚的事，张大东正在电话里骂人。放下电话，张大东两眼血红，像一条斗败了的公牛，他哀求说，公司正在最危险的时候，资金链断了，能不能等我过了这个坎再谈这事？范家惠说，不能，你资金链断不断与这事无关，我反正不要你一分钱。张大东说，你等不及，是不是有男人了？

范家惠点头，说，有了。

张大东似乎早就想到有这一天，说，我不怪罪你，你有你的生活。只是我落难的时候，你暂且缓一缓，不要雪上加霜。

张大东颓然倒在椅子上，他头顶仅剩的几缕乱发像衰草耷拉下来。就在这时，她决定去找范青梅。所有的恩怨都与她无关了，既然打算抽身而退，就无所谓低头不低头了。

现在，她开车行驶在赴皖南的路上，男网友生活在皖南的小县城里，这是一段冷清的高速公路，车辆稀少。范家惠打开音乐，海潮般的音乐扑面拥抱了她。她握住变速挡，加挡，再加挡，她感觉自己在飞翔，她握着皮质的手挡，柔软而坚硬，肉感而充实，她的手不舍得离开，身体里升起了一股热潮，奔突，奔突，热了她的乳房，温了她的肚脐，烫了她的小腹，终于，终于让她沸腾了，她肆无忌惮地发出了呻吟。

有单身女网友告诉她，独自开车，驰骋在宽阔的大路上，心无旁骛，能带来高潮迭起。她信了。

风雨送春归

“送春”是南京郊区固城湖一带的一种汉族传统民俗。作为自由学唱、自我娱乐的汉族民间文娱活动，有广泛的群众基础。当地不论老少都会哼几句春歌，田头场地也常有春歌飞扬，因此，历来有“出门山歌进门戏”的说法。每当新年伊始，春回大地之际，送春人敲锣打鼓经千家万户送去春天的颂歌，送去祥和，为人们所喜闻乐见。

——题记

一

志高开着一辆破吉普从湖堤上扑向固城湖湖滩时，像是扑进了他的童年。一路驶来，村庄都已不是从前的村庄，户户起了高楼，钢筋水泥的房子与城里没有两样，连巷子的青石板都换成了水泥路，朝车窗外瞥一眼，村村一个模样。腊月进了尾，过年的气象已在公路的两侧弥漫，门上红的春联，村巷口商家拉出的花花绿绿的广告，尤其是空场上东一簇西一簇冬阳下围着牌桌的人群，都好像提醒着每个人，快过大年了，不管是在外打工的、上学的，还是做官的发财的，都该回老家了。只有这茫茫的湖滩，依旧是旧模样，枯黄的野草没有急着染一点新绿，几枝白惨惨的芦苇花坚守着素装兀立，车轱辘在泥路上的辙印，深就是深，浅就是浅，不肯像水泥路面那样含糊。就是这寒冬的风，也像是从远古吹来，吹彻吉普车的每一条缝隙，在湖滩上鞭子一般呼啸着扫折枯枝衰草，打在滩涂上留下纵横深浅的裂纹。志高缩了缩脖子，这破吉普的空调没啥效果，敌不过这凛冽的西北风。

应该就是这个草棚子了，志高手机微信上有表哥传的照片。

在湖滩和湖水的接壤处，总有一截寸草不生的湖床，像是夏天女人露出的肚脐装，只是湖的季节正好反了，夏天水涨，湖床就被淹没了，冬天水浅，倒露出了这截皮肉，光溜溜赤裸着，风吹来，不由让人替它在心里吸下一口凉气。草棚子就立在这湖床上，湖水像馋嘴孩子的舌头卷起又伸展，怎么也够不到棚子用草帘编织的墙脚。志高熄了火，不急着下车，车里毕竟比外面暖和。这么一头气势汹汹的钢铁大兽早惊动了周边的活物，先是一条狗，朝他尽责地叫了几声，接着是一群大白鹅，张开翅膀伸直脖子朝保险杠示威，看上去比狗还成气候。也难怪，此时还羽翼丰满的鹅是该为主人做点什么，到现在还没被腌成咸鹅，说不定就能多一年寿命。志高在等着草棚里走出个人，这开台锣鼓响了半天，摇旗呐喊的喽啰叫阵了半天，主角该出场了。好一会儿，那挂着的草帘门愣是没人掀起，志高只能下车，车门一开，鹅脖子弯刀一样掠了进来，门一关，那截脖子连同顶着黄冠的脑袋就留在驾驶座座位下，鹅血染污了脚垫和坐垫。志高再开门，没了脖子的那只鹅转着圈，替他扫开了一个空圈子，志高夺门进了棚，那只鹅倒了地，狗和鹅群瞬时安静了，老实了。这出手才像是湖上寻生活的人，可惜这鹅不是野禽。志高打量这棚子内的摆设，一灶一桌一床，灶是煤气灶，单灶，边上卧着一煤气罐。桌上摆着洗干净碗筷，筷子立在一只玻璃杯中，碗是内脸朝上摞着，湖上人的规矩，看来此人懂得禁忌。床是简易床，毛竹编的床架，红砖垒的床腿。志高听说过一个笑话，扫黄时有县城的妓女流窜到湖边上打游击，按钟点收费，嫖客都觉得冤，时间大多用在不停地搭床了。志高在床上坐了坐，响了几声，并不会马上散架，至少比电影上那些道具结实。床上的棉被叠得整齐，枕头上的枕巾也干净，没有设想的头屑发污，枕头看上去显得高，志高伸手，掏出了几本书，居然是关于管理学金融学的书名。表哥说的没错，像是一个落魄的文化人。

狗领唱一般吠了一声，鹅群立即合唱，那叫声没有敌意，有的是谄媚，志高知道是住这棚子的人回来了。来人来自水上，他划着一叶小船，距岸上有十几米远，远处是隐约可见的网箱，那是表哥的鱼池，网箱里的鱼游不走，但网箱里养鱼的水是时刻流动的湖水。看样子他像是喂完鱼食而来，志高想了想，他刚才并没看到湖面上有这条小船，或许是没在意。那人见了志高，双手撒了船桨，握成喇叭状朝志高喊话。逆风，他喊得累，志高听得也累。

来了？

来了。

就你一个人？

一个人。

你就是老板的表弟？

这还有假？如假包换。

他为什么不把船划上岸再问话？越过这十几米的水面，对船上人就是摇几下桨的事，对岸上人而言却要插上翅膀。船在湖面上，船头忽左忽右，说话间就能掉头，岸上人连船屁股都别想摸着。

对不起，还得请你把车开到湖床上来，让我看一眼车牌。这是规矩，防止搭上盗鱼贼。

这车挂的是私家牌照，志高随了他指使。志高熄了火，跳下车，双脚差点就踏在冰冷的湖水中。志高说，你该踏实了吧，我表哥不是早捎话过来了？我不是打家劫舍的强盗，是学生嘛。

船缓缓靠上岸，来人穿着橡胶的作业服，看年龄有四十大几，低头插船桩时，能看见他头顶心已经荒芜。志高伸出手想握一下手，他警觉地甩了甩手，嘴上说，大学生你别见怪，这荒滩野湖，遇人都不敢大意。志高说，我是来拜师做学徒的，您定规矩，听您的。

我东家，也就是你表哥，是说过有人来陪我几天，他没说什么师傅徒弟的事。

来人脱下作业服，作业服连腰连袖还连着靴，立定了地像是立了一个人。来人拎起衣领，甩了几下，洒下的水渍在冻土上画了一个圈，把志高拒在圈子外。

志高急了，说，我表哥没弄错吧，你真不是那位郑明月，市级非物质文化传人，送春大师？

还真弄错了，我不是郑明月。我只是跟东家说，我能来几句送春曲子，一个人哼着可以不孤单。那人冷冷地说。

志高说，你会送春就是我师傅，我就是奔这传统来的，按规矩我该马上请教师傅山门。

那人不耐烦地说，先进屋，天太冷了。你存心要弄明白我是谁，你怎么猜都行，怎么称呼也行。要不，你就喊我贾明月，贾宝玉的贾，行不？

分明是戏言，恭敬不如从命，志高顾不上计较，假作真时真亦假。贾师傅发现了地上的血迹，顺着血迹发现了没有脑袋的白鹅。贾师傅不进屋了，说，这是你买来的鹅，还是我的鹅？志高说，你的鹅，它待客不礼貌，我就让它做了牺牲待客。贾师傅双手拢进袖筒，打量了志高一眼，说，你这手段不像个书生。这鹅，你得赔我。志高说，您放心，我跟我表哥说声是我干的，不算个事儿。贾师傅在原地双脚跳个不停，说，鹅是你表哥的，但你赔偿我是必须的。我替东家守棚子，少了任何物件都是失职。你表哥可以把鹅送你打牙祭，却抹不去我在东家心中留下的负面印象，这印象分对我而言远高于这只鹅的价值，事关我的做人品质。天实在太冷，志高说，那好，人品无价，您开口说个价我认。贾师傅说，这鹅值一百五，人品翻番，你给三百。志高掏了三张百元钞给他，他让志高进了屋。贾师傅哼着小调烧水褪鹅毛，志高总觉得哪里不对，这鹅无疑是俩人的中午菜，凭什么这人不但白吃了鹅肉还赚了三百块？但是想痛了脑袋就是想不通自己怎么被他绕进去了。

贾师傅说，你发什么愣，寻思我为什么大过年的替人守棚子？大过年不回家过年的就两种人，一种是孤家寡人，受不了家家户户团聚热火劲儿；一种是惹下事或欠下债，有家不能回。我是第三种，红红火火一个公司在我手里弄垮了，无颜见江东父老，没脸见老婆儿女。你来这湖边上躲年，还真为了什么“野外访问”？

田野访问。志高纠正说，我是在读研究生，专业方向是民间文学。做“送春”的调查报告是我的寒假作业。

贾师傅背对着他在炒菜，小棚子里烟雾弥漫，他笑得咳了几声，说，颂春还值得做门学问？我看你这研究生和教你的教授是吃饱了撑的，要读书也该读个赚钱的专业，比如银行金融投资理财什么，莫非你家不差钱。志高说，算是吧，我老爸就这么说的，咱家不差钱，他一生打拼谋下家业，就是为了让我喜欢什么就干什么，行事不看财神爷的脸色。

话刚出口，志高后悔了。贾师傅盖上锅盖，说，原来我是撞上富二代了，运气不错，把车上那行李箱拉进屋吧，别忘了后排脚垫上那什么，都搬上。贾师傅眼力了得，脚垫上那是箱酒，别人就是贴近了车窗也未必能看见。

端上菜，用茶杯斟上酒，贾师傅说，志高，我们公司有规定，员工中午不准喝酒，贪杯的人一般嘴巴守不严。我的公司散了，我订的规矩没废。今天是这天太冷了，借酒热乎身子，也就喝这一杯。志高说，听师傅的，我先敬师傅一口。贾师傅说，慢，你这师傅叫得太便宜了，拜师得有讲究。志高在网上见过，赵本山那样的名人收徒要受跪拜大礼。志高说，那这样，师傅在上，受徒弟三拜九叩。师傅说，慢，且慢，你也太小看我了，我不搞封建那一套。志高糊涂，师傅启发说，师傅徒弟也就是老师学生，这学生上学得交学费，上家教也得交学费。志高只怪自己嘴贱，看来贾师傅惦记上“富二代”徒弟了。志高掏出皮夹，现金也就两千多块，志高点了整两千，师傅毫不犹豫地笑纳了。酒喝了一半，师傅说，按照我们公司规定，新人加入，老员工得唱首歌欢迎，我现在给你唱一个。志高说，师傅，要不，您给我来段送春吧。师傅站起来，郑重地整理了一下衣服，还用手指梳理了几下并不多的头发，说，送春得有锣鼓，先听我唱歌。

师傅唱的是一支老掉牙的歌曲，志高听得如坠云雾。师傅说，你没有鼓掌，思想开小差了。我知道，你是在心疼那笔学费，我给你算个账，你就明白你是赚了。我教你的“送春”是非物质文化遗产，这珍贵不？志高点头。师傅说，将来这物质满足了，这非物质就大家追捧，大家追捧就是流行。这一旦流行了，就有人来拜你为师学艺，你不贪，你每人也就收个两千，但立个规定，等你徒弟满师了带徒弟，从学费中上交百分之二十给师爷，依次类推，你将来不想赚钱钱也绕不开你。志高觉得这话耳熟，听说过，是一只鸡蛋孵成一只鸡，然后鸡生蛋蛋孵成鸡的递增数列，这算法是领导们计算 GDP 常用的方法，这贾师傅当过公司经理，学过管理，不能小觑。

这回志高没让他绕进圈圈，这学费是肉包子打狗，没了。钱没了可以再去银行取，问题是这师傅什么时候才会开课授业。一直到晚上临睡前，师傅才提正事。师傅说，加我，加我进你的朋友圈，我发些词儿你先背下，肚中有词，心中不慌。

二

丁卫国坐在条凳的最东边，从正门看过去，这位置有些偏，但从上午的太阳看，这位置正，阳光像一条新棉被劈头盖面地扑在丁卫国的身上，将他黑黝黝的脸上捂出了红光，他脑袋耷拉着，眼睛眯着，邻座的人都以为他睡着了。其实他从来都醒着，或者说眼睛睡了，耳朵没睡。他的耳朵能听见屋里屋外的所有动静，包括小车轮胎从国道上唱着歌下来，在村口止步叹息的声音。小车门开了，车上的人走过来，条凳上坐着的人早就有人出声，谁家谁家的孩子回来了。他用不着睁眼睛，想见的，他睁开眼，接下递上的香烟；不想见的，他装着睡熟了，人家喊不醒装睡的他，只得将香烟往后一一发下去。这才是这个座位的妙处，他能第一个看见进村的人，进村的人第一个看见的就是他。

站在村口看，丁卫国背后倚靠的墙壁贴着釉彩瓷砖，往上看，屋顶和飞檐上盖的是琉璃彩瓦，这是村里的“老人会”所在地，干部们称为“老人俱乐部”，叫什么都一样，反正就是老人们下棋打牌的地方，相当于城里人的棋牌室，但与棋牌室又不同，这也是村里议事的地方。大家都单干了，你可以不买村干部的账，但是你不敢不给“老人会”面子。每个家族都有老人在“老人会”，哪怕你在家是个忤逆，出了门你总要装“孝子”，所以这“老人会”比村委会管用，让捐钱按人头个个捐，让捐物按户头户户捐，扛着棺材板就是比捏着印把子厉害。现在的年轻人挤破了头往城里挤，混得好一点连孩子也带进了城，村巷里空得让人心慌，一年四季也就这里有点人气，象棋落子响，麻将碰牌欢，赢了笑不可抑，输了拍桌骂娘，一村的热闹都聚在这了。丁卫国不打牌，赌得再小也是赌。丁卫国也不下棋，老丁让三个子也能稳赢村里的所谓高手。丁卫国来“老人会”，夏天是乘风凉，冬天是晒太阳，连门槛都难得跨进去一回。进了腊月，晒太阳的人多了，条凳上从东到西坐满了老人，像是雨后电线上站成排的燕子。说是晒太阳，其实是盼儿孙回家过年。不知道从哪一年开始，这村口就成了回家人的展台，早几年是比身上的穿着打扮，比肩扛手提的大包小包。这几年大多是开小车回来了，村口打谷场现在划成了停车场，有奔驰、宝马，更多是丰田、现代，似乎不开个车回家过年就没有脸面。已经有人背后说闲话，谁谁的小车是租赁的。最主要的是要备两包好烟，至少是红中华，差了拿不出手，备两包才踏实，将这几排条凳上的老人发完，一包怕不够发。有人被笑话过，他带的一包烟发完了，后面还有老人笑嘻嘻招呼，只得硬着头皮掏出自己抽的红南京继续发，老人们都明了，这小子是打肿脸充胖子。

丁卫国一般不接别人的烟，他只抽上海产的“大前门”，有的人只认一种牌子的烟抽，像立志一生只娶一个老婆的男人。丁卫国倒未必是认死理的人，但“大前门”烟曾经伴随他的辉煌，他抽烟时享受的不是烟，享受的是做村支书那些往事的回忆。丁卫国在暖洋洋的阳光中，在袅袅的烟雾中，闭上眼，不知不觉就时光倒转，回到二十多年前。

有人说只要当上共产党的干部，就一辈子吃穿不愁，这完全是骗人，丁卫国听到了这话会生气。丁卫国曾经是一村之长，他刚刚尝到一点当干部的甜头，“村选”来了，丁卫国还没把“村选”当真，自己就真的落选了。隔壁村上村长有远见，下台之前先承包了村里的工厂，村长落下了，钞票没落下，青山依然在，风水轮流转，人家后来又选上了村长。丁卫国没留这一手，以为乡里的书记是他的靠山，没想到人民才是靠山，当然，你掏了人民币人民才肯做你的靠山。新选上的村长就是赚足了人民币才回来领导人民，后来的几任村长也都是先做了老板，再回来过把当干部的瘾。丁卫国明白了这个道理，就带着儿子努力发家致富。父子俩栽种树苗，行情不错，树苗死了。父子俩挖田为塘养河蟹，蟹大膏肥，行情败了，本钱都捞不回。儿子连受挫折，认命，干脆随村里的年轻人去工地上打工，挣不了大钱，倒也娶了老婆，生了儿子。老丁的老婆说，你知足吧，有吃有穿，有儿有孙。

丁卫国心里不服，其实儿子丁建设也不服，父子俩谁都不肯就这样认命。

都说机遇总是为有准备的人准备，这话丁卫国相信，好运气是为有心人准备的。农历二月二，龙抬头的日子，按习俗，菩萨庙里要唱大戏，戏是唱给菩萨听，钱是由附近几个村庄的大户捐，旧社会也罢，新社会也好，历来如此，有钱人哪怕再是铁公鸡，菩萨庙的例奉也不敢怠慢。现在的大户都住城里，只过大年回村住几天，初五接了财神，初六纷纷来敬香火，一般人都不挑这一天，这天摆捐款箱的地儿摆一张长桌，桌上一端是账本，一端是一匝匝的红票子。谁发了，谁红了，此刻掏的票子厚薄见分晓，有钱人敢欺村长也不敢欺鬼神，这里往往就成了每年炫富的舞台，在村人眼里这也是一出戏。丁卫国每年初六都来做观众，做一个沉默的观众。这是个奇异的时代，在丁卫国眼中猫三狗四的人物一不小心就成了老板，他们依次上香，磕头，然后从皮箱中掏出一捆捆百元大钞。丁卫国梦想着有一天他能站在那长桌前，哪怕他老了，是他儿子丁建设也行。可恨的是，他们父子年年都只能做观众，这年也如此。丁卫国做这观众做得累，心累，他悄悄走出了人群，到小树林中解个溲抽根烟。

到了这把年纪，那玩意儿越来越像哲学家，低头思考的时间多，酝酿的时间长，挤出的东西却点点滴滴。老丁岔着腿，耐心等候，却意外目睹了树丛中一幕。一个胖女人被两个男人围着，这俩男人听口音都是外地人，一个说，王总您就收下我俩，我们好不容易找到您老家找到您，这诚心您该信吧。另一个说，王总您看，我把加入公司的份子钱都大老远的拎来了，您看看。胖女人说，我不看，你把钱放好。她一挥手，那装钱的皮包斜边一倾，一匝匝红票子掉在地上。她看也不看一眼，自顾朝林子外走过来。快撞到老丁身上了，才回头说，你俩回吧，公司有章程，公司所在地的居民一律不得加盟，我得带头遵守。今天真是个神奇的日子，有人追着喊着送钱，有人愣是见了一匝匝钞票不瞭一眼，说句不恭敬的话，这年头连菩萨也见钱眼开，这胖女人倒拒腐蚀永不沾，像个宣传的廉洁典型。胖女人正面见了老丁，视若无睹，说表舅您也在哩。老丁尿意全无，一边收拾衣裤，一边嘴里应下了。这女人老丁认识，王一花，说起来还是转弯抹角的亲戚。老丁做村长时，她娘家来走动过，老丁没接茬。后来听说她嫁了大老板，夫家大发，又听说她男人包了不少女人，她不动声色，肚量大过宰相，老百姓都把她当故事说。老丁也弄不清这王一花还在不在原来枝头上，但看这做派倒是不差钱的主儿。老丁瞄上了这胖女人，果不其然，胖女人排在了捐香火的队伍里，一出手就是五匝，真正巾帼不让须眉，赢了一阵掌声。有人插话，这是她家捐的第二笔，她男人前面已捐过一笔。老丁突然来了尿意，钻出人群，酣畅淋漓罢，灵感迸发。他拦住了王一花，腆着老脸说要请表外甥女吃个饭，王一花不意外，看来她被别人请吃惯了。王一花说，表舅您有事说话，饭我已应承了别处。老丁说，刚才我遇见了你，是表舅我的运气来了，表舅我这几年削职为民，你表哥也落得打工混生活，走的是下坡路，今天菩萨显灵，是让你帮我们来了。老丁眼巴巴地看着胖女人，女人的眼眯成一条缝，脸庞怎么看都像一朵花。王一花说，表舅别客气，有什么事您让表哥来找我，怎么说我们也是亲戚。女人掏出一张名片递给他，说，我有事得先走。女人上了她的小车，那车胎明显趴下去一截，车子一溜烟一溜尘土走了，老丁紧紧捏住了这张纸片。

名片很精致，名号称阳光特许 1040 投资公司南京分公司，王一花是分公司经理。

丁建设按地址找去了，向老爸汇报，公司门面挺寒碜，就小巷里一间门面房。老丁顿了顿，不对呀，这女人捐香火出手都那么大，他亲眼所见。老丁对儿子说，这王总是玩低调，闷声大发财。丁建设第二个电话说，加入公司得交钱，数目不小，69800 元。老丁说，这就对了嘛，我亲眼看见，俩南京人抢着交钱那王总就是不肯收，老话讲没有无缘无故的爱，现在得换个讲法，没有无缘无故的钱，这钱出去后回来是多少？丁建设声音小了，王总说，两年后收益 1040 万，公司投资的项目就叫“1040 工程”。丁卫国说，你再说一遍，多少？ 1040 万。丁卫国手一抖，手机断了线。这数字太大，超出老丁的预料。就算天上掉馅饼，也不会掉金馅饼，1040 万，这金馅饼该有多大，该有多重，砸在头上要砸掉人命。但老丁转念一想，往年讲人有多大胆，地有多大产，现今成了笑话。可现今的村里人，在城里几年就混成千万富翁，可真不是吹牛。回头看发家这事，向来是吓死胆小的，撑死胆大的。更何况，王总她说过，怎么说我们也是亲戚。老丁从历史的角度，从宏观的角度，用当年做一村之长的口才说服儿子，丁建设成了王一花的下属员工。

小丁报到的头几天几乎每天都给老丁来电话，说公司经营的是特许项目，保密，说条件艰苦，吃得差，住得差，每天得唱歌和听课。小丁想不通，老丁替小丁想通了。保密说明不能让别人抢先，就是天上掉金元宝，能捡着的人必定是起得最早的。当年做苗圃，当年养螃蟹，输就输在起跑线上，赚大钱的人都是抢跑的人，跟风的只能喝西北风，从来都是这个理。至于艰苦，我就不信，莫非比工地上还艰苦？苦也值得，吃得苦中苦，方为人上人。到哪里去找这样的好单位？进门就培训，唱着歌听着课就赚1040万，这是你老爸做梦都想不到的美差。小丁后来电话就少了，但电话那端讲话的声音元气充沛，攥着手机能滔滔不绝了，老丁觉得这公司真是个培养人的好学校。再后来，小丁把在家政公司打工的老婆也引荐进了公司，说他现在跟王一花一样，也是分公司经理。看样子小丁想给老丁上一大课，父子俩说的人和听的人换位了。老丁说，你打住，是不是你媳妇那69800元凑不齐？没事，这钱爸支持，儿子在电话中讪笑，降了声调说爸您真厉害。老丁不厉害，是那1040工程厉害，说话句句在理也是软道理，钞票薄纸一叠砸下去才是硬道理。

丁卫国的脸色随着春夏季节走，越来越温暖，人也随和多了。在村口的“老人俱乐部”，他肯接下别人的敬烟，甚至也给别人递上一支自己抽的“大前门”，在家里，对老伴和小孙子笑脸渐渐多了，老丁血压高，常常要老伴盯着小孙子哄着才吃药，现在不了，自己记得按时服药，老丁觉得自己的生命不同往昔，人富贵命值钱。更多的时候，老丁坐在门口，计划着那两个1040怎么投资怎么打算，情不自禁笑出声来，老伴怀疑老汉得了癔症。倒不像，貌似是老汉捡着了钱包。有一回他从凳子上突然出脚，踏翻了一只老母鸡，土鸡，卖一百五十块一只的土鸡，竟没有松开脚，说，宰了，别人能吃我们也能吃，吃得起。他亲自抹鸡脖子，拔毛开肚，饭前还喝了两杯白酒，祖孙三人其乐融融，连老伴也顾不上惋惜那只值钱的鸡。

季节轮回，老丁的脸色也没留在春天。小丁的电话越来越稀，并且老丁打过去总是关机，小丁打过来总是用座机，不是同一个号码的座机，老丁弄不清，是小丁手机丢了，还是工作保密性质需要。老丁打儿媳的手机，也是那个女声说“对不起”。老丁打王一花名片上的手机，王一花接了，说您放心，表哥挺好的。老丁睡不踏实，想拔腿到南京城走一趟，又惦着要接小孙子上下学。寒假刚放，小丁来电话了，说两口子都挺好，工作需要，可能不回来过年了。

丁卫国说服自己，小丁两口子是做事业，是乐于奉献。可是这苦了小孙子，眼巴巴地，别人父母都回了，他一个小孩子不跟你讲大道理，那惶惶的眼神让做爷爷的不敢多看。老丁把希望落在小丁的“可能”两个字上，他每天守在村口，就是盼望那两口子能突然给个惊喜。

大年三十下午，条凳上坐的人只剩下几个了，有儿女在城里打工的老人基本上都等到了人，一家人团聚开开心心热热闹闹，忙着准备吃年夜饭，没人肯出来坐这冷板凳。丁卫国不死心，固执地守在村口，大前门烟的烟蒂像秋天残花的落瓣，洒满他的脚边。小丁手机还是都关机，手机中只有那个与他同样固执的女人，她也没有回家过年，一遍遍用冷冰冰的客套打击老丁。夕阳西下，有心急的人家已点响祝福的鞭炮，硝烟和暮色不分你我地合成一条大棉被盖在村子的上空。江南冬天的晨昏总是别样的阴冷，村口的风将这阴冷做了乘法，先是掏空你的脚踝，然后向上掏空你的裤管、裤裆，然后是肚腹心肺。老丁用一支烟的热量抵挡，实在是小看了这寒冷。终于又有一个人影进了村，奇怪的是他没有拎包拖箱，在老丁身边走过，又退回来，说，老村长，您别等了，建设哥和嫂子都不回来了。丁卫国死灰般的眼睛里燃起一丝星火，这个年轻人和建设走得近，建设进城打工就是他领的路。老丁说，是不是我们家建设让你捎话了？年轻人摇头，说，我是建设哥的下线，建设哥不知道我能回家。老丁听不懂，问，你是说，建设是你的领导，他没准你假你偷偷回家的？年轻人点点头又摇摇头，说，我是申请出门打电话，按规矩，公司有三个人跟着我，没辙，在街上我劈手抢了一个姑娘的包，警察把我抓了，才甩掉那三个尾巴。老丁说，你自己没手机吗？为什么要派人跟着你？莫非知道你要抢人家东西？年轻人急了，更加说不清楚。老丁说，你就告诉我建设两口子在公司怎么样吧。年轻人带着哭声说，那是个骗子公司，我们都上当了。建设哥嘴上不承认，心里有苦说不出。他把自家坑了，也把亲戚朋友坑了，他没脸回家见人。

年轻人叹口气，进村去了。

老丁嘴唇间的大半截烟掉了下来，他双臂伸直，手心朝前，仿佛想要在除夕的风中抓住什么。慢慢地，身子滑下凳子，双腿直直地撑出去，抢在了双臂的前面，似乎老丁身上有的不是血肉，而是冰疙瘩，老丁僵硬成一座冰雕。孙子第三次喊爷爷回家吃年夜饭时，爷爷再也不肯应声。

三

早晨醒来，志高有些恍惚，阳光从破旧的窗口斜照进棚子，仿佛是陡峭的山岩，各种尘埃像是攀岩高手，在阳光中上升或直下。似乎是春天来了，志高不经意间有了这种错觉，但睁眼看那窗子，他就明白此时此境。这木窗明显是旧房拆迁时被丢弃的，窗框是旧松木，油漆斑驳，裂缝中藏污纳垢，只有玻璃是新的，是废物利用。他从睡袋里摆正身子，屋顶是树干架起的硬塑料皮板，风从屋顶上呼啸而过，偶尔掀起塑料板一角，力气不足又放下，落下沉重的一响。昨晚是志高坚持睡睡袋的，他不愿意和男人挤一个被窝。贾师傅说，你是过集体生活的人，你敢说没合过被窝？志高说从来没。贾师傅想说什么又没说，嘴角丢给志高一个莫名的笑，不与他理论了。

贾师傅早已起床，昨晚酒后他吹嘘，他从前所在公司是有企业文化的公司，还称得上先进企业文化。经理与员工六时准时起身，同时唱歌、同时晨练、同时进早餐。志高说这算什么企业文化，还先进？学校有起身铃，军营有起床号，那是禁锢人的地方，才要讲整齐划一。公司老总首先要抓效益，你却恨不得把员工吊在眼睫毛上盯着，为什么？贾师傅白他一眼，不屑解释。不过师傅这一早起身真不假，昨晚喝那么多酒今天也没耽误。没听他唱歌，没见他锻炼，倒是见他确实把俩人的早餐准备得丰盛。牛奶，面包，最吸人眼球的是鹅蛋，硕大光洁而且那蛋壳白得近乎神圣。在志高的记忆中，也就小时候端午节时会得到一只鹅蛋，咸的，现在难得一见。志高伸手捉住一只把玩，刚起锅，烫得他一边吸气，一边不停换手。贾师传说，稀罕不？这可是好东西，我在网上查过，鹅蛋富含卵磷脂，清脑益智，最大的好处是改善和增强记忆力。那鸡呀鸭呀都是荤素兼食，就这鹅只吃素，吃绿色植物，能是同一个档次？志高知道他下一句是说什么，鹅蛋能不比鸡蛋鸭蛋贵？反正钱夹里没现金了，志高不怕了。贾师傅说，我知道你心里想什么，在盘算我怎么算计你的早餐钱。桥是桥，路是路，这政府收过路过桥费还分开收，我拎得清。伙食费是东家也就是你表哥出，天经地义，也是节假日我们打工族当然的福利。这鹅蛋是东家的鹅生产，我们替东家打工，吃了它也算取之于东家用之于东家，所以你尽管吃，吃不够锅里还有。这出乎志高的意料，师傅今天算账的嘴脸与昨天变了个人。关键是，他收钱说出一番道理，不收钱也说出一番道理，硬是把鹅蛋和鹅蛋它妈硬搬弄成两家人，志高心里说，这送春大师的嘴上功夫还真了得。

志高没想到剥这鹅蛋壳挺不容易，心急，最多剥下的却只是指甲大小一片，要剥干净这得花多少时间？师傅接过鹅蛋，用冷水一浸，握在手心往桌面转了一圈，一只晶莹剔透的脱壳蛋体就卧在桌面。师傅说，你得多吃，你要学送春，就得记词，就得加强记忆力。

志高心里一喜，总算扯上正篇了，说，那您赶紧给我发送春的词稿。

师傅说，开篇我得先讲个送春的来源。传说称，明代永乐皇帝登基，叔叔篡夺了侄子的皇位，天怨人怒，长江冰封，粮草无法运抵燕京，皇帝出榜求解。有寒士马之清遇仙人教唱道情，并嘱咐他可以去揭皇榜，唱曲以解长江之冰。马之清问他的姓名，对方回答说是“送春人”，化作清风而去。后来马之清唱曲解了长江之冰。之后，其所唱道情逐步演变成了唱春，马之清由此被送春人奉为鼻祖。志高早备过课，这送春的出处当然了解，但还是耐下性子，听他铺陈。师傅喝口茶，说，送春分为两种：一种是门面春，就是唱春人走街串巷，挨家挨户演唱，时间短，给钱或给物即止唱。门面春又分为“见之歌”和“欢喜歌”。“见之歌”就是唱春艺人看见什么唱什么，需要灵活机动，反应敏捷。如看见主家喝茶，就必须唱茶叶，从茶叶的来历、产地，直唱到全国各种名茶。如主家敬烟，就要唱烟的历史故事，甚至扯上林则徐虎门销烟等。志高插话，就是口头创作。师傅说，未必对，“见之歌”虽然很多情况下随编随唱，但也并非完全是即兴创作，往往也是有备而来，临时适当发挥，还是需要大量的知识储备，加上一定的艺术创作能力。其二是“欢喜歌”，基本都有唱本。从我学唱时所收集到的春歌看，行业歌是一个大宗，有《送炮仗店》《送猪肉店》《送剃头店》《送扎纸店》《竹匠》《铁匠》《木匠》《泥水匠》《铜匠》等等，当然，少不了爱情歌，你懂的，都懂。

说得兴起，师傅翻出一本发黄的作业本，说，这都是“欢喜歌”，是我师傅当年传给我的。志高要翻看，师傅手一闪让过，说，我都存在手机里，既然认你做徒弟，就统统传给你，你得下功夫背下才是。

志高一一在手机文档存下，如获至宝。贾师傅说，看你这样子像是真喜欢这活儿，哪怕是装出的样子我看了也高兴，今天天气好，我们到镇上去买送春的锣和鼓。

说走就走。贾师傅居然顾不上中午得给鱼箱里的鱼喂食，说，反正有车，镇上来回也就两个多小时，鱼饿一顿没事，这镇上去迟了店家要打烊，腊月尾巴了，店家心思怕也没放在做生意上了。师傅掀开门帘，志高发现他的手表落在桌上，顺手一拎，轻，像假货，应该说就是假货，都是欧米茄，师傅的手表与他腕上的手表轻重差了一截。师傅说他也做过公司CEO，他的羽绒服是名牌，他的防滑靴是名牌，志高看了一眼商标就把那名牌看穿了，都有一个字母与真名牌小异。看穿了品牌不一定能看穿人，志高说，这么贵重的东西，可不能随便扔在这棚子里。

这辆破吉普的好处是天冷冷得快，天热也热得快。露天里晒了个把钟头的太阳，车里就像开了空调暖和，阳光真好，冬天的阳光真好。湖滩上一望无际，志高有一种放手撒野的欲望。但他没这个胆子，双眼还是盯着若有若无的土路，这里离湖水太近，在枯黄的草叶下，有一些隐蔽的泥沼，传说能吞下一头牛，说不定也能吞下这台车。草丛中偶尔有没有迁徙的鸟儿觅食，受了车的惊吓胡乱飞起。

师傅说，这鸟儿也没走，陪我俩在这湖里过大年，苦命。

师傅说，你不是命苦，你是好端端大少爷不做，宁愿陪这湖里的孤魂野鬼，自找苦吃。

车子缓缓爬上靠近湖堤的湖床，这里干涸时间长，泥沙板结，遍地是倒伏的茭草和苦艾，被剥离了生命色彩的枯黄成了大地的底色，一直蔓延，爬上远处的湖堤，而湖堤的坡面是赤裸的石坝，石缝里生长的枯草在寒风中所剩无几，远看像是蹩脚的剃头匠没理干净的光头。令人惊讶的是，在这萧瑟的湖床上竟然奔跑着两个鲜艳的身影，一男一女，应该是恋爱中的男女。他俩耀眼的羽绒服给大地添了生机，而手中牵扯的蝴蝶风筝给蓝色的天空涂抹了缤纷色彩。贾师傅说，这人只要惹上那股爱火，连西北风都不觉得寒冷。

志高朝远处瞭一眼说，西北风刮不着他们身上，岸上的西北风正好被湖堤挡住了，高处的风挡不住则成全了风筝，这地儿选得好，湖上高挂的太阳毫无保留地把热量给了湖床，也给了这对得意的人。

师傅说，在理，我看你学的不是什么民间文学，学的是地形学，像是侦察兵出身的人。

师傅觉得寂寞，用手指敲着驾驶台，自言自语哼了一段：

三月节空清明到，书生放学往家走。
一来回家看双亲，二来回家换衣襟。
三来回家过清明，四来回家放风筝。
家中无事心快乐，书生无事放风筝。

志高查过资料，这是著名的《风筝记》片段，凝神想听，师傅眼盯着天空的风筝，嘴里却无词了。车越过湖堤，把那一对男女和风筝都扔在身后，师傅才醒过神，说，志高，你呀，就应该趁着假期，找个姑娘黏糊去，像人家那样在湖滩上演演电影。

腊月月底的小镇是最热闹的日子，农闲时小镇也有集会，人也多，但大多是赶热闹的老人和小孩，口袋里没钱。当家做主的主妇结伴来赶集，口袋里有几张票子，但那钱是算准了买几样要紧的用品，买盐的不敢用作买醋。而眼下这热闹才是真热闹，在城里忙了一年的男人都回家了，带来了人气，重要的是带回了一年的辛苦钱，有了钱，赶集的男女老少都豪迈了。志高跟着师傅在人流中穿梭，师傅说送春的锣和鼓现在是稀罕物，因为送春的人越来越少，否则，政府也不会弄啥文化遗产继承人了。市场经济，买的人少，制作的就少，能不能买到得看运气。运气还算不错，他俩在小镇的店家找到了存货。志高看那锣和鼓，比通常见到的小许多。小铜锣直径 10 公分左右，特制 1 尺 3 寸的宝剑形竹片作锣槌，叫做“锣片”，锣片两面漆龙凤图案，下面用红丝带串 8 枚铜钱，加以装饰点缀，挺精美一工艺品。小羊皮鼓号称“震天鼓”，扁圆，厚度没超过三寸，周长 1 尺 6 寸，鼓上 13 个小铜钉，师傅说象征“南斗六星”“北斗七星”。师傅示范了一下，原来这击鼓竟不用鼓槌，是用左手五指平托，以右手的食指与中指弹敲，志高学那动作，几根手指顾此失彼，还真不简单。

俩人在超市买了些生活用品，志高钱夹昨天就瘪了，都是师傅买单。师傅把话撂在前面，吃的用的是东家付钱，送春的锣鼓是课题经费，该志高出。师傅一点儿都不孤陋寡闻，居然还知道大学里有课题经费一说，可惜只知其一不知其二，那课题的钱袋是专门吊在教授们裤带上，做学生的一文都捞不着。从超市出来，师傅将手里的物件交给志高，说，你去车上候着，我还得办件事。志高答应下，他自己也有要办的事。志高先找到一处自助银行，取了两千块现金，想了想，又取了两千。那锣和鼓加起来也就百十块钱，志高回头就还给师傅。尽管这湖滩上没有饭店咖啡厅，连货郎担子都见不着，志高还是把钱夹撑得鼓鼓的。老话说仓里有粮心不慌，志高现在是，皮夹里有钱才心中不慌。要知道，贾师傅什么时候嘴皮子一动，志高的钱夹都有可能夹不牢钱，钱长一对隐形的翅膀飞进师傅口袋。多备些现钱志高才踏实。

在车上坐了好一会，手机上的微信朋友圈刷了个遍，师傅还没现身。莫不是师傅把他涮了？志高觉得不像，志高下了车，又回到街面。小镇很小，就是一横一竖的十字街，志高在一处卖梳子的地摊边上看见了师傅，师傅说，不急走，你听这摊主的词。摊主是个年轻人，打扮得花里胡哨，嘴一张溜出一串词：

买上一把送父母，养育之恩补一补；
买上一把送亲朋，相互之间增感情，
买上一把送丈母娘，她说女婿就是比她儿子强；
……

这种商贩志高见得多了，见师傅没有走的意思，他耐下性子又听了一段：

这个三两块钱不算钱，溜溜达达就花完，
这个三两块钱不算事，伤不了腰就大不了事，
你三两块钱也不敢花，你哪天才能当企业家，当不了家，作

不了主，只能给人家当保姆。

……

一会儿地摊边上就围上了人，师徒俩才往回撤。师傅说，怎么，怕我开溜？志高赔笑说，哪里话，我在车上无聊，也下来凑个热闹。师傅说，我看你也不是真想学送春，还说读什么民间文学的研究生，我看，刚才那小子的叫卖就是民间文学，这种口头创作与送春其实是一回事，学送春，你就得仔细琢磨。志高这才明白师傅的用意，师傅是有心让他学习人家的本事。师傅说，三人行必有我师，那人可以算一个“师”。志高嘴上喏喏，这贾师傅在是指导他学习生活。

让志高没想到的是，师傅去办的事是买了一架风筝。拉开后座车门，师傅变戏法似的从后背掏出一个彩色蜈蚣，他仔细摆在座位上，怕不平展，用手抹了又抹。上了副驾位，他又从前胸摸出一个线轮。那线轮讲究，六角硬木边，涂了脂漆，轴和把手闪闪发光，材质不是不锈钢至少也是涂了镍的合金。志高问师傅多少钱，师傅一边手中把玩着一边说，不贵，砍了零头整一千。志高不是小气的人，就这小孩玩的破东西居然要了四位数，而且师傅居然不嫌贵。有那么一瞬间，志高相信师傅真是那高大上的CEO出身。

师傅说，小子，今晚回去我就教你全本《风筝记》。

四

时光倒回去十多年，从留存的照片看，王一花还真算得上美丽一朵花。只不过这花开在乡村角落，或者说是庄稼地的垄沟田埂上，只有人关注庄稼长势，没人有闲情逸致惹花拈草。那一年王一花在镇上高中毕业，正遇上高校扩招，差一截半截的花钱就可以抵分，王一花的同班同学考上了一半。家长们觉得赶上了好机会，就像股民遇上了牛市，威逼利诱使剩下的一半同学也基本进了复读班。王一花是另类，没够分数线，连以钱抵分的民办大学分数线也没够上，这不算问题，比她分数低的人也去复读了，但王一花死活不肯进复读班。王一花跟她母亲说，她不能再进教室，她进了教室就喘不过气，就想扒光衣裳，王一花母亲听了忍不住大笑，这笑声不严肃，笑得不像个做母亲的。王一花说我是真的认真的，就是想脱光身子。她母亲不笑了，她做姑娘时也有过这样的梦想，梦想在人多的地方脱光自己，但梦想成真的人只是个别，在油菜花盛开的季节，在明亮的大街上裸奔，她就成了人们口中传说的“花痴”。她不想使女儿走到那一步，说你爸同意我就同意。王一花的父亲是个泥瓦匠，常年在南京城里砌高墙。他站得高看得远，在电话里说，王一花，为了你的前程你必须给我复读，考上大学才能做人上人，那么多的人都在复读，都求上进，你凭什么不复读？王一花没法用对她妈说的话对付她爸爸，王一花说，我不想做人上人，我就甘心做一辈子人下人。反正我不去，要上进你去上进，要考大学你自己去考。王一花撂了电话。他父亲说服不了女儿，叹息一声，想到毕竟后面还有儿子，也就罢了。若干年后，他父亲开玩笑说，就是王一花这一番凶巴巴的吼叫，让他成为有志中老年，从泥瓦匠上进成了包工头。这是后话。

王一花成了留守女青年，她在村里晃悠了半年，陪母亲种菜弄自留地，看电视逛集市，她觉得挺好，连进城打工的念头都没有。只是日子过得太快，一眨眼寒假到了。趾高气扬的大学生们回来过年了，王一花不待见，即使其中一位她暗恋过的男生约她见面，她也把人家电话掐了，本姑娘已经不是你的菜，野地里吹过凉风的脑袋早清醒了。王一花也懒得见在复读的同学，一个个在村里土拨鼠似的躲躲闪闪，见谁都像是谁欠下他什么了。大年当前，村里热闹，王一花要图清静，干脆拎着竹篮进了湖，挖泥菱。这固城湖湖底并不像只锅，倒像只竹箕，一边高一边低，王一花家处在高的这一头。西北风一吹，这湖水向东南涌，湖底就暴露在青天白日之下，有些类似海上的退潮。不过海潮有退有涨，每天都来回，这湖水不肯当天就回娘家，得过完冬天才随着春风春雨返回。岸上人懒得查问它回的日子，只追着它一截一截退走的时辰。湖水走得急，留下了来不及走的鱼虾在洼坑里，这是人们收获的良机。哪怕是老人孩子，你只要抢在前面，也能捞得桶满篮满。狂欢过后是冷清，湖滩上人满为患就那么几天，湖水定格后就没什么人赶湖了，在湖滩上走动的就是寥寥的捡泥螺和泥菱的人。泥螺轧碎了喂鸡喂鸭，泥菱剥了壳端上桌，就成了本地的特色菜。

泥菱就是菱角，你吃到的新鲜菱角是夏天人工采摘的果实，那些无人采摘的菱角在秋冬季节就掉进了水中的淤泥，在泥水中腐烂并在新的一年长出新茎。裸露的湖底给了人们又一次获取它的机会，只是现在天寒地冻，王一花脚上穿着高筒胶鞋，手却必须在湖泥中摸索，一会儿手掌连同手臂就又红又肿。王一花埋头拣菱时，附近有人在唱小曲，王一花没当回事，有人天生就有边干活边哼曲子的喜好。王一花直起腰小歇时，发现那人并没干活，而是迎着风声嘶力竭地唱曲子，唱的是送春曲，一串一串的骚词直往王一花耳朵儿钻，她正在下风口。王一花手一甩，一串烂泥扑过去，那人躲了，王一花又一扬手，大的一块烂泥追上了那人的裤腿，小的一泥疙瘩落在自己胸前，画龙点睛，反倒羞了自己。对不起，对不起，那人敞着嗓子说，你别误会，我不是唱给你听的。王一花说，你唱给谁我不管，你别在这扯我的耳朵桩。那人没了声音，倒像那泥疙瘩是他砸来的，怯了。王一花忽然间觉得泥水比原先冰冷了，脚底的寒意直往心头窜，这不是冷，是冷清。那人其实没走开，他点着了倒伏的湖草，这见了天日的湖草火龙一般在周边乱窜，暖和是暖和，可毕竟水分没走尽，烟雾腾腾，王一花在下风，又在低处，呛得咳嗽不断，只得拔腿往上风跑。那人一连声说，我不是有意的，我不是有意的，我只是想给你送暖和。王一花手脚真暖和了，也就不和他计较，说，你有毛病吗？对着这空荡荡的湖滩送春。那人说，这不是快要过年了，我寻思着春节去送春，好多年不练，专门来这荒滩开嗓子。王一花不是不讲理的人，说，行，你开你的嗓子，我去拣我的泥菱。那人将那曲儿又续下去，唱的是一个思妇对远方丈夫的相思，王一花迈不开腿了，她这才发现，其实刚才那前半段词她耳中一句都没落下。一曲唱完，王一花还没走，抬起头，一脸的泪花子，那么烈的西北风都来不及吹干。

王一花发现她心中其实冷清得很，这个留守青年的身体是在乡村留下了，但身体里空得慌。她一直以为自己讨厌喧哗逃避拥挤，但这一回她变了个人，她成了追星族，她追的就是那个送春的男人。在大年初二的上午，打了大半夜麻将的父母还没起床，她梳洗好坐在堂屋，他说过，他送春的行程会经过她所在的村庄，估计是年初二。王一花就等着年初二，屋里她已整理得清爽，桌上摆着待客的烟茶糕点，屋外她早打扫得干净，地面上看不见鞭炮的碎屑踩扁的烟蒂。那人终于进村了，不是一个人，是双人送春，他的声音从村口第一户门口唱响，王一花就在自家屋里听见了，王一花一户一户计算着唱到她家有多少户，一家唱一支曲子挨到她家要多少时辰，度日如年，王一花恨不得关上门，飞身挤进那些听送春的人群。但是王一花又不愿她家被错过，按规矩关门的人家送春人不得叨扰，王一花已准备的一份厚礼等着那人来送春，她一次又一次想象，她将酬礼递上时，那人覆锣为盘，双手接下后眼皮一抬，一定想不到主家是她，也会露出挨她泥巴砸时的慌乱神色，一报还一报。她从自己的想象中自拔时，她已听不见那人送春的声音，阴差阳错，那俩人的线路安排错过了王一花家。王一花骂了一声“混账”，直奔村后的小路，不远不近地跟上那俩人。

平原上的村庄像是乱了盘的棋子，散落得不讲章法。那年代农村还是靠种庄稼养家糊口，土地是寸土必争，那些联系东村西庄的土路，像是扔在荒野里的肉骨头，被两边的农户东啃一口西啃一口，越来越瘦，就差有人在哪里猛咬一口把它咬断了。王一花盯着那俩人的背影，这俩人与别人不同，新年里土路上走亲戚的人不少，骑车的把手挂着包，走路的手头拎着包，这俩人不是，斜挎着大包袱，那包袱皮是用被单做的。说白了，这送春面子上是给主家送祝福，私底下谁都明白，也就是文明要饭。年成好，主家富足，可能给的是烟酒糕点；年成不济，家贫或者小气，说不定抓一把锅巴就打发了。因此，这两个大包袱就是大杂烩，里面什么乱七八糟的食物都可能装下。王一花一路跟着，莫名地对那人一肚子怨恨，凭什么你就不去我家，我备下的酬礼比东家少还是比西家差？王一花跟着那俩人送春走了一家又一家，走了一村又一村，好在新年村里闲人多，每到一处都把他俩围得水泄不通，人家高度兴奋，脑中光顾着编词儿，正面打了照面也没认出王一花。王一花不生气，王一花就喜欢看他被人众星捧月，看他两片嘴皮子里滚出的词儿花簇似锦。那时候乡镇还没有什么旅馆，送春的人遇到宽敞的主家就求“借宿”，也就是借床铺过夜，说“借”也就是个说法，其实是不要还的。好在那时乡风淳厚人心古朴，只要你开口求宿总不会被拒。当然，送春的人也懂得还情，当晚会在主家堂屋送一场“座堂春”，一村的人都急赶来听。主家也有面子，这相当于旧社会大户人家请戏班子唱堂会哩。

王一花找不到理由借宿，况且毕竟她是个姑娘。好在正月里也有不闲的人，开着小三轮载客赚钱，拜年的人多，新年里出手也大方，生意兴旺。王一花搭上小三轮，赶在天黑前到家，父母都在牌桌上忙着，没人顾得上问她去了哪。

王一花早出晚归，如是三天，她母亲看出了名堂。母亲是从王一花裤腿和鞋帮上的泥疙瘩发现了问题，王一花家是在湖畔，土地是黑土地，下了雨是黑泥巴。而王一花母亲发现了红泥巴，这说明王一花至少走到了村外十里远的地方。历史的轮回总是惊人的相似，或者说基因的传承百折不挠坚韧不拔，母亲敏捷地觉察出女儿出了情况。往前推二十年，母亲走过同样的路，那时的母亲是邻村的姑娘，她追的明星叫严伟才，是革命样板戏《奇袭白虎团》里的侦察排长，当然，她喜欢的并不是那位打败美国鬼子的志愿军英雄严伟才，而是演严伟才的县京剧团男主角。县京剧团下乡巡演，母亲跋山涉水追随，让许多人误以为她是京剧团的一员。母亲没能和男主角说过一句话，人家眼睛里从没有过这个痴迷的村姑，母亲最终只落得成为乡村笑话里的笑柄。王一花并不隐藏，王一花说就是为了能看见那个送春的男人。母亲的眼神躲闪了，她担心女儿耳闻了她年轻时的插曲。母亲说，他知道你吗？你知道他是什么人吗？王一花说，不知道，我就是个喜欢，知道不知道的关我什么事。

用今天电影里的词说，我爱你但与你无关。用母亲年轻时的心里话说，我够不着你，我只要梦乡里够得着你。

母亲是过来人，女儿血管里淌的是她的血，注定省略不了这段弯路。母亲的担心是多余的，年初五晚上，也就是王一花追星的第四天傍晚，一个骑自行车的女人风风火火冲到了那男人面前，她喜滋滋地掏出两个化肥袋，将男人大包袱里一一掏出，分别装进化肥袋，绑在后座上，一溜风骑走了。那男人对愣着的王一花说，你看见没？我老婆。

原来这男人眼没瞎，是装瞎。

王一花的魔怔一下子好了，她母亲觉得该给女儿找婆家了。心能走得远，身子却只凭两条腿驮着，就近不拣远。就像母亲嫁给了邻村的父亲一样，王一花也嫁得近，她的新郎是父亲的徒弟秋水。

陈秋水说他是秋天生下的，算命瞎子说他命中缺水，他的爷爷就替他取名秋水。这名字像他这人，或者说他这人应了这名字。王一花是在水边长大的，春水滥，夏水荡，秋水安静，但猜不出深浅。陈秋水是父亲最喜欢的徒弟，父亲说他不像拿泥刀的，脑子想事，眼中有人，肚子中藏着算盘，将来会有出息。当父亲的不敢拿女儿的终身大事开玩笑，是女人反正迟早要嫁男人，母亲说男人看男人，一看一个准。王一花听从了父母之言。

陈秋水是工地的施工员，王一花父亲是施工队长，队长经常用六个字使唤施工员，你办事我放心。这是培养接班人的意思，王老板有儿子，陈秋水不糊涂，他只尽女婿的本分。陈秋水的热情表现在种菜上，不是现在年轻人玩的网上种菜，是刨土翻地施肥浇水，实实在在的农活。他是施工员，知道盖的那些楼房的红线图，知道哪块地是最后才浇成水泥地。一幢楼竣工，长则两年三载，短则一年半载，时间上都能够上一茬菜。王一花结婚后，父亲让她来工地开了个小店，卖些日常用品，工人可以赊账，结工资时扣下，工人也方便，父亲觉得是肥水不流外人田，另外，王一花生下了儿子陈虎，一家三口在一起可以照应，当外公的也可以时常见到外孙。下工后别人都赶着逃离工地，秋水总是去看他的菜地。秋水种菜不马虎，总是取一块土反复研究，又是捏又是嗅，什么土种什么菜，他有讲究。城里人怕市场上卖的蔬菜有这有那，也有人在屋顶上培土种菜，坚决不用农药不用化肥。陈秋水不管那些，该撒化肥撒，该治虫治，菜长成了喊厨旁的人来收割，给不给钱无所谓，算是替老丈人给工人福利。王一花常常笑话他，进了城还带着两腿泥，土里能刨出金子？

陈秋水说，整天围着砖头水泥转，菜叶子看着养眼养心。

王队长变成王经理时，陈秋水从施工员变成了项目队长，王经理给陈队长开的年薪是二十万，那年月算是高工资，陈队长不要，陈队长要承包项目，缴纳管理费给公司，风险归自己，利润归自己。王经理知道自己当年在女儿面前讲的话应验了，这小子想出息了，女婿也是半个儿，他板下脸，最终还是同意了。陈秋水要感谢师傅兼丈人兼经理，在家里摆宴席，王一花说，就一间工棚，前面是小百货铺子，后面摆着三口人睡的床，转身就得撞屁股，怎么请得下客？陈秋水说，床可以白天拆了晚上再搭，烧菜我可以借工地大灶，你和虎子负责把俩客人请来就行。经理再大在女儿面前只是爸，丈人再高遇见孙辈也得矮一截，王一花的父母大驾光临。陈秋水将菜做好了，荤少素多，莫非是有意向老丈人哭穷叹苦？陈秋水端上一道菜，嘴上报一下菜名，像饭店训练有素的服务员。大冬天的，陈秋水上了春天的韭菜，夏天的黄瓜，秋天的茄子，这放在今天不算稀罕，大棚里的反季节蔬菜农贸市场比比皆是，那时这种反季节蔬菜刚刚进市场，这对于几乎不进菜场的王经理还是新鲜事。饭毕，陈秋水居然还上了一盘红瓤黑籽的西瓜果盘。秋水说，爸，这时代变了，不分春夏秋冬了，只要有胃口，想吃什么菜就有什么菜，就是我们的菜。

王经理当时觉得秋水琢磨种菜陷进去了，若干年之后，陈秋水成了秋水集团董事长，集团下设房地产、建材、装饰、农产诸多子公司，王经理知道陈董当年琢磨的不是菜，是勃勃野心。王一花在若干年后也时常想到那场家宴，当私家侦探告诉她，陈秋水在外面养了几房女人，女人分别出生在二十世纪七十八十九十年代时，王一花明白了当年烧出那桌菜时，这个男人就注定色胆包天，就已在肚中拨动了揽尽女人春色的算盘。

王一花不在乎陈秋水有多少女人，虱子多了不痒，陈秋水有一个女人，王一花说不定会打上门去兴师问罪，可陈秋水的女人坐下来能坐一桌，陈秋水就不知道该找谁下手。母亲说，世道就是这世道，你爸六十岁的人外面还养着个小狐狸精，比你还小，老娘顾及家人的脸面不也忍着？退一步海阔天空，你把财务抓在手中就不怕他。陈秋水的财务部太庞大，王一花的手掌太小，只能抓住点鸡毛蒜皮。陈秋水给了她一个酒店和一家茶馆，每个月的利润给她养家。王一花也就认了，她的心思在儿子陈虎身上。王一花最不能容忍的事不是那些乌七八糟的女人，而是陈秋水把陈虎送去美国读高中，让王一花骨肉疏离，丢了魂儿。

陈虎读的是贵族学校，据说中国尚没产生贵族，所以只有收费贵才名副其实。这是一位学生家长在网上发的牢骚，贵不贵与王一花没有关系，钱是当爸的掏。王一花支持儿子上贵族学校，中学时代对考试的恐惧阴魂不散，至今她在梦中还偶尔被考试吓醒。王一花搞不懂，这些年来，政策对农村人都网开一面了，农村人可以进城开店开公司，在家种地的人也免了农业税，为什么就不能放过孩子？王一花以为贵族学校贵族化，可以轻松一点，恰恰相反，贵族学校视学生如苦力，把升学率看做学校的命根子。

也难怪，私立学校考得差就没新生上门。陈虎说你们把我逼得这么苦有意思吗？好多上北大清华的人还不是在我爸手下混饭吃？别人家是无路可走，我不当老总，长大了在自家公司打份工总可以嘛。你们这样合着老师为难我，我真怀疑你俩是不是我亲爸亲妈。初三的儿子个头随了妈，一米八的胖小子眼中就差掉泪花了。王一花觉得儿子说的在理，你陈秋水赚钱不都是为儿子赚的吗？算你活一百岁，你吃喝嫖赌也只能糟蹋掉家产的零头，何必让儿子受那贵族学校的罪。陈秋水说，王一花你真不愧是糊涂儿子的糊涂妈，天底下有你这样做妈的吗？王一花掉头就走，别人怎么当妈是别人的事，我王一花从来就不随别人走。说是这样说，但陈虎毕竟是个孩子，不上学没地方搁，再说也违反那什么义务教育法。王一花对儿子成绩睁只眼闭只眼，陈秋水忙中偷闲问陈虎的学习，母子口径一致，好，挺好。

陈秋水没那么好糊弄，正好这些年中学生留学成风，贵族学校出国的孩子更多。陈秋水先做王一花的工作，他与王一花同仇敌忾地狠批了一通国内的教育制度，听上去在心疼儿子这件事上他与王一花心气相通。问题是路在何方？陈秋水痛苦地发问，自问自答，只有一条路，送陈虎出国留学，陈秋水列举了谁谁的孩子，都是王一花也认识的人，都奔美利坚大不列颠去了。王一花听说过国外的月亮比中国圆，莫非国外的学校也办得比中国好？陈秋水说，我打听过了，高中才教勾股定理，上高中了还没教乘法口诀。王一花说，咱儿子肯去吗？陈秋水说，当然肯去，是他向我提的要求，出国中介是我俩一起找下的。王一花脸一沉说，不准去，我弄明白了，你们父子俩是给我演故事，事情做下了来通知我一声？

王一花当然不同意，这小子分明是两面派，多年的母子联盟说散就散了，敢和他爸站一起欺负他妈了。

陈虎使出浑身的解数哄老妈，儿子是妈看着长大的，王一花把他的小伎俩看得透彻，享受的同时偶尔也心软。陈虎说，您不就是怕见不着我吗？这样，咱在学校边上买幢房子，你替我烧饭洗衣像现在一样。王一花听说过，国外的房子不见得比南京贵，但是去一个万里之外说话不通的地方生活，王一花心里畏惧。更何况，她一走，陈秋水就不会来这个家了，说不定，这家以后就不是她的家了，说不定，这就是陈秋水的一个阴谋诡计。王一花不能允许有一天起床看不到儿子，她反对陈虎出国立场坚定态度鲜明。

直到有一天中午，陈虎回家吃午饭，上桌扒了几口饭菜，突然就呕吐了。这是以前不会发生的事，正是长身体的时候，从来是狼吞虎咽风卷残云，王一花每每怕他噎着。装，儿子你就装吧。这是换了招数，王一花喜欢这样的游戏，王一花拍着儿子的肉实的背膀，故意说，虎子病了？胃口也没了？儿子嘴角粘着饭粒，眼角含着泪珠子，一副恶心呕吐的扮相。王一花伸手去试儿子的额头，真烫，莫非发高烧？她手没够着儿子，话抢先出了口，脸上是嘲讽的模样。但手背真靠上儿子的额头，慌了，是真烫，儿子真不是演戏给她看。儿子你咋真生病了？你可别吓唬老妈？王一花要打电话给家庭医生，儿子说，别，刚才我是看见桌上的菜恶心，过一会儿就能吃下去。王一花看桌上的菜，都是平常他喜欢的菜，王一花说你究竟咋了？你看着妈的眼睛，你有事瞒着妈。陈虎说，老师不让我说。

这是什么时代？谁家被窝里掐死只跳蚤网上都能查到。王一花打开家长群，已经像是煮开的一锅糊。跳了，又跳了一个，这回就是本校本班。在电视和报纸上找不出这类消息，据说怕产生负面诱导。网上出现很含蓄，很忌讳，只说“跳了”，你是家长你懂的。网上很快也抹去了，但虎子心里的阴影抹不掉，他央求能让他赖几天学。陈虎的同班同学，高富美的花季少女，留下一封遗书，从教学楼顶飞身跳下，陈虎正趁课间买了零食赶到楼下，就在他一侧，看上去那么轻逸的身体落地时像一只麻袋沉重，发出沉闷的钝声，灰尘从地砖的缝隙中腾空而起。陈虎先看到一条扭错了方向的长腿，接着看到女生最先落地的脑袋，一瞬间他的脑子空白，一直到师生的惊呼和哭喊包围了他，他还没走出那空白。

那跳楼的孩子，你有没有想到你的母亲怎么活下去？

王一花害怕了，答应了让陈虎出国留学。不能天天看到孩子当然苦，但是彻底没有了孩子那就天崩地裂，王一花想都不敢想那位母亲剩下的日子怎么过。

王一花要求儿子每天和她视频，波士顿那个城市正好和南京日夜颠倒，王一花早晨起来第一件事是打开电脑，等待儿子上网。在那边，该是陈虎晚饭后作业前的空隙。陈虎住在中介联系的寄住家庭，除了对方是个富裕的中产家庭，从传来的照片看，也住着一幢带花园的独立别墅，王一花看中的是这家也有一个与陈虎年龄相仿的男孩，与陈虎在同一个学校读九年级，相当于这边的初三，出入可以与陈虎做伴。陈虎在最初几个星期遵守约定，准时出现在电脑桌面，王一花有太多的问题要查问清楚，从波士顿的天气到明天该穿的衣服，从每天三餐的内容到零食水果，这些只是每天的例课，后面还有更多的附加题，儿子渐渐不耐烦了，往往只回答她一个字，好，问什么都是答好。他跟母亲视频的时间也渐渐减少，一会儿是有作业，一会儿是要出去参加活动。几个星期后，在电脑上露面隔三岔五，借口上厕所上浴室忘了，或者干脆说累了想早点睡觉。到后来只剩了电话联系，高兴时与王一花聊一阵，不高兴就不搭理。

这狗日的儿子根本不需要他这个老妈。王一花安慰自己，儿子长大了，有自己的事做。再说，网上的那些小留学生妈妈，都一样受冷落，字字血泪控诉自家的熊孩子出了国门忘了老娘。

王一花其实有许多事可以做，比如她的酒店和茶馆，她可以去过过当老板的瘾，她去过，不是作为老板，而是作为顾客，集团有章程，企业实行职业经理责任制，再说，两家店的营业执照上法人还是陈秋水，用陈秋水的话说，她只取钱不添乱，做甩手老板。事实上取钱都用不着她到店里去，财务部专门有分管的人对账结账，月底有钱准时进入她的银行账号。她进酒店吃饭，大堂经理居然不认识她，她自己也感到无趣。

也有很多像王一花这样的全职太太，拉着王一花去吃私家菜，去购名牌，参加各种健身减肥班，王一花总是应邀参加，最早撤出。吃足了去减肥，减下了又去吃，纯粹是折腾自己，就是真减下了陈秋水未必会多看她一眼。何况，王一花毕竟是过苦日子过来的人，老话说，把钱扔水里，也得听见个响。

王一花的日子就空，空得慌，有大把的时间抓在手里，花不完。

王一花是被广场上几个貌似发广告的年轻人粘上的，那几个男孩子，看年龄最多还在上大学，高高大大，让她想起比他们还小的儿子。儿子出国后，王一花心肠软了不少，偶尔看见那些穿着校服跪在街头行乞的孩子，她不管真假，也不看那写着大字的乞讨状，她总递给一张百元大钞。遇见街头发广告的孩子，也总是接下，走过街角才扔进垃圾箱。她想，我对别人的孩子好一点儿，别人就会对自己的孩子好一些。她知道这想法不靠谱，陈虎银行卡上不可能有缺钱的一天，但她愿意这样想这样做。这次广场上的男孩没有直接塞给她彩页，而是撵上来问她，阿姨您是南京人吗？不是。王一花住南京快二十年了，从没把自己当做南京人，也不会说南京土话。男孩说，那您愿意发财吗？王一花看他一眼，这孩子长得很周正。男孩说，愿意的话，我可以帮您。王一花笑了，说，小伙子，别说大话，你需要阿姨帮你做什么，我可以帮你。男孩不好意思地挠挠头，说，您不信，可以跟我们去听一场报告，免费的，也算是帮我。

你们不是发广告？

男孩摆摆手，我们不做广告，你要是不信，我有学生证。

还真是大学三年级的学生，在王一花这个年纪人的脑海中，钢印和注册章还是有几分可信度。王一花抬头看看四周，天空虽不是蓝天白云，太阳还是看得见轮廓，广场上喷泉如注，几个孩子在尖叫着戏水，来来往往的人们安详而从容。王一花说，有多远？

不远，不远，一会儿就到。这个叫顾小虎的男孩说。顾小虎是那本学生证上的姓名。

一路上顾小虎殷勤有加，嘴巴抹了蜜似的阿姨长阿姨短。王一花说，你在家小名是虎子吧。顾小虎说，阿姨你真神，就是虎子。王一花说，不在学校待着，你这是勤工俭学？小虎爽快地说是，父母都在乡下种地，供他上大学不容易，钱跟不上。不知不觉，王一花感情上与这孩子拉近了，她要是和陈秋水不进城，陈虎就跟顾小虎走一样的路，可能也会是一个体贴懂事的孩子。小虎问她来南京做什么事，王一花想了想说，做家政，就是做饭洗衣。虎子在家时，家里有保姆，虎子出国后，王一花嫌碍手碍脚，辞了，现在洗衣做饭确实是她做。走了二十几分钟来到一个旧小区门口，小虎说就这里面。这小区连传达室都没有，更别说站岗的保安，王一花随着小虎走进一幢公寓楼，楼道狭窄，大白天的也如夜晚昏暗，想摸电灯开关，小虎说楼道灯是有灯座没灯泡，拐弯处有通气窗。那楼道的所谓通气窗，只是用砖块垒了几个十字花，这漏进来的光线保证不了来者脚下不踏空。小虎牵住王一花的手，说阿姨跟着我，王一花能感觉到这孩子手心里那热乎乎的体温，王一花已想不起来有多少日子没牵儿子的手了，年轻人的手确实能给她力量，她打消了心头的疑虑。到了四楼，小虎敲了两下门，门一下子拉开，灯光一下子扑过来淹没了她，她定下神，其实不是灯光，是一屋子人的声浪惊吓了她。这种老式的公寓房，客厅本来就小，十几个人就挤满了，他们齐声呼喊，欢迎欢迎，欢迎加入大家庭。不是说来听报告吗？王一花低声问小虎。小虎说，没错，导师刚才是中断了报告，特意为你组织欢迎仪式。这是套两居室套房，主卧那个房间搬空了，墙上挂着一块小黑板，房间里摆了几张条凳。王一花似曾相识，对了，当年带着虎子到老师家上家教，那家教课堂就是这样，人家比这还条件好，条凳前有张课桌，可以趴上面写字。很快，大家都重新坐下来听课，王一花打量这十几个人，男女老少都有，主体是年轻人，估计也是小虎这样的大学生。

导师是个四十多岁的男人，西装领带，戴一副时尚的黑框眼镜，稀疏的头发梳得一丝不乱。导师一开口，王一花就听出了口音，老家是固城湖边的。据说固城湖一带的方言很特别，舌头怎么卷都藏不住土腔土调，连县里的电台主持人都撇不清。导师抬起头，王一花先是觉得面熟，接着差点叫出名字来，郑明月，就是那个在湖边朝她唱春歌的人，那个她少女年代暗恋过的男人。年岁不饶人，不光头发少了，尽管他鼻梁上架着眼镜，还是掩盖不了脸上深一道浅一道的折子。像所有女人一样，时隔多年重逢当年倾心的男人，忍不住要猜测一下这个男人的现状。王一花粗一看他的打扮觉得还行，像个成功人士，开口演讲时眉飞色舞滔滔不绝，不时引发大家热烈的掌声。政策放宽以来，农村能说会道的角色几乎都进城闯荡，没听说有混得差的。王一花想，连陈秋水这样的闷骚货都在城里混成了老总，就算这姓郑的没走上狗屎运，凭他的口才，也应该在城里混成个人物了。王一花低声问小虎，这位导师是领导还是老板？小虎说，是领导也是老板，钻石级导师，一个月能挣三万八。小虎伸出手指比画了一下，王一花觉得这郑导师收入还行，相当于秋水集团中层的收入了。郑导师小黑板上的题目是“管理心理学”，王一花这几年见识的老师不少，都是接送虎子上家教陪听的，说真心话，那些人上课还真比不上郑导师，郑导师能将每个人的眼球都抓住，还让大伙轮流上讲台演讲和表演。王一花只能算个思想开小差的学生，郑导两片嘴唇张合时，她老是联想到当年他唱的某句春歌。

演讲完了，孙导师去了另一房间个别辅导。王一花说，讲了半天，他怎么没教我们该如何发财？小虎说，这才是第一天，后面还有好多导师来做讲座。王一花要走，大家立即围成一个圆圈，齐声高喊，欢送王老师，热烈欢送。王一花不知什么时候自己成了王老师，更怕郑导师认出自己，嘴里说“谢谢谢谢”，一猫腰挤出圆圈，惶恐地一气冲下四楼。

这究竟是个什么公司呢？王一花一直到晚上也没猜出名堂。管它什么公司，反正郑明月在那里，顾小虎这孩子也不像坏人，王一花决定第二天再去听导师作报告。路远，王一花打算开车去，在那小区附近找个停车场停了，悄悄走过去。她在小虎那里说的身份是保姆，不能隔天就将谎言拆穿。第二天早晨梳洗完毕，王一花驾车刚开出小区门，发现保安岗亭的边上立着一个没穿制度的人，迟疑地盯了王一花几眼，大喊“王姨王姨”，是顾小虎，王一花一边招手让他上了车，一边寻思怎样圆昨天的谎，对了，就说是开主人家的车去买菜。顾小虎似乎忘了王一花的自我介绍，红着脸说，昨天您回家我怕您一个人不安全，在后面跟着您到小区门口。其实吧，我得谢谢您，昨天本来是接一位老家的阿姨加盟，人家突然变卦不来了，我才请您帮那个忙。今天家长说了，公司有规定，不是亲友关系不得加盟，您今天就别去我家了。王一花听得一头雾水，这称呼花样太复杂，又是导师又是老师，既“家长”还“公司”，真乱了套。现在的孩子很少会红脸了，王一花说，我不是你姨吗，我俩不就是“亲友”了？小虎说，这刚认的不算。王一花倔劲上来了，你不要我加入我还偏要入。王一花说，我跟你们钻石导师郑明月是老乡，还是老相识，这个算不算？小虎将信将疑，说，如果郑导引荐，铁定没问题。

连续听了两天讲座，郑导师都没露面，说是到别的“家”做讲座去了。所谓的家，相当于一个小组，家长就是组长，对外才称经理，看样子公司下面有很多“家”，导师们轮回指导一遍需要十天半月。家长让王一花与郑导师通了电话，王一花不知该怎样提当年的事，好在郑导师马上认了，说咱家乡的土话外人学一辈子也学不像，他同意她加入。到第五天，王一花大体弄明白这公司做的生意，是国务院特批的投资项目，公司投资的项目叫“1040 工程”，就是每人投入 69800 元，两年后收益 1040 万，因为项目实在诱人，所以没有公司的人介绍，你想加入连门都摸不着。家长一家六人都加入了，肥水不流外人田。顾小虎也加入了，跟亲戚们借的款。王一花起初觉得荒唐，这比天上掉馅饼还难。但几天下来，王一花觉得这事完全可能，不说别人，就说泥瓦匠陈秋水，不就吹泡泡似的办成了那么多公司，日进斗金，陈秋水有时自己也觉得像做梦，何况，这点钱在王一花眼中就是毛毛雨。

按照公司规定，王一花要搬进这个家，与大家庭人员同吃同住。公司倡导节俭理念，每人每月交200元房租兼伙食费。伙食就是清汤寡水的青菜或萝卜，加上一碗米饭。据说如果从老师升级到导师，就能去酒店享受大餐。王一花多次减过肥，屡败屡减屡减屡败，还辟过谷，能经受住考验。要命的是住的问题，这是个两居室，白天是教室，晚上扔几只软垫，就分别成了男女宿舍，家长和老婆也各睡各的集体宿舍。用陈秋水的话说，王一花早已经变成修正主义分子，晚上泡澡后上床才能睡着，现在只能洗心革面了。有新老师入住的晚上有庆祝仪式，家庭人员除了自我介绍，还要表演节目。家长第一个介绍，真看不出，他原来还是一家饲料厂老板，在导师介绍“1040工程”后毅然把厂卖了，率领全家投入了公司的伟大事业。家长不会唱歌，他说他以前的厂出产猪饲料，他就学猪的样子四肢落地，嘴里学猪叫了几声，赢得了大家热烈的掌声。几个年轻人都是大学同学，彼此介绍进了公司。大学生们歌唱得好，街舞也跳得好。相比他们，王一花内心很惭愧，人家是放弃了企业和学业来到公司，而她本身就是无所事事的闲人，更应该感谢公司的接纳。最后一个节目最感动人，是引荐人替新老师洗脚，“老师”这个概念王一花弄懂了，就是交了钱的人，交完钱，你的任务就是宣传公司业务，发展新人，你就是老师，发展的人多，你就成了导师，导师向上是白银级黄金级钻石级导师，再向上是副统帅和统帅。家长说本来应该是郑导师来替王老师洗脚，郑导师是王老师的上一级，但因为他人不在南京，出远差了，委托顾小虎老师执行。顾小虎端来了一个热气腾腾的搪瓷盆，替王一花脱鞋脱袜，用手试了水温，才缓缓将王一花一只脚送入水中。王一花平时有上足疗店做足底按摩的习惯，小虎搓揉的手艺当然比不上足疗技师，可这是两回事。王一花与小虎相处的这几天，几乎是把小虎当成了虎子。尽管有一圈人围着，王一花的眼泪还是控制不住流了下来，这激起了其他家庭人员又一阵热烈的掌声。

钻石级导师郑明月终于有时间来看望他的新下级王老师时，王一花紧张了好一会儿，郑导师问了她是哪个庄的人，抬头仰望天花板，说你是王大哥家的女儿吧，我送春时在你家借宿过。王一花顺着她的目光，看见角落里有一只蜘蛛，守在粘满尘埃的网上沉思。它为什么不掉下来呢，最好落在郑导师的嘴巴中。王家庄的人都姓王，王一花当然是某位王大哥的女儿。王一花在心里嘲笑自己，你以为自己还是未出阁的怀春少女？王老师现在已摸清了公司的利益分成，作为发展王一花的上级，郑导师可以得到王一花加盟费的百分之二十，也就是说他从王一花身上得到将近一万四千元的抽成，当然，这笔钱按规定不能提现，暂时只是业绩表上的数字，何时兑现？革命尚未成功，同志尚需努力。男人没有一个好东西，郑导师哪里记得当年的粉丝，他就为了这百分之二十的回扣。王一花心里把那丝旧情抹去了，便宜了这姓孙的，这抽头要挂也应该挂在顾小虎名下，她对小虎心生愧歉。

公司几乎每天都有活动，除了理论学习，还有节目排练、励志交心等活动。在没有成为老师之前，出门行动必须申请，而且由三人以上陪同，以防泄露国家保密工程机密。交钱后成为老师，出门也需申请，由一人陪同即可。当然，对意志动摇的个别老师，家长也可采取重点“保护”。王一花是公司中最淡定的老师，亲友中有要求加盟的，她还提醒一句，项目有风险，入行需谨慎。倘若犹豫不决的人，她也不会像别的老师那样循循善诱，你爱来不来。认识她的人都是认她秋水集团董太身份而来，接二连三，因此，王老师很快就有了自己的家庭人员，位居家长，业绩有望晋升导师。顾小虎早就不相信她是别墅里的保姆，王一花身份曝光，她已成了导师们讲座中放弃阔太生活投身公司的典型。王一花出门自由多了，但规则还得遵守，陪同她的人她总点名顾小虎，家庭分割时她也有意把他拉在门下。

原来她王一花也可以做一番事业，原来她王一花其实可以没有陈秋水。

大家庭有大家庭的热闹，也有大家庭的不便。最不方便的是一大早男女要排队上厕所方便。那天王一花内急，厕所有人占了，小虎在外等着。小虎见她来了，礼让说，王姨，您先。王一花看他一眼，目光赶紧闪了。小虎心虚地佝偻起腰，匆匆躲进男宿舍。王一花忍不住捂嘴而笑，两年前陈虎早晨起床都得王一花反复催促，陈虎穿好衣服她才敢离开，怕他衣服正穿着突然又钻回被窝，要赖。突然有一天虎子嫌老妈了，非得赶她出房间才肯出被窝，让当妈的王一花很生气。幸亏陈秋水点拨了她，儿子进入青春期了，这时期的男孩往往小鸡鸡起床前昂着头，还不肯听大脑的使唤。人家是难为情。王一花恍然大悟，难怪儿子早上上厕所总佝着背。小虎刚才面对着王姨，光顾招呼，忘了掩饰睡裤下雄赳赳气昂昂的势头，明白了王姨目光所及，羞得慌忙躲了。王一花不喜欢大房子的冷壁清辉，她家偌大的别墅缺少人气，但这大家庭里又因为人口多，各种气味混杂，令她难以习惯。公司规定不准扰民，窗户不得随意打开，房间里的空气流通不了，混浊不堪。王一花拉着顾小虎出门，借口是出去发展业务，实际是为了出门呼吸自由空气，有时就是为了赶回家洗把澡。

顾小虎是个懂事的孩子，嘴巴也严实。私下里，王一花劝过他回大学读书，小虎总是摇头，说现在读完大学还是找不到好工作，电视上说了，本科毕业生就业平均年薪达不到三千，读书改变不了我的命运，唯一的机遇就在公司。王一花为他放学业惋惜，他实话实说，回不去了，加盟公司的钱是跟宿舍同学借的，借钱不还，他早被同学们当成了骗子。见他常常独自发呆，唉声叹气，王一花说，你回学校一趟，你借的钱我先替你还上。小虎说，您是家长，我不能让您为我违反规定。公司确实有明确规定，公司成员彼此不准互相借款，王一花猜想，这肯定是有人因为借钱惹下过麻烦，才立下这规矩。

那天事情发生得很突然，进入秋季，秋风秋雨将人的皮肉收紧了，王一花回家洗澡更勤。顾小虎按惯例陪同，他已经知道她是别墅的女主人，来得次数多，他熟悉了这房子的布局。通常，他是坐在客厅看电视，如果王姨逗留时间长，他就进书房打开电脑。王一花从洗澡间出来，穿上了厚实的睡袍，她一边用干毛巾裹住湿漉漉的头发，一边喊小虎。小虎跟虎子一样，不出汗就懒得洗澡，王一花怕是这孩子客气，总是像当年催促儿子一样催他也去洗，偶尔他拗不过也洗一把。小虎在书房，双眼盯着屏幕，眼睛明显刚抹下泪水。王一花说咋了，小虎将脸埋下双臂。王一花看屏幕，是一个女孩的微博，头像看上去很清纯。小虎说，这是他的女朋友，为了替他筹钱，把笔记本电脑廉价卖了。现在他不敢联系她，他期望将来有一天项目分了红才去见她，可现在他面对她微博上的留言，觉得难受。小虎说，王姨，我们会有真拿到“1040”那一天吗？王一花说，有。小虎说，真到那一天，她会原谅我吗？王一花说，当然会。小虎歇斯底地哭喊，你骗我，你们都骗我。王一花抱住小虎，任他在怀里哭着拱着，傻孩子，钱其实没那么重要，但是，这话说了也多余，每个人都只有在想象中的钱到手后才能有这觉悟。热水将王一花的每一个汗毛孔都打开了，将王一花的母性又一次唤醒，小虎渐渐不哭了，安静如婴儿，如冬蛹。但是王一花想不到这冬蛹蠕动，挣扎，奋勇，王一花阻挡不住，俩人陡然倒下，倒在书房的地毯上，椅子侧翻着地也没人顾得上扶。

疯狂过后，小虎把头钻在衣衫中，不敢看她。王一花仰头看着天花板，半闭着眼，身体如一块吸满了水的海绵舒展而荡漾。空气中有一股甜腥味，纯粹地盘旋在天花板下面，让她想起春天湖滩上芦苇笋的味道，那时去湿地采野菜，少男少女们常常挖芦苇笋，洗净后白而嫩，吮吸出的汁液就是这种甜味这种腥味。

王一花后来上了小虎女同学的微博，她冒充顾小虎，人家不相信。王一花留言说，给我一个卡号，你就相信我了。女生赌气地给了她一个号，她打进去一个整数，十万。钱是硬道理，女生信了，在微博上发疯似的呼唤顾小虎。假的顾小虎彻底消失了，真的顾小虎已经不上她的微博了。王一花记得陈秋水有一回养女人被她查实，他振振有词，说他算过一笔账，满打满算，打算他再活五十年，他每年花掉一百万，也就五千万。陈秋水说，我不知道我这一生能赚下多少钱，但我知道我能花掉的钱是有限的。当时王一花骂他无耻，现在想来，他既然认这个歪理，她王一花多花几个钱，也是按他的歪理出牌。

王一花有滋有味的日子并没过上几天，她的“家”就被举报了。老师们都被遣散，她作为经理也被请进公安局，并没有为难她，很快就放她回了家。警察同志教育她，说这是传销，是骗局，王一花态度端正，说明白了，我彻底明白了。她跟警察反正说不明白，她加盟真不是为了那1040万。

据说俩领袖逃到了国外，导师们提前得到消息也作鸟兽散，只有个别来不及撤的导师落网。年终是陈秋水最忙的时刻，陈虎已经习惯了对她爱理不理，她干脆回了老家，过年还是乡下热闹。有时候，王一花害怕孤单，就忍不住怀念那公司的大家庭生活。

五

这年说到就到了，小年夜那天一早，轰隆隆开进来两辆卡车，车厢是铁皮焊的水池子，中间竖着长短的塑料管，师傅说是制氧机，长途运鱼的车上都载着。表哥是个掐得住商机的人，吃鱼的人都吃新鲜，这网箱里的鱼就是等着这两天上市，除夕之夜端上桌。从前日子苦的时候，逢年过节吃上鱼就不错了，现在条件好，买鱼挑贵的买，非白鱼鳜鱼螺丝青不买，不光挑鱼，还挑养鱼的水，河水比塘水好，湖水比河水好。贾师傅说，你表哥是人精，书上称商业精英，他每一步都算计到了，步步踩在点上。

车走了，鱼走了，湖还是湖，棚还是棚，只是不需要按时喂鱼饲料了，俩人居然觉得草棚子空了，心里也空落落了。

师傅说，你不就是等这一天嘛，该干吗就干吗吧。

志高说，是哩，用不着每天上网箱摇船几个来回，我正好可以将春歌复习一轮，像那首长篇《风筝记》，记了后面的，忘了前面的，还得练几遍。志高掏出大脸手机对照背词，样子还真是用功的学生。

师傅说，你小子是真不想跟父母一起过年？

志高说，我父母最看重的是我的学业，我跟师傅学艺还没开张，实际操练也就只有春节这十天半月，不回去，他们能理解。

师傅说，也罢，那我得谢谢你陪我过这个难熬的年。等我们元宵节前送春送完，我该做的事也做完了，能放下的都放下了，你该干吗就干吗，不惦记谁了。

距正式出场就剩两天时间，师徒俩认真排练，分工是师傅敲鼓，志高使锣，毕竟敲锣好把握一些。鼓手行腔起调，锣手接唱应和，也就是说，鼓手是主角，锣手是配角，相当于相声中捧哏的那位。师傅说你要是满足好奇心，走个过场，凭你现在的准备，糊弄过去不难。你要是真做学问，那就一板一眼都不能马虎。志高自然点头称是，虚心讨教。一晃就到了除夕夜，棚子里没有电视机，俩人一边喝酒一边看志高的大脸手机，手机就用一只空碗撑着，电视上锣鼓喧天，热闹非凡，师傅说，以前总觉得这春晚可有可无，越办越差不如停了。现在看来，我们老百姓还少不了它，至少今天如果没这份红火，我俩这大年夜太冷清了。师傅用手一指手指屏面，那手机吃了一惊似的，从碗边沿滑下躺倒在桌上。师傅说，你还真禁不起表扬，莫非想躺倒不干了？说着小心翼翼把手机放回去。春晚开场前，志高拎着手机出去给父母爷爷奶奶外公外婆打了拜年电话，进来后提醒师傅说，要不，您也先给家人把年拜了，一会儿他们忙着看春晚，就顾不上接电话。师傅猛灌下一口酒说，我用不着打，无颜见江东父老，又无胆唱霸王别姬，何以解忧，唯有杜康！文词一串串出口，这是酒喝得上兴致了。师傅说，志高，你别在我眼前晃，坐下喝酒。

师傅说，志高，你为什么不回家过年，说个新的理由。

师傅说，比如，编一个爱情故事，中学女同学和你恋爱多年，你爱得要死要活，人家一转脸跟别人跑了，现在人家带男朋友回老家，你伤了痛了，躲到固城湖来了。

志高说，我不会编故事，再说，在您面前编故事就是关公面前耍大刀。

师傅说，也是，你小子典型的高富帅，姑娘们粘上了撕都撕不下。

志高说，师傅，其实也不是，人各有志，各有梦想，我也被女生扔下过，没事，每个人都要尊重对方追梦的权利。

师傅说，梦想？你们的梦想是什么？说说看。

志高磕了磕酒碗说，我的梦想就是一辈子能爱自己喜欢的人，能做自己喜欢的事。眼下吧，就像这个寒假，能学会送春，能体验这块土地上我的先辈们享受过的温情和快乐。

师傅哈哈大笑，说，你小子酒没喝足，说话滴水不漏。那好，咱不说故事，说说你曾经经历过的最危险的事。

志高说，这个我倒真有过，那一年野外生存训练，把我们一个小组扔在森林里，无水无粮，生存一个礼拜。扒过野兔皮，生吃过蛇肉，还和两条狼在山冈上对峙过，那时不知道什么是危险。

师傅说，难怪那么好的身手，车门一闸就闸断了那鹅脖子。我明白了，你小子原来学的是警察？那训练电视上见过，都是训练特警，一个个脸上涂得黑人似的。

志高说，您落伍了，现在随便哪所大学都有各种社团活动，野外生存训练是男生最喜欢挑战的活动。我虽说是文科生，可从来不酸不娘。

一瓶白酒两人对半喝完，身体都喝热了。师傅说出去吹吹风，吹吹2014年最后的西北风，志高说好，您仔细听，这爆竹和礼花就一直没停过，咱俩出去看烟火，看除夕夜的风景。

环湖的夜空不时有爆竹升上又湮没，烟花尤其灿烂，一朵朵层出不穷，能照亮一隅湖水。志高和师傅坐在吉普车的引擎盖上，湖的对岸就是县城所在，城里人大方，那烟花爬得高开得艳，那一块夜空就没有暗下来过。

师傅说，这烟花也和人一样，它有追求有野心，想往高处去。其实它刚升上这夜空，有显耀有光辉，其实也恐高。只是它已自己做不了主，它只能硬撑着往上往上，一路走到尽头，坠入黑暗。

志高默默地听着，借着师傅烟头的微光，他看见师傅的脸上泪光点点，有些人酒多了泪也多。夜深了，湖那边爆竹和烟花还在不倦地燃放，看来它们想要点燃这夜空到天亮。因为遥远，只看得见瞬息万变的缤纷画面，却听不见那响亮的爆炸声，加上两个无语的人，天地间似乎是在上演一幕哑剧。

大年初一的天气没有辜负人们的期望，是个阳光灿烂的晴天。本地风俗，年初一是拜娘舅家的年，年初二是拜丈母娘家的年，所谓“天上雷公大，地上娘舅大”，村道上小车、摩托车、自行车比城里上班道路还挤。师徒俩把所有行李都扔在后座，打算一路送春就宿在车上。志高说，我俩就像大篷车上的吉普赛人了，载歌载舞。师傅说，可不敢比，人家是一大家人在车上，咱就是俩光棍。

初一是个好日子，这年头农民手里有闲钱，村庄里的活动红火，你李庄舞龙，我王村就走高桡，村村不甘落后，一路上吉普常遇上这些扎着头巾穿着一色演出服的队伍。但最受欢迎的还是他俩的送春组合。他俩从村口停下车，拿着锣鼓就那么一站，就围上来男女老少一群人。年长的一位大爷说，有年头没见到送春了，欢迎两位先到我家。这是送头场春，师傅抿了一口待客茶，鼓声从指间响起，起的调是“见之歌”，先是唱了大爷家的新楼，接下来唱了大爷家墙上挂的“三好生”奖状、堂屋里新买的悬挂电视机，志高只需在每段最后一句和上师傅，合唱末句。他毕竟是头回，众目睽睽之下免不了走神，好在师傅总能在关键处把他带上调子。主家高兴，居然封上一个红包，师傅递个眼色，志高用锣接了，俩人齐唱了一曲道谢辞方退出。

师傅说过，日子苦的时期送春者被视为文明乞丐，给你几块糕点糖果就是厚礼，饥荒年成也就给一把炒米一块锅巴，家穷的远远见了送春人，就索性把门关上。现在年景好，那些东西肯定拿不出手，这几年舞龙队进个门，主家就掏个千儿八百的，水涨船高，估计咱也能赚上红包。

师傅毕竟是走江湖的老手，判断很准。

按惯例，送春者必须按顺序一家家往下唱，不能厚此薄彼，除非有人家故意关上门表示拒绝。喜庆的日子，一般都想讨个口彩取个吉兆，没人家躲开了。师徒俩一村又一村唱下去，辛苦倒也欢喜，师傅没想到收入如此丰厚，志高没想到师傅口才如此了得，真是让大学里的那些教授比不上。

没想到，在丁家庄他俩还遇上这么一户。

这家看上去并不怎么寒酸，直上直下的两间楼房，外墙上贴的墙砖有几处已脱落，铝合金窗框显然质量不过关，锈渍在窗下墙砖上拉了一道瀑布。这楼房建了有些年头，地基也居村东高地，可以想象，这楼房初建时也是村中的一道风景，只是放在现在相邻的小洋楼楼群中显得落伍。观看送春的人群跟着他俩，像是簇拥着明星的粉丝，走到这家门前的空场地，人群忽然散了。主家的两扇门是开着的，只是屋里暗，志高一下子看不清屋里有没有人。门开着，送春人就不能绕开。师傅说过，送春人要眼观四面耳听八方，第一眼就是记下主家的春联，春联讲究对仗，也承载着主家的福愿，顺手拈来做送春的起句正好。志高看那两扇门，却没贴新春联，旧春联一边没了，一边也只剩半拉子，这不合常理，乡下人都重视贴春联，前门后门厨房门都贴得喜气洋洋，连猪棚鸡圈也贴上“六畜兴旺”字样，如果过去的一年有人去世，这家贴的春联就是绿色的纸，死者死了，活人还得追求幸福。主家无人出来迎接，师傅还是击鼓开了嗓：

闻之深山有猛虎，我今要往虎口行。
不见鸪鸪不放音，不见主家不唱春。

不见人影，志高扯了一下师傅，示意撤退。师傅却没走的意思，他像是忘了歌词，掏出手机按了几下，又凑近看了一下门头上的门牌号码，再唱：

敲锣兄弟不要慌，无人答应不要唱。
新春报出真名姓，多少铜钱会新春？

师傅这是较上劲了，没想到屋里还真有人，一个十二三岁的男孩跑出来递上两块云片糕，志高只得用锣接了。传承下来的规矩，多不嫌多，少不嫌少。不过，这家确实是他俩今天遇上的最小气的了。师傅抱住孩子，说，大人没在家？男孩说，爸爸妈妈没回家过年，奶奶躺在床上没起。

师徒俩撤出这家门口，就有一老者迎上来，手上敬烟，嘴上敬称他俩“先生”，这是本地老派的尊称。长者说，这一家年关不顺，小两口没回来，老爷子不巧昨天老了，今天还没联系不上小两口。怠慢先生，还请谅解。师傅说，昨天老的？长者点头，志高听懂了，老了就是死了，过年忌讳提“死”字，课文中鲁迅小说《祝福》有这说法。长者说，按习惯，只能先在自家地里停棺，过了三天大年才能出殡。师傅说，这家的儿子是不是丁建设？长者喜出望外，说，先生你认识丁建设？师傅看一眼志高说，几年前曾一起喝酒打牌，这几年没遇见了。

第一天算得上是开门红，收到五千多元钞票，烟酒零食一大堆。但师傅脸色一直阴着，志高知道，是因为那个丁建设，可以肯定，他与丁建设的关系非亲即故。俩人从糕点零食中挑拣了一些，开了一瓶白酒，对付着喝光了，蜷缩在座位上倒头睡去。

早晨不知是被冻醒，还是被车顶上落下的雪珠子吵醒，俩人醒得都早，洗漱完毕，师傅就着热水啃起了冷米团，志高看了一眼，没胃口，在零食中掏出一个苹果，连皮带肉啃下肚。

本地习俗，年初二是女儿女婿到女方父母家拜年的日子，左手一只鸡右手一只鸭已经拿不出手了，现在拎的都是高档烟酒和电视广告上的补品。这一代年轻人独生子女多，老两口都把女婿当儿子待，在女儿女婿面前出手大方，钱花在场面上总比留在存折上凑阿拉伯数字出彩。师徒俩一个上午就走了两个村庄，一家攀比一家，尤其是女儿女婿新婚回娘家的，红包都沉甸甸，让他俩不好意思蜻蜓点水地应付，总得唱完几曲才起身。下午进了王家庄，志高口干舌燥，精神明显不振，但师傅却进入了角色，见什么唱什么，波澜起伏，不时地引发一阵掌声。志高觉得奇怪，一遍遍搜索围观的人群，发现有一位胖大嫂跟着他俩走了十几家，一双眼睛不转睛地追着师傅。师傅这么卖力很可能就是有这个人在场，这不奇怪，民间有传言，一防送春佬二防货郎担，前者有花言巧语，后者有小恩小惠，乡下女性一不小心就被拐跑，这也是志高研究这个民俗有趣的地方。志高猜得不错，师傅小歇时，胖女人迎了上来，喜不自禁地说，郑导师，终于等到你了，我就知道你不会丢下我。师傅说，什么真导师，我是假导师，我这徒弟是研究生，他的导师才是真导师。这些天下来，志高早就知道他姓郑，他就是郑明月，不愿当面拆穿而已。女人看了志高一眼，说，真假我不管，今天我请你们唱座堂春，先约定，最后一家是到我家，我家管晚饭管借宿。胖女人口气蛮横，是那种介于亲人和夫妻之间的蛮横，志高赶紧替师父应下了，至少今天可以有热饭热菜吃，可以在床上睡觉了。

志高歪着脑袋问：师傅，是粉丝还是老相好？

师傅说，你愿意想成什么就是什么。

这女人一人住一幢别墅，老公在城里忙公司，儿子在国外留学，都没陪她过年，她一个人住这三层楼难免冷清。这别墅只是她诸多房产的一处，是当年她出嫁时的陪嫁。志高懒得听师傅的絮叨，进得门来就暖风扑面，暖风来自天花板吊顶的暗窗，这幢楼装的是中央空调，这女人是富婆无疑。窗外是雨中夹雪，寒风凛冽，志高在屋里喝着红茶，嗑着瓜子，幸福得眼失明耳失聪，其实该听的还是听见了。胖女人说，这些日子音信全无，我都快愁死了。胖女人说，反正哪怕转移到天涯海角，也别想把我扔下。师傅诺诺，一副没心没肺负心汉的嘴脸。好在今天雨雪天，饭后锣鼓响了，招来的人也不多，师傅心不在焉，唱了几曲就抱拳说今儿个累了，诸位见谅。客人一散，志高想避开这一男一女，师傅却喊住他，说，开车陪我走一趟。月黑风高雨雪潇潇，院门处，胖女人早守在那里。志高以为要闹出一起风波，那人却乖巧地跟上他俩，也坐上了车。

车在胖女人的指挥下在泥泞中左转右拐，停在黑夜笼罩的田野中，前不见村，后不见庄，女人说，停，就这里了。师傅说，把车灯关了，她带了电筒。撑伞走了几条田埂，女人的电筒聚光处，是一副架空在地头的棺材，棺脸黑中描金，将三个人都吓得停下了脚步。

师傅说，应该没错。

师傅用火机点燃三支香，三拜后插在地上，说，老爷子，建设来不及赶回来，我先代他送你一阵，免得你现在孤单。说罢，师傅在冷风凄雨中低低开了嗓：

……

哭得大树不报叶，哭得小树不发芽，

哭得茅草不报青，哭得竹子不报笋。

哭得虾子带刺逃，哭得王八没处跑，

哭的餐鱼起愁心，哭得鳑鲏眨眼睛，

哭得鲶鱼花皮毛，哭得河豚吹洋号，

哭得天上起乌云，哭得海水不淀青，

……

春歌都是喜歌，几乎没有悲词。志高记得这是《洛阳桥》中的一段，本来是写一个人在河边因焦急而痛哭情状，师傅此刻却唱出无限哀伤，让听的俩人忘了恐惧，泪迸肠绝。

志高没想到十几天下来，他俩居然挣下了四万多元，显然师傅也没想到能挣这么多，每天晚上他回到车上，第一件事就是数钞票，数钞票是每个人打回原形的时刻，志高却总不想看师傅的那副做派。他总是把红票子拣出来，抹平，然后“扑”的一声吐到食指上，貌似比伸食指往嘴里蘸唾沫卫生，却不知那恶狠狠的一声正吐露了他内心的急不可耐。数完了百元钞，依次数五十元二十元十元五元，虔诚得像个小学生。师傅当然知道他内心的鄙视，却自得其乐，这世上与谁都可能结仇，但没谁肯与人民币结仇。师傅的名言是，送春本身是俗文化，你们把它当学问研究是好事，但是如果放在象牙塔里当神典供着，那它就是一具僵尸。书上说，艺术的生命在于创新，我觉得，艺术的生命在于挣钱。水至清则无鱼，送春如果挣不着钱，只有傻瓜大过年的出来奔波。有钱挣，送春人才有劲头，才会想着法子把送春词编得精彩，把送春曲唱得动听。师傅嘴上功夫厉害，歪理能讲成正理，但这番道理似乎也找不到漏洞。这几天，他俩常与一支下乡演出队相遇，说是上级文化部门组织的春节慰问，据说演员水平有限，唱功不咋，街舞水平也就广场大妈舞水平，但所到村庄还常有人家倾巢出动，让他俩吃闭门羹。一打听，原来村里面有补贴，按节日加班计算，捧一次场领 300 块钱。师傅说，能挣钱，这就是文化价值。

师傅人糙理不糙。

进郑家围子是元宵节的前一天，一大早，师傅就让志高又练了一遍《风筝记》，说这次要让志高单飞，算是结业考试。倘若在我们公司，在这样重要的时刻，全体员工会为你鼓掌呐喊，为你唱歌。

师傅说，村口第一家，门口有棵苦楝树，唱完你把风筝挂在树枝上。

志高说，你不去，我怕撑不了场子。

师傅说，我在车上听着，人不在，气场在。

志高拿起鼓，走向了郑家围子第一户。这家的房子有年头了，三间大瓦房看上去不算宽敞，门口一边拉着塑料绳，绳上晾着衣服和棉被，阳光下散发着好闻的味道；另一边则摆着一张方桌，男男女女围着在打牌。志高响了鼓，唱了开头：

草长莺飞二月天，拂堤杨柳醉春艳。
儿童放学归来早，忙趁东风放纸鸢。
一桌人并不理会他，他只能硬着头皮往下唱：

芦棒出在五台山，五色好纸桐城来。
老君师传手段高，就打一把描金刀。
斫刀出来七寸长，轻轻巧巧剖芦棒。
一根芦棒剖二刀，剖出芦棒细翘翘。
长的长来矮的矮，手拿麻绳扎起来。

抓到麻绳扎四边，当中又扎三皮线。
我把风筝扎过身，又买花纸褙风筝。

一点红来两点绿，三点黄旁四加白。
一画观音当堂坐，二画童子拜观音，
三画凤凰展翅飞，四画书生配小姐。
五画喜鹊来登梅，六画八哥来夺窠。
……

唱到这一句，牌桌圈有一四十开外的女子走过来，上下打量了志高几眼，说，你是郑明月的徒弟吧，是他让你来的？

志高点点头。

女人说，新年新岁，我不想开口骂人。你给我捎句话，他这么多年不管我们娘俩，不要再来骚扰我们的日子，请他有多远滚多远。

志高不能再往下唱，志高停了鼓点，练习了多少遍的歌词第一次就没能唱完，可惜了。志高取下背上披挂的风筝，遵嘱默默挂在苦楝树上。

师傅显然目睹了刚才一幕，他下了车，眼巴巴地盯着那房那树。从这侧看过去，能看见右边门上的春联，风雨送春归。这是伟人诗句，左边门上当然是另一句，飞雪迎春到。树枝上挂下的风筝十分抢眼，尽管这风筝没断线，但挂着的风筝毕竟只是风筝，不飞翔就没有生命和自由。

师傅苦笑着说，老婆是别人的，儿子也是别人的了。

师傅伸出双手，用普通话说，警官先生，上铐吧。南京“1040”的细目账本是在我这里。

动作很标准，像练习过多次。普通话也很标准，像电影台词。

稻草人

一

这顿午饭雷风景吃得心不在焉，一直不停地看表。族弟雷风光是老家的副乡长，亲自到村里来看他这位在城里做教书匠的出五服的堂兄，还请他在农家乐吃午饭，应该说是给足了他面子。可不敢小看这些村长乡长，别以为你走出了十万八千里就牛了，你祖宗八代还在这里。你当官了，你发财了，你想衣锦还乡没有他们打着灯笼，你最多也就弄个锦衣夜行。以前听说过，说乡下干部起床后剥下眼屎就坐到酒桌上，一直喝到眼里又生出眼屎再回家找床。这话不可信，雷风光的脸洗得很干净，连牙齿都白得能做牙膏广告，酒是红酒，他举杯时捏杯柄的位置也很准确，抿口小呷，酒红齿白，很优雅的样子。这做派能骗女子，能骗初来乍到的客商，可在雷风景眼中，他这些都是装出来的，他搛菜的动作就暴露了本相，为了找一块鸡翅，他把一盘鸡块上下翻了个遍，他以为他的口水是戳章上的红印泥，是赐予百姓的恩泽呢。最让雷风景受不了的是雷副乡长的啰嗦，一个人酒桌上吃菜喝酒两不误不算本事，吃喝之余还能翻卷舌头照顾桌上的每位，还能从国际国内形势谈到本乡本村的丰功伟绩以及宏伟远景，在乡下这就是做领导的才能了。雷风景说自己是教书匠是谦虚，他在省城的重点中学做副校长，副处级。他是特级教师出身，一旦离了课堂却是说不出什么话。每每跟了一把手校长出去应酬，他都对一把手说话的能力钦佩不已，不是恭维，是发乎内心。但一把手说话或点到为止言近意远，或铺排渲染波澜迭起，总是能让人兴致勃勃，雷副乡长将大圈子铺得那么排场，收口的地方直奔他蹲点的半坡村，老套，一点儿悬念都没有，能说话算是才能，能说出别人想不到的话才是才华。只是雷风景没有别的选择，只能耐心地听着，除了雷副乡长，村长支书和族里尊长也在座，雷风景偶尔还得勉强挤出一个笑容应景。据说乡政府每年春节都有一场宴请，宴请在外当官或经商的本乡成功人士，雷风景从来没进入被请名单，雷风光们也从来没把他这个副处级当个官员，今天这是要干吗？天不算冷，那些盛在盘子里的菜还是凉了，穿上了薄薄的白色的裙边，都是凝结了的荤油，让雷风景落筷时有些犹豫。

雷风景看见时钟准确地指向下午三点，他赶紧打开手机查阅了大盘曲线，飘红，又点开几支股票，也是飘红，雷风景毫不迟疑地露出了笑容。这个时间是无数股民惦记的时间，每天输赢就在此时定结局。雷副乡长会意地笑了，朝他竖了一下大拇指，点赞。雷风景走出包间，手机上给老婆云岫的电话已拨通了。云岫说，老雷，涨了，我家的股涨了。雷风景装作不知情的样子，说，真的？可别哄我玩。雷风景接着说，那今天晚餐你做东，让你的麻友分享一下咱家的红利。云岫说，呸呸呸，怎么说话呢，你这分明是咒我输钱。雷风景慌忙认错，看样子今天云岫情绪稳定，股票和麻将真是两样好东西，能使女人忘记很多事。

雷风景回到席上，雷风光说，哥，今天赚了不少吧。雷风景其实真没顾上看赚多赚少，他不在乎赚多赚少，他赚的是老婆的好心情，K线飘红就行。前一阶段一把手校长暗示他，退休后想让他接班，让他到教育局走走关系。雷风景谢过校长，说，听天由命吧，当不当一把手于我没什么意义，校长叹一口气，拍拍他的肩膀，也没多说什么。但在这场合，他要是说不在乎赚多少钱，听上去不是大话也是个笑话。雷风景笑而不答。

酒足饭饱，雷风光说，哥，我陪你上老村去看奶奶，你别忘了，你奶奶我也喊她奶奶。

雷风景说，你是一乡之长，别因为我耽误你的正事。这不，已经浪费你大半天了。

雷风光说，大知识分子难得回趟老家，陪好你是我这做地主的工作职责，老实说，今天我的正事就是为哥服务。

雷风景恭敬不如从命。一把手校长是他大学同系科的师兄，做一般教师时俩人走得近，当上一把手后顺手提拔了雷风景。第一次参加校务会聚餐，中层和副职都向一把手敬酒，一个个脱口而出赤裸裸的拍马溜须之词，尤其是在雷风景眼中德高望重的几位特级教师，那奴颜婢膝之姿实在让雷风景恶心。雷风景那些话说不出口，私下还挖苦一把手当时怎么吃得下饭菜？一把手说，你不说也罢了，他们说惯了有一天突然不说，我还真吃不下饭菜，我也是从不习惯到习惯的。雷风景可以想象，雷风光在领导面前也一定说话比唱歌还好听，可雷风景不是他的领导。在千里之外的省城，雷副校长也有人奉迎他，那大多是为了解决孩子入学问题。雷副乡长刚才介绍，他的孩子还在幼儿园，如果有亲戚朋友的孩子在省城要入学，按惯例早就趁酒劲打开窗子说亮话了。雷风景猜不到他葫芦里卖什么药。

半坡村现在已搬到山脚下，建成了花园式的新农村，而半坡村的旧村址还是在半山腰上，人去房空，十年过去了，现在只有一人坚守着，这人就是雷风景的奶奶，八十多岁了，自己烧饭种菜，身体硬朗，只是耳朵聋了。雷风景的爹说，你奶奶她其实听得见，村长劝她下山，她听不见，我劝她下山，她也听不见。我给你打电话，她马上说，你是在对风景说我的坏话，把电话筒给我。爹这话不假，爹上山给奶奶送米送油，总要拨通风景的电话，让风景给奶奶道个安，问候几句，问答之间，奶奶的耳朵不像有一点儿问题。刚搬下山那几年，为了诓她下山，爹让风景把奶奶接去省城住了些时日，调虎离山，爹钻这个空子把奶奶的家什搬到了新家，可奶奶回来后死活要回山上，爹拗不过她，又乖乖把家什送回老村。

清明节来上坟，除了悼念死者，雷风景最牵挂奶奶，他小的时候，父母都是人民公社劳力，他由奶奶一手带大，跟奶奶更亲。

雷副乡长说，去老村的路是山路，好多年没修，你那小卧车就放山下吧。你坐我的越野车，我做你的驾驶员。我开车，你放心。雷风景不好意思辜负他嘴上的好心，就将自己的行李箱拎到了他车上。这条山路雷风景并不陌生，从前上学每天要上下一个来回。这几年来得少，是因为他回老家，爹就提前将奶奶接下山，也就这个理由能说服老太太在山下留几天。这一回是他执意要上老村，看看奶奶一个人究竟怎样生活，他心里才能稍微踏实。雷副乡长的车开得有些猛，不断听到沙石打在底盘上的“砰砰”声，车过处，常有灌木丛中的野鸟吓得子弹一般射向天空。弯道多，拐角处雷风光也不按喇叭，似乎是怕惊了这山间清风绿树，雷风景提醒他谨慎，他笑着说，用不着，这条路是我当村长时修的，我肚子里的肠子有几道弯弄不清楚，但这条路我闭了眼开车，也不耽误拐弯抹角。雷风光指着窗外的拐角镜说，你看这镜子还贼亮贼亮，这么多年过去没生锈斑，十八道弯竖十八面镜，都是我从上面化缘化来的。

雷风光说，当时我做梦也想不到，半坡村说搬就搬到了山下。雷风景也感叹这日子日新月异，雷风光说，说不定这路也没白修，有这路基，有一天我们搬回老村，这路就只需加宽加固了。

雷风景光顾着看路，没把雷副乡长的话听进耳朵。

二

雷风景在网上看过图片，说是地球上人类消失，那些钢筋水泥的城市就被草木占领，只需五十年城市就成为绿洲。雷风景不信，十年过去，这山路上已经杂草丛生，但在车上能感受到，车轮辗压处石子路的基础依然扎实，灌木类植物还很少能扎根路面。车到村口，雷风景怀疑雷风光是不是弄错了地方，原来村口的打谷场没了，从村口一直延伸到村里的路没了，说没了不是真没了，是被草木和菜地替代了。那条路是水泥路，那个打谷场是水泥浇的地面，有两个篮球场那么大，是生产队时代产物。那年月，水泥是稀罕物，本地人称“洋灰”，洋灰铺的路不打滑，下雨天不会深一脚浅一脚。洋灰铺的打谷场干净敞亮，像是掖在青山腰间的一块玉佩，收获季节大伙都抢着占地儿晒粮食。雷风光说，不相信你自己的眼睛了？你奶奶将水泥地一块块砸了，丢到山后沟里了。

老村就住着奶奶一个人，这事也确实像倔脾气的奶奶干出来的事。

雷风光说，你爸他们也拦不住，老奶奶说，水泥地下有生灵，被压在下面喘不过气，可怜呢。她老人家要做救世主，让水泥地下的生灵有出头之日。

雷风景当然听得出雷副乡长话音里的挖苦，只是他不想与这位自以为是的父母官争论。雷风景在书上读过，有一种美洲蝉需在地下蛰伏十七年，谁能肯定，没有别的生物能在地下蛰伏七十年呢？雷风景心疼奶奶，奶奶枯瘦干巴的手拿着铁锤子一下一下得敲掉多少时辰。

奶奶在祖屋晒太阳，一眼看见了风景，奶奶绽开脸上所有的皱纹，说，给我送吃的来了，我要吃绿豆糕。八十多岁的老人像是八岁的孩子，每次见到风景，奶奶都要指定下次给她带什么零食来，只一种，奶奶说人不能贪，人能受的好东西是有定数，若是一下子把这世上的好东西都享受了，人的大限就到了。风景一把抓住奶奶的手，奶奶的手指粗糙干硬，风景像是握住了冬天的刺槐树枝。风景说，这水泥路和水泥地都是你一人砸掉的？奶奶说，干部的活你也当真？哪里是我一个人能做下的事，一村人都动手还忙了大半年。雷风光说，奶奶，风景也是干部，官比我还大半级。奶奶用手指点点耳朵，雷风光嘀咕道，你看，奶奶又装聋，他朝风景挥挥手中的车钥匙，说，下山时给我电话，我开车接你。

雷风景是打算在老村陪奶奶住两天，雷风光一走，奶奶就说，风光走了好，我不喜欢他，他眼珠子转得快，一肚子坏算盘。看来风光这干部当得不容易，可能是动员奶奶下山把老人家得罪了。雷风景岔开话题说，奶奶，这老村就剩你一个人，砸水泥块是新村人都上来了？谁说只剩我一个人？你在村头没看见那些大树底下吃烟拉呱的人？奶奶说，我看你是光顾着奔我，招呼都忘了给他们打，背后别人要说你城里人端架子了。雷风景不知道究竟是自己糊涂了还是奶奶糊涂了，揣了一包烟，重新回到村口。半山腰草叶的新绿要比山下慢半拍，地上竖着的草杆子还是冬天的枯黄色，细看草丛的底色，泥土里已钻出各种草芽，胆大的已经长出几朵嫩叶，像是支起了几支聆听陌生世界的耳朵。村头的大树是棵古老的松树，那从不凋谢的绿一如风景的少年时光，只是枝叶伸展得更猛烈些。树下石凳石桌上围坐着几个人，走过去，风景发现是几个稻草人。风景将手中的烟盒塞回口袋，仔细打量，这稻草人不同于早年间放在庄稼地吓唬鸟雀的稻草人，用料讲究，身上穿着草秆做的衣服，脸部用的是金黄的麦秸。做工也讲究，站着的蹲着的腰身曲折都明显不同。风景忍不住乐了，奶奶童心未泯。这是雷风景两年来第一次露出由衷的笑容。他们都在讲些什么呢？只有清风明月听得见。

奶奶说，你给他们递上烟，他们舌头上想滚出来的闲话就被堵住了。风景说，那些人都是谁谁谁，我分不清。奶奶说，是读书把你读笨了，站着的是后坡的五爷，他嘴碎，不招人见。坐着的是岗上的三伯和收草药的土郎中，俩人遇上了就摆一盘棋。奶奶一说，风景记忆里的人就和稻草人对上号了，还真是。奶奶说，笨人还是用笨办法，还记得小时候教你的招数吗？你爹娘买不起菜，怎么咽下白饭？一遍遍嚼，慢慢嚼，白米饭就有滋有味了。一样的道理，盯着稻草人的脸看，慢慢看，眉眼就有了，再看，汗毛孔都看清了。你小时候看天上的云朵，看树上的树洞，都能看出谁谁的脸来，现在看不出来是因为你心慌了，意乱了。风景觉得奶奶的话在理，奶奶活回去了，不止回到了孩子时代，而且回到了人类远古时代。据说人类在没有成为万物之灵的时期，常常受到同类和猛兽的袭击，尤其是夜晚，警觉的人类总是搜寻树丛中的人脸兽脸虫脸，以至于今天看到车头插座孔之类我们还首先想到那是一张脸。

奶奶是怎么编织稻草人的呢？进了屋，风景就看到了工场。第一道工序是捶草，稻草或者麦秸秆都先用一个木榔头敲打，除去枯叶，将秆芯捶扁，捶过之后的稻秆柔软而有韧性。第二道工序是用草席机编织，风景认识这台编织机，当年家里买这台手工机器是为了织草包，卖给防洪队装土筑坝，赚几文小钱补贴家用。一人喂草，一人推挡，风景曾经是熟练工。奶奶显然是一人兼了两职。第三道工序是把草席用细草绳缝到人形架子上，那草席穿在稻草人身上，有点像非洲犀牛的厚牛皮，或者像古代武士的铠甲。雷风景捡了几根做架子的竹竿和木棍，它们的一端都腐烂了，被奶奶用菜刀削去了一截，奶奶说，你爹的宝贝，现在都给我派上用场了。风景想起来，那些年乡下盛行蔬菜大棚，种植错季蔬菜，爹也弄了几分地。奶奶明里不反对，私下里对风景说，你爹脑子坏了，一年的作物人一季收了，那其他三季要人做什么？这是给人减寿，人活一季却把一年的东西吃了，是抢着往人的尽头赶。

奶奶说，风景，奶奶不孤单。我在，老村的人全在。

简单地吃过晚饭，风景想去老村四处走走。奶奶说，天黑，没有电灯，明天再去走动吧。我给禾禾留了个房间，你去禾禾屋里坐一会儿。

雷风景不敢回头看奶奶的脸，一瞬间，泪水就瀑布般覆盖了他的脸。

三

祖屋的空房间很多，奶奶给了禾禾朝南的房间。推开门，霞光从格子花窗逸进，雷风景第一眼就看到了窗前几桌后禾禾读书的背影，雷风景习惯性地去摸电灯开关，奶奶说，没有电，也没有灯。雷风景缩回了手，奶奶说，老村里的人都用不着灯，我用不着，禾禾也是。

奶奶说完走了，剩下风景在房间里陪着禾禾。

禾禾的书桌贴着窗口，书桌的左边是禾禾的书架，书桌的右边是禾禾的单人床，床头朝南，里侧靠着墙。书架的上方贴着禾禾的座右铭，床头上方贴着禾禾自订的作息时间表，床里侧的墙上，是扇形的足球明星头像，雷风景也叫不全那些球星的名字，只记得老婆为了这些人像和儿子争论过几次，是在禾禾的苦苦哀求和万般保证下才留在墙上。这房间的陈设和雷风景家中禾禾的房间完全一样，只不过，这里的桌子椅子还有床都是草织的，用不着每天打扫擦抹，这里房间的主人在，还在他的房间里。

雷风景往窗口走了几步，他想走过去按一按儿子的双肩，瘦瘦高高的肩胛骨。但他不敢，怕惊扰儿子，也是怕惊醒自己。他退回堂屋，奶奶停下了织席机上的工作。天已经暗得看不清五指，看来奶奶的动作已经熟练到不需要看清什么。屋子里突然的安静，给夜幕添了一刷子重墨。雷风景意识到，自己在禾禾的房间逗留了很久很久。奶奶说，回去告诉云岫，禾禾在这里很乖，安安静静地看书。

云岫就是雷风景老婆的名字。雷风景觉得奶奶简直活成了人精。奶奶这辈子就去过一趟雷风景在省城的家，最多也就留了一个星期。她的曾孙子读小学就忙，回家就被妈妈关在自己的房间做作业。做太奶奶的最多就朝曾孙的房间瞅上几眼，却全都记下了，记得如此清楚。雷风景这几年都是一个人回老家，瞒不了爹娘，却以为瞒住了奶奶。

晚上九点钟到了，这是该给宋云岫电话的时间。禾禾出事后，雷风景只要出差，就对宋云岫一人在家不放心，准时电话联系她，雷风景对别人笑称查岗，心里却是苦不堪言。宋云岫是雷风景同校的数学教师，以前有句口头禅，教师的儿子考不好，这样的教师不但是失败的父母，更是失败的教师。

这句话把儿子压垮了，现在把宋云岫压垮了。她不肯面对教室里的学生，也无法面对办公室里的老师，休息了一个学期，学校把她换岗到教师阅览室。在家中，雷风景几次发现，她趁他睡着时溜进禾禾的房间彻夜痛哭，他几乎不敢睡熟。在学校，尤其在同事们异样的目光中，宋云岫常常出状况，比如说开会的日子，平时不讲究打扮的宋老师会忽然打扮得花枝招展，别人招呼她时，她会爆发少女年时代那种银铃般的笑声，说话嗲声嗲气，走路腰肢一摇三摆。宋云岫说，她要摆脱命运的摧毁，要用快乐战胜痛苦。雷风景看在眼里痛在心里，装出来的快乐哪里是快乐。宋云岫在痛苦中失去了自己，她把握不了自己在人群中的正常位置，找不回去了。雷风景除了尽可能抽出时间陪伴妻子，还挖空心思地拉她结交新的朋友圈，这些新朋友教她打麻将炒股，隔三岔五聚餐，他们有一个共同点，没有孩子或者孩子没了，没人愿提孩子的话题。宋云岫说，雷校长雷特级雷大哥放心，小女子和姐妹们吃过了，叫的外卖，麻将进入第三圈了。云岫开心时就给他戴上一串高帽子，今天还用微信送上另外仨女麻友的现场照，说是给他发福利。

看样子今天可以睡一个安稳觉，可以不担心她。

雷风景不肯占奶奶的床，睡在了奶奶为他布置的客房。老村在半山，潮湿气重，奶奶将一堆草席铺垫成一张厚实的大床，用一张小草席折成一个枕头，风景扑上去躺下，奶奶又亲自给他盖上厚厚的棉被。雷风景闻到熟悉的稻草味，温暖，芬芳，把他从头到脚裹住了。小时候家贫，冬天被单下垫的就是稻草，压扁了正好喂草席机器，重换一茬在太阳下晒得暄暄的新稻草。宋云岫不在，可以不刷牙，可以不洗澡，可以不换内裤和袜子，雷风景觉得这样才是回了老家，回到了他的童年。

四

祖屋的后面是九公的代销店，那是雷风景小时候最向往的地方，当门立着一排柜台，木头的，从外面看不清里面藏着什么货色，柜台上放着几个玻璃瓶，玻璃瓶里是裹着玻璃纸的硬糖软糖，那才是孩子们关注的地方，但孩子们进代销店，往往是受大人们指派，买油盐酱醋，屋檐下有一溜陶瓷坛子，分别是散酒、酱油和酸醋，孩子们走时总忘不了瞅一眼装糖果的玻璃瓶。九公站在坛子前，手里拿着竹筒做的端端，九公有两个端端，一个端半斤，一个端一斤，卖酒卖酱醋都用这两个端端，有的时候家里的酱油瓶里就冒出烧酒的味儿。小时候常听见大人们和九公开玩笑，说九公的端端厉害，一个端端能进几个不同味道的坛子。长大了才明白，那是说九公有几个相好的女子。雷风景从村路看过去，看到的是九公的背影，腰板挺拔，比小时候看到的九公还年轻，想了一下想通了，可不，这是奶奶记忆中的九公。

村中间是牛棚，与山下村庄不同，山村的牛棚都在中心，耕牛是农民的重器，山上野物多，山民不舍得牛受到侵犯，牛棚四周大多有农舍围着。包产到户时，几户人家合起来分一头牛，各家的孩子轮流为牛割草，到了冬天，各家把干稻草背来喂牛。牛分了，牛棚一直没拆，牛们各自还守着自己的桩自己的槽，太阳出来，牛们还在牛棚前懒洋洋地吃着干稻草，老牛在反刍，牛崽在母牛腹下寻找奶头。一切都是原来的样子，要说变化，就是牛棚的土墙上，晒牛粪干的地方站起了一丛丛草叶子，雷风景想，这是当年牛粪里的草籽，子子孙孙赖上这土墙了。雷风景拍拍牛背，牛认出了老熟人，“哞”地拖了个长音，朝他摇了摇尾巴。

半坡村的村后也有一块空地，是村小的操场，村小就四间平房，三间是教室，一间是老师的起居间。教师来得勤快，也走得勤快，山沟里留不住人。教室里坐着一、二、三,三个年级的学生，叫“复式班”，老师给一个年级的学生上课，就安排另外的学生自习和做作业，读到四年级，就要去山下乡中心小学。想不到这样也有好处，雷风景读一年级时就把二三年级的课学完了，直接下山读了四年级。操场上孩子们在追逐打闹，雷风景说，你们老师呢，你们老师是谁。孩子们顾不上搭理他，他径直走进了教室。教室里的课桌没有变化，还是村后那批松木锯倒后打的桌凳，只是旧了些，学生也参差不齐，大的该上初中了，小的还够不上上幼儿园，他们都盯着讲台后的老师，老师怀里还抱着一个婴儿。

风景哥回来了。我是小静，您还记得吗？

雷风景当然记得，雷风景出去上大学时已是大小伙子，村里最好看的姑娘当然惦记过。后来听说小静嫁给了风光，现在也算是做了官太太。雷风景说，我当然记得，你是我的弟媳，昨天我上山还是风光开车送我的，这小子居然忙得没顾上过来看你。

小静说，他不会来看我，他有新女人了。我们家豆豆在公路边被人抱走了，我只有豆豆，生豆豆时他当官的要表现，让我结扎了，不能生了。他不要我，我不能不要豆豆，我寻呵找呵在这里把豆豆找到了，除了有豆豆，半坡村不见了的孩子都在这里。我就不走了，留下了。

小静说完，又对着教室里的孩子说，还有谁要喂奶？上来。

雷风景这才发现，小静刚才抱着孩子是在喂奶，她将上衣的衣摆朝里折了，露出一侧饱满的乳房，乳晕处竖着粒粒的籽点，乳头被孩子的嘴巴衔牢，拽出一个美妙的弧线。尽管半坡村当年的妇女奶孩子从不避男人，但雷风景脸皮薄，还是慌忙退了。

吃晚饭时，风景对奶奶说，他下回还来，带云岫一起来，多住些日子。九点钟通电话时，云岫依然在麻将桌上，她告诉风景，昨天另外三位都住在他们家，下午开始连续作战到现在。风景差一点告诉她，禾禾在奶奶这里，他忍住了。在老婆面前提到儿子的名字，他还没这个胆量，他需要等待，等待她到了老村共同面对。这一夜，他睡在草席上浑身燥热，春天的气息似乎渗入了他每一个毛孔，他用手拂过发烫的身体，竟遭遇了坚硬的阻挡。儿子出事后，他和云岫再没有过房事。开始时他的身体还有要求，可是云岫坚决拒绝，云岫说，你别做美梦，我不会为你再生第二个孩子，最后都是以云岫的哭闹收场。再好的宝剑，也禁不起闲置，锈迹会遮了它的锋芒。风景没想到在老家居然能枯木逢春，剑拔弩张。雷风景从梦中醒来时，像少年时第一回梦遗一样紧张和欣喜。他努力回忆和他共度春梦的女子，那面孔竟然不是云岫，是小静。

五

雷风景该回去了，打电话给雷副乡长来接他下山。雷副乡长在电话中说，哥，大开眼界吧，你奶奶才是创新，创意无限呵。风景挂了电话，奶奶说，是风光？你离他远一点儿。奶奶一猜就中，风景怎么也不相信奶奶的耳朵聋了。风景朝奶奶竖起大拇指，比画着说，乡长在夸您哪。

奶奶不屑地说，黄鼠狼给鸡拜年，没安好心。

还真让奶奶说中了，上了车，雷副乡长说，哥，求你一件事，我想买下奶奶所有的稻草人，所有她制作的稻草物品，把老村打造成一个旅游景点，可奶奶那里我说不通，你能帮我劝说奶奶吗？

雷风景坚决地摇头说，不能。

越野车朝山下开的时候，俩人都不吭声。雷风景打破沉默说，老村除了有我奶奶，还有我的儿子禾禾。我不希望别人来打扰。

雷风光说，你胡说些什么？什么你儿子？

雷风景说，你的儿子豆豆，你的前妻小静也都在老村。小静在村小做老师，还开了书单托我买书。

雷风光踩了刹车，说，风景哥，你别吓唬我，我们都是唯物主义者，无神论者。豆豆两岁就失踪了，小静也死了好多年。

雷风景在口袋里掏了半天，只掏出一把稻草碎屑，小静开的书单没了。风光说，你是犯魔障了，你是陷进九公说的那些鬼故事了。雷风景将草屑撒在车窗外，说，不一样，你还记得吗，九公有一回说，有一个人迷了路，被鬼请回了家，给他吃了线面，塞了肉包，第二天醒来发现躺在坟地里，手里的包子变成了蛤蟆，嘴里吐出的是一堆蚯蚓。可我这口袋里什么也没有。

雷风光启动车，说，哥，你不想帮我也罢，别装神弄鬼。我这副乡长干了好多年，没有政绩就只能原地踏步到退下，我只是想不被同僚拉下，被别人看笑话。

雷风光说这山路是他领头修的，那他就应该懂这个道理，上山下山的公路都只能环山绕着走，两点一线当然最近最快，可往往离死亡也是最近最快。雷风光的车开下坡时像开飞机，雷风景只来得及喊了一声，车子就直接冲出了山路。幸亏车身被树干挡住了，雷风景被甩出了车厢，还好，只是腿瘸了。他拖着伤腿赶到车前，雷风光也逃出了身子，只是一条腿被压住了。雷风景的手机没摔坏，他一边报警，一边安慰风光坚持住。雷风光脸色苍白，眼神明显散了，说，哥，我看了一眼拐角镜，镜子里是小静的脸。

雷风景说，风光，你是摔糊涂了，实话告诉你，我见到的小静是稻草人。

等待救援的时间是漫长的，风从树梢上刮过，叶响如诉，风光说，哥，我不是一心想当官，那娘俩没了，我不敢坐下来思想，只有不停地工作工作，时间才能挨过，就像身后一直有一条蛇追着，我只有奔逃，不敢停歇。

雷风景抱住他的肩膀，想让他换个姿势，不小心弄痛了风光，风光说，哥，我痛。雷风景停了手，泪水从他的眼角淌出来，他原谅了雷副乡长，他俩不仅是血脉相连的同族兄弟，也同是被掏空了灵魂的稻草人。

雷风景从地上抱起血肉模糊的儿子时，禾禾留给他最后的话是三个字：爸，我痛。

丁香先生

一

王福生有三年没回老家过年了，王福生不是进城打工的农民，他是读大学读研究生跳龙门进城的幸运者，只是这条鲤鱼落水时没选好位置，落在省城一所中学教书。王福生的老爸在镇上开豆腐店，安慰儿子说，一代胜一代，总比干我这行好，三伏天下乡收黄豆，三九天串村卖豆腐，你暑假寒假可以在家躺着吹空调呢。王福生不想跟爹斗嘴，哪来的家？一套商品房上百万，没房就没姑娘多看你一眼。这牢骚跟老爸发不出来，母亲走得早，老爸靠豆腐铺的收入供他一路读书，已经非常不容易。王福生得靠自己挣钱，说白了就是假期中带家教。

长途大巴上挤得满满的，学校放寒假已过了腊月半，在城里打工的人们也拖箱挎包回家过年。据说在城里混得好的都驾着小车衣锦荣归，混得一般的也是开着摩托车风驰电掣，混得差的才挤大巴。王老师把自己归在第三类，这让王老师心里不怎么好受。但最让王老师难受的是这车上的空气，口臭脚臭孩子的尿骚味，当然还有大人的各种臭屁味混成大杂烩，大巴的窗玻璃密封，你受不了也得受。

王老师做不到不呼吸，只做得到闭上眼，所谓眼不见为净。王老师最近遭遇一些不愉快的事，说出来很可笑，都与放屁有关，这个世界上有些事说不出口，就像卡在喉咙口却拔不出的刺。王老师天生屁多且臭，古人云，屁者，气也，五谷杂粮之味也，本来是正常不过的事情，但在生活中却没人肯这样讲道理。王老师的职业是教师，当教师的职业素养之一就是放屁不响，试想，你正在讲台上讲圣贤哲言，或者推理科学定律，突然夹杂一声杂音，教室轰然笑翻天，你讲了半天前功尽弃，教师内心也自认为是对知识的大不敬。好在这种教学经验并不需要前辈教师亲授，全靠新教师在课堂实践中觉悟。王老师教的是语文学科，从教数年下来，课堂上基本不会出这种教学"事故"，但无奈王老师与别人不同，民谚曰，响屁不臭，臭屁不响，这话放在别人身上成立，放在王老师身上尤其灵验。王老师通过刮约肌缓冲消解了声音，却消解不了那气体浓度。放假前一天，王老师正在分析期末考试卷，忽然间觉得体内黑云压城，王老师吸一口气，分期分批悄然化解，犹如给枪管上了消音器，虽然弹无虚发。问题是这一次不仅弹无虚发，而且杀伤力巨大，大半个教室学生都捂住了鼻子。你放的，有男生嚷道。谁放的谁是小狗，明明是你放的，另一个男生奋起还击。王老师心虚，说别吵了别吵了打开门窗。王老师读小学时，班上有个女生王香玉，每次闻到臭气就能准确指定是谁，王福生自然屡次中彩，为此王香玉没少挨王福生的拳头。每次打完她后，王香玉一边哭，一边说，我亲眼看见你放的。王福生不相信这话，尽管她每次都不是栽赃。一直到他上大学看电视，说某些动物如蛇类能通过红外线感受热能看到猎物，王福生联想到王香玉，觉得当年这位女生可能是真有一双特殊的眼睛。这样的人多么可怕，王福生每次在公众场合释放后，都不由自主脸红，担心某一双眼睛能看到他屁股后面红霞一般的热能。教室里五六十个学生，说不定就有同学拥有一双王香玉那样的眼睛，将王老师的作为早就看清了。王老师的眼睛在课堂上会忽然躲闪，腼腆得如刚上讲台的女实习生。

没想到这一个屁引发了一个血案。那一节语文课王老师是上完了，两个男生却没完。放学路上俩人大打出手，其中一位用小刀捅伤了另一位。平时小气的王老师这回买了一大堆水果食品去医院看望学生，破费且破例，让家长和学生都受了感动，王老师歉疚的心稍稍受到了一点儿抚慰。

但是让王老师最受伤的还不是这一次。

并非天下的姑娘都是拜金女，也有姑娘看上王福生。公允地说，王福生其实长得并不丑，有身高还有身材，眉清目秀，倘若换个职业进出写字楼，就可称得上是“小鲜肉”，况且手上揣着硕士学位证书，大小也算个知识分子。这一茬的姑娘大多是独生女，独生女在家说一不二，拎不清的出门就特立独行，不就穷一点儿吗？咱俩一步一步挣钱。当时语文组的新教师宋新蕊豪迈地对王老师宣言，王老师激动得要当场举手宣誓，宋新蕊是个务实不务虚的人民教师，她接过王老师的空心拳头，落到了实处。按理说遇上小宋老师这样的姑娘，王老师的爱情应该水到渠成。问题出在王福生的身上，本来王老师一直夹着屁股做人，约会时浊气袭来，他基本都能巧妙地处理好，遇到形势严峻，他干脆称上厕所名正言顺纵情欢呼。名言说，做一件好事并不难，难的是做一辈子好事。王福生坐在马桶盖上篡改为，解决一个问题不难，解决一连串问题并不难，难的是时时刻刻要准备着解决问题。王福生太累了，俩人同在语文组办公，王老师课内不能放松，课外也不能放松；上班不能放松，下班也不能放松，热恋中下了班俩人还是腻在一起。现在中学教师评职称都要做课题，领导督促王福生也要想一个课题，王老师已经评了中级，中级过了还有高级特级，虽然大家都知道中小学老师做课题是做游戏，但游戏后的糖是甜的，有了课题才有职称，有了职称才能加工资。全中国中小学完成的课题没有亿万也有千万，王老师觉得任何课题都是别人做完了的，报课题的时候，瞅着小宋不在，王老师发言，请问一下，恋爱进入什么阶段才能在女友面前自由放屁？几个年轻男教师都给出了不同答案。王老师来不及认证，主持会议的领导不高兴了，说，小王老师，你什么意思？你是不是讽刺我们的课题研究屁都不如？王福生赶紧认错过关，内心里王福生觉得研究这个问题才是他的当务之急，但是迟到的小宋老师到会了，有的课题研究是要保密的。

王福生终究还是熬不下去，嘴也亲过了，乳也摸过了，就剩那条底线没突破，不怪小宋，是王福生觉得时机不够成熟，到时候瓜熟自然蒂落，是自家菜园子里的瓜，不急，就是说俩人在内心里都把对方当成家人了。那一天在王福生宿舍吃晚饭，王福生拾菜，小宋掌勺，很有小家庭的氛围，菜上桌，王福生试探性地来了一记，还好，小宋不计较。王福生心里崩的弦放松了，再接再厉了一记，小宋说你有完没完。王福生心里想，迟早都有这一出，是祸躲不过，干脆痛快淋漓放肆了一回，这可把小宋逼急了，宿舍就是一间平房，小宋逃无可逃，冲到门口拉开门喘了口气，说，王福生，你有话就说有屁就放。想想这话着了王福生的道，噙着泪说，士可杀不可辱。头一低，冲出了门。

这是哪里到哪里呵，她把这事提到了荣辱的高度。王福生没想到事情会弄得这样糟，显然这课没备好，这课题没做透。接下来小宋电话不接短信不回，办公室里遇见他视若无物。王老师做了课后反思，第一是选择时机不对，应该选择饭后。其次是课堂智慧不足，倘若急中生智开个玩笑，事情就掩饰过去了。反正，放寒假之前，小宋老师再没正眼看王老师。

班车终点站是县城，王福生老家的小镇是途经的小站，王福生好不容易挤到车门口，一个熊腰虎背的小伙子挡在那。小伙子沉浸在手机游戏中，王福生说借过借过，小伙子头也不抬侧过身子，抬脚踩在王福生脚背上，也不知道他有意无意。王福生顾不上疼痛，挤出车门，临下车那一瞬间，猛地发力，将一肚子的怒气怨气都留给了车厢。

二

王福生家所在的小镇原是镇政府所在地，乡镇合并时镇政府迁走，很是冷落了几年，想不到现在又热闹了，县政府发展旅游业，打造古镇老街。其实镇就是这一条街，这条街就是镇子全部，王福生家就住在这条老街上。打小起，王福生记忆中他家就在这条街上卖豆腐。靠街面是铺子，绳子上系的是豆腐皮，铺案上摆的是豆干片和豆渣球，打开白纱布你才能看到白豆腐，铺子内侧放着两只木桶，一只盛豆浆，另一只盛豆腐脑。铺子的后面是天井，天井里当然有一口井，还有一口大灶，这里就是他老爸的工作间。再后面那间屋子，才是父子俩睡觉的地方。说是现在强调修旧如旧，王福生还是没能一下子认出家门。街面铺了青石板，家家门头上挂着一样的红灯笼，门匾统一换了，都是红底金字。王福生走了一个来回，才确定自己站在自家门口。铺子里站着一个笑吟吟的姑娘，不认识，木头的铺案换成了不锈钢格子柜，但门匾上写的是“老王豆腐”。

王福生掀开柜台隔板径直走进去，姑娘说，您是？王福生说，我爸出门了吧。姑娘说，您是王老师？王总出去了。看样子老爸跟她提起过儿子，只是听明白王总是他老爸时，他还觉得荒唐可笑。老爸，不，王总是个勤快人。在早年小镇沉寂的时代，豆腐的销量有限，老爸总是想方设法营销。首先是黄豆的质量，老王亲自到农家收购，挑的是栽在湖畔山口坡地里的黄豆，不仅豆粒样子好，而且味道就是高出一截，用老王的话说，这种豆子汲取了天地山水的精华。做豆腐是个苦差事，晚饭后泡上豆子，鸡没叫就起床磨豆子和起灶火，必须赶在客户早餐前将热腾腾的豆浆和豆腐脑做出来。老王上午在铺子里守着，下午就主动出击了，将铺子门关上，挑两只箢箩，一头是香干臭干，一头是白豆腐，沿村叫卖，有时候王福生放学了他也没回家，啃几块干子当饭就成了王福生的家常便饭。

王福生到家已是下午，王福生想当然地认为，王总亲自挑担叫卖豆腐去了。

王福生的胃口很特别，打小把豆腐当饭吃，按理说应该吃怕了，王福生不，每次回来还是馋，馋自家的豆腐，湿的尝了再吃干子，香干吃了再尝臭干，姑娘急了，说让我记个数字，我要对王总交账。王福生不好意思，退回了后院屋里。王福生还想找吃的，想吃炒豆子。老王收的黄豆从来不混杂，都是用麻袋分开装，张家来的李家来的写明来处，大的小的看上去很不整齐，老王不把两处来的豆子放一起做豆腐，怕串味，少一点儿可以少做，多出几把就成了儿子的零食。王福生掏出几把豆子，不沾水，放在竹筛里筛去尘土，哗啦啦下了锅。一会儿豆子在锅里噼里啪啦响了，香味窜出屋子好远。王福生手上拈几粒吹着，扔进嘴里，眼睛一眯仿佛回到了小时候。他用盘子盛了，端到前屋姑娘面前，说可香了，吃。姑娘摆摆手。王福生说，别客气，吃。说完，王福生觉得身体带响了，简直是立竿见影。王福生尴尬地撤了，豆子好吃，却容易带响，确实姑娘不宜。

姑娘下班走了，老王还没回家。王福生打通老爸的手机，说，王总，我是你儿子，你什么时候回家？老王乐了，说，我记着你今天回，可是我这会还得在县城开两天，你先自己料理自己。王福生当然能料理自己，打小就会，可这店里的生意明天得开张。年底了，除了来旅游的人，镇上的乡亲们也备年菜了，王福生担心豆腐不够卖，他打开坛坛罐罐，又开了冰箱门，老王是做了准备，各色货品都存了，冬天天帮忙，豆腐能存得住。王福生觉得，这不像老王干的事，从前他在家的时候老王可不这样，每天卖的是新鲜货，老王变了王总就是不一样。

第二天姑娘来上班，小王老师的生意已经开张，热乎乎的白豆腐，热气腾腾的豆腐脑，小王老师的手艺竟然不比老王逊色，小王老师说，你先喝一碗暖暖身，我用的是家里的老卤，正不正？姑娘尝了一口，比王总的还纯，王总图省事，早就用石膏点卤，卖相好，味道就短了。卖得好，小王老师第三天又亲自做了豆腐。只是让姑娘看不懂的是，这人除了吃豆腐就是吃炒豆，懒得做饭菜，也不见他出门找食。姑娘纳闷，自己卖豆腐才半年，筷子见了豆腐做的菜就绕开，他这人少说也吃这东西十几年了，居然还如此好胃口。

王福生不出门有不出门的原因，这几日吃炒豆吃得过瘾，放屁也放得畅快。进口有进口的快乐，出口也有出口的快乐，是人都有过这种体验，只是有些快乐是隐秘的快乐，不便直言。王福生不在课堂，也不在小宋老师身边，身心放松，享受了自由的放纵。古人有句名言，芝兰之室，久而不闻其香，鲍鱼之肆，久而不闻其臭。王福生嗅觉迟钝，并不觉得有什么不好。

想不到有人会找上门来。

早晨忙的时段过去，王福生把前面的铺面还是交给营业员姑娘，自己回屋子看书玩微信。姑娘是个整天笑嘻嘻的阳光女孩，天生适合营业员这个职业。她正站在柜台前吆喝，一个女子喝醉了酒一般踏进门槛，细一看，闭着双眼，绊了一下才梦醒了。开口不打听豆腐，打听姑娘今天用的什么香水。姑娘说，我一个站店的，哪里用得起香水，洗完脸也就抹点润肤露。女人耸了耸鼻翼，说，不对呀，你这店里有股异香。姑娘说，噢，刚做完豆腐，豆香，不光是香，味也正，您买点儿尝尝就有了。姑娘很敬业，女人随口说，给我打包一百块钱干子，香干臭干各半。趁姑娘忙活，女人径直走进院子，停在了屋子门口，停顿了好一会儿，问：屋里有人吗？王福生推开门，晌午的阳光打眼，您找谁？来者却闯进门来，说，找您，就找您。王福生定下神，进门就是客，请她坐了。这女子看上去是有几分面熟，却想不起来她是谁。女子胸脯高低起伏，像是刚跑完百米短跑，不看人，仰脸深呼吸了一口，说，终于让我找到了。

女人仔细打量了屋里一圈，屋里有些乱，被子扭成麻花窝，天冷，王福生有时就把身子埋进被子，桌子上胡乱摆着吃剩的干子和炒豆，整齐不了，男人过日子就是这样子。女人的眼光停留在桌上的小铁盒上，说，这是你用的？王福生说，我不用，我老爸用这，凡士林，他的手长期浸水皮肤开裂，睡觉前抹一抹。

请问您一下，院子里的树是丁香树吗？

王福生摇摇头，为什么它应该是丁香树？莫名其妙。

请问您，您应该不是常住这镇上的人吧。

这叫什么话，不是你找上门来的吗？上门来查户口？王福生心里不高兴，毕竟是做教师的，得保持修养。王福生说，我叫王福生，在外地教书，回来过年。

王福生，王一福一生，我是王香玉，你的小学同学王香玉。

王福生的记忆也被擦亮了，别的同学可以不记得，王香玉挨过他不少拳打脚踢，不好意思说忘记她。王香玉初中就转学去了县城，再没遇见过，王福生疑心过是不是被自己打跑的。

王福生看这女人，那个叫王香玉的黄毛丫头确实变化大了，眉眼还是那眉眼，只是淡眉毛变浓了，眼珠子黑乎乎，连头发也变得黑油油了，本来白的皮肤更白了，女人的美，说白了就是白的地方更白，黑的地方更黑。王福生说，你怎么在这里？莫非你也是来怀旧访古？

王香玉掏出一张名片，纸香扑鼻，名头是“活色生香香水公司评香师”，公司地址就在本县开发区。这么说，王香玉就在老家上班了，这年头哪里能挣钱人往哪里走，车轮拉近了城乡交通距离，不奇怪。只是这评香师王老师第一次听说，王老师听说过食品品尝师，听说过品酒师品烟师，那靠的是舌头。这评香师靠什么，王福生陡然明白了，这位老同学靠的是从小就有特异功能。

王福生起身推开了后窗，说，空气不好，流通流通。

王香玉却替他关了窗子，说，空气不好味道好，我就是奔这气味来的，我站在老街上，像是有一根丝带牵着我找到了你这里。

王福生指着桌上的炒豆子说，老同学别笑话我了，我在家就好这一口，小时候就被你嫌。

王香玉说，我真不是开玩笑，小时候是小时候，现在是现在。现在我的职业是评香师，发现新的香型是职业敏感，你的屋子里有丁香花，不，比丁香花还美妙的幽香。

王福生说，你说这屋里的气味是香的？

王香玉说，怎么说你也应该学过辩证法，香中有臭，臭中有香，发现香必然要研究臭。

王香玉说，求你一件事，这几天你不要换食物，至少，不要近荤腥。

王福生想说做不到，这几天肚里已经把油水刮光了，老王回来肯定要给儿子上大鱼大肉，再说，马上就是过大年。可是王老师抵挡不住女同学眼巴巴地恳求，还是应下了。

营业员姑娘拎着两包干子过来招呼两趟了，俩同学互留了手机和微信号，王香玉才接过干子告辞了。王福生在屋子里嗅了半天，除了潮湿味和霉味，他没嗅出有什么别的味。王福生想想也属正常，王福生不是王香玉，语文老师不是评香师。

三

老王电话中说上午到家，王福生起床后填饱肚子，打算上农贸市场去买菜，父子团聚总不能饭桌上还是豆腐当家。想不到有人想在他前面，刚出门，一个女人歪着杨柳腰迎面招呼他，快，快来搭把手。阳光遮着眼，听声音就是昨天来的王香玉。王香玉说，搞什么步行街，不让车子进来，存心是要累死本宫。王福生接过编织袋，死沉，袋口探出几片菜叶子，王香玉说，蔬菜归你，荤菜归你爸爸。

口中自称本宫，手里拎的是编织袋装的大菜小菜。这样一个美丽女子屈身为他做家庭主妇才干的活，王老师受了惊吓，连站在门内的小姑娘也傻了眼，忘了接手王老师。王香玉站定，连喘了几口气，说，真香呵。

小姑娘喜滋滋地说，姐的鼻子真灵，我今天洒了几滴香水，你都嗅出来了。

王香玉故意逗她玩，你洒的香水太高档了，进口的香奈儿 coco 小姐，怕是男朋友才舍得给你买吧。

坐定，王香玉说，大街小巷的女孩子都喜欢这款香水，可市场上大多是山寨货。真货 Coco 小姐用的广藿香太特别，山寨货厂家的调香师很难掐准，但一般人区分不了，现在成了烂大街的流行款，连咱老街的小姑娘也当真用上了。

王香玉说，她读的大学是2+2那种，北京两年然后巴黎两年，本来学的专业是服装设计，一个偶然的机会，她的特殊才能被一位香水商发现了，把她推荐给了香精制造商。王香玉放弃了学业，在香精制造公司边上班边进修，终于拿到了评香师执业资格证。几年后，国内香水制造业开始兴起，王香玉来到这家企业应聘了现在的职位。

王福生说，我知道国外有这个职业，是从一本名为《香水》的小说知道的，里面的主人公为了制造某种香水，杀害了一个又一个姑娘。

王香玉嗔他一口，说，怎么了？怕我把你害了？人家是调香师，我是评香师，打个比方，评香师负责了解香味的构成，勾勒味道，分析香型在市场的可行性，相当于产品设计师，而调香师是生产产品的工程师，按照设计的香味寻找生产的原料和配比，听上去差不多，其实是两个不同的职业。

王香玉说，世界上有两种东西能唤醒记忆，一种是音乐，还有一种是气味。气味也能让我们闪回童年，重返现场。香水以及香气本来不应该成为奢侈品，而应该是日常生活中不可或缺的美感，我的梦想就是寻找一种独立而多元、细腻而日常、隽永而普及的香水品牌。而你，就是唯一能让我实现梦想的人。

王香玉成了老师，王福生这一刻成了学生。课上得兴致正高时，老王的嚷嚷声破坏了课堂，儿子，儿子，我回来了。应声而立起的是两个人，还有一个姑娘，敢情是？老王觉得喜从天降，儿子给的惊喜太大了，比老子带来的惊喜大多了。老王偷偷打量一眼自己，鸭绒外套是新的，裤缝是挺的，皮鞋是闪光的，幸亏这几天出门打扮得整齐，在儿子的女朋友面前没给儿子减分。

老王带来的惊喜是一台机器，老王称它为豆腐机器人，从这边喂进去黄豆，从另一边分别淌出豆浆和豆腐脑，从最后的出口处推出一屉屉白豆腐。老王所谓的开会实际上是接受厂家的培训。此刻老王的背后，制造厂的工人正热火朝天地组装机器。

读大学时的某个暑假，老爸也曾经宣称带给儿子一个惊喜。那是一台制造豆芽的机器，从这边喂黄豆绿豆进去，从那边吐黄豆芽绿豆芽出来，可是吐了一回以后它就不肯吐了，回头找人，卖机器的人人间蒸发了。后来，那机器被老爸卖了废铁。

老王是个勇于投身新事物而总被新事物坑的人，从不觉悟，可做儿子的拿老子没办法，能躲就躲着他。

王香玉把王福生引到她的小车上，带他去公司的植物园参观。

王福生说，小时候我因为有那毛病常被同学欺负，挨了打向老爸哭诉，他不帮我去论理，给我讲故事，从前，有一个皇帝也常常放屁，有的大臣忍不住以袖掩鼻，有一位大臣却迎风而进，称颂皇上是“高耸金臀，弘扬宝气”，夸赞那是“丝竹之音，梅兰之味”，皇帝龙颜大悦，当下给这人晋官加爵，从此大堂之上赞歌连绵。我老爸问我有什么启发，我摇头，老爸给我一巴掌，说，蠢，你放屁，人家揍你；他放屁，人家写诗。放屁错不错，在于你是不是人上人。明白没有？你只有考大学跳龙门，才做得了人上人。

王香玉笑着说，怪不得小时候老揍我，原来是挨了别人的揍拿我当出气筒。

王福生说，你说谁出气筒呢，打人不打脸，骂人不揭短。

王香玉笑得花枝乱颤，车子开得东倒西歪。

王香玉赞美老王说，你爸不仅有新思维，而且看问题的视角非一般的老爸可比。

隆冬季节，沿途万物凋零，玻璃天棚下的植物园里却花红叶绿，四季如春。植物有很多是热带亚热带品种，叶子宽大花朵也硕大，漫步其间有时芬芳扑鼻有时奇臭袭人，这是专为评香师建设的聚香基地，另一个动物园也在建设中，许多动物也带有香腺，比如麝香鹿，再比如，王香玉朝他坏笑，你，我恨不得把你也放进我的聚香基地。语文老师一定读过《淮南子》吧，书中说：“橘生淮北为枳，其实味不同，水土异也。”其实，这些植物在这里存活后大多会改变，香味减少甚至变异，我做过一个实验，把这里的一棵树带回它老家栽种，居然这棵树会蓬勃生长大放异彩，比本地同种树芳香还浓烈。什么原因呢？本地土壤中的微量元素激活了成长记忆，并且使本身某些元素因刺激而放大。植物如此，人也如此，一方水土养一方人。比如你，王香玉的话题又绕回王福生身上。几年回老家一次，食物中的微量元素也触发了你体内隐藏的特殊基因，你就成了一个香饽饽，浑身上下里里外外都放射着异香。

王香玉这次说得一本正经，俨然是一位严肃的科学家。

在王香玉的办公室，王福生拿到了她为他定制的食谱，还好，有少许肉类，严格限制的是所有食材必须是本地产。王福生觉得为难，谁知道农贸市场上那些菜的进货渠道。王香玉说，这不用你烦神，从明天起你搬进公司吃住，老板会和你签合同。就今天一天你在家陪你老爸吃饭，回去后好好享受父子情深。

老街街口分手的时候，王香玉说，还有什么问题吗？

王福生说，请教一个问题，一个恋爱中的男生什么时候才能在女友面前公然放屁？

王香玉笑趴在方向盘上，侧着脸说，如果是你，从第一次约会就可以。

王福生从老街上走回家的路上，接到了王香玉的微信：弱弱地请问一句，你有女朋友吗？

王福生回答了四个字：有过，没了。王香玉传过来三个字：我也是。

腊月的晌午时间，老街上正是最热闹的时候，各种商家用大喇叭叫卖商品，或者播放流行歌曲吸引路人，买年货的老乡熙熙攘攘欢天喜地。王福生心情舒畅，情不自禁地释放了几下。那声音被大街上的热闹遮盖了，那气味在人群中氤氲弥漫，忙碌的人们谁也没顾上觉察。

没有人能想到，不久以后这气味就会是昂贵的商品。

四

王福生和活色生香香水公司签约，成为公司一员，合同期三年，年薪是保密的六位数，足以让他有勇气辞去省城中学的那份教职。之所以签三年，是听了王香玉的建议。评香师王香玉说，天赋异禀于你，你不能局限于香水领域，你的未来将属于更大的舞台。

签约之前，公司老总及香精研究所的专家们对王福生进行面试。王福生进中学当老师曾经经历过面世，但这里明显是另一码事。地点是在一个全封闭的房间，老总和专家们穿着白大褂，白帽子白口罩，以他为中心围成一个半圆，王福生觉得自己几乎成了解剖桌上的小白鼠。王福生手心里都是汗，幸亏王香玉也在专家中间，王福生能认出王香玉，她的眼仁又黑又亮，默默地安慰他鼓励他。专家们提的问题都简单，吃喝拉撒，像是一帮内科医生问诊。但是王福生还是紧张，在最重要的关口卡了壳。王福生面对一帮陌生人的目光，把面孔憋成了猴子屁股，还是挣不出来一个屁。好在老总宽宏大量，说人家毕竟是知识分子出身，毕竟是脸皮还嫩的小伙子，面对我们免不了有心理障碍。这样，我们撤退，留你一个人在屋里，等你觉得可以交卷时告诉我们。王香玉最后一个走，回头那一眼是满满的关切。王福生当然交出了完美的答卷。专家们重新进了屋子，纷纷摘下口罩，张着大口呼吸，恨不得把七窍都变成脑洞多吸多占，连赞叹一声都顾不上。面试全票过关，老板拍着王香玉的肩膀说，你为公司立了大功，小王比那电视“还珠格格”上的香妃还厉害，香妃只是人香，小王连屁都香，而且是人见人爱的珍稀香型。可遇不可求的契机，你们遇上了，一定要抓住机遇，研制成功呵。

不用猜，王福生和王香玉的爱情从此拉开了序幕。

王香玉是个敬业爱岗的模范员工，她把爱情和工作紧密相连。植物园处在开发区的角落，这里厂房林立，现代化的车间机声隆隆却看不到人影，俩年轻人躲在玻璃罩中卿卿我我，完全是名副其实的两人世界。王香玉最喜欢干的事是替王福生掏耳朵。在一张长椅上坐下，把王福生的脑袋上按在大腿上，王福生惬意地闭上了眼睛，王香玉下手之前就说，王福生，你的耳屎应该是潮湿的糊状，与别人的块状不同。王福生扭一下脑袋要说话，王香玉把他按住了。然后把掏出的东西放进一个塑料瓶，说，你看你看，我没骗你吧。因为耳朵内有耳腺，特殊的人会有液体时续分泌，我研究过，比如，狐臭的人不光液下腺体发达，耳腺分泌也多，耳屎也都是糊状。当然，那些人和你的产出是天渊之别，你出产的都是宝贝，你整个人就是一个大宝贝。

王香玉最喜欢运动后的王福生，王福生跑步归来，或者与她打完乒乓球后，王香玉总是不让他马上洗澡，像一只小狗一样把他从上到下嗅一遍，然后在他脸上身上乱啃一通。王福生与她相处也觉得幸福，不管怎么说，在女朋友面前多少还得注意一些，最初王福生在她面前习惯性地消音，却从没逃过王香玉的眼睛，王香玉举起右手，竖大拇指，伸出食指，作手枪状，嘴里有节奏地发出声音，叭，叭叭。把王福生的小伎俩戳得粉碎。王香玉说，你干吗，你忘了吗？我说过第一次约会就允许你。岂止是允许，她时常给予奖励。有时突然不请自来，王香玉像是意外捡了个金元宝，激动地赏他一个吻。王福生回想与宋新蕊的恋爱时光，他常为这件事神经快要崩断，今昔对比，现在的他内心盛着满满的幸福。

王香玉首先要树立王福生的职业荣誉感，她纵古论今，高瞻远瞩，丰富的学养让王老师自愧不如。王香玉说，在古老的西方，放屁这件事曾经具有相当深厚的道德含义和神学意义，中世纪的很多作家将其视为死亡印记，认为它们的存在就是为了每日提醒我们：我们终有一死，并且殊途同归；我们肉体凡身，并且罪孽深重。这是哲学意义。你是中文专业的硕士，从文学艺术的角度看，从作家乔叟、巴尔扎克到莎士比亚，作品如《巨人传》和《一千零一夜》，都有相关经典描写。艺术家吧，阿里斯托芬曾在他的喜剧《蛙》中用屁当笑料；音乐家莫扎特曾经从屁中获得灵感，滑稽地用铜管乐器的音色模仿排气的声音作曲。当然，反对的声音也一直存在，扎克斯在《西方文明的另类历史》这本书中就已有揭示：截止到文艺复兴，一直存在着左右两翼围绕“禁屁”和“倡屁”两条路线的殊死斗争，并在伊拉斯塔斯出版于1530年的《儿童礼仪》一书的有关章节中达成了妥协：“悄悄放屁是一种美德”！——“人虽然应该彬彬有礼，可是为此而染上一些病是不值得的。如果憋得住，应该一个人自己憋住。可是如果实在憋不住，应该以高声咳嗽掩盖放屁的响声”。虚伪！这些句子都是她在手机屏上读给他听的，据说是摘自一本书，书名叫《职业放屁人简史》，夹叙夹议，最后两个字是她的评价。再后来，她居然从网上淘来了两本纸书，一本是上海某出版社出的业界经典《尴尬的气味——人类排气的文化史》，一本是绘于日本江户时代的神作《屁合战绘卷》，生动描述了日本古代用屁作战的场景，满纸都画满了肥嘟嘟的屁股。让王福生不得不信的是她转发的一个下载视频文件，记录了一个自称“甲烷先生”真名叫派多曼的人，在法国著名的红磨坊舞台引起轰动的放屁表演。

更何况，亲爱的，王香玉说，他们怎么能跟你比，同是放屁，你是为这个世界制造芳香，为人民谋幸福，对了，从现在开始，你就是本公司的丁香先生。

但是，王福生已经不满足于老老实实做学生了。为人民谋幸福的男人是神灵，攻城掠地得陇望蜀的男人是枭雄，对于丁香先生而言，最需要解决的问题是在王香玉的身体上得寸进尺，谋得自己的幸福。

王香玉也是三十岁的老姑娘了，按旧常态说，与王福生撞在一起应该是干柴烈火一点就着，但是事实上王香玉完全是淋湿了的稻草，烟雾多却火不大。王福生从宋新蕊身上得到的有限经验几乎交了白卷，每次兵临城下打算决一死战的关头，王香玉就鸣金收军，一把将王福生推开。这既伤勇气又伤自尊，和小宋老师在一起时过家门而不入，是王老师当时觉得无钱无房怕负了人家，没有把握确定那究竟是不是属于他的家门，是高姿态，是负责任的表现。现在王老师自信心大增，已到了为人民谋幸福的逼格，却被拒之于门外。王福生想不通，王香玉安慰说，我也想，不是怕你破了童子身，毁了你身体里的香吗？王福生说，武打小说里人物练功讲究童子身，江湖郎中开药方用到童子尿，莫非，为了留住这香气，我要一辈子打光棍？王香玉说，那倒不必，等调香师把香水调制出来，你想要什么人家还会不依着你吗？

王福生说，为了你，我愿意放弃这狗屁的屁香。

王香玉却没被这爱情宣言感动，嬉笑着说，傻！傻到骂自己是狗，我可不要那什么狗屁呢。

见王福生沮丧，又安慰说，等时机成熟，是你的终归是你的。

过了春节，阳历二月十四日是洋人的情人节，王福生订购了玫瑰花，一大早敲开了王香玉的宿舍门。王福生住在研究所，吃有专门食谱，住有特制的房间，房间内进出有多种管道，据说为保障新鲜空气而设，吃住都有一干人围着他服务，日子久了，王福生觉得这帮人像狗皮膏药粘着他，烦死了，就常常溜到王香玉这里。王香玉的宿舍也在研究所，独立的院子，除了几丛瘦竹，没有别的花草。王香玉没有惊讶，接过玫瑰花，塞进了敞口的实验玻璃瓶里，却推开门，摆在了走廊里的窗台上。王福生不好意思地咧了咧嘴，王香玉说过，在评香师的嗅觉里，面对玫瑰花想到的不是浪漫与爱情，而是这种味道的原料构成。王香玉不用任何带香的化妆品，包括洗手液洗衣液也不用，王福生开玩笑地说，这相当于制毒者不肯吸毒，品酒师不肯酗酒。王香玉一本正经地说，评香师的嗅觉不能被一种气味长久占领。

王福生說，抱歉，我没能免俗。

王香玉钻进他怀里，说，不，谢谢你，今天有鲜花的女人才是幸福的女人。

热恋的男女一旦拥有独立的空间，总能在最快的时间完成规定动作，剥光对方最后一件衣服，何况这是冬天，何况这里还有一张温暖的床。没多久，两人就钻进了被窝。能走的程序走完，两台机器的都已处在高温运转状态，不是停机就是爆发，王香玉及时地钻出了被窝，王福生长叹一声，掀开被子，让身体自我冷却。没想到王香玉折回替他盖上被子，再次钻进他怀里，王福生的身体再度升温，东山再起。王香玉在他耳边娇声说，今天从了你。王福生顾不得多问，翻身压住她，却被她握在了手中。湿了。王香玉嘟囔了一声。她手还握着他，身子一侧掉了头，王福生不由自主地联想起某些打马赛克的镜头。恍惚之中他觉得被什么热乎乎地裹了，吐出来，在那只手的指引下又进入了更暖和的深处，他颤栗了一下，听见王香玉呻吟了一声，迎面倒下来，用嘴堵住了他的嘴。

王香玉不是处女，这在他的预料之中。

床头柜上摆着保温箱，他看着她把一块热毛巾存放进去，刚才是被这热毛巾裹了，裹走的是他的腺液。他的前列腺腺液莫非也是他们采样的实验品？

王香玉再次钻进他怀里时，他的身体已没有再度发动的能量。他侧身抱着她柔绵的身子，目光停留在窗外的玫瑰花上。隔着玻璃，嗅不到花香，玫瑰花就像塑料花似的。

五

根据合同上的条约，合同期内王福生不得私自出卖自身资源，除了回家看望老爸，王福生外出需经公司同意。习惯了城市生活的王福生虽然最初几个月有些不适应，时间一长，有网络有电脑，也做了宅男。倒是王香玉怕他憋闷，每个月开车带他进县城一趟放风。说是放风，其实公司也安排有任务。每次总是先到郊外一处豪宅，有假山流水，廊回峰转，两人被安排进一个房间好茶侍候，饭菜齐备。王香玉说，这里的吃喝尽可放心，全是公司带来的食材。你是公司的大人物，人未到粮草先行。碗筷收拾完毕，有人进来，把两边站墙的柜门打开，原来是两长溜到顶的衣橱。人刚走，王香玉忍不住手痒，一会儿拿出一件大衣，一会儿拿出一条围脖，往身上比试过后又挂回衣架，王香玉说，没有一件不是世界品牌，没有一件不是上万上千，橱门大开，王福玉明白自己此行的任务了。王香玉曾经说过一种植物薰衣草，西方洗衣液里常加进薰衣草香精，洗过的衣服就留有这种香味。王福生在这房间的角色，就是熏衣人，显然这房间的主人是位贵妇人，她的目的是让每件衣裳都沾有王福生珍奇的屁香。

离开豪宅逛街的时候，王福生打听房间的主人是谁，王香玉说，你迟早会见到她。

见到这个人的时候已经是这一年的年末，活色生香公司成了县里的纳税大户，老板带领有功之臣王福生和王香玉来省城参加一个表彰大会。主席台上坐着一排大人物，平时王福生只能在电视上才能见到这些面孔，王香玉在他耳边悄声介绍，这位是副省长，这位是副秘书长，讲到一位肥头大耳的女领导时，王香玉说，这人是旅游局的局长，原来是我们县的书记，前几年高升进省城的，家还安在我们县郊，对了，你没见过人，但见过她好多衣裳。这话听着怪怪的，王福生听懂了，这女局长就是那豪宅的主人。轮到女局长发言，想不到她的普通话字正腔圆，比很多语文老师还强，至少二甲以上。王香玉说，局长在放屁。王福生说，不能诬蔑领导的讲话。王香玉说，局长真的在放屁，你注意局长屁股的方向。王香玉说，局长屁股明显朝左倾斜，因为右边坐着副省长和副秘书长，左侧坐的是副局长。首先接受的是副局长，你看，他脸上还是笑容满面，但是身体却在椅子上扭来扭去。现在接受的是副省长，他用不着掩饰，眉头紧锁，抓起湿毛巾貌似抹脸其实是掩鼻。现在副秘书长接收了，他很惊慌，他怕副省长怀疑自己，勇敢地起身闯进重灾区，假装拎起热水壶为领导加水，其实是抢着为领导分忧。王香玉像是足球比赛的解说员，不由得王福生不信。

女局长还在铿锵有力地读发言稿，看不出有任何慌乱。王香玉说，当官和当老师有共通之处，都修过消音技术这门学科。除了我，没人能确定她是源头，在官场，这是说不出口也问不出口的话题，谁先开口谁就输了。

那么，你究竟是靠红外热能还是靠嗅觉断定的呢？

王香玉笑而不答。

问题出在晚宴上，现在开会吃饭都是自助餐，领导们亲民，珍珠一般撒落在民间。本来以为没他俩什么事，老板却要领着他俩给领导敬酒。老板走前面，王香玉走中间，王福生走在最后，王香玉却突然绕到了王福生身后，大庭广众之下勾肩搭背，还把手伸进他的风衣里面搂着他。王福生刚要挣脱，就听见屁股上吱啦一声轻响，是裤子上的补丁被撕开了，王福生用手一摸，补丁上原来装了魔术贴拉链。看来早就布置好了，这条裤子是王香玉送给他的，同时还送了一件灯芯绒外套，胳膊肘上也挂着两个布丁，王福生以为同是装饰，想不到这条裤子是别有用心，怪不得今天王香玉建议他换上这条裤子。幸亏他外面还穿着一件长风衣。老板向领导介绍他是“丁香先生”，懂的人都笑了，不明白的人则向邻座打听。走到女局长那一桌，女局长拉着他的手，肉乎乎的指头在他手心勾了又勾，夸张地说，原香，这才是原香。

王福生借口上厕所，溜出了饭店，他把那条裤子脱下，扔进了路边的垃圾箱，他穿着一条线裤裹着风衣走上了大街，那条裤子的补丁他似曾相识，视频上表演节目的甲烷先生穿的就是这种裤子。不知为什么，王香玉长期以来灌输的职业荣誉感在一瞬间垮塌了，宋新蕊说的那句话跳了出来，士可杀不可辱。

想念小宋老师。

省城的街市华灯初上，寒风凛凛，行人却没有减少。一抬头，王福生就看到了巨大的屏幕广告，丁香先生以冷漠的眼光高高在上地看着这世界，手中握着一瓶活色生香的品牌香水。这是公司产品的专卖店，王福生不由自主推门进去，暖气的热浪扑过来裹住他，一位着旗袍的姑娘也热情地迎了上来，递给他一张卡片推销产品。

●置身于爱情的芬芳中。——梦幻香水

●有谁不渴望青春的气息？——怀旧香水

●感受新世界的情趣。——热辣香水

●与柔和的晨雾一般清新——拒霾香水

王福生挑了怀旧款，挺贵，好在现在王福生不是王老师，是丁香先生，不差钱。王福生沿着街道走，一会儿走到了一个熟悉的地方。是他原来任教学校的大门口，传达室的保安还认识他，王老师，王老师回来了呵。

跟往常一样，校园里的三楼教室灯火通明，那是高三毕业班学生在上晚自习。王福生鼻子酸酸的，原来他内心深处还是留恋这份曾经拥有的工作。他悄悄地上楼，竖起风衣的竖领挡住脸，找到了他任教的那个班级。王福生悄悄推开后门，孩子们都沉浸在作业中，或者以为是例行检查的值日老师。王福生的目光停留在最前排的男生身上，他俩还是同桌，一位还伸手到另一位铅笔盒中取了橡皮，看样子早已和好。等到教室里芬芳弥漫时，王福生离开了教室，这是语文老师现在能为同学们所做的最后奉献。

语文组的办公室亮着灯，却没有人在。小宋老师的办公桌整洁而干净，王福生一直关注着她的微博，小宋老师已为人妻，将为人母，正在家中保胎。

王老师将香水放在小宋老师桌面上，黯然退出。

这一夜，丁香先生直到天亮也没回宾馆，手机一直关机。王香玉第二天找到他时，他还醉眼蒙眬，线裤和风衣上沾满了呕吐物。

六

王福生回到研究所宿舍睡了一天一夜，醒来时放了一连串响屁，门外的服务员被熏得当即倒地，评香师王香玉鉴定，该屁确实臭，臭不可挡。

王福生违背了合同条例，违约本应赔偿，但老板为人宽厚，解除合同的同时还是给了他一笔遣散费，王福生又回到老街豆腐店里。老王的豆腐机器早已卖给了废品站，老王重操旧业，还是老老实实卤水点豆腐，全手工。

不久，老王家的臭豆腐名声大振，来老街的游客大多是奔臭豆腐而来。老王家的臭豆腐成了品牌，官名“千里香”。

说你什么好

一

怎样安排那五的住处，曾是华一拍卖公司老总章为民伤脑筋的事。那五是华一请来的古瓷鉴定师，拍品真假，不能由送拍方说了算，拍卖公司老总心里得有一本账。江湖上传说那五难侍候，章为民让秘书安排在明城山庄，做这一行的都讲究清静，明城山庄距明城半小时的车程，却坐落在山水胜景中，独门独院，貌似与尘世隔绝，当然，房钱不低，住一夜一万，不带零头。章为民去拜访他时，门环叩了半天，只叩出一个管家，说，房钱到账了，房客没到位。打那五的电话，说他住下了，在城里，报了一个酒店的名字，章总没听说过。让驾驶员在车载地图上搜到了，是城南一家三星酒店。华一的贵客住这档次的酒店，章总脸上挂不住，得换地儿。华一公司的拍展和拍场都是租用国际五星酒店场地，一年最少两场，春拍和秋拍，作为长期合作方，华一的客户住这家酒店房费是对折。但章总想了想最后还是罢了，这圈子里讲究怪癖，更讲究隐私。那酒店应该是二十世纪八十年代的建筑，矗立在一片趴在地面的民居当中，设备陈旧，连个停车场都没有。奇怪的是这那五是独行侠，却开了两个房间，门对门。正式拍卖时，那五也来撑个场，那几天租场子的五星酒店会送几间客房，这道理和结婚办喜宴一样，在酒店订餐，酒店顺便送一间房供新人度良宵。那五拒领房卡，说，不习惯换地方，认生。那几天入住的熟面孔多，可能那五不愿与人搭讪，章总也只能主随客便了。

以后那五每次来明城，都住城南这家酒店，很专情的样子。那五可以不讲究，但章为民不可以慢待。每次那五到此，章为民都派一人一车也在这酒店住下，听候那五调遣。

这次请那五来，是为了瓷器入图录的事。拍卖之前，有拍品展览，展览之前，老客户决定来不来就看收到的图录。图录录的不是图，是拍品的照片，现代摄影技术已经极其精湛，加上最高端的印刷技术，每家拍卖公司的图录都制作考究。再考究也只是其表，买家看的是真假。这年头，用句老话来说假作真时真亦假，一件拍品现场摆着，专家们的意见也难达成统一，这样的拍品可以进图录，但不能做封面封底。业内有竞争，免不了同业拆台。图录内有几件赝品在所难免，但封面封底倘是假货就成了笑柄，眼色太差了。尤其封面，不光是真品，还得是珍品，挑大梁的主角。这封面不仅是图录的面子，更是公司的脸面。这几年有些土豪转向收藏，上当多了也变得精明，其他拍品瞅也不瞅一眼，就盯着封面封底两件拍品举牌，闭着眼睛往上举。拍卖公司也开心，公司的利好往往就在买家此举。所以，选择哪件拍品做图录封面封底，就成了每家拍卖公司的大事。

章总在九楼北向的窗户看出去，大厦的阴影覆盖了楼下的贫民窟。只有站在城南的楼上，你才能看到城市金碧辉煌掩盖下的贫瘠。破旧的黑瓦屋顶，拥挤的天井，二十世纪工厂宿舍楼的平顶，晾晒的被单在绳上被风鼓吹如帆，杂乱无序的太阳能汲热管参差缤纷。小史怕老板等得无聊，几次要去按对门的门铃，都被章总制止。小史是章为民的司机，那五到了明城，章总的司机和座驾就专门为那五服务了。这一间房，原以为那五有什么猫腻，派什么特殊用场。小史早就摸清楚了，基本空关，那师傅就是鉴定拍品时启用一下。那师傅说，这些瓷器，很多都是墓穴里出来，汲人阳气，不能进入他的卧室。小史听着像开玩笑，章总一本正经地说，是这个道理，那师傅活得细致。一行有一行的规矩，比如说，请行家鉴定拍品，你把行家请到库房现场不就了了，没这道理，必须是公司将拍品送到人家下榻的宾馆，也不怕那价值连城的瓷器和玉器磕了响儿。从前不怕，现在当然不怕，现在车载保险箱就是用炸药炸，里面的器物也毫发无损。章总从业多年，当然不会坏这个礼数。对面的门总算开了，出来一个年轻女子，几分时尚几分妖冶，大大方方地正面朝小史抛了个媚眼，弄得小史挺不自在。女子走了几分钟，那五穿着睡衣拎着眼罩趿拉着宾馆廉价的拖鞋过来了。

这回华一的瓷器图录封面，章总打算用一只元青花小碗。自打2005年英国佳得士将那只“鬼谷子下山图”青花罐拍出了2.3亿人民币的天价，元青花就成了藏家追捧热点，这类宝贝国内存世不多，倒是国外有两家藏品不少，一处是土耳其的托普卡比宫，一处是伊朗的国立考古博物馆，古时瓷器多船运，想来该是当年海上丝绸之路贸易的商品。有买卖就有人动脑筋，近年市场上出现的元青花很多都声言来自国外，甚至编造出战乱流失的故事，鱼龙混杂。这只小碗的卖主潜水，委托人也不肯说来处，章总请几位专家掌眼，大师们都说这回遇见了真神，从器形胎质纹饰等等讲出一番道理。所谓专家，主要来自于博物馆或者高校，不是教授就是研究员，偶尔在电视上抛头露面糊弄一下百姓，能通过一只鸡蛋讲出母鸡的十八代祖宗，但鸡蛋未必是这只母鸡下的蛋。这些人往往兼着多家拍卖公司的艺术顾问，类似于身兼多职的大律师，有学问，有大学问，但那些学问都是从馆藏的几件宝贝上琢磨出来的，所以这些人也谦虚，口头禅是“我个人以为”。在专家眼光之上的是藏家，当然，这藏家不是那些挥金如土的土豪，而是喜欢了这门类几十年，不停地卖出买进的人，倘若他将藏品全部出手，他也可能是亿万富翁，但事实上他手头永远没有余钱，肯掏真金白银比说一筐废话有力量，有信度。拍卖公司最信任的是行家，行家没有头衔荣誉称号，甚至在江湖上不留真姓实名，与前两类人比较，这帮人相对年轻，他们出身卑微，很多人是盗墓贼出身，现在从事的多是地下作坊的造假业，他们见多识广，眼光既毒又准。那五就属于行家之列，且是行内瓷器领域的领军人物。

那五四十多岁，眉眼搭配得有些随意，头发软而黄，像是停留在营养不良的少年时代，但恰到好处地耷拉着，遮挡了脑门上明亮的疤痕。现在拍卖行业内的人，蓄发蓄须或者光头，珠腕玉指，穿唐装，着布鞋，一个个弄得莫测高深。这些毛病那五一样都不沾，把他扔在大街上就是个过普通日子的中年男人。章总起初是喊他专家或者老师，那五说抬得太高，他有恐高症。章总改口称他先生，那五说，还是拗口，喊我大师傅吧，都这么喊。章为民不知道哪些人这样喊，见他真诚，便依他改口称大师傅，内心里与这人近了不少。小史将箱子打开，再打开层层软缎，那只小碗现了面目。小史递上便携式显微镜，那五摆摆手，端详了那碗一会儿，盯住了碗沿一个细小的豁口，伸出手指抹了抹，抹得章总心惊肉跳，可别把小口子磕出新肉。那五抹干净了，一口唾沫喷了上去，然后眯着眼看那湿痕丝丝缕缕没了。那五点点头，章总就嘱咐小史将碗收了箱。俩人坐定，正事就算完了，好像那五那点唾沫比碳测还可靠。小史泡上茶，俩人端起茶杯。

茶喝过三巡，章总还没有走的意思。倘是别的艺术顾问，口中早就纵横捭阖卖弄那一肚子学问了，这那五肚子小，口也拙，俩人坐着有些冷场。那五说，章总还有事？章总挪了挪屁股，说，不知道该怎样开口，朋友有几件东西想。打住，那五放下茶杯，说章总还是不开口好，免得坏了规矩又丢了人情。规矩是有言在先的，那五只看重器不看小件，而且只看华一的重器。那五从口袋中摸出黑色的眼罩，章总明白是送客的意思。这人有个毛病，一个人独处时喜欢戴着眼罩，说在黑暗中人脑子里可以放电影，估计是从前在坟穴里落下的病。软兜似的眼罩在那五手指上晃悠，章总脸色尴尬，似乎他眼见的不是眼罩，而是女人的胸罩。可惜真不是，胸罩可以是男人的话题，眼罩却是逐客令。他章总不是冒失人，实在是受不了那郑国华的胡搅蛮缠。开口前章总明知道会碰一鼻子灰，但有时候是没办法，不能为朋友两肋插刀，至少要敢碰一鼻子灰。章为民在窗口时就看到国华的破普桑泊在街角，但愿他此刻站在门外，耳闻了堂堂章总的自讨没趣，这灰不是那五抹上去的，是他郑国华。

那五送客时，国华果然站在走廊上，地毯上放着人革拎袋，袋口的拉链崩开了，身上斜背着军黄色挎包，包里的重物拽得他身子也斜着，手上还捧着一只耳罐。这哪里像一个人民教师，分明是古玩街上练摊的。章总说，这下子相信没有，我说了也白说。国华服气地点点头，沮丧地空出一只手去拎人革皮袋。那五说，你真想让我看东西？国华鸡啄米似地点头。那五说，那你刚才应贴上我，双手一扔耳罐，碰个瓷。碰瓷这活儿的出处不是大街上磕车，那叫碰铁，咱这里才叫碰瓷。国华说，这耳罐可是我老爹的宝贝，花了大钱，不敢摔。那五说，先生您不开窍，您上路边店里买一个摔不行吗？赖上了我，我敢不听您指使？这番玩笑说得几位都笑了。

那五说，东西真是您老爹的，就摆上让我看一眼。

国华和小史将东西一一摆在宾馆的白床单上，那五怕烫似的远远看过去，身子都没附下。那五说，你爸的宝贝，传到你手里了？国华说，他还在，他一辈子都玩收藏，不肯放手，我说是让章总请大师面鉴，他还让一一留了字据。那五笑了，说，你不是独生子。那五说，都是真货，行情这几年看涨，不要急着出手。这大师连器物的边都没沾一下手，国华有些不甘心，拿起一只青花小碗，说，您看看这碗，我老爹用一张徐悲鸿换的，值不值。那五不接碗，说，当然值，五百年后那张徐悲鸿画纸变成了灰尘，这碗还是碗。

郑国华谢过兴冲冲走了，章总说，有几件连我都能看出是仿货，你却不肯说真话，糊弄他空欢喜。那五说，他高兴了，回家几个兄弟知道了就跟着高兴，孝敬老爷子的积极性就高涨。

那五说，就那小碗是真的，民国仿青花。

章总要另付费用，那五说，你莫非告诉了他我真姓名？章总说没没没，那五说，不留名就不收费，不收费就不担责，这理儿章总能不懂？

章总说，看来那大师傅是想学雷锋，做好事不留名。可这让我，让我说你什么好。

二

郑国华将大包小包从车上弄回家时，觉得那些东西比原来重了不少。东西当然不会增加斤两，只是因为鉴定师验明了是真身，这些东西在郑国华心里的重量加重了，郑国华举手投足愈发谨慎，多了一份小心。郑老爸开门接了大儿子，破天荒给儿子端了杯茶水，心里急等儿子汇报，脸上却努力将这焦急不显山露水。郑国华喝了口水，脸色凝重，说，华一请来的大师说了，青花小碗是真货。别的呢，那别的呢？老爸沉不住气，从沙发上站了起来。郑国华脸上憋不下去了，笑着说，别的嘛，当然也是真的。

做数学老师的老大平素是个刻板的人，一加一永远等于二，所以只能靠哄哄孩子为生。这回居然跟老爸开起了玩笑，实在是人逢喜事精神爽。郑老爸相信老大的高兴劲儿不是装的，但还是追问一句，那大师可靠吗？

郑国华说，章总亲自在现场陪着，开始高低都不肯看，后来是聊得高兴那大师才给了章总面子。这话不全是实情，郑国华接着说，爸，你想，章为民跟我打小就是玩伴，现在他儿子就在我班上，想调前排座位我就给调了，想当班委我让当上了。送烟我没要，送卡我退了，就这事是第一回求他帮忙，他还会诓我？诓了我他也没甜头可得。

诓他的还真不是章为民。

郑老爸将器物一件件摆在茶几上，倒不是怕老大顺走什么，老大不是那种人。郑老爸想再打量一回宝贝疙瘩，数一回家珍，讲一回故事。几乎每得一件宝贝，郑老爸都收获一个故事。这些故事大儿子夫妇不知听过多少回了，老二老三家也没少听，百听不厌的只有大儿媳红英，红英虽说下岗了，但没脾气，在外对政府对领导没脾气，在家对公公对老公不甩脸子，这就是老伴走后，郑老爸选择住在老大家的原因，老大家的随和。

红英，红英。

红英从厨房应声而出。平时擦拭器物，都是红英干的活，老大笨手笨脚，不敢让他沾手。红英从柜子里取了棉纱，说，我来我来。郑老爸说，那一回，我在中原出差，从宾馆门口出来，就发现了一老头在停车场角落蹲着，眼巴巴盯着进出的人流，我说你要饭也得挑个好地儿，这角落里咋行。老头白我一眼，说我等人，继续蹲着。等到我吃了饭回来，老头还蹲在那，我递过一个馒头给他，那馒头可肥了，一个半斤，老头直起身，我才发现他棉大衣里揣着一只梅瓶。往常讲到这，红英该出来纠正了，人老了记忆常出错，那老头上次说是个老太，那馍头上次说是包子，可红英只是默默擦拭，没吭声。郑老爸觉得不对，说，红英，遇上事了？红英摇摇头，眼圈湿了。郑老爸说，莫非股市亏大了？红英的眼泪就滚下了脸颊。

2015 年的春天除了万物在生长，股市也疯涨。红英上菜市场或者跳广场舞，人们热门的话题只有一个：今天股市赚了多少。似乎没有亏的人，只有赚多或赚少。红英想起来她也曾经是股民，六七年前买了两万多块钱的股票，一直不死不活地漂在股市上。都快忘记了，钱数没忘，账户和密码忘了。幸亏当年开户找的是熟人，找回来了。一看市值，八万多，翻了几番了。这是她一生中头一回赚这么多的钱，她以前在厂里上一年班也就能挣两万块。红英娘家在林区，她家的猪崽有一回跑丢了，半年后长成了大猪回家，还带了一窝猪崽，把她爸妈给高兴坏了。红英觉得这股票简直就像那头猪崽，独自开心过后，红英沉住气，没告诉郑国华，当老师的人都疑神疑鬼胆子小，不足以谋大事，别看郑国华屋里屋外撑着场子，遇点事就晚上失眠。好在红英掌握着家中财权，她将三十几万积蓄一股劲砸了进去，但这回遇上了大熊市，K线天天飘绿，红英眼睁睁看着钱折了大半，没了主意，跟进没钱，清仓割肉心又不甘。

莫非这回的猪崽回家迷了路，还是因为没到回家的时辰？

郑老爸听罢，安慰大儿媳，咱不慌张，马无夜草不肥，对于普通人家而言，赌一把运气没错，况且，国家也在鼓励这股市。先别急着出，我想办法。郑老爸嘴上这样说，其实心里也没底气。搞收藏的人哪怕是亿万富翁，身边也没有现钱，有钱就奔喜欢的东西了。郑老爸尽管是小打小闹，身边也没存下几个钱。

好在还有茶几上摆着的这些器物。

三

章为民做这一行也是半路出家，章为民原来是个包工头，再原来是市工程招标办公室办事员。早先读过两年建筑专科学校，分配在机关坐办公室，对农村孩子来说应该算顺风顺水了。可是章为民人小心大，表面上他是个勤快孩子，比单位的勤杂工还勤快，早到迟走，免不了看见一些不该看见的交易。他私下里算账，要靠工资买房娶媳妇，怕是要等到头发白光了，梦想熬到有坐在办公室收红包的一天，但这算盘人算不如天算。眼看着包工头们大把赚钞票闹着玩似的，他“咕咚”一声下海了。章为民在单位那几年没白干，里外有了人脉，空手拉起队伍没算难事。都说包工头没文化，许多官员吃了喝了收了，然后嘬着牙花子笑话人家。章为民是有文化的包工头，不和当官的喝酒，只和当官的喝茶。送礼不送现钞，送字或者画。从本市行情看，章为民当初是领了雅贿风气之先。

章为民因此结识了几个画廊老板，又进而结识了几位书画家。

那时的书画家炒作方式还比较单一，画廊老板买断某位书画家两三年内作品，包装之外，最关键的是能让作品挂进省市领导的办公室，那才是金字招牌。也许领导们没当回事，算是附庸风雅一把，下官和老板们却想象丰富，会千方百计收购那位艺术家的作品上贡。弄得洛阳纸贵，画廊老板和书画家赚得钵满盘满。领导不会总给你当枪使，这招后来不灵了，拍卖公司崛起，书画家和经纪人找到了新法子。将书画家作品送拍，然后雇人竞价，将市价翻几番再拍回，损失的那点佣金，相比较翻番的市场行情算不上什么。但章为民关心的是佣金，买卖双方佣金加起来是成交价的百分之二十，真正坐收渔利呵。章为民亲眼见到两买家竞拍石夆的“闽游山水图”，举牌一次加价 500 万，成交价 1.36 亿，拍卖公司几分钟收获两千多万佣金，坐在现场的章为民坐不住了。章为民再不愿做包工头，改行做了拍卖行老板。

都说改行就像离婚，有了第一次就不怕第二次。但章为民不是这样的人，他干一行就爱一行，十分敬业。盛世古玩，乱世黄金，章为民的拍卖行赶上了好时代，华一的业务拓展很广，涉及字画、玉器、瓷器、砚台等多种业务，章为民也成了业内小有名气的专家。但是章为民不敢大意，这行业水太深，学问太深。章为民入行后有过一次教训，出过一回洋相。那是朋友一个重要的攻关，让他备一幅某名家的画作送领导，该领导和画家是同乡，且有交往。章总不敢大意，到手一幅画家代表作，曾入书画家出版的画作选。为求稳妥，章总让朋友连画带书一起送了领导。一年之后该领导被双规，鉴定受贿礼品时居然说所收字画大多数是赝品，包括章为民经手的那一件。这事牵涉到朋友，朋友被调查后反过来感谢章总，幸亏是假货，既救了我，又减了领导的罪过。这比破口大骂还让人难堪，章总发誓要弄个明白。鉴定者也是圈内人，说画是假的书也是假的，就是说人家为了卖假画还盗版出了本假书。吃一堑长一智，章为民心里难受过后，再也不轻信圈内任何藏家。都是抬头不见低头见的人，人家装做没那回事一样，心里说不定还笑你傻逼。哑巴吃黄连，有苦说不出，说得出又如何?章总只恨自己技不如人，章总可以不要脸，但华一不能没面子，章为民一咬牙把钱赔给了朋友，算是交一笔学费。

华一的业务面越做越宽，网罗高水平的鉴定师更显得重要。专家也好，行家也罢，最重要的是圈内的权威性。从法律条文看，拍品的真假拍卖行并不负责任，一个愿打一个愿挨，世上的交易天生只有买错没有卖错，谁让你走眼了。理是这个理，话不能这样说，事也不能这样做，和气生财，假货多了影响拍卖行声誉，买家就不敢来了。不跟你讲理的买家就坚持退货，钱让卖家提走了，拍卖行就落个佣金，你若不退，有胡搅蛮缠的，还有带人来砸场子的。老板当然不怕，做这一行的都不是软柿子，红白两道跨着。但最终还是花钱消灾，花多花少而已，给他不给你而已，这类事宜少不宜多。拍卖行的老板求贤若渴，专家好寻，象牙塔里占着位子，伸长脖子盼着做顾问，名利双收。行家难觅，神龙见首不见尾，人家也不稀罕鉴定费这点散银子。瓷玩行内，那五是一言九鼎，专家教授也怵他，他十几岁钻墓穴起家，同样交学费，性命比钱贵。同样做学问，人家的琢磨的是一手器物，专家们面前摆的是书本。章总久闻那五盛名，只是想不到有一天能遇见那五，那五还收下了华一的鉴定顾问聘书。

每场拍卖总有这样一些人到场，他们年逾花甲，捧着老花镜和图录，难得举牌，像小学生做功课一样记下每件拍品的成交价。向他们打听某类拍品的市值，他们简直可比拍卖行的数据库。他们理性，精明，一场可以不买一件，但出手基本不会买错东西。华总对这样的客户一视同仁，人家肯交押金领牌子，至少有诚意，起码可以算捧场。谢老爷子就是这样的买家，据说退休前他是一家企业的会计。他买了一件青花托盆，说回去后发现是行货。章总对照了图录，东西对，没有替换，几万块钱的交易，多一事不如少一事，正要答应退款，谢老会计说，我说东西不对不算数，人家那五说不对，还能不是假货？章总立即改了主意，说，那五？真要是那五，你让他到公司当面来说，他要是认定是假货，我不说二话。

谢老会计拍走的瓷盆，相形上看是明朝万历年间的东西。都说万历皇帝二十八年不上朝，是个懒虫皇帝，但从拍卖市场看，万历年间留下的藏品最多，图录上的索引往往能占几页。可见，治天下皇帝不必管得太多，管理公司老板也不必事无巨细都过问，关键是下有英才。万历皇帝这样想，章老板也是这样想。

那五那天穿得还算周正，衬衫外面套了件马甲，脚上一双铮亮的名牌皮鞋，只是肩上背着的面粉口袋有些不伦不类。一行人穿过大厅，在会客室落座，那五的皮鞋底踩在大理石地板上悄无声息，像是鞋底上长有猫科动物脚掌的肉垫。面粉口袋里分明是硬器，从肩头落在硬木椅子上居然没有磕出声响，他肩腕之间动作幅度既小又快，让章总联想到杂技人玩的“缩骨功”。谢老会计介绍完毕，章总起身称如雷贯耳，那五却坐着说，当我是个响屁。

那五从面粉口袋中摸出一张盆子，递给章总说，看好了，是不是谢老爷子从你们这里拍走的？盆子在众人手里传了一遍，是。盆子回到那五手中，那五就地一扔，盆子碎成一地瓷片。众人无声，那五从口袋中又摸出一只同样的盆子，说，章总，逗你玩呢，这只才是你的东西。这一回瓷器部的几个人都看得仔细，还拿出图录一一比对，每人都负责地朝章总点了头，那五随手接过又往地上一扔，对着瓷盆的一地尸骨说，章总别心疼，我这面粉袋里还有。

章为民明白了，拦住那五说，那先生别掏了，面粉袋里有多少盆子我都买了，按谢老爷子的成交价。那五说，章总，还剩三只，我实话实说，都是假货。章总说，不知道什么是假货就不能知道什么是真货，在下受教了。

章总当然猜到了，这批赝品是出自那五的地下工厂。

俩人后来成了朋友，章总问大师傅怎么肯为谢老爷子出面，这么小的交易，这不符合江湖规则。那五禁不住几番追问说出了秘密，谢老爷子的女儿是医院的护士，又兼做暗娼。那五被谢家姑娘迷得神魂颠倒，挥金如土，不想她中间回了趟家，阴着脸回来了。那五打听到是这事，就上门看了货，技痒，在老爷子面前亮了名号，把这事大包大揽了。

想起谢老会计那天对自己的一脸不屑，对那五的千恩万谢，章总不知道该对他说什么好。那五说，谢家姑娘，那姑娘，在床上可真是生龙活虎，她爸的事，我能不管？

四

郑老爸头回登章总的门，就让章总头大了。老爷子直言不讳，想出手两件东西，等钱用。

章为民让座，沏茶，点烟，心里叫苦不迭。

郑老爸是个好人，当年因为老实，遭街道里算计，全家下放到了章为民所在村庄，他当时三十多岁正值力壮，坚持与社员们下大田，不耍奸耍滑，在村里留下了好口碑。回城后与乡亲们常往来，章为民在城里读书时常来郑家蹭饭。郑老爸最初藏字画，后来字画假货滥了，他改藏瓷器，但却一直避着章为民。听郑国华说，老爷子不肯来华一，是怕章总东西进出都会免佣金，老都老了，可不想做个贪小便宜的人。章为民心里说，老爷子这回大错特错了，在我这里进出，至少我不会让你被别人点了眼药，买了这么多假货。

章为民说，郑伯，您咋一下子缺钱了？缺钱就先从我这里先拿。

郑老爸说，我就怕你说这句话，我是想做你的客户，你不要嫌弃就行，这两件货国华都托你鉴定过。

章为民想了想说，行，只是现在图录出来了，上拍怕来不及。您告诉我，缺多少钱，我在朋友圈里吐个价。

两件东西中其中有一件就是民国仿品青花小碗。郑老爸说，实话告诉你，红英炒股亏了十几万,一个人躲在房间以泪洗面，红英你也知道，为这个家为我吃苦受累的，我不忍心，想帮她一把。这事你不能让国华知道，也不要让别人知道。

这个世界怎么了？收藏界成了赌场，股市更成了赌场，要命的是把千千万万老实人诱惑进了赌场。

这样吧。章总说，你把另一件带回去，青花碗我买下了，我出二十万，您看行不？

我看不行。一个声音在大班桌那边响了起来，这可是高古青花，我加五万。

郑老爸被吓了一跳，站起身说，这屋里还有人？谁？

那五躺在摇椅上，戴着眼罩，却准确地伸手将茶杯送到唇边。章总说，我一个朋友，打了一夜牌，躲这里小睡。

老爷子说，这位先生，您戴着眼罩，凭什么说那是高古青花？

那五说，我用鼻子嗅出的，青花小碗，碗底有三瑕凸，没错吧。

章总低声说，别捣乱。那五卸了眼罩，正色说，二十五万，行吗？

那五想把担子抢到自己肩上，那天鉴定是他把事儿弄大了，但这账不是那五的账，章总说，我再加五万,三十万。

那五说，我加十万,四十万。

章总知道那五认真了，郑老爸做梦一般，说，为民，此事当真。

当然当真，那五当即下楼取卡转了账，走时老爷子奇怪地看了章总一眼，显然，他怀疑章为民想趁机捡他老汉的便宜，为了那眼神，章总恨不得杀了那五。

那五是章总从派出所领回来的，他不是打了一夜牌，他是被派出所关了一夜。那五有那五的毛病，每天换一个女人陪夜。这毛病本市有几个书画家也有，说是为了寻找艺术灵感，但人家称为艺术助理，每周一轮。那五说我就不能附庸风雅一把？区别是人家按月发工资，那五是按钟点发工资；人家是在工作室工作，那五是在客房客服。章总说，关键是你那客房不是国际酒店的客房，警察随时可以闯进。那五承认自己错了，说，你不知道，可那里有人的味道，城南的空气里到处是人味。有一回我在洞穴里闻够了浊味霉味蚯蚓味草根味，我最想闻的就是人味，出来后就上瘾了。章总打趣说，莫非你小子天天夜里搂着女人，就是为了闻更多的人味？

那五坦然说，没错，你以为我裆里挂的是金箍棒？

那五上得楼来，把玩着青花小碗，说，刚才老爷子那家人都是正人，老有老的人味，少有少的人味。那五又说，我不是钱多了烧包，我告诉你一个秘密，我十三岁那年，我爸把我推出洞口，洞塌了，我从此没了爸。

章总说，但这东西明明是民国仿货，你硬是在老爷子面前毁了我人品。那五说，那要看是在谁手中，在我手中它就是高古青花。那五又说，行内有行内的规矩，行外有行外的规则。这规则就是胆小的被诱惑被哄骗被出卖，胆大的坐在上座做庄家。

一年后那只青花小碗成了京城某公司图录的封面，起拍价是个天文数字。章总拿起电话，说，大师傅，这下子我跳进黄河洗不清了，嗨，说你什么好。

选择题

国庆长假回老家，头几天忙着吃喝会友，脑子里烦不了事，闲下来总觉得漏了什么，又想不出漏了什么。直到陈新民打电话问我有没有回来，这才想起来儿子他妈交给的任务，儿子读高中是放城里好，还是放老家县中好？老婆单位上有几个同事嫌城里高中抓得不紧，纷纷把小孩送回老家的县中读书，看中的是县中升学率高。我一拍脑袋，这事找陈新民拿主意，陈新民现在是县中的特级教师，市里的中考命题专家，有一回西装革履的照片还牛哄哄上了市报，记者把我这老同学赞美得像影视版的明星一样灿烂。我说要去陈新民家去玩，爹说，你别去，新民现在是大忙人，我说他再忙也得接见我，何况上次去市里他托我办的事我要交代给他。

陈新民家的新楼就在县城的开发区，我走到他家院子门口，男男女女一帮人或坐或站地守在那里，我心里一惊，想到市政府门口那些上访的人群，可这陈新民家的院门又不是衙门，

一边纳闷一边按响了门铃，听到门铃响，那些或看书或聊天的人们都抬头看我，眼里尽是羡慕，门铃响了两遍，一个小姑娘才开了门，不耐烦地说，没到时间呢，想来这是新民家姑娘了，我还是抱在陈新民手里时见过她一次。我说什么没到时间，我是你爸的朋友。小姑娘审视了一下我，放我进了院门。

我说，媛媛，你爸把谱摆得太大了，见市长也不要排这么长的队。

小姑娘见我称呼她的小名，说，叔叔，您是？我是你爸爸的老同学，

老同事，在省城做编辑的葛叔叔，你爸呢？上楼去通报一声。我在客厅里没见到陈新民和他老婆王英英的人影。小姑娘说，原来是葛叔叔，我爸和我妈常提起你，我把你当成学生家长了。

家长？

那些在外面等候的都是补课学生的家长，我爸在给那些学生上课。

你妈妈呢？

妈妈去买菜了。

我坐在沙发上喝茶，怪不得我爹说新民是大忙人，原来是忙着赚钱啊，想起在外面等孩子的家长，我心里有了一点惭愧，儿子读初三了，我从没有这样操心过。

媛媛见我无趣，掏出笔来很快写了一个纸条，说，葛叔叔，你做一个选择题。

通知陈新民来客人了，立即下课。

通知王英英，赶快买菜，立即回家。

葛叔叔看一会儿电视，稍作等待。

葛叔叔进书房，看一会儿书。

我不禁乐了，这小姑娘真有趣，一本正经的陈新民倒生出一个淘气可爱的女儿，我说，叔叔选 C，媛媛学着主持人李咏的口吻说，恭喜您答对了，这正是我最希望叔叔给的答案，逗得我不由得笑了。

陈新民与我是小学同学加中学同学，高中毕业后我考上了师范学院，他考上了一所二年制师专，学的都是中文。巧的是后来我们都分配到了同一所农村高中，我去报到的时候，陈新民已经是语文教研组长，那时候农村中学师资匮乏，文革中落难在农村中学教书的城里人都纷纷落实政策回城了，高考恢复后的大学毕业生还暂时轮不上这类学校，陈新民是高考恢复后第一个分配来的大专生，老师们在一起时不喊他陈老师，全尊称“陈大专”，陈新民说，你来了就是我们组唯一的本科生，我这组长该卸任了。陈新民这样说的时候酸溜溜的，我赶紧安慰他，你千万别这样想，我可不想在这里待上一辈子，本人志不在此。这也确实是我的真心话，那时候我一心想当作家，大四时就已在省级文学刊物发表了小说，尽管没有后台被发配到了乡村，依然不改初衷，以为文学能拯救自己，心高志远。

现在回忆起那一段乡村中学的生活，其实是美好的。陈新民一边教书，一边读函授本科，我一边教书，一边潜心读书与写作。我俩的单身宿舍隔壁相邻，在那偏僻的乡村，我俩宿舍里的灯是这一片土地上最迟熄灭的灯。乡村常常停电，我们就共用一盏煤油灯。乏了，到操场上跑一圈；饿了，翻窗到食堂里摸一点锅巴。头痛的问题是找不到对象，说是一个乡镇，也就是有供销社、医院和学校，那时候找对象讲究城镇户口，否则你考上学校左脚刚从泥田里拔出右脚又得迈进去，因为子女的户口跟女方走。小镇上的女教师、女营业员、女护士谁都不想在这里待一辈子，眼睛朝上盯着省城县城的小伙子。好在那是个热爱文学的年代，征婚启事上都有很多人标上这一条吸人眼球，我常常能在编辑部转来的来信中收到倾慕者的照片，星期天偶尔也会有县城的文学女青年下乡与我探讨文学，我很快就与省城的一位女大学生确定了恋爱关系。这一点，很让陈新民和别的男教师们眼红。有一天，陈新民在我宿舍里翻看我的小说手稿，突然说，你说我能不能写小说？我说当然能，高玉宝没上过一天学，都写出了《半夜鸡叫》，还上了语文课本。我以为新民是说说而已，没想到过了一星期，他真拿出了一个短篇小说稿子让我修改，我仔细读了，尽管觉得实在不像小说，还是鼓励了他一番，说比我写的第一篇小说强多了。陈新民后来又连续写了几个短篇，踌躇满志地投出去，等来的都是退稿信。新民跟我说，看样子我不是写小说的料，不能指望它帮我找老婆了。新民从此不再写小说，专心写教学论文，新民的教学论文一写就发，慢慢地竟然在全县语文教师中有了名气，县实验小学有一个语文老师经常写信与他探讨，一来二去就探讨成了新民的老婆，这位小学语文老师就是王英英。他们结婚时，我已调进省城，专程回来喝喜酒，新民感慨地说，真是条条大路通罗马，我一定要教书教出点名堂，也不枉小王下嫁给我一个乡村穷教师。

新民的楼房地上三层，地下一层，装修得富丽堂皇，楼前的花园有二三百平方，这小子看来真是名利双收了。倘若当初他像我一样写小说，一条道上走到黑，即使写出一点名气又如何？我一家三口至今还挤在公寓房里。现在轮到我吃酸葡萄了。

先听到院门开门的响声，接着王英英大包小包拎着进了客厅，见到我一愣，哟，什么风把大作家刮进了我家？媛媛，怎么还不叫你爸提前下课？你葛叔叔可是稀客。王英英的嘴巴像连梭冲锋枪，允不得我插嘴，等她说完了，我说别错怪媛媛，我已经做完她的选择题，选择题？王英英快乐地大笑起来，说，再过几分钟就下课了。

一会儿，二三十个孩子从地下室的楼梯穿过客厅鱼贯而出，路过客厅时都掏出一摞纸币塞进茶几上放着的一个鞋盒内，使我想起车站上检票上车的旅客。王英英有几分不自在，等最后一个学生走过，急急盖上鞋盒，说让大作家见笑了。我装着没听见，新民已经站在楼梯口，手上和衬衫上都沾着粉笔灰，脸上有几分倦意。见到我，脸上有几分惊喜，顾不上擦手就握住了我的手。

新民明显比同龄人见老，头发已经稀疏，且已白了不少，额上的皱纹清晰可见，我说，新民，你太辛苦了。新民苦笑了一下，说，没办法，县长局长在大会小会上都讲要杜绝有偿家教，可是轮到他自己的小孩，他就找上门来，你不带也得带，你带了一个，就会有更多，七亲八友都找你，一个小县城住着，谁都不好意思回绝，索性敞开了门。这不，下午还有一场，晚上也有一场，我整个就成了教书机器人。我说，怪谁呢，谁叫你是特级教师，考试专家。

已近晌午，王英英说，老葛，你该做我的选择题了。

上饭店吃午餐。

上饭店吃午餐，再喊上几个老同学。

在家用午餐，让饭店送菜。

在家用午餐，我烧几个小菜。

我说天哪，你们一家都是李咏迷啊，怪不得媒体上都说李咏是女性杀手呢。王英英说，我们迷的才不是李咏，我们迷的是我们家陈新民，老葛你不知道，我们家老陈是出选择题的高手，市里县里的考试题，大大小小的语文报刊，出选择题都得请老陈出手。陈新民出选择题上了瘾，在家里遇到问题也全是出选择题，天长日久，我们娘俩也给熏陶出来了。

新民笑着说，你这出的是什么选择题，一点水平都看不出。

看来这一家人都过得挺快乐，我说，我做题了，D，新民笑着说，恭喜你答对了，我们家来了客一般都上饭店，只有最好的朋友到了王英英才肯下厨。

说到选择题，我想起陈新民托我的事。上一次新民去市里开什么考试会，他用名作家叶言之的一篇获奖散文出了现代文阅读题，老叶是我的哥们，新民托我请老叶做一下老叶自己的文章出的阅读题，我约老叶出来喝茶，将试题放到老叶面前，老叶坐在茶馆里坐了小半天，秃顶的脑壳挠得红彤彤，才像小学生一样交出了试卷。我将试题拿出来交给新民，新民立即找了一支红笔批改起来，一共八道选择题，老叶居然做错了七道，作者本人居然做不出根据自己文章出的题目，这题目肯定有问题，我怕新民面子上下不来，赶紧说老叶这家伙看来不上心。新民说，不，你不懂，老叶做不出，才说明我这题目出得好。出选择题就是要让学生难以找到正确答案，每道题都要设计误导，设计圈套，才能显出命题者的水平。如果都像王英英给你出的选择题，那就人人都能出选择题了。新民脸上的表情很有成就感，眼镜片后面的双眼闪闪发亮。看来真是隔行如隔山了，我如坠云雾之中。

但一转念我也想通了。报上不是说某某中文系博导教授高考语文试卷做不及格，某某大作家做高考作文只得了及格分，儿子小学六年级的奥数题他外公、外婆、母亲三位大学理科教授成立了一个攻关小组，忙到深夜十二点也解不出来。看来真不能小瞧这些中小学教师的水平。我对新民有了几分崇敬。

吃过午饭，便陆陆续续有孩子背着书包进院子门。秋天的阳光十分明媚，新民院子里的花木红是红绿是绿。孩子们却不闹，静静地拿出书本，或坐在台阶上或坐在石凳上专心致志地看书。我不禁想起鲁迅先生读书时的百草园，新民的院子里也有秋虫的唧唧，也有鸟儿的啁鸣，这些孩子居然充耳不闻。曾经跟儿子讲过自己的童年，在夏天的河荡里游泳，在秋天的原野上奔跑，觉得自己的儿子生长在城市也有一分缺憾，看来倘使儿子真的生活在乡镇，也未必能有我们童年的欢乐。

我不能耽误新民的课务，孩子们在院子里等候，家长们在院子外等候。我想起老婆交给我的任务，征求新民的意见，新民沉吟半晌，我以为他又要出选择题给我做，新民说你有多少积蓄，我说孩子在城里或者县中上高中都没问题，新民说我问你你有多少积蓄，我报了一个数字，这是我和老婆准备购置新房子的积蓄，新民拍拍我的肩膀，说够了。

新民说其实在城里读重点高中和县中读都是一回事，现在上面提倡素质教育，但所有的学校都靠升学率生存，城里的高中也会向县中看齐，市长要升学率，局长要升学率，哪一个校长敢不要升学率？城里学校流行这样的顺口溜："素质教育是西装领带，人前必须整齐穿戴；应试教育是贴身内裤，白天黑夜都挨身贴肉。"市里几所名校都来电来信与我联系，想调我过去抓毕业班，县中教育占领城市的日子不远了。

新民顿了顿，说，市教育局组织我们特级教师出国考察过西方中学，人家完全是另一种教育，但我们的孩子要想有那样快乐的教育，不知道还要等待到何时。事情只有等做到了极端，才能出现转机。

新民的脸上出现了真诚的苦涩，其实，我带家教也不全是因为无法推辞，我想挣点儿钱，送媛媛出去读书。所以，我问你你有多少积蓄。

告别新民一家，我的心情一直沉重。回家后爹看出我有心事，我说，我在出一道选择题，这道选择题既难出，也难做，您做大学教授的儿媳未必能做对。

没想到这竟然是我与新民的最后一次相见，等我春节回家探亲时，我爹告诉我说新民走了，我说新民去了哪个国家，莫非他为了媛媛出国留学索性移民了？爹说，哪里，新民去天国了，我才明白，新民是死了，我爹是过春节忌讳说那个"死"字，这让我真难以置信。

新民是学驾驶时出的事，据说新民考驾驶知识时考得很棒，满分，一次就过关了，我相信这种说法，因为我考试时被那些选择题折腾得昏头晕向，但对新民来说自然是小菜一碟。

新民是上路驾驶时踩错了刹车，该踩刹车时踩上了油门，车子从桥面上蹿进了河面，教练命大在水里逃出了性命，新民却没能逃出来。那位教练说，陈老师学车时一直都一丝不苟，我怎么会想到他会出事？

我能想象新民为什么会糊涂，他或许是把刹车和油门看成了选择题中的 A 项和 B 项了，新民在做这道选择题时多年命题的直觉告诉他，愈是看上去明确无误的愈是可能设了圈套，不能相信，所以他慌忙之中做错了这道选择题，他到死都没能知道，生活中的选择题本来简单，是复杂的我们给自己设了圈套。

闪电

一

和生学徒期满那一天，老板兼师傅高扬州对和生说，什么我都教给你了，只有这手艺中最重要的一手我还留着，等今晚吃罢谢师宴我传你。和生嘴里应着，心里嘀咕，我整天盯着他那手上的活儿，该学的都上手了，还能漏下了什么？可和生不敢大意，师傅是科班出身，况且出自扬州名门，从修脚这门专业看，相当于读大学读的是北大清华。和生当初选择来这家“高足”足疗店，是冲着它兼收学徒。在外面报名足疗培训班，两星期速成班的学费也要交两千多，高扬州不收学费，只要求徒弟学完后在他店里干满一年。高杨州说，都说教会了徒弟饿死师傅，我不怕饿死，铁打的营盘流水的兵，徒弟走到哪我的手艺就传到哪，替扬州脚艺挣面子，替我老高挣面子。我怕只怕徒弟学艺不精，留你一年，是为了让你在我眼皮下学中干，干中学，能长进还不耽误挣钱。师傅说的比唱的好听，要不他怎么能开这么大一爿店铺。谢师宴和生把店里十几个师傅都喊上了，幸亏高扬州不让大家敞开喝，说饭后还得回店里上班，和生暗地里松了口气，省了他不少酒钱。回到店里，和生取了师傅的茶杯泡上茶，恭恭敬敬递到师傅手上，不走，师傅用牙签剔着牙缝，说，你看我，把最重要一件事忘了。师傅进了他自己的房间，取出一个仿皮的工具袋，一打开，整齐地插着一水儿崭新的修脚刀具。这是行内规矩，学徒满师师傅送一套工具，也算是传了衣钵。和生接过，弯腰谢了师傅，还是不走，师傅说，和生，有话你说，傻站着干吗。和生不能说，万一师傅那绝活只肯传给他一人，他一咋呼不就都要跟着学？和生凑上前低声说，师傅你说过吃完谢师宴要，要那什么。高扬州这回明白了，高扬州说，你看我这记性，白天说的话天没黑就忘了，幸亏你记着。师傅必须告诉你行内这最重要的一着，就是，不能用修脚刀去挑客人的脚筋。和生还没听明白，高扬州就忍不住狂笑了，屋子里几个师傅也跟着笑弯了腰。高扬州说，和生你小子真是个认真的人。原来师傅是开玩笑，据说各个行业的师傅都在徒弟结业时逗个趣，铁匠师傅教导千万别将手送进火里烤，木匠师傅教导斧子不能砍自己的胳膊，剃头匠师傅教导剃刀不能割人的喉咙，修脚师傅呢，就教导徒弟不能用刀挑客人的脚筋，也就是抹人的脚脖子。

是笑话也不是笑话，几年后和生还常记起师傅这句话，他没当成笑话来回忆。

和生是个讲认真的人，和生有了自己的刀具，很珍惜。其实也就几十块一套的家什，和生一件件拿出来端详，眼熟，碳黑的熟铁材料，沉甸甸的。和生在街角落里捡了一截麻绳，拆开，揉软了撕成细缕，搓成了牙签棒细的细绳，一道道缠在刀柄上，就像那模样了。像什么？像他老爸的劁猪刀。他爸是乡村远近闻名的小刀手。和生的老家把杀猪的称为“刀斧匠”，把劁猪的称为“小刀手”，明显是瞧不起后者，连“匠”都排不上。这不奇怪，老家的小刀手走村串匠劁猪，顺手都牵一条大公猪，替有需要的母猪配种，这是小刀手的另外一项收入。因为这头大公猪，小刀手每到一村必然成为人们围观对象。而大公猪的作为是村人最热衷的现场直播，好事是骚猪公做下了，名声倒落在主人身上，冤。因此小刀手都是半路出家，没有人家愿意让孩子去拜师学徒，姑娘们不肯嫁干这行的。和生老爸是和生老妈死后才入行，顾不了别的，能顾上嘴。每天下午老爸回来都不空手，少不了几截小母猪的花花肠子和几粒小公猪的蛋蛋，书本上称为卵巢和蛋丸，辣椒一炒，那个香，和生能扒下几碗饭。老爸喝着小酒，说滋阴壮阳哪。和生那时还听不懂，直到和春花有了那事，才明白底子就是那时打下的。春花说，你爸那时真有眼光，利在当下，功在子孙。和生说，什么“裆”不“裆”的，是说长辈呢。春花解释不清，不解释。老爸那劁猪刀和这修脚刀都是小刀，修脚刀绑上麻绳，和生就看着亲切，劁猪刀也是缠麻绳的，只是油渍斑斑，那都是猪崽们的油脂。老爸不让和生接自己的班，也不让他碰劁猪刀。想不到山不转水转，和生没当小刀手，还是靠摆弄小刀谋生，这要传回老家，修脚这职业其实也不比劁猪好听。

和生在高扬州店里干五年了，活儿好的技师要么自立门户，要么另栖高枝，都说树挪死人挪活。和生也想挪动，他干活认真，熟客认他的人多，他一走客人就会跟他走。高老板自然怕他走，给他涨提成，给他单独租了间屋住，都没灭了他想走的念头。和生能留在“高足”，是因为春花，潘春花闯进“高足”打乱了和生的计划，让他一时没了主意。

天黑下来，城里看不见天，也无所谓天黑，满街的灯把窗外的大街照得通明。现在是“高足”最清净的时刻，该吃晚饭了，客人走得差不多，店里的人都涌到后厅去了。去早去迟都是领一盒快餐，大伙儿围着一块吃图的是热闹，像是蹲在老家的村口说东道西。和生图清净，喜欢等他们吃完了再吃。和生坐在方凳上，手里握着那截树桩，那是他从老家带来的，没事的时候，和生喜欢削这截树桩子，当然是用报废的修脚刀，树是榆树，硬，开始时和生是胡乱用刀，不知不觉那截树桩有了模样，是女人的一只脚，大伙打趣，这是哪个女人的脚，让你捧过就忘不了，还得雕一个天天守着？高老板说，和生是在练刀功，修脚时拿捏得准全靠手上轻重。和生知道自己是怎么回事，和生面对的是足疗椅，足疗椅的后面是大开窗，大开窗的对面是一个巨大的广告屏，一个女人，把自己的腿斜刺里劈过来，脚上是一双款式新颖的品牌鞋。那脚上的鞋经常变，不变的是那张明净的脸，同样明净的目光，总是投向和生的窗口。一个优秀的修脚师傅对脚都有自己的审美观，他们捧过的脚太多，见多识广，聚谈时可以开一个美足讨论大会。和生无数次想象广告上那藏在鞋里的脚是怎样的美丽，这常常使他在树桩上下刀犹豫不决。

春花今天又不上班了？高扬州问他。

你问我我问谁？和生没好气地回答。

饭后就是上客的高峰，高老板担心人手不够。和生起身去后厅吃饭。春花又是三天没在店里露面，和生心头哪里图得来清静。

二

“高足”的店面在这所城市的同业中算不大不小，高档的足疗店开在桑拿会所星级宾馆中，低档的开在居民小区，多是连家店。“高足”临街有门面，门面不大，但高扬州把二楼的三室一厅租下了，有讲究的客人不愿挤在门面大厅，就穿过后厅，上台阶进二楼的包间。高扬州鬼精，二楼的房租比门面便宜许多，赚钱不少，收费名目称包间费。店中人手不多，六七个女的，男技师就只有和生一个，高扬州最多算半个，忙不过来他才顶上，倒不是摆老板架子，得先保障和生，和生多做一个多拿一分提成，五五开，反正高杨州不做也拿一半，高扬州是个明白人。常有鬼头鬼脑的单独男人进门就问，有包间吗？高扬州说有，将客人引向后厅，等客人上楼梯的脚步声没了，传来门合上的声音，女技师们就推推搡搡，如果真的没人肯上去，只能是和生上了。见了和生，有人失望，抬腿就走。有人明知上当，也硬着头皮做个修刮捏的短活儿才走。也不怪这类客人走眼，好多足疗店都打“擦边球”，按摩时捎点黄带点色。高扬州不允，招人时言明规矩，一旦发现就卷铺盖走人。不是高扬州不爱赚钱，也不是他以高标准自我要求，是高扬州有自知之明。一个外来户，没有后台绝对搞不定这种事。搞定了派出所还有治安大队，搞定了所长还有警员，搞定了警员还有协警，菩萨小鬼都要烧香，那钱脏处来脏处去也算没肥外人田，但若碰上下手狠的，赔钱不说，还赔了足疗店干净名誉。

那是某个早春的黄昏，太阳下去了，其实太阳不下去，也照不到这爿足疗店，阳光都给街对面的高楼挡住了。不过，没有太阳和见不到太阳是两回事，就像纸鞭炮和电光鞭炮是两回事一样，纸鞭炮有火药味。阳光也有阳光的味道，那味道能够在高楼的缝隙，曲里拐弯窜进见不到阳光的足疗店，和生能嗅到。那天和生正在埋头给王总修脚，王总是不是“总”或者是个什么样的“总”并不重要，满大街的人都是这“总”那“总”，政府官员在休闲场所也不称“长”而称“总”，可见这称呼人见人爱，高扬州把所有的客人都称为某总，如同把所有女客人都称“美女”，乐得皆大欢喜。足疗店里足疗人人会做，按摩人人能按，修脚刮脚捏脚也人人都会，但最后这店里就只有和生一人做了，和生活好，熟客只挑和生做。玻璃拉门拉开，寒风一下子袭了进来，和生做活专注，没抬头。来了客人平时会有技师上前招呼的，那天没有，手上都有活。和生说，请把门关上。来人关了门，立着，像没进来这个人一样安静。和生看过去一眼，看见了一双穿人字拖的脚，老天，和生还穿着棉鞋，棉鞋里是加厚袜子。那双脚赤裸着，大脚趾歪在一边，冻得乌青，另外四个脚趾挤在一起，像是抱团取暖的小动物。那脚背弓起，如一只曲蠖，或者说如一只蓄势的脱兔，这是真正的美人足。只可惜这美人此刻饥寒交加，她需要温暖，需要一桶热水滋养，尤其需要刮掉趾甲上那些艳丽的蔻丹。在和生的眼里，这些指甲油对这双脚简直是糟蹋，是施暴。像一个天生丽质少女的脸，描了熊猫眼，涂了厚厚的脂粉。和生心疼了，只为多看了这一眼。有了第一眼就有了第二眼，和生顺着脚脖上向上看，是一个很普通的姑娘，微胖型，只是衣着有点少，拖着一只拉杆箱，应该是刚从南边来。这年头在大街上只要是女的就被称为美女，一个女人只要有一处特别美丽就更应算是美女，何况这女人最美丽的是脚，和生说，美女，您要做足疗吗，那姑娘点头又摇头，说我找你家老板。韩姨就朝后厅喊，高老板，有美女来找你。韩姨在女技师中年纪大一点儿，爱管个事。高扬州和闲客在打牌，叼个烟蒂走过来，说，你，是你找我？姑娘说，老板好，您这里缺人手不？高扬州说，不缺人手，缺人才。你要是技术好，过得了我们技术总监这一关，我就留下你。高扬州手朝和生一指，说，留不留你说了算，来客了先让她露一手。和生明白了这个总监是指他，高扬州是拿他打趣，和生干脆默认了，正缺根鸡毛做令箭。和生想留下这个美女，不对，是想留下这双美足。

这姑娘运气不错，来的下一位客人是个三十多岁的男子。做足疗最怕两种客人，一种是退休的老年男人，脚是老寒脚，骨头是干柴骨，水要烫，力要足，少一点火候都不答应。另一种是中年女人，时间多，少做一分钟都说你偷懒，你一边做还得被她考试，这穴位管哪那穴位管哪，恨不得要你能在足底看出她的妇科病。最好对付的是三四十岁的男人，家里家外正是顶天立地的时候，说是来做足疗，躺下几分钟就睡着了，一觉醒来，精神抖擞，不管你怎样偷工减料都夸你活做得好。这姑娘应该学过，程序手法都没出岔，但显然生疏了，至少近两年没干了，和生早从她的拇指和食指就看出来，骨节处没有茧子，别说硬疙瘩了。客人没睡觉，但双眼被墙上挂壁式电视机里的韩剧吸牢了，姑娘帮他穿上袜子他才意识到足疗做完了，和生说，您对技师的活满意不满意？他连说几个好，不知道是夸韩剧还是夸这姑娘。

这姑娘就是潘春花，和生第一回当技术总监，就徇私舞弊把她留下了，谁让她有那样一双极致的美人足呢，由不得和生不留她。

现在的姑娘光看打扮，你分不出是城里人还是乡下人。都是从电影电视上学来的，同一师傅教出来的徒弟，追一样的风，赶一样的潮。但是一旦开口说话，乡下姑娘还是多少带着一点土渣味。好在大伙都是农村人，不见外，韩姨一会儿就帮她安顿好了行李。正好王总兴致好，掏出一张红票子请客，韩姨接过喜滋滋出门了。客人请客多是惬意了，开心了，但是韩姨这种持过家的女人从来都替人着想，客人花五十块做足疗，倒掏了一百块请客，背后还是会觉得肉疼，不能宰客人，否则就没了下回。韩姨花二十几块钱买了一堆烤红薯，把找回的钱还交回王总手中。红薯物美价廉，撕开红皮，金黄的肉中升腾出缕缕热气，大家都争着抢着挑，韩姨照顾潘春花新来乍到，递一个给她，这姑娘摆摆手，说，我不吃，我们老家红薯都是喂猪。大伙听了这话，有人停了嘴里的咀嚼，有人停了手里的争抢，突然安静了。怎么说话呢？和生的老家是丘陵地带，也盛产红薯，也确实多得用来喂猪。但这世道并不是真话都能说，至少说真话得看什么场合。潘春花还在振振有词，说，我说的是真的。好在王总打破了尴尬，说，这孩子说话实在，有一说一，我喜欢。

和生觉得老天实在公平，给了她一双美丽的脚，就让她脑中少了一根筋。

高扬州是个守规矩的生意人，第二天就让春花去体检，然后带上身份证去街道和派出所盖章，领回一张暂住证。高扬州回来后，朝和生大声嚷嚷，怪不得把春花留下，原来是你老乡。和生说，师傅你嘴上能不能积点德？高扬州扬了扬手中的身份证，说，你看看这，人家小姑娘不至于弄张假身份证哄人，派出所都认，你敢不认。潘春花接了自己的证件，说，家乡哥你甩都甩不脱，我遇上贵人了。春花说的是家乡话，一种难懂的方言，外人想学也学不地道。和生不由得不信，再询问她家的乡镇，竟是同一个乡，只隔一条大河。高扬州说，你看看，黑话都答上了，春花就归你带了。“高足”的手法属扬州功夫，外来的技师进了“高足”，就得学一点扬州派的基本手法，免得讲究类型的客人挑剔。春花脑子快，不由分说就改口喊和生“师傅”，和生只得认了，师徒间说话成了店里的一道风景，普通话说着说着就改成了方言，比外语还外语，有的客人就把这俩人当成了两口子。

三

和生打算离开“高足”，去一家高档桑拿，同样的活儿，在那里赚的钱至少多出一倍，去那里消费的人都是认着下刀子狠才去，才有面子。和生把这意思跟高扬州说了，人往高处走，高扬州不好意思硬留，想不到，潘春花一来，把和生走的事耽搁下了。

既然认了师傅，做师傅的有了指导徒弟的义务。别人都是徒弟帮师傅做足疗，做推拿，师傅一边享受一边指点，这里轻了，这里重了，这里穴位掐轻了，这里穴位掐偏了。和生这师傅做足疗时反过来，师傅帮徒弟做。和生捧着春花的脚，像是捧着珍贵的瓷器。那眼神，那用力的轻重，春花是傻瓜也能看出他对自己这双脚的痴迷。让和生这样的师傅做足疗，而且是尽心尽情无微不至的手法，该是人生莫大的享受。可春花顾不上享受的幸福，并不是春花的心思放在揣摩和学习师傅的技法上，春花没那么好学。春花觉得这个老乡哥有几分迂，而且闷骚，春花的脚心被捏得心花怒放，春心也随之荡漾。自从春花来了后，那些别有用心的男客人都交给她了，这些男人离开足疗店时都一脸正经，在春花“下次再来”的绵延长腔中匆匆而去。高扬州弄不懂是春花给客人上了思想道德课，还是春花坏了店里的规矩，客人有求必应。调查摸底的任务交给了和生，徒弟有错的话师傅有责。上午客人少的时候，和生瞅个空问春花，为什么那些男人碰到你就老实了？门一关，你们男人谁肯老实？春花朝师傅眯眼一笑。那你用什么招法对付？春花说，金刚罩。春花脱下外套，拍拍胸口，说师傅你能把手伸进来算你狠，几位女技师都起哄，伸，伸进去，不摸白不摸。和生壮胆捏住那小圆领，捏到一圈缝在领圈里的钢丝，紧紧贴住春花的肌肤，手指还真无隙可插。和生说，如果男人下大力气，恶向胆边生，不定一把也能扯下来。春花说，你试试就明白了。和生闭了眼，下力一扯，把春花扯弯了腰，衣服却没松动。和生还真不信，再用力，那圆领就扯开了，露出两坨白花花的肉，幸亏还穿着胸罩。女技师们又一次起哄，继续，一摸到底。和生落荒而逃。这一天夜班下工后，春花说有几个穴位掐不准，要向师傅讨教。推拿床都在包间，春花仰躺在推拿床上，手牵着和生的手，朝高处走朝低处游，和生把持不住，高低软硬都做在了一处。

春花说，白天那圆领开放，根本不是师傅的手劲大，是春花悄悄解了背后的暗扣，不是试师傅多大的力量，是试试师傅有多大的胆子。

韩姨看出了俩人间的眉眼，提醒和生，春花这姑娘不简单，怕是南边北上的娘子军。和生也觉得可疑，旁敲侧击地探听。春花说，你别转弯抹角，你那点心眼我明白，我就是那南边扫黄逃散的败兵，怎么，你还嫌我不成？有本事你就离开本姑娘。说这话的时候，和生和春花是在和生的床上，和生摇晃着春花朝天的两条腿气壮山河，春花的脚底像一朵盛开的灯盏花，那五只脚趾宛如五片花瓣。和生的想象中，那脚窝里能盛窗外的一抹弯月，能盛一枚脱壳的鸡蛋，都不是，此刻它们盛满了街道上色彩缤纷的霓虹灯光。春花抓住了和生的软肋，和生一天不做就无处安身。春花懂得软硬，低声说，那都是带了套子的，报纸上不是说戴套不算强奸吗，隔着那层橡胶皮呢，再说，自从到了这边，我不是一直守着店规吗。其实春花也离不开和生，偶尔中场休息，春花说你真厉害啊，一种历经沧桑有比较才有鉴别的语气，和生心里受不了这种表扬。有一次缠绵过后，和生小心地提到小刀手老爸，春花说，我知道，我认识你爸，没说完就忍不住狂笑。你别不高兴，这是抬举咱老爸能干，这年头，是男人的荣耀。和生哭笑不得，说她脑子缺根筋没说错，用不着担心春花会嫌弃未来的公公。人家说的是“咱爸”，真没把老爸的糗事当回事。可笑的倒是老爸，当初不让他做小刀手，不就是想维护儿子的声名？世道不同了，和生越来越看不懂。

和生走还是要走，但不是去高档桑拿会所，是回老家县城开家足疗店。不是一个人走，是和春花一起走，春花已经托朋友看了门面，春花说，咱要开店就开成县城最好，春花扫了一眼高扬州的家当，说，椅子要电动的，带水池，一拧龙头，热水来了。铺巾毛巾全纯白的，不要这咖啡色，耐脏，却总觉得是没洗干净。你不知道，我去的所有高档宾馆，床单浴巾毛巾全是纯白。和生听不下去，提那干什么？转身就走。春花抱住他，说你放心，咱差的钱不多，我心里早算过这本账，有点缺口，咱不正在挣吗。

什么时候走，现在不是和生说了算，这事又不能声张，他只有等春花定夺。春花隔三岔五请假，说回老家，老爸生病住院，春花电话里告诉和生，她爸好着呢，她在忙老家开店的事。这天下午，客人少，大家在前厅坐着候客，韩姨说，和生，那王总有些日子没露面了。可不是，和生也闲着，双手在雕那树根，说，最近反腐抓得厉害，莫不是，莫不是被那什么“双规”了？韩姨说，你盼人家倒霉，我们可巴望他好好的，他来了我们有零食吃是真的，他要真是贪污腐化分子，贪污腐化的人官场上多了去，我们也不去计较这个王总。和生说，你看你们这点觉悟，吃了人家的一点花生瓜子烤红薯，就嘴软了。韩姨说，你是嘴硬，除了嘴硬别处也硬，要不春花怎么喜欢上你？

和生胡扯扯不过韩姨，哑口，挂了免战牌。要说奇怪现在的人真奇怪了。骂起贪官恨不得将他们剥皮抽筋，倘若出事的贪官是身边的熟人，便又可怜此人倒霉运，那么多人不出事怎么他出事？惋惜他贪的水平太低藏的手段太差。和生真看不懂。

四

“闪电”是在上午十点钟左右进店的，这不是上客的时段，懒一点的女孩子还赖在被窝里。春花没和和生在一起，和生就没理由留恋被窝。店里的清洁工作是有分工的，和生负责拖地，这算是个力气活。和生的拖把接近玻璃门时，门推开了，一双眼熟的皮鞋跨进来，差一点儿就踩到了拖把水淋淋的布条。这不是春花，和生的目光循着脚踝向上延伸，天还没热，这人却穿着一条被春花称作“铅笔裤”的单裤，露出一截小腿肚子，应该算是“七分裤”，和生是受不了这种诱惑的，他忍不住会想象脚踝下面是怎样的女足，就像某些男人见了女人露出的肚脐，会忍不住想象肚脐以下的部位。和生抬头看来客的脸，是“闪电”。

当然没有美丽的女人起名叫“闪电”，这名字是春花给她起的，她不知道自己有这样一个名字。师傅干活时，春花如果闲着，她会端坐在一边的小方凳上看着，算是观摩学习。春花发现师傅有一个习惯，埋头干一会儿活会抬起头看一眼窗外，这是个好习惯，可以活动颈椎。但是春花发现师傅的眼光会停在街对面的广告荧屏上。哇，太美了，美得像一道闪电。春花认为和生迷恋那女人的身材，偶尔还会吃莫名的醋，说，我也要减肥，瘦成一道闪电。说是这样说，吃的时候春花就忘了。

有包间吗？“闪电”扫了一眼大厅。在大厅靠墙的那边有一排半封闭的足疗椅，和生说可以吗，“闪电”点头同意。

按规矩，和生应该替客人脱鞋袜，“闪电”说我自己来，每次遇到这样的客人，和生都很感动，哪怕只是这么一说，也体现了客人的教养。和生很高兴“闪电”也是这类人，她在和生的想象中就属于这类人。“闪电”这双脚非常白皙，皮下脂肪薄如透明，血管可见可触，也和他的想象一模一样，这脚背似乎比春花的脚还娇俏三分。可是，和生将一只捉住握在手心，整个足尖部分明是畸形的，前脚掌弓起的残忍，脚趾没有长短之分，大脚趾与旁边的脚趾错包在一块儿，指甲泛黄，角质很厚。老天，这脚的质地温润如同天使，形状却可怖似恶魔。再触及她的脚板，尤其前脚板，仿佛是它是属于走了一辈子路的老妇人，粗糙如一张坚硬的砂纸。怎么是这样，是如此巨大的视觉落差和心理落差，和生的惊愕毫无遮掩地写在了脸上。有一瞬间，他脸上的表情如同过年没有穿到新衣的孩子。

我以前是一位芭蕾舞演员，从小练习的那种，淹没在群舞队伍中的那种，后来才改行做了平面模特。

和生反应过来，装作没听懂，若无其事地在掌心涂按摩油，搓热，给她按摩。空气似乎凝滞，没有任何声响，只墙上的钟不紧不慢的滴答走着。

这世上所有的光鲜都是羽毛，用来展示给别人看。而痛苦和丑陋只能独自承受，人想活着，你就得忍下。这番话听上去有大学问，和生却不认同，比如和生的大拇指和食指由于长期用力，畸形如不规则的生姜，和生就没想过要藏起，况且想藏也无处可藏。

这是我头一回做足疗，以前都不敢在人前暴露这双脚。

做完足疗，“闪电”从包里掏出一双新袜子，自己穿上脚，说，你看，今天我全身都是新的，干干净净，那双脏袜子麻烦你给扔了。她穿上鞋，却没走的意思，说，看来你就是和生？

和生受宠若惊，说，您怎么知道我的名字？“闪电”掏出手机，念出一个手机号码，和生点头，是春花的。“闪电”又念出一个手机号码，和生想了想，是王总的，以前王总给他打过电话，约他上门服务，他记下了号码。“闪电”说，这俩人在一起，我打听到还有一个人与他们相关，叫和生。

“闪电”在扶手上留下了一张红票子，走了。和生忘了给她找零。

从那时开始，和生的脸就黑下了，不吭声，不接活儿，连午饭都不肯吃。他一个人坐在后厅，不停地拨手机，无人接听。他掏出自己的刀具，把所有的愤怒都发泄到树根上。那差不多已经是一只美人足的艺术品突然间布满刀疤，尤其是脚脖子那里，一柄修脚刀钢锯一般卡住了，切入太深，木质太硬，硬是没拔出。和生就是在那用力地几秒钟内想起，他是去过王总家的，上门给他修过脚。

和生凭着记忆进入那个小区，用不着寻找，人流就把他带到了那幢楼前。有人跳楼了，警察在花坛前布下了隔离带，五楼的两扇窗户翅膀一样张开着。和生记得就是五楼，可是楼下躺着的人不是王总，是女人，一块白布盖住了女人的身体，但是一只丢了鞋子的脚和生认得，上午他刚刚抚摸过它，看着它套上了这只崭新的棉袜。有人说，那男人包她六七年了，最近男的有了新女人，她想不开才走了这条不归路。有女人叹息，既然做小，就得有做小的肚量，把什么都认下。

这就是她上午说的话，人活着你就得忍下。她是懂这个理，才选择了不活。和生蹲下身子，抱住脑袋放声大哭，将看客们惊得围了他一圈，都以为他是死者的亲属，纷纷给他许多廉价的劝慰。没有人注意到，有一柄小刀掉在水泥地上，金属落地的响声被他的哭声掩盖了。和生想起了满师那天师傅高扬州的最后告诫，不能用小刀去割断客人的脚脖子，多年以后在和生的回忆中，这不是一句笑话。

五

一个月后，和生和春花的店面在老家的县城顺利开张，装修堪称豪华，不过不叫足疗店，而称为“养身中心”。客人们觉得老板和生的技术好，只是不爱说话，似乎他的话都让老板娘春花一人说了。其实人是会变的，随着生意越做越好，和生当上了甩手老板。用不着亲自拿修脚刀，和生也学会了应酬，说话也渐渐是老板的神气了。

只是在某些伸手不见五指的夜晚，尤其是小城电力紧张拉闸的夜晚，和生老板像小孩一样害怕打雷，其实应该说害怕闪电。春花说，闭上眼，就什么都看不见了。和生懒得给她上课，人不可能一世都闭着眼，闭久了总想睁开试试。夜天如人，哪怕是长夜它也存醒一次的念头，那闪电就是夜天睁了眼，把丢开了的忘记了的掩盖了的世界照彻。

春花越来越富态，她再也想不起说过的话，我要瘦得像一道闪电。

校园病人

从乡中学调入县中时，正是暑假，偌大的校园里见不到人影，蝉声连绵，操场上的杂草已经高得能遮人的视线，我拎着简单的行李，问传达室的大婶，值班的领导在哪里，大婶看一眼我，说跟我来。她没有把我带到校长室，径直把我带到了单身宿舍。你就住这里吧，大婶说着就抄起扫帚打扫起来，我拦都拦不住。你是教语文的葛老师吧，我很纳闷，县中就是县中，连看大门的都知道调入的教师是哪几位，我转念一想，不对，莫非她不是传达室的人，传达室的人怎么还管教师宿舍的钥匙，我正要问她，她已经拿着我的脸盆去端水了。

大婶一边帮我擦桌子，一边告诉我，她叫林向东，在德育处。

我立即有些慌乱，林向东是县中德育处主任，在全县教育界鼎鼎大名，我是听说过的，想要拦下她已结经迟了，一间宿舍已被她整理得差不多了。

林主任是工农兵大学生，学的专业是英语，后来却改教了政治，这不奇怪，那时候不知什么潮流，老师一旦做了领导就会去改教政治，或许是因为从前讲政治挂帅，等到恢复高考，又都想捡回从前的专业，但毕竟荒疏了只能作罢。林主任是县中的老三届，工作后又在县中没挪过窝，是县中的老资格，连校长都敬她三分。

林主任最擅长的是开会发言，抓住话筒就不肯撒手，老师们开会一旦看到是她发言，便断了期待散会的念头，重新打开手头的作业本继续批改，或者重新趴在桌子上准备再睡一觉，学生们却并不嫌她，现在的孩子学习生活太枯燥，林主任的每次发言都是一次演讲，她高昂着头，齐耳的短发常常在猛然一甩中英姿飒爽，讲到兴奋处，她会站起身来扔下话筒，几千人的会场没有麦克风她的声音依然能如鼓击耳，她微仰着头，眼睛里是炯炯的光亮，我们坐在前排能看到她涨红的脖子上一根根青紫色的血管如弓一般高高崩起。林主任发言一般不用发言稿，有一次升旗仪式轮到林主任作国旗下讲话，林主任让我写个发言稿，我新到一个学校急于表现，绞尽脑汁写出了一篇得意之作，可是林主任的发言把第一节课都占完了，也没用到我写的一个字，让我既沮丧又钦佩。

林主任的家庭生活不如意，她很早就与丈夫离异，带着一个女孩在身边，那女孩跟她姓，叫林月，正巧是我教语文。我们那里的教师中流传一个笑话，说你再不好好干，就提拔你去做德育处主任，不知什么原因，我们县里德育主任的孩子几乎没有一个成才的，但林月不是，林月的各科成绩都很优秀。有一天林主任到我们办公室来检查出勤，别的领导都是早晨来检查，林主任是掐准了下午五点半放学时来检查，老师们是既恨又怕，也有聪明的轮到这一天时该干吗去干吗，五点半前准时来办公室等她点名。我那时很乖，反正我一个人在县城也没地方可去，我正改到林月的作文，为她细腻的文笔拍案叫绝，见到林主任，便立即献媚放到她面前，我欣赏的作文段落如下：

走出青涩

我以前很喜欢的那个男生，姑且就称之为“他”吧。

他不与我同校，我们的相遇从小学开始：共同补课一年。很熟识了。在我们都快上初三的时候，又在补习班里相遇了。

他长得很高，很帅。远远地望见他，我的记忆一下就被唤醒了。我突然觉得心里有什么东西醒了，勃勃地跃动着。我没有上前去打招呼，而是转身就走，走到他看不见我的地方，又忍不住回头张望。

我知道我这是怎么了。这是女孩子们的秘密。我有点兴奋，又觉得害怕，我不希望伤害任何人，所以我把这样的悸动深深埋在心里，只对我的日记本说。

我开始盼望补课了。我开始盼望下课，盼望放学，因为可以见到他。放学回家，盼望会在车上相遇。他终于认出我了，他主动和我说话了！他说：你是林月。我淡淡地说，你好。

于是我们开始聊。原来他没有忘记以前的事啊。他说，我想起来了，你们家不就在卖鱼巷么。我就很高兴。以前的事他竟记住了。他又说，我理科比较好啊。我就有点沮丧，为什么我的理科就不如他呢。坐车真是令人愉快，可惜一会儿他就下车了。然后我就想入非非了，激动地对着笔记本乱写乱画。以前我的生活简单而充实，我可以沉浸在努力学习中，不问世事，单纯而坚决。可是这一场突如其来的感情，又有些令我恐慌。表面上我还是那样果敢、泼辣。对于别人，我还是那个标准的“好学生”。只有我内心感受到生活的密度的增长，与细密、敏感的特质的萌动。有时我翻开以前的日记，喜欢看那时的焦虑、窃喜与彷徨，看一个女孩子是怎样渐渐成熟的。

林主任的脸色立即变了，我本来想乘机赏析一下林月作文的成功之处，没想到弄巧成拙。我说，林主任，这已经是林月初中的一段情感经历，她已经走出来了，只是一段美好回忆。林主任皱着眉头，说，葛老师，作文本我带走，明天我还给你。林主任走了，连老师们的出勤也没查，办公室里的人满满的，我的心里空空的。

第二天一早，林主任就把林月的作文本还给了我，林主任的气色很好，脸上一如既往地充满了自信，我一颗悬着的心落了地。林主任终究是做了几十年学生思想工作的，况且是全县教师中唯一一个拿到了心理咨询师资格证书的，怎么会处理不好这样一个没有问题的问题。不久，林主任就向学校要了一间办公室，挂牌为心理咨询室，林主任在午休和放学后就坐在里面，等待着同学们来解答心理问题。

林月还是一声不吭地坐在教室里听课或者做作业，偶尔，她会抬起头看着黑板发呆，我开始时以为她在思考某个问题，有一次却发现有泪水从她眼眶里流下来，我悄悄走过去，问她怎么了，她看了我一眼，摇摇头，继续做作业。

升旗仪式后，林主任坚持搞一种励志教育，她站在操场的主席台上，高举右手宣誓一般喊，“我是最棒的”“我一定能考上大学”，她喊一遍，全校二千多名学生一齐跟着举起手喊一遍，响遏行云，排山倒海，甚是壮观。据说这样就能增强学生自信心，激励士气。若干年后我进入省城的大饭店吃饭，排列在大堂里的服务员们也如此声震山河地呐喊“大哥，欢迎您”，把同去的朋友吓得一个趔趄，我却神色自若，想来多亏了当年林主任的演练。那天我站在阳台上欣赏这宏伟的场面，却发现个子瘦高站在后排的林月没有举手，不但没举手，也没有呐喊，结束后我问她班上的班主任，班主任苦笑着说，你说林月吗，凡是她妈妈主持的活动，她都拒绝响应。

林月的作文写得越来越差了，再也没有从前的灵气，有时简直是在应付交差，我总觉得与那次事情有关。我向林主任汇报，林主任却不介意，说你找她面批，林月站在我的办公桌前，我絮絮地讲，林月盯着我的眼睛好像在听，我讲完了，让她谈谈，她说，您也是像我妈妈一样的人吗？

我说，你妈妈是什么样的人？

“口是心非、以怀疑一切为快乐的人。”

“你怎么能这样说自己的妈妈？”我惊讶而又愤然。

林月却只是宽宥地一笑，拿起作文本走了。

我一个人守在办公室，深深地为林主任感到痛苦和悲哀。林主任是个以事业为家的人，我为了拿一个材料曾到她家去过一次，二室一厅的房子，凌乱而肮脏，我之所以用肮脏这个词，主要是客厅里乱到女人的内衣挂到了椅背上，茶几上的饭碗里已经长出了白毛，你无法想象风风火火的林主任是从这样的屋子走出来，这使我更加难忘到县中的第一天她为我打扫宿舍的一丝不苟。我曾经悄悄嘱咐林月，放学后帮妈妈整理家务，林月说，我跟她不是一样的人，我在学校吃全天，我的衣服从来不让她沾手，她的世界也不需要别人插手。

林主任已经当了十几年的德育处主任，据说有几次提拔的机会，都因为牵涉到一些历史原因而错过，令校领导们惋惜不已。

我离开县中那一年，正是林月高考结束那一年，林月考了全县文科第二名，报考的专业是某名牌大学的宗教专业，她终于为德育主任们的子女挣了一回荣誉。不久，林主任也退休了，退休后的林主任研究上了《易经》，她曾经托我在省城买过一些相关的书籍寄去，我有点弄不懂她何以喜欢这奥妙的学问，但一想，《易经》属哲学范畴，哲学属政治范畴，林主任是教政治的，应该还是专业对口。

去年我回老家探亲，我的姑姑向我推荐，县城公园的门口有位相面的老太太，

一头仙发，满面红光，能算得出你穿开裆裤时摔了几个跟头，灵得如神仙下凡，姑姑说，人家可不是没文化的瞎子胡诌，听说从前是县中的老师，并且从来不收一分钱。我拂了姑姑的盛情，心里忽然怕那人就是林主任，以前在县中时就听说过林主任的一头乌发是白发染的。我的车子经过公园门口时，我故意朝另一边扭过脸去。

情怀

一

马天成进明城中学报到后不久，就遇上教师节。老教师们过节过得麻木了，现在过节不发钱不发物，还被占去半天时间开会，兴致当然不高，不过刚分配来的新教师还是期待的，期待的不是节日福利，数学组四位新人报到时被塞在办公室角落里，就像一锅名叫乱炖的东北菜，乱纷纷，教师节有个“师徒结对”的项目，一个萝卜一个坑，每个新人都有指定的师傅，马天成希望早日拜山门，最好拜上一位不冷不凶的好脾气师傅。师傅们那天在主席台上站成一排，接受徒弟们的鲜花和鞠躬，鲜花是塑料的，用了至少十几年了，临时用水洗了一下，远处看还能对付过去。师傅们幸福地微笑着，他们知道鲜花属于学校总务处，他们要的是红封面的荣誉证书，评高级评特级时材料袋里缺了这项不行。新教师们依序排好队上台，马天成面前站的是史竹英，马天成心里一沉，史老师跟他妈差不多年纪，二十世纪八十年代初的师范本科生，三十多年教龄却没混出名堂，不是特级，不是学科带头人。做谁的学生很重要，马天成吃过苦头，而且哑巴吃黄连有苦不能说。马天成读研时的导师名气不大，同样的硕士学历，大教授的弟子可以接下去读博，即使选择就业也可以挑挑拣拣，马天成找一份中学老师的职业也费了九牛二虎之力。明城中学是这所城市的名校，进人的门槛高，非硕士博士学位不收材料。数学组进的四个人是从五十几个竞争者中挑选上岗，另外三位女生有两位是博士，一位硕士，但硕士女生长得好看，据说不光好看还被市领导夫人看好，打算将来做儿媳妇。马天成沾光就沾在他是男生，这所学校女教师比例太高，占了五分之四，办公室连个干点力气活的男教师都难找，校长们意识到，招聘时该优先考虑男生了。马天成一米八五的身高，喜欢健身，外形不错。关键是马天成使用洋礼节，见了男人撞个肩，见了女人来个拥抱。男人不习惯，女人也未必习惯，但享受。年轻女人经这一抱，免不了恍惚，年纪大些的女人，被这阳光男孩一拥，就仿佛是拥着一个幻觉中健硕的儿子，踏实可靠。每次遇上女性面试时，马天成这一招攻无不克。

当别的新教师都退后一步鞠躬时，马天成却绅士一般朝师傅张开了双臂，他自信他的两臂之间有一个巨大的磁场，有着抵御不了的引力。但是他的师傅偏偏是个例外，她手中抱着塑料花，脸色如塑料制品一样僵硬，嘴角下撇，藏着一丝看不出的讥笑。毛病，这两个字是师傅送给徒弟的首次见面礼。幸亏场面喧哗，没有人注意到这一幕。

吃了这一堑，马天成没长一智，懵了，但长了记性，在校园里再也不敢像猩猩一样展示那两条长胳膊。他的老板，不，应该称师傅，尽管在大学里习惯了称导师为老板，但马天成本能地认为史竹英不喜欢这样喊她。师傅史竹英不仅是他的学科师傅，同时还是他的班主任师傅，马天成真信了祸不单行这个成语。进明城中学前有熟悉的前辈叮嘱过他，这种名校的水很深。所谓水深，就是说学生和老师背景复杂。明中学生分为两类，一类是挑选进来的优生，另一类是条子生，家长非富即贵。中学老师本来是个清贫的饭碗，即使是重点中学，除了校长，孩子王也变不成山大王。但是明中女教师多，有权和有钱的人有一个共识，找个女教师做媳妇是不错的选择，自己错过了，找个做儿媳妇也不错。试想，女教师受过高等教育，知书达礼，对下一代的教育省了心，而且有寒暑假，至少可以抵个钟点工用。这些想法今天看来很朴素，甚至可笑，但确实有不少女教师嫁入了豪门。这从车库泊的小车可以看出些眉目，马天成有一次误入地下车库，眼界大开，见识了宝马奔驰之外诸多小车品牌。明中的女教师有知识更有志气，显然，她们没有沦为婆家的钟点工。师傅史竹英穿着打扮很普通，马天成觉得她跟自己在厂里打工的老妈没有两样，缺少时尚意识。但是师傅又与众不同，在办公室寡言少语，看同事的眼神高高在上，校长主任跟她说话都仔细挑词哄着她。马天成摸不清师傅水深水浅。师傅头一回跟他聊天，不像聊天，倒像查户口，马天成的父母原来是小县城国营厂工人，下岗后在私人企业谋生，条件一般，马天成如实禀报，师傅沉吟了一下说，你父母不易，能供你读完研究生已经对得起你了。但你上班后要打算的第一件事是，买房。那时明城的房价已开始翻跟斗，马天成想都不敢想。师傅说，想办法凑齐首付，缺个角儿我先替你补上。别人的师傅都教上课，马天成的师傅教他买房，师命不可违，马天成把这意思跟父母一讲，父母东凑西借凑齐了数字，帮马天成交了第一次作业。房子到手，房价就飚了几成，师傅的教学比专家倡导的“有效教学”有效多了，这是后话。按规矩，第一学期师徒互相听课，徒弟听师傅一节课自己上一节课，照葫芦画瓢，马天成自以为天资聪颖没问题，但师傅还是罚了他。瓢没画错，圆没画圆。师傅说，徒手在黑板上画圆制图是数学老师的基本功，练成了才能上讲台。

这一天放学后，马天成就在人去室空的底层教室用粉笔苦练画圆基本功。马天成知道达·芬奇画蛋的故事，可达·芬奇是达·芬奇，马天成是马天成，达·芬奇一不小心画成了大师，而马天成画一万遍也就一数学教师，只是师命不可违，马天成畏惧师傅那冷漠的眼神。

画圈这活儿不像歌里唱得那般轻松，其实是个体力活，马天成的右臂成了独腿圆轨，在黑板上画了擦，擦了画，胳膊毕竟是肉长的，一会儿就又酸又麻。手机及时地响了，是他的舍友张志勇。张志勇是学校保卫处的干事，与马天成同龄，但人家高中毕业就上班了，工龄长资历深，比马天成牛多了。张志勇说，老马，你十一点钟方向，假山山洞有情况，疑似有小偷进去了，你赶紧去洞口守着，我马上赶到。

张志勇的岗位在监控室。明城中学的校园装了几十处摄像头，说是为了防盗防偷，其实真正发挥的作用是取证学生违纪。嘴皮子再犟的学生，给他放一段录像，马上就乖了蔫了，少费很多口舌。张志勇感兴趣的是偷窥男生女生躲在角落里亲嘴，当然，最让他兴奋的莫过于男教师和女教师的偷情，尤其是某某校长主任之类。熄灯后俩光棍男人免不了要扯一番女人，张志勇见多识广，马天成每每敬称他为“大师”，第二天一早甘心情愿为他打水带饭。

假山就在教室的后面，马天成拿了一把三角板做武器站在洞口外面，仰头能看见墙角上装的摄像头。正是晚餐时间，平时热闹的校园冷清得有些古怪，马天成朝镜头挥舞着三角板，召唤张志勇赶快来，摄像头悄无声息，假山洞内倒有了响动。马天成知道，这洞进出就一个洞口，他壮着胆朝洞口喊，有人吗？有人给我出来。

真有人出来了。映入马天成眼帘的是一个女性的胸脯，或者说是一个摇摇欲坠的胸罩，它耷拉着，又遮盖着，想掉下又不肯掉下，让马天成傻了眼。马天成见识过女人不同的胸罩，有几次也亲手探求过不同的解法，如同解那些充满想象力的立体几何题。但是这道题悬疑，这人没有脸，应该说脸被掀起的上衣遮盖了，这个蒙脸人朝马天成点点头，又朝摄像头点点头，高昂着胸脯而去，居然没有磕着碰着。但马天成还是醒悟了，这人罩着脸的上衣是校服，裤子也是校服，这是学生，女生。像要证实他的判断，洞口旋出一股风，撞了他一个趔趄，又磕了一下树干，冲出去一个人。也是用校服蒙着头，但从组合的排骨可以判定，这是个男生。

马天成知道遭了张志勇这小子戏弄，恨恨地朝镜头挥了挥三角板，他希望镜头后这家伙开心地朝椅背仰下去，一下子摔断他的腰。

马天成连着几次梦回了这个场景，梦见那胸罩掉下来了，梦见掀开了那遮脸的校服，就是看不清那张脸。马天成深以为耻，一个人民教师，一日为师终身为父，怎么能做这样的梦？这次可让张志勇害惨了。张志勇说，你小子得了便宜卖乖，这算什么？你想想，我什么风月没见识过，校长首先是人，教师首先是人，你马天成首先是男人，你不就做了个梦吗？

鸡跟鸭讲，没法子跟他讲清这个理。马天成不知道她是谁，她却一定知道他是谁。

二

校长提到那个女人的名字时，脸颊上不由自主地堆了谄媚的笑容，似乎是像纳粹分子提到希特勒时一样条件反射，在史竹英眼中，这跟那种举着手机通话时表情夸张的人一样可笑。校长意识到史老师嘴角的讥讽时，想收敛面部肌肉，还是慢了一拍。

史竹英认识这个女人。如果说校服扼杀了富家子弟们校园内炫富的机会，让他们最多能在鞋子的品牌上做做文章，那么家长会就成了家长们展示的舞台。座驾都拦在校门外，进了校能比拼的就是手上拎包、身上服饰之类。男主外，女主内，孩子的事分工属于内务，来的多是女家长，百花齐放，各显异彩，当然，走进教室后最吸眼球的还是讲台上最朴素的那个人，班主任。史竹英年轻时候还注意这样的日子稍事打扮，现在懒得上心了，整洁大方就行，何必跟家长们讲究这个。倒是家长们颠倒了本末，来开家长会讲究的是孩子的成绩，要不，把家长会总安排在考试后做什么？史竹英常常怀疑，把孩子千方百计弄进名校，有些家长并不是为了孩子的学习，而是为了自己的面子。

女人推开教室门时，已经迟到了。倘若别的家长，会迟疑地朝老师笑一笑，以示歉意，或者慌张地猫下腰，径直找个座坐了。她倒别致，站在门口举手掩了一下头发，居高临下扫了一眼家长，并不急着进来。她不像是来开家长会卵的，倒像是来走T台。要命的是教室里坐着的家长站起来好几位，巴结地招呼她。史竹英心里冷笑了一下，这位看来不是官太太就是老总夫人，而且是任何时候都不忘记招摇的那类货色。女人不慌不忙地坐下，是坐在殷切的座位上。为了方便老师与家长对上号，座位上贴着学生姓名，家长的座位就是孩子的座位，史竹英从讲台上看下去，往往有穿越感，有些学生和家长太相像了，只是时光前推或后移了若干年。这么说这位女人就是殷市长的夫人，殷切的母亲了。

有其母必有其女，殷切性格中不安分的基因无疑是遗传于母亲。不过，孩子的表现欲属阳光活泼，老师是欣赏加喜欢，成人爱显摆，尤其是领导夫人好出风头，在史竹英看来并不是件好事，迟早够那位殷市长喝一壶的。

家长会后，免不了有一堆家长纠缠，这年头家长里不乏心理焦虑症患者，升学的压力让不少家长抓狂，老师不但要预防学生心理出问题，还得做好家长倾诉的垃圾箱。史竹英耐心好，总是微笑着颔首听。反正她孩子大了，家务也用不着她动手，年轻教师就惨了，脸上挂着笑，心里慌得像猫抓挠。殷夫人没有来打扰史竹英，史竹英也不觉得这位市长夫人需要高看一眼。等到家长散尽，窗外已灯火万家，她喝口水，整理办公桌，这才发现办公桌下摆着礼盒，是明城品牌床上用品四件套，是她老公公司下某企业的产品，送礼的家长显然不知道史老师的底细。史竹英想不起来是哪位家长送的，大概是乘她谈话时悄悄放下了。不急，一会儿家长会来电话或短信，没人愿意惹名给老师送礼。果然，还没走出办公室，电话响了一声，是短信，夜色中手机彩屏尤其耀眼。

史老师好，我让驾驶员放了一点东西在您办公桌下，请收下。殷切妈妈。

家长在开家长会时顺手带点小礼品，史竹英有时也不推辞，比如端午节带盒粽子中秋节送盒月饼，硬是推开有的家长会抹不下面子。但是这官太太的礼品不能收，收下了就让她小瞧史竹英，或者说小瞧了明城中学的老师，下次开家长会只怕眼睛要长到额角上。她在别处可以张狂，在史竹英的教室不可以。

谢谢家长抬举，教师不可以收礼。并且，这用品我家中确实很多，请一定抽空取走。

史老师不必客气，这是殷市长和我的心意，请笑纳。

史竹英就真的不客气了，食指下滑出一行字：

请一定取走。这四件套我家有，系我家私企的产品。而且，市长这称号我家也有过，在若干年前。

手机沉默了。史竹英知道，这会儿殷夫人肯定也沉默了，她该明白了，明城中学的老师并非是等闲之辈，小恩小惠还真不放在眼里。打听打听去，你女儿的班主任就是老市长的女儿，明城明星企业家的老婆。那礼品殷夫人一直没派人来取，放着碍手碍脚，最后，史竹英替她捐给了边疆的贫困学生。

校长不知道史竹英和殷夫人有过这一出。校长与史竹英谈话，是用了正式的地点与方式，地点是选择在会议室，偌大的腰子型会议桌，桌上依次摆着青花瓷的茶杯和弯腰的话筒，校长坐在腰子的蒂部，那应该是象征他权力与地位的位置，边上侧身坐着校长办秘书，他打开笔记本电脑，随时准备输入。校长说，孩子上到高二快结束，殷市长终于联系我们了。校长话音一转，说，但殷夫人第一次给我们打电话，是批评我们对孩子的教育没到位。

史竹英差点憋不住笑出声来，她想到学生时代的语文课文《药》，阿Q说赵太爷跟他说话了，别人问说了什么，阿Q答：赵太爷说“滚”。史竹英当然不会把这个联想说出来，校长是老同学，可秘书在一本正经记录，说不定这谈话记录得向上交差，校长交局长，局长交分管副市长，最终到达那位殷夫人眼前，史老师得给校长多少留点面子。史竹英问：是市长还是市长夫人？是市长家那一个孩子，还是指全班的同学？

校长不接她的话。史竹英这样的老师，谁当她的校长都头痛。说起来他俩是大学同年级同班同学，可史竹英是来自城市的高干子弟，校长当时是来自山区的角落，四年中俩人讲的话加在一起也不超过四句，却偏偏现在到了同一单位。史竹英是直接分到明城中学，校长是外校调入，不断进步终成校长。史竹英命好，老爹是老市长，老公是上市公司老总，按说回家让人哄着陪着享福多美，可人家不，她偏要来学校哄着陪着学生，说与孩子在一起快乐。问题是当校长的遇上她就不快乐了。教师这个群体说起来是知识分子，生活中首先是忙于生计的劳碌者，有升学率压着，有条条框框的规章制度管制，培训、考核加上一级级的爬不完的职称阶梯，一环套一环，校长管理几百号教师并不比小时候放几十头山羊烦心。史竹英这样的老师是刺头，她无所求，不要荣誉称号，甚至连职称都懒得报评，不肯进步，校园内的乌纱帽根本就瞧不上，尽管教书口碑不错，但是常常在教师会议上放炮，口无遮拦，弄得领导下不了台。说到底，她本来就不该是教师族群里的一员，娘家有人，婆家也有人。要不，校长早把别的刺头收拾得干干净净，油光滑溜了，独独就剩了她？

史竹英说，殷切怎么了？让校长大人惊慌了？

校长说，殷切在闹网恋，网恋对象是学校的老师。

殷切这丫头一直不安分，以前与隔壁班男生课后腻味在一起，找她谈过，以为知错改过了，原来是闹师生恋了？史竹英不相信，就现在校内这拨子青年男教师，都是听话的乖宝宝，当初从高校择优录用，不是优秀学生干部就是优秀学生党员，师生恋，还是与市长女儿闹师生恋，他们没这么大胆子。校长说，史老师你是班主任，你得盯牢殷切，揪出隐藏的那个男角色。史竹英说，殷切是我班上的学生，我当然会调查实情，不过，我不希望校长把动静弄大，得保护学生，我想，那殷夫人作为家长肯定也不希望。

校长点头应了。按照校长的惯例，只要是做领导的家长告老师的状，他第二天就把那老师换了或者撤了，省得给领导们心里添堵，家里受气。开始还以为当事老师会闹一闹，没有，从来没人敢吭声。这一回学生是在史竹英班上，再说，网络这虚拟玩艺连殷夫人自己也说不准，校长提醒史竹英，也是投石问路。

校长点头时，一缕长长的头发掉在鼻梁上，领导头发上的啫喱水显然抹得太多了。史竹英想起来，校长年轻时头发比现在多，头发屑比现在更多。校长做大学生时英姿勃勃，喜欢甩头捋长发，那年头男生时尚蓄发，坐在后座的史竹英受不了纷飞的发屑，有一天终于发了雌威，上课铃声响后，大声请他务必洗完头再进课堂，让校长当众丢了颜面，俩人从此互不理睬。现在校长的头发啫喱水抹得油光铮亮，头屑应该少了，但在史竹英的眼里却是一种颓败，不如当年纷飞的头皮屑有生机。

史竹英莫名叹息一声。

三

马天成的健身运动基本是在学校健身房完成，学校健身房投入堪比外面的高档健身馆，只是人少，没有气氛，马天成炼成的肌肉线条简直是锦衣夜行。好在学校的篮球场一直热闹，校长喜欢打篮球，于是各级主任们都爱上篮球运动，不分男女老少，不分白天黑夜，学校为此专门修建了室内篮球场和灯光篮球场，这是件师生都欢迎的事，校园里因此生机勃勃，场上和场下的人都不亦乐乎，进球有进球的骄傲，鼓掌有鼓掌的乐趣，各得其所。马天成本来并不喜欢这项“运动”，大学里出风头的是足球队网球队队员，马天成入乡随俗，也在放学后去篮球场一试身手，马天成其实天生是块打篮球的材料，高，主要是两条猿臂有优势，伸出去就比别人近了一截，投篮命中率高，赢得不少女教师和女学生的尖叫。这让马天成健身房去得少了，篮球场去得多了，天生我材必有用，两条长胳膊得天独厚，不光只有拥抱的长处。

马天成这天在篮球场上明显不在状态，队员传来的球常被队员断走，到手的球屡投屡不中，马天成的心思不在篮球上，是在场下更衣室的手机上，直接说，是在手机的微信上。微信这玩艺儿，不知是谁鼓捣出来的，在老师和家长眼中害人不浅，简直是要与老师和家长抢夺学生。恨它归恨它，但老师和家长也离不开它，家长有群有圈，好多事都靠它联络，老师下了讲台，也常冲进去刷得心花怒放。马天成这个年龄的人当然玩微信，马老师不浅薄，不是上个菜散个步都拍照片发朋友圈的那种人，但马老师的问题更严重，马老师交友不慎，朋友圈的人来路不明，拉黑又怕得罪人。马天成被微信骚扰，弄得这几天无精打采，疑神疑鬼。第一条微信马天成没有当回事，微信说，马老师，相信你是一个负责任的人，你可是一位优秀的人民教师。马天成以为是学生家长，现在的家长会来事儿，马天成没回，这话明显是个铺垫，有话在后面跟着。第二天，话到了，一点不靠谱，吓了马天成一大跳。马老师，你不能这样薄情，事情一过就翻脸不认账。头像是空白，查号码也不是来自通讯录，马天成想不起来这人是谁，干脆把这人拉黑了。

号码拉黑了不等于人消失了，阴影还压迫着马天成。这人究竟是谁？马天成首先判断她是女人，马天成不欠男人的情，若说女人马天成倒也经历过几个，但实在不应该说谁欠了谁，这都什么年代了？酒吧可以艳遇，上网可以约炮，马天成身体健康，需要正常，考虑到人民教师的身份，一般情况下自己解决，偶尔有机会实干也都属于友好协作，互惠互利。张志勇说，错，我可以你不可以，只要女人愿意，我日得再多都无后顾之忧，你不可以，你是为人师表，而且是积极向上的青年教师，这事情处理得不好，会毁了清白名声美好前程。这话靠谱，马天成躺在床上努力回忆，一会儿猛地坐直，想起一个，一会儿又叹息一声躺下，排除一个。张志勇帮他梳理排查了一遍。最后把疑点放在两个人身上。一个是在同学的生日宴会后，是同学的同事，没有男朋友，并且酒局上声称，这辈子都不想结婚，嫌结婚是件麻烦人的事。马天成收到了发出的信号，并且知道这是专门发给他的信号，为什么有这种感觉？马天成说不出理由，打了比喻，为什么一只北极熊能隔着厚厚的冰层遥远的海面知道另一只母熊需要交配，除了嗅觉灵敏还必须有特殊感应。当时宿舍里的电视机正播放着北极熊的画面。张志勇说那饭后呢，饭局后我就埋头往外走，我在酒店开好房，用钥匙卡刚打开门，她就从我身后冒出来悄无声息滑进去，像一条鱼。马天成说这人应该不会，不是恋爱的做爱才是纯粹的性爱，专注，干净，没有思想负担。张志勇喉咙处响了一下，说带套了没，马天成说，当然戴了，她从淋浴间出来，手心向上一亮，就躺着一只拆了包装的杜蕾丝，后来第二回，她随便一伸手，就从枕头下又掏出一只，变魔术一样神奇。留手机号没有？马天成说没有，留了手机上微信会自动对号。张志勇沉吟了一下，也不能排除她，她想收山息心了，回头相比较，觉得你是最合适的，赖上你也有可能。还有别的与你嘿咻过的陌生人吗，关键时刻，张志勇是个急朋友之急的人，马天成说，还有一人，两个月前参加一个派对，本来是在跳舞，跳着跳着舞伴把马天成带到了阳台上，月黑风高，适合干点看不见摸得着的事，俩人就在舞曲的伴奏声中把事办了。就阳台上？阳台上。那怎么开展工作？当然不能铺张，快餐。嗯？就像电影《老炮儿》冯小刚许晴演的那样。这简直是在审问了，马天成心里不高兴，不高兴也只能忍着。张志勇穷追不舍，戴套了吗？摇头，这是偶发事件。张志勇兴奋了，这人有戏，主动勾引你，没用措施，把证据随身带走了。马天成说，我又不是有权有钱的人，这女人不会傻到给我下套。张志勇推心置腹地说，任何事都可能发生，只怕人被逼急了。比如分管我的后勤刘校，想把我安排到门卫岗上，没办法，我只能请他看了我手机上的视频，转录下的，本来只是为了我私下娱乐，逼得狠，我被迫请他自我欣赏了一段。他后来再不提我换岗的事，私下还和我套近乎，打听我手里有没有别人的视频，我这觉悟，不被逼急了，绝不做违反原则的事。这女人，只怕也是遇到了难事，比如那天中彩了，怀了你的娃，她不找你找谁？马天成吓坏了，那怎么办？瞧你小子这素质，张志勇说，多大事，怀上了就去妇产科做人流。说到底，就是花点钱。马天成沉默，张志勇说，这只是一种推理，也可能没那事儿，缺钱花了，或者，干脆是赖上你，逼你娶她，有句老话，出来混总是要还的。

张志勇说，你等着吧，是祸躲不过。

马天成再也不敢接受任何请求加他的微信号，没想到，还是有空白头像幽灵一般冒出来，开口就是一行字：你有种别拉黑我，你还是个男人吗？马天成头皮一麻，眼不见为净，再次拉黑，当微信变成短信出现在手机上时，马天成投降了，他按住号码打过去，决定硬着头皮面对，可电话响了一遍又一遍，对方偏偏不接听。放下手机，一条短信追过来了：不想当爹，按这个卡号打进三千元。

张志勇这家伙真是料事如神，卡号后面有个姓名，用不着猜就是个假名。这年头只要用手机就免不了接到这种诈骗短信或者电话，无聊时他俩会变着法子猫戏鼠，逗着骗子玩一通，然后俩人笑个痛快，敢骗你大爷？现在马天成笑不起来，张志勇说，从了她吧，数字不大，你不是攒了有三千多吗，不够先从我这里取。马天成担心的是这事没完，看电影电视的经验告诉他，有了初一就有十五，这种人都是贪吃蛇，一而再再而三，欲壑难填。钱汇出去，回短信了：以后每月继续打账二千，等到我身体康复为止。马天成跟张志勇讨主意，说这样无穷无尽受不了，干脆报警。张志勇说，怎么报？冤有头债有主，不都是你裤裆里那家伙捅的娄子？这数字也不多，算是营养费也不夸张，并且你每月工资剩余也付得起，不如过了三个月再拿主意。马天成每月工资五千不到，付了房贷还剩三千，再扣除这两千，所剩的钱勉强够吃食堂，靠，那人已经替他算过这笔经济账。

球场上的马天成不在状态，常常在队员的埋怨声中黯然退场，这天，马天成下场后直接拨开观众撤退，球场上的喧哗有时他接受不了，突然间就想避开那些欢呼的声浪。他捡起条凳上的外套搭在肩头，有女生从后面追上来，马老师，您的手机落下了。手机现在成了马天成的心病，有时候他真恨不得把它砸个稀巴烂，或者扬臂扔进校园的池塘。可是砸了扔了还得去买，如今这年头人活着就离不开它，除非你有意与世隔绝。砸手机实际上是炫富的表演，银行卡上有数字保障的人才能玩，马天成玩不起。马老师您喝水。女生又递上一瓶矿泉水。马天成看了一眼女生，不是他任课班级的女生。很多学生毕业后埋怨老师叫不出自己的名字，那只能怪你在校时既不特别冒尖又不特别拖后腿，倘若不是自己班上的学生，老师更记不得张三还是李四。女生说，我是殷切。这名字马天成还是听说过，办公室常有老师提到她，市长的女儿，殷切说，我加过您的微信，您把我拉黑了。马天成愣了一下，他确实在朋友圈拉黑了一批人，很多不熟悉的头像后面都似乎埋着一颗定时炸弹。马天成喝了一口水说，抱歉，我不接受学生加朋友圈。

这样的粉丝，马天成惹不起，躲得起。

操场上没有人注意这场外的师生，马天成自顾走了，殷切懊恼地一屁股坐在水泥地上。但有人发现了这一幕，史竹英。史老师的办公桌在球场的边上，三楼靠窗。史竹英当然注意到了马天成的状态，当面问他有什么事需要帮忙，小伙子摇头，眼神却躲闪。这眼神让史老师心痛，躲闪中明显掩盖着某种痛苦与不安。莫非这小子真的就是殷切的暗恋对象？不论作为师傅还是班主任，史竹英觉得她都有必要了解实情。

史老师让张志勇来一趟，马上。这做法有些不合常规，即使你是再牛的教师，哪怕你是特级教授级之类，也不敢这样指使处室的干事，交材料填表格之类的小事都是干事指令，某老师来一趟。这是当下学校教育的一大特色，物以稀为贵，人以少为珍，一所学校管理层算起来是一个庞大的队伍，但比起教师群毕竟是少数，真理不一定掌握在少数人手里，但权力一定掌握在少数人手里。张志勇来了，恭敬地站在办公桌一侧，史老师说，我有个事向你打听，咱俩去走廊上谈。在张志勇眼里，史老师当然不仅仅是数学老师，尽管史竹英低调，但张志勇用鼻子嗅一嗅也嗅得出她是来自另一个族群，史竹英总有露出马脚的时候，比如偶尔在办公室备课迟了，学校门口会有豪车和保镖恭候。权力可以兑换价值，信息也可以兑换出价值，张志勇当然不会浪费他猎获的任何信息资源。只是在史竹英面前，张志勇是以另一种面目出现，乞怜。张志勇曾经托史竹英销售过一批土豆，那次她丈夫麾下的几千员工都领到了二十斤一袋的土豆，据说是张志勇老家的农民滞销的土豆，农民们都指望它养家糊口，一旦长了芽就断了农民的活路。其实这批土豆都是张志勇从农贸市场低价收购的。史竹英内心藏着一颗教书先生的善心，属职业的通病。张志勇觉得她做教师这行当，借用时下流行的一句话，本来可以靠颜值吃饭，却偏偏选择出来与别人拼能力，其实就一个字，蠢。

马天成最近怎么了？

马天成是不是遇上事了？

马天成与殷切的事你应该是知情者。

张志勇开始还装傻，第三句话让他装不下去。螳螂捕蝉，黄雀在后，莫非张志勇把一切都告诉了他这位师傅？史竹英抓住了自己的蛛丝马迹？

不可能，史竹英的表情也不像。张志勇情急之下讲出了假山山洞那一幕，张志勇说事后查了摄像，那女生就是殷切。张志勇说，我可以肯定地告诉您，马老师当时真的不知道女生是谁。

后来呢，后来发生了什么？

张志勇差点招架不住了，但他心存侥幸，不到黄河心不死。张志勇说，后来殷切可能有过纠缠马老师，我只知道，马天成将朋友圈中的学生都拉黑了。张志勇还决然地说，他们不可能网恋，都什么年代了，谁还有兴致网恋？

史竹英可以直接与马天成谈话了，马天成否认与殷切有任何关联，在师傅面前泪水都流下了。史竹英可以不相信别人，但不能冤屈自己的徒弟。

史竹英在校长面前坚持本班学生殷切与本校任何教师都无恋情，校长说，这怎么办？问题是殷夫人那里得有个说法。史竹英笑着说，我替你想好了，班主任管理班级不严谨，撤职处分。

现在的校长们还真不容易，一方面他们排名头都是教学权威，特级教授级近水楼台他们拾级而上，免不了要做教学上的文章，但另一方面他们又身在官场，脑子里盘算副处级正处级，台阶无穷尽，他们更在乎后者攀登。奔仕途就得遵守官场规则，唯上级马首是瞻。史竹英自请处分，也是体谅老同学为官不易，替他着想。

四

明城的官场地震越演越烈，不断传来某局长某处长双轨消息，坊间都传说明城要揪“大老虎”了，矛头直指殷市长。老百姓当然不知道内幕，只说殷市长在明城毁了多少棵树，挖了多少条隧道，明城号称九朝古都，敢动明城的地脉，敢毁明城的树木，当政者没有好下场。这话荒唐，挖隧道是交通需要，挪树是建地铁口需要，城市大计，不巧的是前几任进监狱的领导都干过这两件事，老百姓私下就总结出规律了。

明城的事挺奇怪，谣言传得多了就成了真料新闻。

马天成从来不关注政治。最近这一段日子，马天成的生活拨开乌云见太阳，阳光灿烂了，第二笔钱两千块汇出后，马天成度日如年，等待下一个月的催款，但两个月过去，那发短信的人消失了，这事像是做了一场噩梦，噩梦醒来是早晨，鸟语花香。张志勇说，这充分说明这个世界好人多，你不小心就遇上了一位。人家事情处理了，身体恢复得不错，就放过你了。马天成觉得张志勇分析在理，本来就是两厢情愿的事。张志勇在篮球场上又生龙活虎，以前打球马天成只注意校长们对他球技的好评，现在他也注意到女球迷的尖叫和掌声。他的女粉当然都是女教和女生，每次他居然能留意到从不缺场的一双眼睛，是那个名叫殷切的女生。

高二下学期的时候，明城中学的高二学生分成了两拨。一拨即将跨入复习，准备迎接残酷的高考。另一拨出国的学生完成了相关考试和申报，已经进入了等候国外大学录取通知的阶段。出国生这时候就轻松多了，尽管国外学业任务将更为艰巨，宽进但严出。毕竟眼下的日子云淡风轻，还是让高考生好生羡慕。这时候的校园，绿树成荫，花开缤纷，学生们活跃在绿茵场上，欢声笑语，校园真的像是一个校园。马天成一连几天驰骋在篮球场上，发现场下少了一双追踪他的眼睛，殷切呢？一闪念之后，马天成就笑话自己多管闲事。殷切当然是出国生，官宦子弟很少留在国内读大学，这些日子空闲，说不定被家长安排旅游去了。没想到不是这情况，他从球场刚回到宿舍，张志勇喜滋滋地告诉他，殷市长两口子都被抓了，网上都有图有真相了。抓贪官反腐败，确实是大快人心事。马天成没有理由不高兴。张志勇说，那天从假山山洞里冲出来的女生，就是殷贪官的女儿殷切。马天成说，原来是她，你早就知道，为什么现在才告诉我？张志勇笑着说，我怕告诉了你，你当场就吓出屎尿了。马天成心里明白，这家伙是使坏，捡了砖头让他砸人，砸出了祸他在一边偷着乐。马天成突然想，殷切现在怎么样了？殷市长离自己很远，殷切离自己很近。

殷切在史竹英的家中。

史老师给马天成打电话：小马，师傅求你件事，给一学生做数学家教。史老师这样开口，马天成哪里敢不答应。想必是师傅推不掉的关系，让徒弟敷衍一阵。史老师说，实话告诉你，是殷切。她父母被抓，银行账号应被冻结，我估计留学要泡汤了，赶紧让她准备复习迎接高考。马天成并不是殷切的数学任课老师。史老师说，殷切情绪不稳，我知道，你来上课可以让她快一点进入稳定状态。不过，你要是怕麻烦，可以选择拒绝我。

殷市长是贪官，殷切是殷切，我没什么好怕的，您放心，我愿意。马天成觉得这是他做教师以来说得最牛气的话，挺豪迈！

史老师家住在风景优美的别墅区，家佣把他领进书房，史老师正在辅导殷切。殷切转过身来，见是马天成，仿佛见了亲人一般涌出了泪水。史老师在她身后迅速举起一块纸牌子，字墨很浓：你欠殷切一个拥抱。看样子是提前准备下的。马天成伸出他的两条胳膊，动作有些生疏，但还是拥抱了殷切。想不到就这几天，小姑娘瘦了许多，单薄如一片树叶。

殷切做作业时，史老师请马天成上露台喝咖啡，微风清凉，夜色中小区的各种灯光景观恍如梦境。史老师推过来一只信封，说是家教的报酬，马天成推回去，史老师说，收下，没事，这钱是我替殷切垫付，等她工作了还给我。要是怕被说有偿家教，你放心，校长现在一方面慌着撇清与殷家的关系，一方面又担心殷切考不上本科，影响他的升学率，升学率事关他的官帽，他知道了也会装不知道。

马天成说，都不是，我拿了这钱就不是师傅的徒弟了。

当初得知史竹英是马天成师傅时，教研组的一位老教师说，有一天他们都能学得像师傅一样，上课上一样的课堂内容，讲话用同样的口气，走路用同样的身姿，甚至脸部表情都如同复制。小马你就惨了，你师傅不是教师的命，却偏偏要做教师。别人身上的东西能学会，她身上的东西你学不会。你还得小心学着学着走了形。现在，马天成觉得师傅虽行事另类，却让他做徒弟的感动，有些东西明知学不会，也得学学看。

史竹英说，那我就替殷切谢谢你。

史竹英说，实话实说，我不是想扮演高尚角色。我小的时候，大概五六岁，我父母被人抓走了，抄家时把粮油证也弄没了，我哥哥上小学，没人敢管我们小兄妹的生活。是我哥的数学老师领我们去了她家，她也有三个孩子，粮食不够吃，她常常带我们五个孩子去郊区寻食。捡田里丢下的稻穗，捡土豆地里丢弃的碎土豆，一直到我父母解放才送我们回家。所以，我愿意做一辈子教师，数学教师。

史老师觉得在徒弟面前唠叨了，转移了话题，说，你别看这些景观树的灯光光怪陆离，这些别墅富丽堂皇，可是天亮了，你才发现，那些高于屋顶的树默无声息，才是沐风浴露，心明眼远。

马天成觉得师傅此刻很深刻，她说这番话的样子不像是个中学数学老师，像同年级组一个写诗歌的语文老师。不过，这话他能明白，在马天成老家的那些村庄，总有一棵树高于村子，不一定是在村口。

夏瓜瓤红，秋瓜瓤白

一

和尚十三岁的时候力气就大得吓人。夏天的时候，和尚家的木船要上岸，上岸刷一遍桐油，让船底与伏天的太阳照面。和尚爹让儿子在岸边等着，他去村里喊人，这船不是小划子，没几个壮劳力是弄不上来的。当爹的领着人回来时，那只四舱船已经长了腿一般朝河滩上挪动，船身的下面当然没长腿，是和尚，和尚歪着头，让那条船像一只巨鸟一样栖在他肩上，一步步上岸，先让船艄着地，又缓缓偷出身子，让船头稳稳地扎下了。

当爹的张着嘴，心底渗出丝丝凉气，不敢吭声，怕惊了儿子的腰，这年纪的腰杆还称不上腰板，只能算是阳春三月的芦苇苗杆儿，嫩呢，折了就毁了。儿子笑嘻嘻走上前，说，爹，妥了。和尚爹这才轻松了，倒像那船是从他身上卸下的。

冬闲，村里人到湖里打柴，砍的时候贪，湖滩上尽是枯了的芦苇蒿草，旺灶，恨不得都捆了。但回的路上难，死沉，走几步就想歇一回肩，和尚嫌大家拖拉，说，都卸一半放我垛上。一伙七八个人，将麻绳解了，真的分一半给他。和尚说，都记着自个的捆数。他将那些柴捆子码进自己的柴垛，麻绳一勒，像是两座小山。和尚将榆木扁担插进柴垛的底部，一路疾走，到了村头才歇了。不歇不行，柴垛大，巷子窄，进不了村。再说，还得等那伙人来取各自的柴捆子。

村里人都夸和尚好力气，和尚爹高兴，庄稼人首先靠的是力气，来年春耕时和尚就可以抵一头牛使。和尚娘不这样看，说，他爹你真糊涂，我急的就是这事，他捧起饭碗一顿六七碗，米缸不几天就见一回底。年成好，也就罢了，碰上灾荒，你养得活他？

和尚爹就不敢高兴了，和尚娘头发长，见识并不短。这年头，兵来兵去，太平日子不多。

这以后，和尚吃饭盛到第四碗，娘嘴里就有些啰唆，或者将碗筷的声音弄得很大，和尚懂娘的意思，只能放下手中的筷子。没办法，饭不能敞开吃，菜也只有田蔬，油少盐也少，挟多了同样遭娘的白眼。能省都得省着，不节省哪有钱替你俩娶老婆？娘这样说。在地里干一会儿活，和尚就能听到肚子里叽里咕噜的声音。瞅空儿，和尚就到水田里河滩上觅吃的，茭白野菱芦苇根，连鱼虾也敢生吃。小二心疼哥哥，常常吃饭时使个眼色，在院子里把碗里的饭倒半碗给和尚。

民国二十八年，和尚二十岁。娘真的替他讨了老婆。老婆十四岁，人还没长开，像根细长的苦艾条子。和尚将门闩上，小女人就吓得哭了，一直哭，哭得和尚的大手大脚无处放，哭得墙根下听房的人们失了兴致。和尚浑身上下就只有舌头软，可怜他舌头软也不会说一句暖人的话。小女人哭累了，和尚才抖抖索索地将女人抱了，像抱着一磕就碎的瓷瓶子，但放到床上，和尚就不自觉抱紧了。小女人凄惨地叫了一声，和尚讪讪松了手，明白蛮力用错了地方。好在夜天长，黑暗中摸着石头也能过河，和尚的手脚轻重有了分寸，终于软硬都吃在一处，咬合了，窗外突然响起了两声炮仗，震得芦苇顶落下许多灰尘。

狗日的们还在哩。和尚骂了一声窗外听房的捣蛋鬼。

后果跟被捣了蛋一样惨，和尚一下子软了。

和尚再度振奋的时候，又是“砰砰”两响，门被人踹开了，西屋响起爹和娘咋呼的声音。谁？谁哩？没人回答，又是两声沉闷的炮仗响，爹娘没了声音。和尚晓得不是炮仗响了，猛一下跃起，攀住木椽子上了楼子间。是湖里的匪，还是岸上的兵？和尚想起还有个小女人在床上时，房门被踢开了，进来几个穿黄军服的人，端着枪。

小女人已经被吓傻了，将脑袋钻进了被窝，但一绺头发还露在外面。一个家伙伸手去揭棉被，小女人裹得紧紧的，那家伙就用枪刺挑，娘为和尚娶新缝的新棉被呵，白花花的棉絮像伤口绽开，小女人怕了，棉被被揭在一边。于是，和尚也跟着看到了小女人发抖的光身子，小女人蜷缩在床里侧，像是码放着几支不够粗壮的河藕，暴露在窗口斜照的月光下。一个家伙狂笑起来，几个家伙都狂笑起来。他们狂笑着，手却忙乱解腰上的皮带。小女人一声尖叫，比原来响亮许多，和尚闭上了眼睛。

第二天天不亮，村里有人大声哭丧。像领头的公鸡啼鸣一样，全村的哭声顿时把村子覆盖了。村里一共死了二十七口人，和尚一家占了仨，爹娘和那个小女人。小女人是被刺刀捅死的，尸首横在踏板上，那么干瘪的肚子里竟被挑出了层叠的一堆肠胃，血污的下身正对着房门。小二在和尚的怀里不停地哆嗦，双手死死地掐住和尚腰间的一块皮肉。突然，“哇”的一声吐了，将脏物都泻在和尚的裤管上。小二是被吓坏了，夜里他及时地钻进了草垛，天亮时和尚发现草垛在晃动，拨开来，才知道弟弟活着。和尚愧对爹娘和小女人，一身蛮力有什么用？再结实的肉腱子也挡不住枪子儿，白吃了那么多的饭食。和尚连着挖了三个坑，备不了棺材，一人裹了一领芦席。和尚又连着堆了三座墓，堆完，累得连锹柄也握不住了。和尚的力气都变成了恨，埋进了地下，一锹土盖下去，它又像新芽破土而出，和尚只能一锹土接一锹土垒。坟垒起，和尚和小二跪在坟前，像死人一样没有声息。

有女人的人家都在哭丧，用哭唱送死去的亲人上路。和尚对小二说，咱家没女人了，你为爹娘哭几句。

小二说不会。

小二后来还是哭了几段，是哭给娘的。

哭一声亲娘我的娘，
你纳了九十九双鞋底你脚上没穿一双，
你缝了九十九件新衣裳你身上没穿一件，
你摇了九百九十里路长的棉纱线，

你喝了九百九十天的锅巴汤，

……

小二唱着淌出了许多眼泪。和尚说，你唱得比女人还好听，娘会听到。

和尚领着小二过日子。小二人长得单薄，爹娘想有个姑娘，就一直把小二当姑娘养，十四岁的时候小二才剪掉辫子，取下耳朵上的银环子。爹娘走了，小二一个人不敢睡西屋，就搬过来同和尚睡一张床。兄弟俩躺在床的两头，月黑风高，屋顶上老鼠窜动，或者窗外树枝上栖鸦一声怪叫，小二就抱住和尚的腿。小二求和尚，哥，我睡你这头来。

和尚说，你来。

小二睡没睡相，喜欢往和尚怀里钻，和尚搂着小二睡的时候总担心弄痛他，睡着了就顾不了许多。和尚看小二上床脱衣服时，眼神有些疑惑，说，小二，咱一个爹娘生的，你咋胳膊腿那么细？真像那个小女人。

小二很羞愧，顺下眼，更像女人。

和尚和小二不会过日子，娘不在了，没人管和尚吃多吃少，和尚放纵自己的肚子撑。小二的饭量小，但嘴巴馋，爹娘存下的几文钱很快都交给了货郎担。日子过着过着，没粮了，没钱了，俩人一商量，将爹娘留下的五亩水田先卖了一亩，换了钱粮，又能将日子打发一阵子。

二

白少爷闯进和尚屋里时，正是酷暑的中午。水田里青蛙吵得人心慌，树杈上知了叫得人耳聋，除了睡觉，没办法躲开这聒噪。和尚和小二将凉席铺在地上，睡成一团。白少爷大大咧咧地推开门，受了一惊，要退出去。和尚说，怎么是白少爷？白少爷只有进门，说，这大热的天，你俩还嫌不热吗？白少爷说着话，眼睛却盯在和尚的胸口，和尚赤裸着上身，胸口上长着密密的一丛黑毛，一路黑下去，到肚脐眼那里喘口气，又一股劲儿纵深下去。和尚娘活着的时候就骂和尚是牛坯猪坯。和尚被看得不自在，“嘿嘿”傻笑，用他的大手掩了掩，抬头，白少爷不看他，看他家四壁空空的屋子了。

白少爷说，和尚，你哥俩这样坐吃山空，总不是个办法。

和尚说，能有什么法子？

白少爷说，你这身力气，牛都能撂倒，还找不到个饭碗？

固城湖一带的村子只要宰牛，都是来请和尚。可牛是农家的劳力，算家里的丁口，和尚一年也难遇上一回宰牛的美差。

和尚说，我走了，撇下小二他怎么活？

小二折断竹席上竖起的一截篾片，恶狠狠看了白少爷一眼。

和尚不是没有想过，现在正兴招兵，穿黄衣服的招，穿黑衣服的招，穿灰衣服的招，当兵吃粮，死了也不是饿死鬼。可是和尚舍不得小二。和尚也想过去财主家帮工，小二不准，说不能丢那份人，咱家三代没出过长工，你要当了长工，爹在黄土下也没脸面。

白少爷说，现在有一个去处，参加大刀会。

小二说，弄刀弄枪的，再好的去处我们也不去。

吃了小二的抢白，白少爷的脸上有些挂不住，说，小二，大刀会就在村里，不出远门。

说起来和尚和白少爷是穿开裆裤的玩伴，白少爷小时候和和尚关系不错。和尚在河里摸鱼摸虾，少爷在岸上帮着拎衣裤。和外村的小子打群架，和尚是少爷的保镖。尤其，少爷经常会偷出家中的吃食给和尚，与和尚玩从来不空手，最差也能给和尚带块米锅巴。后来大了，白少爷进城读书，才见面少了。和尚说，不年不节，你咋回来过假了？

白少爷叹口气，说，城里让日本佬占了，老师都逃难了，哪里还有学可上？

日本佬就是那些穿黄衣服的兵。和尚说，莫非城里的官老爷也捺不住他们？

白少爷说，国民政府只会糊弄国民，严正声明和强烈抗议都多少年了，日本佬不理会，使唤枪炮，一下子把大半个中国占了，把国民政府的话当放屁。

白少爷说，天下兴亡，匹夫有责。我们不能任人宰杀，我们大刀会的大刀就是向鬼子头上砍去。

和尚听不懂少爷说的文词儿，但听懂了这大刀会是跟日本佬对着干的。

和尚说，日本佬有枪有炮，你们打得过日本佬？

白少爷嘴角一撇，说，日本佬是畜生，畜生是肉长的，一刀下去一个血洞洞。我们大刀会的人虽然也是肉身，但有了神功，刀枪不入。

和尚将信将疑，白少爷说，大刀会的人包吃包住，入会了每人还可领两担谷子。

三

村里的青壮年男人好多人参加了大刀会。本村的分舵设在祠堂，分舵主姓李，大家都称他为李法师。祠堂的门一年到头难得开几回，现在天天大开，扎着红头巾捆着黄腰布的人进进出出，脸色沉得像祠堂那两扇几百年的黑门。凑近了看，面孔还是村里人那些并不陌生的面孔。李法师在祠堂内教大家打坐，念咒，最后是喝朱砂水。喝了神水，李法师说刀子砍上来就是挠痒痒，子弹没沾身子就乖乖地拐弯。和尚扎了红头巾，捆了黄腰布，听吩咐去打坐。坐了一会儿，坐不住，心里老想着领那两担谷子，就偷偷溜到院子里，看不到哪里堆着谷子，老柏树下有个石锁，有年头没人使了，落地的一面长了青苔，和尚手痒，试了试，有三四十斤重，就上下左右舞起来。听得有人说“好”，是李法师，和尚歇了手，李法师说，你就是和尚？借你这力气使使。

李法师瘦得像大烟鬼，腰布捆得紧，勒得几根肋骨像是要戳出皮囊来。李法师递给他一把大刀，说，砍，朝我身上使劲砍。

刀是钢刀，沉甸甸，刀把上系着血红的布条。和尚不敢，祠堂里坐着列祖列宗的牌位，和尚不能让祖宗们看见血光。和尚怕自己一刀砍下去，李法师就血是血，肉是肉，骨头断几截了。

李法师说，别怕。

和尚微微用力砍了一下，法师干巴巴的皮上划了一道白印子。李法师说，再来。和尚添了点力气，又添一道白印子。李法师朝他挤挤眼，笑了。和尚有几分恼，院子里有不少人围着看，和尚发了力，还是一道白印子。

和尚说给小二听，小二怎么也不信。和尚说，反正我信了。和尚不只是信李法师功夫是真，他相信大刀会有了这神功，能把日本佬打败了。

大刀会的人不准吃肉，不准沾女人，全都睡在祠堂里。打地铺，热热闹闹，像是一大家庭。白少爷也和大家挤一起，睡不着就给大家讲见识。白少爷走得远，去过京城，做过省城人，学问深，不但见过东洋人，还见过鹰眼黄头发的西洋人。少爷说，日本佬本来是中国老祖宗的儿子，调皮捣蛋，当爹的一脚把他踢到了小岛上，一直到现在，他们穿的衣服还是老祖宗那时的衣服样式，他们写的字还有好多是中国字。儿子不成器，长大了反过来打老子，讲到底是个龟儿子。男人在一起，最喜欢的还是女人话题，有人提出来让少爷讲讲日本的女人。少爷说，日本的女人也是女人，女人都没意思，不肯讲。再要求，少爷说，李法师叮嘱过，不能讲荤事，听了要泄元气。

大刀会在祠堂里训练了一个月，拿锹拿锄的手拿刀也顺手了，可是日本佬好像得到了消息，不敢下乡来抢掠了。这怎么办？每个人的汗毛孔里都在往外冒力气，一身的本领没地方使，难受。有人煎熬不住了，偷偷回家和女人做一回，女人果然说，比从前神勇。和尚一心练功，小二来唤他几回，和尚都不回屋，小二好生没趣，说，哥，咱家又没女人，你回屋怕什么怕？幸亏总舵主体察人心，及时派人来联络，八月初一夜吉日良时攻打固城镇。

四

固城镇其实就是一条直来直去的老街，早年就叫一字街，东头原是国民政府的县衙，西头是雕梁画栋的戏楼。法师求了签，签上指明“吉在东正”。大刀会勇士行前自然先做足功课，念咒，点朱砂，再喝朱砂酒，和尚喝了满满一碗，用手一摸嘴唇，手上黑乎乎一团，和尚想，要是在白天，这唇就像女人的唇了，幸亏是在黑天。大刀会从西边戏楼进，向东边的县衙奔袭。县衙是个大院，院中有这镇上唯一的楼房，木楼，李法师说，院内有一个日本佬的小队，十几号人，只够大刀会塞牙缝，落在后面的人怕是没机会见到活口。木楼上亮着灯，和尚急着想为爹娘报仇，当然，他也记着惨死的小女人。和尚腿长步疾，冲在前面，杀敌心急，连杀咒都忘了念。刚到大院的广场，机枪就“嘎嘎”地响了。领头的李法师跃起来跳了一下，倒了下去，和尚伸手拉他，摸了一手的血，比朱砂酒稠。和尚撒手往回跑，跑了一会儿，人流又倒涌了回来，西头的戏楼上也有日本佬的机枪。一字街的两边都是店家，夜里家家店面都上牢了门板，比篱笆墙还严实。大刀会被扎进了口袋，中了埋伏，原来日本佬早有准备。黑暗中的一字街上到处是哭叫声和骂娘声，有人狠狠擂店家的门板，没有哪家店主肯开门。和尚靠住一处门板定了定神，肘上一用劲，一块门板砸做两块，不防抬腿跨进去时被绊了一下，回头看，脚下那团软绵绵的是人，借月光再看，是白少爷。和尚将少爷挟在腋下，穿过店家的天井院，从后门逃出了固城镇。

和尚不敢回村，进了固城湖的芦苇荡。天亮了，初秋的芦苇叶子转黄，每支芦苇都顶着一束白晃晃的芦花，苇秆上缠满枝枝蔓蔓的藤信子，不离不弃。和尚放下白少爷，白少爷哼了几声，伸手一把揪住了和尚的胸，将他胸前的黑毛扯得生痛。和尚将少爷的身子上下检查了一遍，并没挨枪子儿，胳膊和腿上有几处划痕，估计是让芦苇叶子刮拉的。这么说，少爷在一字街是吓昏了。

白少爷醒了，没有一句话。和尚看着他，也没有一句话。饥饿提醒了和尚，得弄点什么填饱肚子。这芦苇荡里不缺吃的，头顶上飞着各种鸟儿，那个头大的是野鸭，这芦苇丛里不缺鸟蛋，运气好说不定还能逮只野鸭子。湖水下也应该有鱼有虾，再不济也能掘芦苇根掏野藕。和尚起身，白少爷拽住他腰间一块皮肉，说，别走，我怕。和尚看一眼少爷仰着的脸，脸色苍白，白得没有血色。少爷还在惊悸中没走出来。少爷是男人心，女人胆，和尚心生怜悯。少爷是打算豁出去的，大刀会按人头领的两担谷子全都是从他家粮仓里挖的，为此，白少爷和白老爷翻了脸，少爷说，别说是翻脸，豁出命我也得抗日。和尚当然记得少爷的好。只是，总这样躺着不是个事，肚子叫着不肯消停。和尚安顿好少爷，消失在芦苇丛中。一会儿，和尚就抱了一大堆回来，有湖藕，有鲫鱼，还有两只叫不出名的大鸟，被和尚折断了长脖子。少爷啃了一截藕便不吃了，和尚饿，大鸟拔了毛是红肉，红肉没火吃不成。鱼是白肉，和尚生吃了两条鱼，肚子才不闹了。好不容易熬到天黑，和尚借夜色潜进了村里。

村里拖回了二十几具尸体，白老爷领着家人认了几个来回，没有少爷。

小二也没找到哥哥的尸身。一村哭声中只这两家人暗自庆幸。和尚推开家门，小二就投进他怀中眼泪鼻涕淌个不停。白老爷毕竟是老爷，镇定，说你俩暂时不能回村，这事说不定没完。你们打一字街时日本佬怎么有埋伏？莫非那日本佬是你们肚里的蛔虫，摸得清你们肚里的算计？有奸细。先在芦苇荡躲一阵子。

白老爷给他俩备了吃穿，和尚在芦苇荡搭了个棚屋，材料现成，遍地是芦苇，墙是芦苇，顶是芦苇，少爷安定了不少。天黑时少爷寸步不离和尚，白天，少爷就在棚屋四周转悠。棚屋的不远处蔓延了一片西瓜藤，白少爷稀罕，那西瓜藤枝是枝，叶是叶，绿得让人寻回了阳春。藤上结下了拳头大小的西瓜，这西瓜的模样煞是可怜可爱，浑圆，花纹清晰，还长着细雾一般的白毛，像是未嫁女子脸上的茸毛。白少爷说，等这西瓜熟了，我们再回村。

和尚说，这是谎瓜，秋西瓜，熟不了的。

农人把不结果的花叫谎花，把熟不了的瓜叫谎瓜。白少爷说，谎瓜也是瓜。

和尚说，夏瓜瓤红，秋瓜瓤白，错了季节，这谎瓜再怎么长，也是白瓤白籽，没有收成。

白少爷说，我偏要喜欢。

和尚只得任他喜欢。这谎瓜荒地里多了去，那些吃了头茬瓜的人，拉屎拉出的瓜籽接了地气，就长出瓜秧子结了瓜。嫌绊腿，农人会一脚踢烂。少爷不是农人。

等到那谎瓜有三四斤重时，白家的长工跑来捎信，老爷让他俩回村了。

白老爷赏了和尚两块大洋，说是和尚救了少爷的命。哥俩都没亲手摸过银洋，小二拿出一块，噘起嘴吹了一口气，放在耳边听响。和尚说，银洋是用来换粮的，不是听声响的。小二说，傻，有钱人都乐意听这银子吐声儿。

五

才过了两天，白老爷又叫人来喊和尚。开口就说，和尚，你觉得我白某人待你如何？和尚就想到白家粮仓里挑走的两担谷子，想起那两块沉甸甸的银洋，和尚点头。白老爷说，你跟我说实话，少爷在芦苇荡里有什么异常吗？和尚想了想，摇摇头。白老爷叹了一声，说，和尚，这事你也不算外人，我告诉你，少爷人回来了，魂没回来。不肯和少奶奶同床，白天黑夜搂着那西瓜，半夜惊叫你的名字，我一碰到他，他就抖个不停。白老爷皱着眉，苦着脸。和尚同情白老爷，他就少爷一个儿子，少爷要成了谎瓜，那白家就没子嗣了，白老爷的万贯家产就不姓白了。

白老爷说，他哭着喊着要闹大刀会，我说这大刀会是朵谎花，他就是不信我。日本佬汗毛没掉一根，你们死的死，伤的伤，那些伤的也被日本佬割了脑袋，挂在戏楼上。少爷捡了条性命，这么疯疯魔魔下去，也是废人一个。和尚，你答应我一件事，救人救到底，少爷依赖你，你搬过来陪他一段日子。和尚应了，回家同小二商量，小二不答应，说，哥，你就不怕你搬去了白家，小二也变成疯魔？和尚没办法，自家兄弟重要。和尚路过白家大门口时就绕着走，觉得心里有愧。好长一段日子没有见到少爷，有一天和尚从白家后门悄悄走过，那后门突然开了，佣人扔出一个烂西瓜，白籽白瓤，和尚站住，盯着看了好一会儿。

躲是躲不过的。有一天早上，和尚正在吃早饭，白家的长工又来喊和尚去白家，说白老爷请他。和尚从大门进去，在院子里和几个穿黄衣服的人面照面，和尚心里一惊，这屎黄色的军服他认得，还有那招风帽，是日本佬。白老爷见了他，让佣人上了茶，不提陪少爷的事，说，院子里的是日本人，乡里乡亲的，我说白了，日本人知道我们村逃回了两个人，让保长领着追来了，活要见人，死要见尸。少爷已经痴了，刚才保长和翻译官替我求情，饶了他一条命，只怕你跑不脱了。

和尚面如土灰，手中的茶杯晃了晃，洒出些茶水。

白老爷说，你跑得掉，一村的老小都跑不掉。

白老爷单独为和尚备了一桌酒菜，大鱼大肉，和尚挪开了酒壶，抓起盛菜的盘子，一盆一盆往肚里扒。先得吃饱肚子，死了不做饿死鬼。和尚狼吞虎咽时，白少爷癫癫狂狂走进门，门口的人拦也没拦住，少爷站在桌边上，头发散乱，衣衫不整，看和尚的眼神很专注。和尚看了他的模样，心酸。和尚说，少爷，你陪我吃。少爷听见和尚的声音，尖厉地叫了一声

“和尚”，扑在和尚身上，将和尚手上的瓷盆弄砸了。少爷像一个瞎子，摸索着将手掏进和尚的胸口。和尚知道他要什么，和尚纹丝不动，像一尊泥菩萨端坐。白少爷的手揪住了和尚的胸毛，神情安定，闭了眼，像睡着的毛头婴儿。和尚看着他，眼中再现出芦苇荡的那些日子，泪水就湿了眼眶。

和尚吃饱了，保长和老爷走进来。保长说，小二的生活，村里做了商量，由村里家家户户分摊。你尽管放心，你免了全村人的灾，村里人不会亏待他。

白老爷说，你走了，你家传宗接代的大事就指望小二了，你放心，等小二大几岁，我一定帮他娶一房媳妇。

和尚不禁想起死去的小女人，不要说小二，和尚见了女人，眼里就浮现出小女人肚子上的那堆肠胃。小二总是躲着水埠，他见了洗衣服的女人那些捋着的小腿，就会吐个不止。

保长说，和尚，日本人吃喝完，就带你走。这会儿你受一下委屈。

几个人押着和尚到了打谷场，将和尚绑在磨盘的石滚子上，绑的人怕和尚挣脱，绑了个“老头推车”，和尚的双手一边一只绑在石滚子的轴把子上，从后面看上去，和尚像是抱着石滚子，石滚子少说也有五六百斤，就是头牛，时间一长拉着这石滚子也会吐白沫沫。村里人围了过来，见和尚这模样都流泪。小二看见哥哥，疯了一般扑上来解麻绳，和尚说，小二，我不能逃，逃了一村人就没活路。正好这时日本佬来了，领头的是个矮子，真矮，和尚趴在磨盘上也要顺着眼才能看见那张脸，脸白，脸上长着细细的茸毛，嘴巴上一根胡须都不长，简直是个女人。矮子一脚踹开小二，跟着又是一顿猛踹，小二哭喊了几声就没了声音。和尚急了，女人相的矮子竟然如此歹毒，他抱起石滚子朝矮子头上砸下去，矮子倒下去，只见身子，没了脑袋。枪响了，和尚用力推一下石滚子，那石滚子碾在矮子的肚皮上，矮子的内脏从石滚子下面涌了出来，腥臭，和尚闭上眼睛之前笑了，日本佬也是一样的肚脏。

和尚的坟头和爹娘、小女人在一起，葬的时候没人哭丧，小二只是淌眼泪，对死去的哥没说一句话，自此见了村里人也哑巴一样不开口。但半夜的时候，和尚的坟头上常常传出哭声。

叫一声夫啊我的亲夫，
你吃得九十九碗饭啊你力大如牛，
你种得九十九亩地啊你挣金挣银，
你走了九十九条田埂你没走完那一条，
你挑了九十九担谷子你没挑完那一担，
……

词是哭夫的词，村里人都说，那为和尚哭丧的是小女人的亡魂。

中国言实出版社全民阅读精品文库

“当代中国最具实力中青年作家作品选”系列图书

1. 《一路划拳》 孙春平 著 2016年1月出版 9 787517 116974

2. 《香树街》 宗利华 著 2016年1月出版 9 787517 116981

3. 《金角庄园》 海 桀 著 2016年1月出版 9 787517 116967

4. 《眼缘》 郑局廷 著 2016年1月出版 9 787517 117001

5. 《江南梅雨天》 张廷竹 著 2016年1月出版

6. 《午夜蝴蝶》 胡学文 著 2016年1月出版

7. 《股东》 丁 力 著 2016年3月出版

8. 《在时间那边》 荆永鸣 著 2016年3月出版

9. 《金山寺》 尤凤伟 著 2016年3月出版

10.《人罪》 王十月 著 2016 年 3 月出版

（该书入选出版界图书馆界“全民阅读好书推荐书目（2015—2016）”）

11.《桃花落》 温亚军 著 2016 年 4 月出版

（该书入选出版界图书馆界“全民阅读好书榜 50 种（2015—2016）”）

12.《莫塔》 吕 魁 著 2016 年 6 月出版

13.《营救麦克黄》 石一枫 著 2016 年 6 月出版

14.《界碑》 西 元 著 2016 年 6 月出版

15.《八道门》 周李立 著 2016 年 6 月出版

16.《时间飞鸟》 邱华栋 著 2016 年 6 月出版

（该书入选出版界图书馆界“全民阅读好书推荐书目（2015—2016）”）

17.《戏法》 杨洪军 著 2016 年 7 月出版

18.《弑父》 曾维浩 著 2016 年 7 月出版

19.《种春风》 余一鸣 著 2016年10月出版 9787517120308

20.《同一条河流》 阿 宁 著 2016年10月出版 9787517120162

21.《金枝夫人》 弋 舟 著 2016年10月出版 9787517120193

22.《绣鸳鸯》 马金莲 著 2016年10月出版 9787517120186

23.《红领巾》 东 紫 著 2016年10月出版 9787517120063

24.《吼夜》 季栋梁 著 2016年10月出版 9787517120117

25.《你没事吧》 杨少衡 著 2016年10月出版 9787517120179

26.《隐声街》 薛 舒 著 2016年10月出版 9787517120292

27.《黑夜给了我明亮的眼睛》女 真 著 2016年10月出版 9787517120094